Rowohlt Verlag GmbH, Kirchenallee 19, 20099 Hamburg

Kontaktadresse nach EU-Produktsicherheitsverordnung:
produktsicherheit@rowohlt.de

Petra Schier, Jahrgang 1978, lebt mit ihrem Mann und einem Schäferhund in einer kleinen Gemeinde in der Eifel. Sie studierte Geschichte und Literatur und arbeitet mittlerweile als Lektorin und Schriftstellerin. «Verschwörung im Zeughaus» ist der fünfte Band der historischen Reihe um die Kölner Apothekertochter Adelina, neben «Tod im Beginenhaus» (rororo 23947), «Mord im Dirnenhaus» (rororo 24329), «Verrat im Zunfthaus» (rororo 24649) und «Frevel im Beinhaus» (rororo 25437).

Im Rowohlt Taschenbuch Verlag erschienen außerdem Petra Schiers historische Reihe um die Reliquienhändlerin Marysa: «Die Stadt der Heiligen» (rororo 24862), «Der gläserne Schrein» (rororo 24861) und «Das silberne Zeichen» (rororo 25486), die beiden historischen Romane «Die Eifelgräfin» (rororo 24956) und «Die Gewürzhändlerin» (rororo 25628) sowie «Das Haus in der Löwengasse» (rororo 25901).

Mehr Informationen zur Autorin unter www.petraschier.de.

Petra Schier
Verschwörung im Zeughaus

HISTORISCHER
ROMAN

Rowohlt Taschenbuch Verlag

5. Auflage Juni 2020

Originalausgabe
Veröffentlicht im Rowohlt Taschenbuch Verlag,
Reinbek bei Hamburg, Juli 2013
Copyright © 2013 by Rowohlt Verlag GmbH, Reinbek bei Hamburg
Umschlaggestaltung any.way, Cathrin Günther
(Abbildung: akg-images)
Satz aus der Kepler PostScript, InDesign,
bei Pinkuin Satz und Datentechnik, Berlin
Druck und Bindung Bod - Books on Demand GmbH,
Norderstedt, Germany
ISBN 978 3 499 25922 7

Prolog

Die Nacht hatte sich bereits über die Dächer und Kirchtürme von Köln gesenkt, als der Hauptmann das Zeughaus betrat. Er hängte den Kienspan, den er mit sich trug, in eine der Wandhalterungen, dann rieb er die Hände aneinander, die beim Ritt durch die kalte Herbstluft gefühllos geworden waren. In der kleinen Eingangshalle stapelten sich Holzkisten; vermutlich enthielten sie die neuen Bolzen für die Armbrüste und Büchsen, die Johann van Spele, der Büchsenmeister, diese Woche zu liefern versprochen hatte.

Kurz hob er einen der Kistendeckel an und nickte sinnierend. Noch schien die Lieferung vollständig zu sein. Am besten zählte er gleich heute noch die Anzahl der Bolzen und Büchsen und hielt sie schriftlich fest. Es erschien ihm als eine Schande, dass dies überhaupt notwendig geworden war. Jemand betrog die Stadt Köln, und das konnte man nicht auf sich beruhen lassen. Die gesammelten Beweise wogen schwer, und solange sie nicht vor die Schöffen gebracht worden waren, konnte er niemandem trauen. Niemandem – bis auf einem Mann, einem Freund und langjährigen Waffengefährten. Gemeinsam waren sie den Vorgängen hier im Zeughaus und der Verschwörung gegen die Stadt auf die Spur gekommen. Gemeinsam würden sie auch dagegen vorgehen, deshalb wollten sie sich heute hier treffen.

Entschlossen, die Wartezeit nicht ungenutzt verstreichen zu lassen, legte er die lederne Umhängetasche, die er über der Schulter trug, auf einer der Kisten ab und ging in den Nebenraum, um sich Wachstafel und Griffel zu holen. Sobald die gelieferten Waffen gezählt waren, würde er einen Schreiber alles auf Papier übertragen lassen.

Als er in die Eingangshalle zurückkehrte, spürte er einen Luftzug. Die Tür stand einen Spalt weit offen. Überrascht blickte er sich um. War sein Freund hereingekommen, ohne dass er ihn gehört hatte? Das wäre allerdings peinlich, bildete er sich doch so viel auf sein gutes Gehör und seine flinken Sinne ein.

Ein Rascheln hinter ihm ließ ihn herumfahren und dann erheitert auflachen. «Liebe Güte, hast du mich erschreckt! Ich werde anscheinend alt, wenn du dich jetzt schon so leicht an mich heranschleichen kannst.»

«Möglich», antwortete sein Gegenüber grinsend und trat näher. «Fest steht allerdings, dass du nicht noch älter werden wirst.»

«Wie bitte?» Verblüfft hob er die Brauen. «Soll das ein Scherz sein?»

«Keineswegs.»

Im Schein des Kienspans blitzte eine Dolchklinge auf. Ehe er sich's versah, stand der dunkelhaarige Hüne dicht vor ihm.

«Was soll das?», brachte er gerade noch hervor. «Bist du verrückt gew...» Keuchend brach er ab, als sich die lange Klinge mit einem schnellen Stoß tief in seinen Körper bohrte und dabei seine Eingeweide tödlich verletzte.

Seine Augen wurden groß, unsäglicher Schmerz durchfuhr ihn. Verständnislos starrte er seinem Gegenüber ins gleichgültige Gesicht. Er versuchte, etwas zu sagen, röchelte jedoch nur noch und taumelte rückwärts. Sein Mörder zog den Dolch mit einem Ruck aus seinem Leib und stach gleich darauf noch einmal zu.

Blut schoss durch seine Kehle in den Mund. Er rang verzweifelt nach Atem, wehrte sich gegen das Unvermeidliche. Doch das Leben floss bereits aus ihm heraus. Er ging in die Knie, dann schwanden ihm die Sinne, und er kippte vornüber. Das Letzte, was er vernahm, war ein abfälliges Schnauben und die Worte: «Das ging ja leichter als gedacht.»

1. Kapitel

«Was ist das denn? Pfui, wie eklig!» Kopfschüttelnd stand Adelina vor dem Verkaufstresen in ihrer Apotheke und blickte auf die tote Maus, die in einer der Schalen ihrer Waage lag. «Colin?», rief sie streng. «Wo steckst du? Ist das dein Werk?» Sie stemmte die Hände in die Seiten und blickte zur Hintertür, durch die ihr sechsjähriger Sohn jetzt seinen schwarzen Lockenkopf streckte und sie grinsend ansah.

«Was denn, Mama? Oh, die Maus hab ich ganz vergessen.»

«Vergessen? Auf meiner Waage?»

«Ich wollte wissen, wie viel sie wiegt.» Der Junge zuckte unschuldig die Achseln. «Weil Magda gestern gesagt hat, dass sie reich sein könnte, wenn sie die toten Mäuse, die Fine neuerdings anschleppt, in Gold aufwiegen würde.»

«Aha.» Stirnrunzelnd betrachtete Adelina ihren Sohn. «Wolltest du sie denn tatsächlich in Gold auszahlen?»

«Nein, ich war nur neugierig.» Colin zögerte. «Soll ich sie rauswerfen?»

«Ich bitte darum. Und dann reinigst du die Waage. Gründlich!», setzte sie scharf hinzu.

«Aber sie ist doch gar nicht schmutzig geworden.» Colin nahm die tote Maus am Schwanz und warf sie aus dem Fenster. Als er sich umdrehte, blickte er direkt in Adelinas strenges Gesicht und zog den Kopf ein.

«Schon gut, ich mach's ja.» Vorsichtig nahm er die Waage vom Tresen und trug sie ins Hinterzimmer.

Adelina seufzte, musste sich aber gleichzeitig ein Lächeln verkneifen. Ihr Sohn wurde von Tag zu Tag frecher. Wenn das so weiterging, würde sie es schwerhaben, ihm bei einem ihrer Zunftkollegen eine Lehrstelle zu vermitteln. Seit einigen Wochen erhielt er Schulunterricht bei den Benediktinern von Groß St. Martin, damit er für seine Lehre, die in ein, zwei Jahren beginnen konnte, das nötige Grundwissen im Lesen und Schreiben erwarb. Auch das Rechnen brachte man ihm dort bei. Sie hoffte nur, dass er sich dabei anstelliger zeigte als sein Vater. Neklas Burka war zwar ein angesehener Medicus, aber mit Zahlen hatte er seine Probleme, zumindest, wenn es über die einfachsten Rechenoperationen hinausging. Das war einer der Gründe gewesen, weshalb sein Vater ihn auf eine Lateinschule geschickt hatte, anstatt ihn zum Tuchhändler ausbilden zu lassen, wie es für die Söhne seiner Familie üblich war.

Prüfend sah Adelina sich in der Apotheke um. Drei Seiten des Raumes wurden von Regalbrettern beherrscht, in denen sich Dosen, Kisten, Säckchen und Glasbehälter mit den verschiedensten Arzneien und Ingredienzien säuberlich geordnet aneinanderreihten. Der schon sehr alte, jedoch gepflegte und stets sauber gewischte Verkaufstresen aus Eichenholz glänzte ein wenig im Schein ihrer Öllampe. Den Fußboden hatte sie selbst noch am Vorabend gekehrt. Alles war so ordentlich, wie sie es liebte.

Es war noch sehr früh am Morgen, draußen begann es gerade erst zu dämmern. Dennoch waren im Haus bereits Geräusche zu vernehmen, die von geschäftigem Treiben zeugten. Ludowig, ihr hünenhafter Knecht, hatte bereits Holz gehackt und hereingetragen, die alte Magda war dabei, den Ofen anzuheizen, da heute Backtag war. Die jüngere Magd Franziska kümmerte sich um Adelinas dreijährige Tochter Katharina, die gerade wegen irgendetwas lautstark protestierte.

Griet, Adelinas Stieftochter, und die frischgebackene Gesellin

Mira hatten bereits Wasser vom Marktbrunnen geholt und sich bereiterklärt, den Morgenbrei aufzusetzen. Adelina hoffte, dass Mira dabei den Löwenanteil der Arbeit übernehmen würde. So lieb ihr die mittlerweile fünfzehnjährige Griet auch war – von ihr zubereitete Lebensmittel rührte sie lieber nicht an. Das Mädchen stand mit der Kochkunst eindeutig auf Kriegsfuß. Meist ließ sie den Brei anbrennen oder das Brot hart wie Stein werden. Auch das Würzen klappte selten so, wie es sollte. Merkwürdig eigentlich, sinnierte Adelina, denn wenn es sich um alchemistische Rezepturen handelte, die Griet so gern zusammen mit ihrem Vater ausprobierte, gab es niemals unschöne Zwischenfälle. Im Laboratorium bewies sie sogar ein ausgesprochenes Talent – leider nicht ganz passend für ein junges Mädchen, das allmählich ins heiratsfähige Alter kam. Neklas freute sich natürlich, dass seine Tochter seine Begeisterung für die Alchemie geerbt hatte. Adelina bezweifelte jedoch, dass das zu etwas Gutem führen würde.

Sie schob den großen Riegel der Eingangstür zurück und prüfte, ob das Glöckchen, das eintretende Kunden ankündigen sollte, auch am richtigen Platz war. Sie wollte heute schon früh ihre Apotheke öffnen, denn nachdem es in den vergangenen Tagen viel geregnet und danach zum ersten Mal in diesem Herbst ordentlich gefroren hatte, erwartete sie einen Ansturm von Leuten, die nach Erkältungsarzneien verlangten. Glücklicherweise hatte sie ihre Vorräte rechtzeitig aufgefüllt.

«Meisterin, das Frühstück ist fertig», vermeldete Mira, die in diesem Moment in der Hintertür erschienen war.

«Ich komme.» Adelina nickte ihr zu. «Wer hat gekocht?»

Mira lächelte. «Ich. Griet hat das Brot aufgeschnitten und den Tisch gedeckt.»

«Gut.» Adelina folgte dem hübschen, schlanken Mädchen in Richtung Küche. Mira war von adeliger Geburt, jedoch die jüngste Tochter eines jüngeren Sohnes und deshalb ursprünglich für ein Leben im Kloster bestimmt gewesen. Ihre Mutter hatte jedoch durchgesetzt, dass sie stattdessen eine Lehre in der Apotheke beginnen durfte – mit einigem Erfolg. Vor zwei Monaten hatte Mira ihre Gesellenprüfung abgelegt. Da Adelina das Mädchen inzwischen trotz dessen frechen Mundwerks sehr ins Herz geschlossen hatte, behielt sie sie nun auch als Gesellin. Zumindest vorerst. Schon einmal hatte Miras Vater versucht, sie günstig zu verheiraten, ausgerechnet an Adelinas Bruder Tilmann Greverode. Mira hatte sich gesträubt, und Tilmann war schließlich vom vereinbarten Vertrag zurückgetreten, doch bedeutete das sicher nicht, dass der Graf von Raderberg von seinen Plänen bezüglich seiner Tochter inzwischen abgerückt war. Wenn sich ein anderer Bräutigam fand, würde er zugreifen, ob Mira wollte oder nicht. Hübsch, wie sie war, und nunmehr neunzehn Jahre alt, würde es an Interessenten ganz sicher nicht mangeln.

Ehe Adelina die Küche betreten konnte, kam ihr jüngerer Bruder Vitus aus seiner Kammer, ein zerfetztes Stück Lederriemen in Händen haltend.

«Lina, guck mal!», rief er anklagend. «Mein Gürtel ist entzwei. Was mach ich denn jetzt?»

Adelina blieb stehen und nahm dem hochgewachsenen jungen Mann mit dem leicht schiefen, aber dennoch recht anziehenden Gesicht den Riemen ab.

«Wie ist das denn geschehen?», fragte sie, wartete aber nicht auf eine Antwort. «Nimm den breiten braunen Gürtel, den du von Frau Benedikta geschenkt bekommen hast, als sie das letzte Mal hier war.»

«Aber der ist doch viel zu fein für alle Tage.»

«Mag sein, aber ohne Gürtel kannst du ja wohl nicht herumlaufen», erklärte sie. «Ich werde dir einen neuen anfertigen lassen. Franziska muss sowieso mit einem Korb voll Schuhe zum Flickschuster, dann kann sie auch gleich zum Riemer gehen.»

«Darf ich mit? Ich passe auch auf Ziska auf.» Hoffnungsvoll blickte ihr Bruder sie an. Er war kräftig, besaß jedoch leider nur den Verstand eines kleinen Kindes. Adelina ließ ihn so gut wie nie allein hinausgehen, aus Angst, er könne in seiner Tolpatschigkeit ein Unheil anrichten oder – fast noch schlimmer – von seinen Mitmenschen geschmäht werden. Doch in Franziskas Gesellschaft würde so etwas nicht passieren. Ihre junge Magd war nicht auf den Mund gefallen und sehr beherzt, wenn es darum ging, die ihr Anvertrauten zu verteidigen.

«Also gut, Vitus, meinetwegen. Aber benimm dich anständig und tu, was Franziska dir sagt.»

«Mach ich doch immer!», rief Vitus begeistert und drehte sich rasch um. «Ich hol meinen Mantel!»

«Halt!» Adelina bekam ihn gerade noch am Ärmel seines Hemdes zu fassen. «Du suchst jetzt erst einmal deinen anderen Gürtel, und dann wird gefrühstückt. Franziska bricht erst am späten Vormittag auf.»

«Muss ich wirklich etwas essen?», fragte er enttäuscht.

«Hast du denn keinen Hunger?»

«Doch.»

«Na also. Geh und zieh dich fertig an.» Nachsichtig gab Adelina ihrem Bruder einen Klaps auf den Arm und betrat nun endlich die Küche, in der es angenehm nach Ofenfeuer und Hirsebrei duftete. Der neue Brotteig, den sie vorhin angesetzt hatte, stand auf drei Schüsseln verteilt in dem deckenhohen Holzregal neben der Tür. Magda, mittlerweile sechzig Jahre alt, ließ es sich trotz der schmerzenden Knoten in ihren Fingern nicht nehmen, Holzscheite nachzulegen und mit dem schweren Schürhaken zu hantieren.

Unter der Ofenbank hockten Fine, die schwarz-weiße Katze, und Moses, der sandfarbene, wuschelige Hund, der Adelina vor sieben Jahren in einer Gewitternacht zugelaufen war und seither

Haus, Hof und vor allem seine von ihm angebetete Herrin bewachte. Die beiden Tiere teilten sich eine Mischung aus Speckresten und Brei und eine Schale Wasser.

«Soll ich Vater von dem Hirsebrei aufheben?», fragte Griet, die gerade dabei war, das Essen in die Holzschalen auf dem Tisch zu verteilen. «Bestimmt ist er hungrig, wenn er vom Wachdienst zurückkommt.»

«Ja, stell ihm etwas davon beiseite», stimmte Adelina zu. «Obwohl er vermutlich erst einmal ins Bett fallen und bis zum Mittag schlafen wird. Die Nachtwache an der Ulrepforte ist immer besonders anstrengend.»

«Er hat gestern Nachmittag noch einen neuen Versuch angefangen», erzählte Griet, während sie die Portion Brei für ihren Vater abmaß. «Ich könnte ihn nachher weiterführen, damit wir –»

«O nein, Griet, das lässt du schön bleiben.» Entschieden schüttelte Adelina den Kopf. «Ich möchte nicht, dass du allein im Laboratorium hantierst, es sei denn, du stellst Aqua Ardens her. Und das kannst du auch mit der Destille im Hinterzimmer tun.»

«Aber ...»

«Kein Aber, Griet. Ich will nicht, dass dir so ein Experiment mal danebengeht.»

«Das ist mir noch nie passiert!» Enttäuscht zupfte Griet am Ende ihres langen, schwarzen Zopfes. «Ich gehe immer ganz planvoll und vorsichtig vor, so wie Vater es mir beigebracht hat.»

«Das weiß ich, aber trotzdem möchte ich, dass er dabei ist, wenn du da unten herumwerkelst. Abgesehen davon brauche ich dich heute in der Apotheke. Bei diesem Wetter werden wir bestimmt ...» Sie brach ab, als ein kurzes, aber lautes Pochen am Hintereingang zu vernehmen war. «Nanu, wer ist das denn so früh?»

Ehe sie reagieren konnte, erschien Ludowig aus seiner und

Franziskas Kammer. «Ich geh schon, Herrin. Bestimmt ist das der Karl mit einer neuen Fuhre Holz. Hat gesagt, er käm heute ganz früh.» Während er sprach, war er bereits zur Tür gegangen und hatte sie geöffnet.

Adelina nickte und wandte sich dem Tisch zu, hielt aber inne, als sie Ludowig einen erschrockenen Laut ausstoßen hörte. «Herrin? Herrje, kommt schnell!»

«Was ist denn?» Sie machte auf dem Absatz kehrt und eilte zur Hintertür. Wie angewurzelt blieb sie stehen, als sie ihren Bruder Tilmann erkannte, der sich mit beiden Händen am Türstock festklammerte und sich offenbar kaum aufrecht halten konnte. Ludowig versuchte, ihn zu stützen, doch in dem engen Flur hatten die beiden großen Männer kaum Platz.

«Heilige Muttergottes, was ist denn passiert?», rief Adelina und drängte sich an Ludowig vorbei. «Tilmann, warum …?»

«Verletzt», röchelte ihr Bruder mit fast tonloser Stimme. «Du musst … ich kann nicht …» Seine Stimme brach, er machte taumelnd einen Schritt auf sie zu. Im nächsten Moment ging er in die Knie und fiel besinnungslos zu Boden.

«Um Himmels willen!» Adelina hockte sich neben ihm nieder und tastete zuerst über sein Gesicht und den Hals. An der Schlagader spürte sie seinen flachen Puls.

«Ludowig, hilf mir. Wir müssen ihn irgendwo auf ein Bett legen.»

«Vitus' Kammer liegt am nächsten», stimmte der Knecht zu. «Ich muss nur –»

«O nein!», rief Adelina entsetzt. Sie hatte Tilmanns Mantel geöffnet und starrte nun auf einen riesigen Blutfleck, der sich über Hemd und Wams ihres Bruders ausgebreitet hatte. Offenbar hatte er versucht, die Blutung zu stillen, denn unter dem Wams beulte sich etwas, das Adelina für ein Stück verknäuelten Stoff hielt.

Rasch blickte sie sich um. «Magda, frisches Wasser, schnell! Mira, Griet – wo steckt ihr?»

Angezogen von dem Aufruhr waren die beiden Mädchen bereits aus der Küche gekommen und starrten sprachlos auf den bewusstlosen Mann.

«Holt saubere Tücher. Griet, geh zu Jupp und Marie. Jupp soll dir Bandagen geben und Wundsalbe und ... am besten kommt er gleich mit herüber.»

«Sofort, Mutter.» Griet war ganz blass geworden, machte sich aber umgehend auf den Weg nach nebenan. Mira hingegen beugte sich über Tilmann.

«Was ist ihm geschehen? Wurde er überfallen?»

«Ich weiß es nicht. Nun lauf schon und hol mir Tücher!»

«Ja, natürlich.» Mira nickte hastig und rannte davon.

«Vitus, komm mal aus deiner Kammer», hörte Adelina ihre Magd Franziska sagen. «Ludowig muss den Hauptmann auf dein Bett legen.»

«Warum?», fragte Vitus erstaunt. «Er wohnt doch gar nicht hier. Ui!» Er war in den Flur getreten und entdeckte nun den Verwundeten. «Der blutet ja!»

«Ja, Vitus, der Hauptmann ist verletzt», sagte Franziska. «Nun komm, wir müssen Ludowig Platz machen. Geh schon mal in die Küche und fang mit deinem Frühstück an.»

Nachdem die Magd Vitus in die Küche geschoben hatte, half sie Ludowig und Adelina, den Hauptmann der Stadtsoldaten so vorsichtig wie nur möglich zu Vitus' Bett zu transportieren.

«Was um alles in der Welt ist geschehen?», fragte sie, schien aber keine Antwort zu erwarten, denn sie eilte gleich wieder hinaus. «Ich kümmere mich um Colin und Katharina. Die beiden müssen Euch jetzt nicht auch noch zwischen den Füßen herumlaufen.»

Adelina war ihr von Herzen dankbar dafür. Vorsichtig versuchte sie, ihrem Bruder den Mantel auszuziehen. Dann blickte sie ratlos auf das blutige Wams.

Schritte wurden im Flur laut, und einen Moment später traten Jupp und Marie ein, dicht gefolgt von Griet, die ein Bündel Bandagen im Arm trug. Auch Mira tauchte mit den geforderten Leintüchern auf, und hinter ihr kam noch Magda mit einem Eimer Wasser dazu. Die kleine Kammer war heillos überfüllt.

Adelina richtete sich auf und griff zunächst nach den Bandagen. «Danke, Griet. Bitte geht jetzt alle hinaus. Nur Jupp und Marie nicht. Wir müssen feststellen, was Tilmann zugestoßen und wie schwer er verletzt ist, und dazu brauchen wir Platz.»

Das Gesinde gehorchte sofort, und auch die Mädchen verließen den Raum, wenn auch zögernd.

Jupp hatte sich indes über den Verwundeten gebeugt und ihn untersucht. Der Baderchirurg war ein Hüne von Mann mit braunem, kurzgeschnittenem Haar und sauber gestutztem Kinnbart. Vor Jahren hatte Neklas das Haus direkt neben der Apotheke gekauft und umbauen lassen. Die oberen Kammern vergrößerten den Wohnraum für seine Familie, die unteren Zimmer gehörten Jupp und dessen Frau Marie sowie den beiden inzwischen elfjährigen Zwillingen Bina und Malka. Auch Jupps Behandlungsraum befand sich dort.

«Wir müssen ihm die Kleider vom Leib schneiden», bestimmte er. «Anders geht es nicht. Marie?»

Seine Frau reichte ihm wortlos eine Schere, die sie samt einiger anderer Utensilien in einem kleinen Korb mit sich führte. Geschickt schnitt er Wams und Hemd auf und schälte dem Bewusstlosen beides vom Leib. Tatsächlich hatte sich Tilmann einen notdürftigen Verband aus Lumpen und einem zerrissenen Hemd angelegt. Auch diesen entfernte Jupp vorsichtig.

Adelina stieß einen entsetzten Laut aus. Offenbar war Tilmann an der rechten Seite gleich unterhalb der Rippen von einem Schwerthieb getroffen worden. Noch weit schlimmer jedoch als dieser Schnitt klaffte eine Wunde an seinem Bauch, die aussah, als stamme sie von einem Messer oder Dolch.

«Den Messstab», verlangte Jupp, ohne den Blick von den Wunden abzuwenden.

Wieder reichte Marie ihm das Gewünschte – einen unterarmlangen Metallstab, den Jupp nun vorsichtig zunächst in die Wunde an der Seite einführte.

«Nicht sehr tief», befand er, wischte den Stab mit einem der Tücher sauber und führte ihn dann in die Dolchwunde ein. Tilmann röchelte und zuckte zusammen. Offenbar war seine Bewusstlosigkeit nicht so tief, dass er keinen Schmerz empfand.

«Übel», urteilte Jupp, als er den Stab aus der Wunde zog. «Wahrscheinlich sind seine inneren Organe verletzt. Wie sehr, lässt sich leider nicht sagen. Aber bei einer so tiefen Wunde ist es fraglich, ob er es übersteht. Ich kann mir nicht vorstellen, wie er es überhaupt geschafft hat, damit herumzulaufen.» Er hob den Kopf und blickte Adelina an, die blass vor Entsetzen und Sorge seiner Tätigkeit zusah. «Ich säubere die Wunden und verbinde sie, aber wie gesagt ...» Seine Stimme wurde sanfter. «Viel Hoffnung kann ich dir nicht machen. Er hat wahrscheinlich bereits Unmengen von Blut verloren. Hast du eine Ahnung, mit wem er aneinandergeraten sein könnte?»

«Nein.» Adelina schüttelte den Kopf und schluckte hart. «Ich habe ihn schon seit Monaten nicht mehr gesehen. Seit dem Schützenfest auf dem Neumarkt im Juli, um genau zu sein.»

«Auf jeden Fall hat er sich gegen den oder die Angreifer gewehrt.» Jupp deutete auf mehrere frische Schrammen und Blutergüsse an Tilmanns Schultern, Armen und Brust. «Wir sollten ihn ganz entkleiden, um nachzusehen, ob es noch mehr Wunden gibt, die versorgt werden müssen. Kann er hier liegen bleiben?»

«Natürlich.» Adelina nickte. «Vitus kann in Colins Kammer schlafen.» Sie trat neben Jupp und legte ihm eine Hand auf den Arm. «Du musst ihm helfen. Er ist mein Bruder!»

Jupp tätschelte sie kurz. «Ich tue, was ich kann, Adelina. Aber solche Verletzungen ...»

«Bitte!» Sie verstärkte ihren Griff. «Das sind wir ihm schuldig.»

«Komm, Adelina, lass Jupp seine Arbeit machen.» Marie nahm ihre Freundin sanft bei den Schultern und schob sie zur Tür. «Lass uns in die Küche gehen und etwas essen. Bestimmt habt ihr alle noch nicht gefrühstückt.»

«Mir ist der Appetit gründlich vergangen», murmelte Adelina. Gerade als sie den Raum verlassen wollte, stieß Tilmann ein gequältes Stöhnen aus. Sogleich war sie wieder bei ihm, beugte sich über ihn und ergriff seine Hand. Seine Augenlider flatterten und hoben sich.

«Adelina ...» Seine Stimme war nicht mehr als ein leises Röcheln. «Sag ... ihnen ... nichts.»

«Was? Was soll ich wem nicht sagen? Tilmann?» Sie beugte sich noch weiter zu ihm hinab.

«Ich ... war nie ... hier.» Sie konnte ihn kaum verstehen. «Nie ... hier ... wenn sie ... suchen ... sag ... nichts.» Seine Augen, von denen Adelina nicht sicher war, ob sie sie wirklich wahrgenommen hatten, schlossen sich wieder. Sein Kopf rollte auf die Seite.

«Tilmann? O Gott!» Sie ließ seine Hand los und tastete nach seinem Gesicht. «Ist er ...?»

«Er atmet», sagte Jupp ruhig und deutete auf Tilmanns Bauchdecke, die sich leicht hob und senkte. «Aber ich kann wirklich nicht voraussagen, wie lange noch.»

2. Kapitel

Nachdem Jupp den verwundeten Hauptmann verarztet hatte, war er wieder nach nebenan gegangen. Marie erklärte sich bereit, an Tilmanns Krankenbett zu wachen, damit sich Adelina um ihren Haushalt und die Apotheke kümmern konnte.

Adelina war nicht wohl dabei, doch da Tilmann offenbar nicht wollte, dass jemand von seiner Anwesenheit in ihrem Haus erfuhr, war es wohl das Beste, den alltäglichen Arbeiten nachzugehen. Sie schickte Mira in Begleitung Ludowigs los, um einige bestellte Arzneien auszuliefern, und wies Griet an, mit der Destille im Hinterzimmer Weingeist herzustellen. Franziska war derweil mit Vitus auf den Weg zum Flickschuster. Adelina machte sich daran, das Konfekt, das sie am Vortag bereits vorbereitet hatte, mit einem gleichmäßigen Zuckerüberzug zu versehen.

Es war gerade eine Stunde hell, und sie erwartete Neklas jeden Augenblick von seiner Nachtwache zurück, als jemand heftig an der Haustür pochte. Augenblicke später ertönte eine dunkle Männerstimme: «Magister Burka? Meisterin? Ist jemand zu Hause?»

«Natürlich, tretet ein!» Eilig ging Adelina zur Tür und öffnete sie. Zu ihrer Überraschung sah sie sich dem neuen Vogt, Gerlach Haich, sowie einem der städtischen Büttel gegenüber. Eine böse Ahnung beschlich sie, doch sie ließ sich nichts anmerken.

«Wie kann ich Euch helfen, Herr Vogt?» Fragend musterte sie den schlanken, hochgewachsenen Mann, dessen schwarzes Haar im Nacken kurz geschoren und an den Schläfen bereits ergraut war. Seine grauen Augen blickten streng, aber freundlich in ihre Richtung, doch er schien ein wenig zu schielen. Die lange Hakennase und das etwas spitze Kinn gaben ihm ein ziegenhaftes Aussehen.

«Guten Morgen, Meisterin Burka», grüßte er. «Verzeiht die Störung. Wisst Ihr, wo sich Euer Bruder aufhält?»

«Mein Bruder?»

«Der Hauptmann, Tilmann Greverode. Der ist doch Euer Bruder, oder etwa nicht? Ist er hier im Haus?»

«Tilmann ist mein Bruder.» Adelina nickte und spürte, wie sich die Härchen auf ihren Armen aufrichteten. Doch sie behielt weiterhin ein gleichmütiges Gesicht. «Leider weiß ich nicht, wo er sich gerade aufhält. Ich habe ihn schon seit einigen Monaten nicht mehr zu Gesicht bekommen. Es heißt, er sei zuletzt viel für den Rat auf Reisen gewesen. Aber auch wenn er in der Stadt ist, besucht er mich nicht oft. Warum glaubt Ihr, dass er hier sein könnte?»

«Weil er nicht so dumm sein wird, sich in seinem eigenen Haus zu verstecken», antwortete der Vogt mit einem dünnen Lächeln, das Adelina nicht gefiel.

«Was soll das heißen?», fragte sie. «Warum sollte er sich verstecken?» Ihr Herz begann unangenehm gegen ihre Rippen zu pochen.

«Weil er einen Mord begangen hat, Meisterin», sagte der Vogt ohne jegliche Regung. «Gestern Abend oder heute Nacht. Es kann nicht lange her sein.»

Adelina wurde blass und fühlte einen Schauer über ihr Rückgrat kriechen. «Was sagt Ihr da? Einen Mord?» Energisch schüttelte sie den Kopf. «Niemals. Mein Bruder ist ein Ehrenmann und Hauptmann der Kölner Stadtsoldaten. Kein Mörder.» Sie hielt inne. «Wen soll er denn angeblich umgebracht haben?»

«Clais van Dalen, den zweiten Kölner Hauptmann.»

«Mutter, wer ist denn da?» Griet hatte die Apotheke durch die

Tür zum Hinterzimmer betreten. Als sie den Vogt sah, kam sie zögernd näher. «Stimmt etwas nicht?»

«Das ist vollkommen unmöglich!», rief Adelina erschüttert. «Clais und Tilmann sind ... waren gute Freunde. Warum sollte Tilmann ihn umbringen?»

«Mutter?» Griet griff entsetzt nach Adelinas Arm. «Was hat das zu bedeuten?»

«Geh wieder zur Destille, Kind», murmelte Adelina und warf Griet einen vielsagenden Blick zu.

Doch das Mädchen schüttelte den Kopf. «Auf keinen Fall, Mutter.»

«Er ist also ganz sicher nicht hier im Haus?»

«Nein.» Adelina verschränkte die Arme vor dem Leib.

«Aber Ihr gebt mir oder dem Gewaltrichter Reese umgehend Bescheid, wenn er hier auftaucht?»

«Er hat niemanden getötet», beharrte sie anstelle einer Antwort. «Das ist verrückt.»

«Leider haben wir stichhaltige Hinweise, dass er es war», erklärte der Vogt und behielt noch immer diesen freundlich-kühlen Tonfall bei, der, gepaart mit seinem Lächeln, plötzlich feindselig auf sie wirkte. «Man hat seinen Dolch blutbesudelt neben dem Toten gefunden.»

«Adelina, nun beruhige dich endlich», sagte Neklas am späten Nachmittag. Adelina und er hatten sich den ganzen Tag bereits über kaum etwas anderes als Tilmanns Verwundung und den Besuch des Vogtes unterhalten. Neklas deutete auf die Ofenbank in der Küche. «Setz dich. Du machst mich ganz nervös!»

«Nein, ich beruhige mich nicht!», widersprach sie erregt. «Wie sollte ich auch? Der Mord an Clais van Dalen ist Stadtgespräch, und Tilmann liegt halb tot in Vitus' Kammer. Aber ich weigere mich zu glauben, dass er ein Mörder ist.»

«Man hat nun einmal seinen Dolch bei dem Opfer gefunden. Und dass Tilmann offenbar bei einem Kampf schwer verletzt wurde, ist auch nicht ganz unverdächtig», wandte Neklas ein.

«Und wenn schon. Er hat Clais nicht ermordet. Es muss eine andere Erklärung für all das geben.» Adelina setzte sich nun tatsächlich auf die Bank und verschränkte die Arme vor der Brust. «Wenn er doch nur aus seiner Bewusstlosigkeit erwachen würde, dann könnte er bestimmt alles erklären.»

«Adelina ...» Neklas seufzte und ließ sich neben ihr nieder. «Ich behaupte doch gar nicht, dass er schuldig ist. Aber irgendetwas ist vorgefallen, das steht fest. Tilmann war daran beteiligt, in welcher Form auch immer.»

«Vielleicht sind sie überfallen worden!» Erregt sprang sie wieder auf und ging in der Küche auf und ab. «Der Vogt hat ja nicht gesagt, was genau passiert ist. Es kann ja sein, dass sich alles ganz anders zugetragen hat, als er denkt. Bestimmt sogar! Wir müssen unbedingt herausfinden, was da wirklich geschehen ist. Ich gehe gleich morgen zum Gewaltrichter Reese und frage ihn, was er über die Sache weiß.»

Neklas neigte zustimmend den Kopf, dann lächelte er. «Es gab mal eine Zeit, da hast du dem Hauptmann der Stadtsoldaten die Pestilenz an den Hals gewünscht.»

«Ja, aber das war, bevor ich wusste, dass wir dieselbe Mutter hatten.» Zögernd ließ Adelina sich wieder auf die Bank sinken. «Ich kann nicht behaupten, dass wir ein Herz und eine Seele sind, aber er ist mein Bruder. Erinnere dich, wie er uns beigestanden hat, als man dich fälschlicherweise wegen des Mordes an der Schustersfrau in den Turm sperrte! Es ist das Mindeste, dass wir nun auch zu ihm stehen. Er wollte mir etwas Wichtiges mitteilen und hat gebeten, dass ich seine Anwesenheit hier im Haus geheim halte. Er ist ein Mann von Ehre und würde bestimmt nicht verlangen, dass ich ihn decke, wenn er einen Mord begangen hat. Ganz gleich, was man ihm vorwirft: Ich glaube kein Wort davon.»

«Wir erkundigen uns morgen», versprach Neklas und erhob sich. «Ich muss mich jetzt leider schon wieder auf den Weg zur Ulrepforte machen. Der Wachdienst fängt bald an.» Er verließ die Küche, doch nur Augenblicke später erschien er wieder in der Tür. In der rechten Hand hielt er seinen leichten Helm, über dem linken Arm trug er ein Kettenhemd und den Gürtel mit seinem Dolch.

Adelina half ihm, beides anzulegen, dann reichte sie ihm seinen Mantel und einen Schal. «Es wird gewiss wieder eisig kalt heute Nacht. Nicht, dass du dich erkältest.»

«Wenn es sich einrichten lässt, verrichte ich meinen Dienst in der oberen Wachstube. Dort bin ich vor Zugluft geschützt.» Er zog sie an sich und küsste sie auf die Lippen. «Viel lieber allerdings würde ich hierbleiben und mit dir gemeinsam unser Bett wärmen.»

Adelina lächelte verlegen. «Das hättest du wohl gern. Ist dir unsere Familie nicht bereits groß genug?»

Erneut küsste er sie und ließ seine Lippen dann sachte bis zu ihrem linken Ohrläppchen wandern. «Hat uns das bisher abgehalten?», murmelte er an ihrem Hals.

Adelina erschauerte. «Nicht, dass ich wüsste.» Dann machte sie sich jedoch entschlossen los. «So gern ich dies hier auch fortführen würde – ich fürchte, damit müssen wir warten, bis die Woche um und dein Wachdienst beendet ist.»

Neklas seufzte übertrieben. «Weiß der Stadtrat eigentlich, was ich hier opfere? Na gut, vermutlich wäre das sowieso nicht ganz passend, jetzt, da wir einen Verletzten im Haus verstecken.» Er klemmte sich den Helm unter den Arm, dann gingen sie gemeinsam zur Haustür. «Schließ hinter mir ab.»

«Natürlich.»

«Ich werde mich unter den Wachleuten umhören. Vielleicht erfahre ich ja etwas über den Mord oder über Tilmann.»

Adelina nickte und sah ihm mit gemischten Gefühlen nach, als er hinaus auf den Alter Markt trat. Er nahm eine der beiden brennenden Kienspäne, die den Eingang beleuchteten, aus seiner Halterung. Um diese Jahreszeit wurde es bereits früh dunkel; die Fackel würde ihm helfen, seinen Weg über die unebenen und vielfach mit Unrat bedeckten Straßen und Gassen von Köln zu finden.

«Mira, was tust du denn hier?» Verwundert betrat Adelina am frühen Morgen des nächsten Tages das Krankenzimmer. Tilmann lag noch immer in der gleichen leblosen Position wie am Vortag auf dem Bett. Er hatte das Bewusstsein noch nicht wiedererlangt, doch sein Atem ging einigermaßen gleichmäßig.

Die Gesellin hatte sich auf dem Strohsack, den Ludowig für die Krankenwache hereingebracht hatte, zusammengerollt. Als ihre Meisterin eintrat, schrak sie hoch.

«Oh, guten Morgen.» Sie rieb sich die Augen. «Ich muss wohl eingenickt sein. Ist er ...» Sie sprang auf und beugte sich über Tilmann, dann atmete sie hörbar auf. «Ich dachte schon ...» Sie drehte sich mit einem unsicheren Lächeln zu Adelina um. «Ich habe Franziska heute Nacht abgelöst, weil sie doch auch ihren Schlaf braucht. Sie muss sich ja um Colin und Katharina kümmern, da darf sie nicht müde sein.» Mira unterdrückte ein Gähnen. «Er hat sich die ganze Zeit nicht gerührt.»

«Es ist sehr freundlich von dir, dass du dich kümmerst», sagte Adelina. «Aber es wäre nicht nötig gewesen. Ich hätte auch ...»

«Ach was, das ist schon in Ordnung», wehrte Mira verlegen ab. «Ihr und der Magister und alle hier im Haus seid doch fast wie meine eigene Familie. Da ist es selbstverständlich, dass ich helfe.»

«Danke, Mira.» Adelina war das Erstaunen über die Worte der jungen Frau anzuhören. Sie legte den Kopf schräg. «Dabei dachte ich, dass du Tilmann nicht ausstehen kannst. Ihr habt euch doch nie sonderlich gut verstanden, und meistens bist du ihm in großem Bogen aus dem Weg gegangen, seit er damals ...»

«Ja, ich weiß.» Mira zuckte die Achseln. «Ich habe ihn gemieden, weil ich nicht ertragen mag, von ihm verspottet zu werden. Er hält mich für eine dumme, einfältige Gans mit losem Mundwerk.»

«Zumindest die zweite Hälfte dieser Einschätzung entspricht der Wahrheit», ergänzte Adelina lächelnd.

Wieder zuckte Mira die Achseln. «Kann sein, dass ich meine Zunge nicht immer gebührend im Zaum halten kann. Deshalb gehe ich ihm normalerweise ja auch aus dem Weg. Dann hat er keine Gelegenheit, mich zu provozieren und hinterher zu schelten, wenn mir eine ungezogene Bemerkung herausrutscht. Er ist immer so ...»

«Missbilligend?» Adelina nickte. «Ja, darin ist er gut. Ich lege mich auch oft genug mit ihm an.»

«Ja, aber Ihr seid Meisterin und noch dazu seine Schwester. Euch nimmt er das nicht übel.»

«Nicht? Das wäre mir neu.»

«Er respektiert Euch», erklärte Mira mit Bestimmtheit. «Mich nicht – und warum auch? Dabei stehe ich doch von Stand her über ihm.»

«Nun fang nicht wieder davon an, Mira!»

«Ist doch so. Ich bin von adeliger Geburt, daran lässt sich nichts ändern. Und er wollte mich zur Ehefrau, damit ich ihm Zugang zu den höheren Kreisen verschaffe.»

Adelina seufzte. «Du nimmst ihm das noch immer übel.»

«Nein, es ist schließlich legitim. Aber ich hätte auf keinen Fall einen Mann wie ihn heiraten können. Ich halte es ja nicht einmal länger als ein paar Minuten in seiner Nähe aus, ohne ihm wegen seiner arroganten Art an die Kehle gehen zu wollen. Na ja, es sei denn, er ist bewusstlos.» Als ihr klar wurde, wie ungezogen ihre Worte waren, zog sie den Kopf ein. «Verzeihung, Meisterin.»

Adelina schüttelte milde tadelnd den Kopf. «Und trotzdem hast du die halbe Nacht an seinem Bett gewacht.»

«Weil er Euer Bruder ist und weil …» Mira zögerte und blickte auf den leblosen Körper des Hauptmanns. «Nicht einmal er hat so was verdient.»

«Geh hinaus und wasch dich, es gibt bald Frühstück», sagte Adelina und wechselte damit das Thema. «Später kümmerst du dich für eine Weile allein um die Apotheke, während ich zum Rathaus gehe und versuche, etwas über den Mord an Clais van Dalen herauszufinden.»

«Findet Ihr das nicht merkwürdig?»

«Was meinst du?»

Mira machte eine ausholende Geste. «Na, dass schon wieder jemand aus Eurer Familie in so etwas verwickelt ist. Man könnte fast meinen …» Sie brach verlegen ab. «Dabei war doch endlich ein bisschen Ruhe eingekehrt.»

Darauf konnte Adelina nichts Kluges erwidern, doch ähnliche Gedanken waren ihr in der vergangen Nacht auch schon gekommen. Offenbar zogen sie und ihre Familie solche Unglücke wie magisch an.

Adelina kam nicht dazu, zum Rathaus zu gehen, denn gerade, nachdem die Familie die Frühmahlzeit beendet hatte, traf der Gewaltrichter Georg Reese ein. Er war ein hagerer Mann mit braunem, von grauen Strähnen durchzogenem Haar. Wie so oft in letzter Zeit stützte er sich beim Gehen auf einen Stock, da ihn die Gicht plagte. Als er die Apotheke betrat, hatte Adelina just Mira und Griet letzte Anweisungen für den Vormittag gegeben.

Freundlich winkte sie den Gewaltrichter näher, der sie in den vergangenen Jahren schon so oft um Rat gefragt oder ihr in schwierigen Situationen beigestanden hatte.

«Guten Morgen, Herr Reese», grüßte sie. «Ihr nehmt mir den Gang in die Judengasse ab. Ich war gerade so gut wie auf dem Weg zum Rathaus.»

«Das habe ich mir schon gedacht, deshalb bin ich Euch zuvorgekommen», antwortete er ebenso freundlich. Doch an seiner ernsten Miene erkannte sie, dass er keine guten Nachrichten brachte.

Sie winkte ihn näher und zog einen gepolsterten Schemel hinter dem Tresen hervor. «Kommt, setzt Euch. Wie es scheint, leidet Ihr wieder einmal unter Schmerzen.»

«Ich danke Euch.» Mit sichtlicher Erleichterung ließ er sich auf die Sitzgelegenheit sinken und lehnte seinen Stock gegen sein rechtes Knie.

«Soll ich Euch, während wir sprechen, eine Arznei zusammenstellen? Nehmt Ihr die Kräutermischung, die ich Euch neulich verkauft habe, regelmäßig ein?»

«Ja, natürlich, aber sie ist schon fast wieder aufgebraucht, und leider ereilen mich die Schmerzen trotzdem immer wieder. Eine Linderung ist immer nur von kurzer Dauer.»

Adelina musterte ihn eingehend. Er war gealtert, um seinen Mund und die Augen lagen tiefe Falten. Das Amt des Gewaltrichters einer so großen Stadt wie Köln zehrte ganz offensichtlich an seinen Kräften. Ganz zu schweigen davon, dass er auch noch einen großen Tuchhandel zu führen hatte, selbst wenn ihm inzwischen seine Söhne viele Arbeiten abnahmen.

«Ihr solltet Euch hin und wieder ein wenig Ruhe gönnen», befand Adelina. «Haltet Ihr Euch an die Ratschläge, die mein Mann Euch bezüglich Eurer Mahlzeiten gegeben hat? Kein fettes Fleisch, nicht zu viele süße Speisen. Ihr solltet frisches Gemüse und Obst zu Euch nehmen, das täte Eurer Gesundheit gewiss gut.»

«Ach ja.» Reese seufzte. «Ihr habt recht, aber was hat ein Mann denn noch vom Leben, wenn er nicht einmal mehr ordentlich essen darf? Nur noch Hirsebrei und Grünzeug?»

«Ihr würdet Euch aber besser fühlen.»

«Ich bin doch kein armer Tagelöhner oder Bauer», protestierte er.

Adelina lächelte milde. «Vielleicht nicht. Aber ist Euch schon einmal aufgefallen, dass arme Tagelöhner und Bauern nicht an Gicht leiden?»

«Hm.» Reese brummelte etwas Unverständliches. Dann hob er den Kopf. «Weshalb ich eigentlich hier bin ...»

«Es geht um Tilmann, nicht wahr?» Adelina bedeutete Mira und Griet, die bisher schweigend hinter den Tresen gestanden hatten, die Apotheke zu verlassen. Als die beiden gegangen waren, nahm sie deren Platz ein und begann, auf ihrer Waage Kräuter abzuwiegen. «Deswegen wollte auch ich Euch aufsuchen. Was wisst Ihr über den Mord an Clais van Dalen?», fragte sie geradeheraus. «Der Vogt kam gestern her und behauptete, Tilmann habe Clais getötet und dass es Beweise dafür gäbe. Aber ich kann das nicht glauben. Mein Bruder mag nicht der freundlichste und geduldigste Mensch sein, aber ein Mörder ist er ganz bestimmt auch nicht.»

Reese setzte sich etwas aufrechter. «Ich weiß, was Ihr meint. Der Hauptmann ist ein guter Mann, und ich halte große Stücke auf ihn. Aber tatsächlich ist es so, dass man seinen Dolch bei dem Ermordeten gefunden hat – mit dessen Blut an der Klinge. Wir wissen nicht, wie es sich zugetragen hat. Es gibt leider keine Zeugen. Zwar haben einige Leute vorgestern Abend van Dalen beim Betreten des Zeughauses an der Burgmauer gesehen, jedoch muss er sich dort zu so später Stunde allein aufgehalten haben. Etwas später wurde auch Tilmann Greverode beim Betreten des Zeughauses beobachtet. Die Stadtwache wurde kurz darauf auf die offenstehende Tür des Gebäudes aufmerksam und fand den Ermordeten und den Dolch. Von Greverode keine Spur.»

«Also hat niemand gesehen, dass er den Mord begangen hat.»

«Soweit ich weiß, nicht», gab Reese zu. «Aber der blutige Dolch und sein spurloses Verschwinden sprechen leider eine recht deutliche Sprache. Versteht mich nicht falsch, auch ich kann nicht glauben, dass er van Dalen kaltblütig ermordet haben soll – mit zwei Stichen übrigens. Soweit mir bekannt ist, waren die beiden recht gute Freunde.» Er hielt inne. «Vielleicht sind sie über irgendetwas in Streit geraten, der in einem Kampf geendet hat? So etwas soll ja vorgekommen. Greverode ist zudem für sein aufbrausendes Wesen bekannt.»

Adelina legte ein Kräutersäckchen, das sie gerade aus dem Regal genommen hatte, auf den Tresen. «Das mag sein, aber einen Mord traue ich ihm dennoch nicht zu. Abgesehen davon, dass er sich gestellt und für Aufklärung gesorgt hätte, wenn es sich so zugetragen hätte. Ihr kennt ihn – seine Ehre würde es ihm gebieten.»

«Vielleicht. Aber auch ein Ehrenmann kann in Panik geraten», gab Reese zu bedenken. «Vielleicht hat er einfach den Kopf verloren und ... Nun ja, deshalb ist der Vogt wohl auch gleich zu Euch gekommen, Frau Adelina. Ihr seid die einzige Verwandte, die Greverode noch hat, abgesehen von seiner Tochter und den Eltern seiner verstorbenen Frau.» Er rieb sich über das glattrasierte Kinn. «Dabei fällt mir ein: Sagtet Ihr nicht, Ihr würdet die kleine Lucardis auf seinen Wunsch hin in die Lehre nehmen?»

Adelina nickte. «Ja, aber erst im kommenden Sommer, wenn sie acht Jahre alt ist. Ich halte nichts davon, ein Kind früher in eine Lehrstelle aufzunehmen.»

«Da habt Ihr recht. Kinder in diesem Alter sind schwer genug zu erziehen. Und wenn sie noch jünger sind, hat man meist nur damit zu tun, sie von ihrem Heimweh zu kurieren.» Reese lächelte kurz, wurde aber gleich wieder ernst. «Habt Ihr wirklich nichts von Greverode gehört? Der Vogt ist davon ausgegangen, dass er sich am ehesten an Euch wenden würde. Das heißt, falls er sich überhaupt noch in der Stadt aufhält.»

«Ist Euch schon einmal der Gedanke gekommen, dass er vielleicht verletzt sein könnte?», fragte Adelina. Sie öffnete die Verschnürung des Säckchens und gab mit Hilfe eines Löffels ein Quantum von dem getrockneten Inhalt in eine der Waagschalen. In die andere legte sie ein Gewicht.

«Verletzt?» Interessiert blickte Reese sie an.

Adelina überlegte, ob sie ihm verraten sollte, dass Tilmann in Vitus' Kammer lag und mit dem Tode rang, doch dann entschloss sie sich dagegen. Solange sie nicht mehr über die Angelegenheit wusste, würde sie Tilmanns Bitte entsprechen und seine Anwesenheit im Haus verschweigen. Ein wenig tat es ihr leid, den Gewaltrichter belügen zu müssen, denn er war ihr und ihrer Familie immer ein guter Freund und Fürsprecher gewesen. Aber wer wusste schon, was geschehen würde, wenn sie jetzt die Wahrheit sagte?

«Ja, verletzt», antwortete sie schließlich. «Wenn es sich tatsächlich um einen Streit oder sogar Kampf gehandelt hat, ist doch zu vermuten, dass auch Tilmann Blessuren davongetragen hat.»

Reese zögerte. «Wie erwähnt, da es keine Zeugen gibt, können wir nicht mit Sicherheit sagen, was sich ereignet hat. Aber es würde der Sache helfen, wenn Greverode sich dem Stadtgericht und dem Vogt stellte. Nur so können wir die Geschehnisse aufklären.»

«Und meinen Bruder wegen Mordes hinrichten.» Adelina hob den Kopf und funkelte Reese herausfordernd an.

Der Gewaltrichter hob begütigend die Hände. «Nicht doch, Frau Adelina. So schnell wird ein Mann nicht verurteilt, geschweige denn hingerichtet.»

«Der Vogt schien aber recht überzeugt von Tilmanns Schuld zu sein», erwiderte sie verärgert.

«Der Vogt tut auch nur seine Pflicht.» Reese seufzte. «Ich verstehe ja, dass Ihr Euren Bruder verteidigt. Nichts anderes habe ich erwartet. Aber versteht auch mich. Wir haben einen Toten im Zeughaus gefunden und Eures Bruders Messer gleich daneben. Euer Bruder ist seither spurlos verschwunden. Was würdet Ihr darüber denken, wenn Ihr die Sache aus Sicht des Vogtes betrachtet?» Mit einem leisen Ächzen erhob er sich und stützte sich wieder auf den Gehstock. «Ich bitte Euch nur, die Augen und Ohren offenzuhalten, Frau Adelina. Und gebt mir Bescheid, wenn Ihr von Greverode hört. Vielleicht habt Ihr recht, und alles hat sich ganz anders zugetragen. Aber das können wir nur herausfinden, wenn er sich stellt und uns sagt, was vorgestern Abend im Zeughaus passiert ist.»

Schweigend sah er ihr dabei zu, wie sie die übrigen Ingredienzien für seine Arznei abwog, mischte und dann in ein kleines, hölzernes Kästchen abfüllte. «Legt bitte noch eine Handvoll von Euren kandierten Kirschen dazu», sagte er, nun wieder lächelnd. Als sie die Augenbrauen hob, ergänzte er rasch: «Für meine Gemahlin. Sie liegt mir schon seit Tagen damit in den Ohren.»

Adelina erwiderte sein Lächeln und legte das gewünschte Konfekt in eine zweite Schachtel. Einige Münzen wechselten den Besitzer, dann wandte sich Reese zum Gehen. Adelina kam rasch hinter dem Tresen hervor und hielt ihm die Tür auf.

«Weshalb sollten Clais und Tilmann derart in Streit geraten sein, dass einer den anderen umbringt?» Sie trat mit ihm vor die Tür. «Wie Ihr schon sagtet, die beiden waren gute Freunde.»

«Eine gute Frage», gab Reese zu. «Wenn ich die Antwort darauf wüsste, wäre uns schon sehr geholfen.»

3. Kapitel

«Hast du etwas herausgefunden?», fragte Adelina anstelle einer Begrüßung, als Neklas von seiner Nachtwache an der Ulrepforte zurückkehrte.

«Nichts Gutes.» Er gähnte ausgiebig und ging ihr voran in die Küche. Adelina bedeutete Mira, sich um die Apotheke zu kümmern, und folgte ihm. Sobald Neklas auf der Bank saß, erhielt er von Magda eine Schüssel Hirsebrei und einen Becher Bier. Während er aß, berichtete er: «Es heißt, der Vogt habe sich bereits auf Tilmann als Mörder versteift. Er lässt ihn von den Bütteln und einem Trupp Stadtsoldaten in ganz Köln und Umgebung suchen.» Er blickte von seiner Schüssel auf. «Du weißt, was das bedeutet, Lina.»

«Dass er hier nicht sicher ist.» Sie nickte besorgt. «Aber was soll ich machen? Er ist zu schwer verletzt, als dass wir ihn transportieren können. Und verraten werde ich ihn auch nicht, solange ich nicht mit ihm gesprochen habe.»

«Er ist also noch nicht aufgewacht?»

«Nein.»

«Es ist nur eine Frage der Zeit, bis sie wieder hier auftauchen», gab er zu bedenken und versenkte seinen Löffel erneut in dem Brei. «Einen Grund für den Mord hat Haich übrigens auch schon gefunden.»

«Welchen Grund?» Überrascht blickte Adelina ihn an.

Neklas schob sich noch einen weiteren Löffel voll in den

Mund, bevor er antwortete: «Clais und Tilmann sind ... waren Konkurrenten um das Amt des Stimmeisters im Stadtrat. Du weißt selbst, wie begehrt dieser Posten ist.»

«Ich wusste gar nicht, dass sich Tilmann in den Stadtrat wählen lassen will.» Verwundert zog Adelina die Stirn kraus. «Deshalb also soll er seinen guten Freund umgebracht haben?» Sie ließ sich Neklas gegenüber am Tisch nieder. «Das kann ich nicht glauben. Er mag ja ehrgeizig sein. Aber er geht doch nicht über Leichen, um ein Amt zu erhalten!»

«Der Stimmeister bekleidet eine wichtige Funktion im Militärwesen», gab Neklas zu bedenken. «Dass sich Tilmann dafür interessiert, halte ich für absolut natürlich. Abgesehen davon wird wieder viel über ihn getratscht. So sagt man zum Beispiel, er habe seine selige Frau praktisch auf dem Grabe ihres ersten Mannes geheiratet.»

Adelina runzelte verärgert die Stirn. «Du weißt selbst, dass das nicht ganz stimmt. Er hat uns die Geschichte doch erzählt. Seine Gemahlin war bereits über ein halbes Jahr Witwe, bevor er um sie angehalten hat. Manch eine Frau kommt nach dem Tod ihres Mannes viel schneller wieder unter die Haube.»

«Vor allem, wenn es im Interesse ihrer Familie ist», bestätigte Neklas und schob die leere Schüssel von sich. «Leider sind es genau solche Gerüchte, die jetzt wieder die Runde machen und ein schlechtes Licht auf deinen Bruder werfen werden. Du weißt, wie die Menschen sind, Lina.»

«Ja, leider.» Sie schaute auf die Tischplatte. «Das weiß ich nur zu gut. Wir haben es ja oft genug selbst erlebt.» Als sie den Kopf wieder hob, erblickte sie ihre Gesellin in der Küchentür. «Was gibt es, Mira? Hatte ich nicht gesagt, du sollst dich um die Apotheke kümmern?»

«Ja, Meisterin.» Mira trat ein. «Aber Griet ist in der Apotheke. Ich ... Verzeiht, dass ich gelauscht habe. Es ist nur ...» Sie zögerte.

Adelina winkte sie näher. «Was, Mira? Nun sprich schon!»

«Euer Bruder wird überall gesucht, ja?»

«So ist es», antwortete Neklas.

«Dann ist er doch hier nicht sicher.» Auf seine einladende Geste hin setzte sich die junge Frau ebenfalls an den Tisch.

«Und weiter?» Adelinas Miene zeigte deutlich ihre Ungeduld.

«Na ja, ich hätte eine Idee, wo wir ihn –»

«Herrin, kommt schnell! Der Hauptmann wacht auf!» Ludowig, der im Augenblick die Krankenwache übernommen hatte, war in der Küchentür erschienen und winkte hektisch.

Sogleich sprang Adelina auf und eilte zu Vitus' Kammer. Neklas folgte ihr auf dem Fuße, und auch Mira gesellte sich dazu. Tilmann lag noch immer beinahe reglos auf dem Rücken, doch sein Brustkorb hob und senkte sich etwas kräftiger, wenn auch ungleichmäßig. Besorgt beugte Adelina sich über ihn.

«Eben hat er einmal kurz die Augen geöffnet», berichtete Ludowig aufgeregt.

Adelina berührte ihren Bruder an der Wange und spürte dabei die rauen Bartstoppeln unter ihren Fingern. Sie sagte zu Ludowig: «Lauf und hole Meister Jupp her. Beeile dich!» Sie wandte sich wieder Tilmann zu, dessen Augenlider flatterten, sich kurz hoben aber sogleich wieder schlossen.

«Tilmann!», drängte sie in beschwörendem Ton. «Wach auf, Tilmann! Sieh mich an! Es ist alles gut. Du bist hier in Sicherheit. Komm schon, wach auf.»

Wieder flatterten seine Lider. «Adelina?», kam es röchelnd über seine Lippen. «Sag ... nichts ...»

«Nein, ich habe niemandem gesagt, dass du hier bist.»

«Gefahr ... muss ... Clais ... warnen ...»

«Clais ist tot, Tilmann.» Adelina spürte, wie ein Zucken durch den Körper ihres Bruders ging. Im nächsten Moment öffneten sich seine Augen. Entsetzt starrte er sie an. Sofort tat es ihr leid, dass sie es ihm gesagt hatte, doch nun ließen sich ihre Worte nicht mehr zurücknehmen.

«Tot?»

«Er wurde ermordet, Tilmann. Der Vogt glaubt, du hast das getan.» Sie strich ihm das lange, dunkle Haar aus der Stirn. «Was ist geschehen? Wer hat dich verletzt?»

Tilmann versuchte zu sprechen, brachte jedoch nur mit Mühe ein paar Worte heraus. «Angreifer ... Zeughaus.» Er rang nach Atem, und Schweiß bildete sich auf seiner Stirn. «Weiß nicht ... Beweise ... wollten ... reden ...» Sein Blick wurde glasig. «Kann ... niemandem ... trauen ...»

Adelina griff nach einem frischen Leintuch, tauchte es in den Wassereimer, der neben dem Bett stand, wrang es aus und tupfte damit über die Stirn ihres Bruders. «Schsch ... schon gut. Das Sprechen strengt dich zu sehr an.»

«Adelina? Ist er wach?» Meister Jupp betrat die Kammer und beugte sich über den Verletzten. «Guten Morgen, Herr Hauptmann», sagte er betont heiter. «Ihr habt also beschlossen, Euch noch nicht ins Jenseits davonzumachen? Hoffen wir, dass es so bleibt.» Er wandte sich an Adelina. «Mach bitte ein wenig Platz, damit ich mir seine Wunden ansehen kann. Und Ihr untersteht Euch, wieder ohnmächtig zu werden, Hauptmann! Ihr müsst mir sagen, wo der Schmerz sitzt.»

Adelina sah schweigend zu, wie Jupp ihren Bruder untersuchte. Neklas war ebenfalls an das Bett getreten und ging seinem Freund zur Hand.

Als Tilmann unter den kundigen Händen des Chirurgen gequält aufstöhnte, schauderte Adelina. Dabei fiel ihr auf, dass Mira noch immer in einer Ecke des Raumes stand und den Männern ebenfalls zusah.

«Was tust du denn noch hier?», fragte sie ruppiger als beabsichtigt. Das Stöhnen ihres Bruders zerrte an ihren Nerven.

Mira war ein wenig blass, machte aber ein entschlossenes Gesicht. «Ich möchte helfen, das habe ich doch gesagt.»

«Du kannst hier nichts tun», erwiderte Adelina. «Geh wieder an deine Arbeit und –»

«Ich weiß, wo wir den Hauptmann verstecken können», unterbrach Mira sie hastig. Bevor Adelina darauf etwas sagen konnte, fuhr sie fort: «Der Vogt vermutet ihn irgendwo in der Stadt, nicht wahr?»

«So sagte Neklas.» Adelina nickte.

«Aber er wird ihn nicht *unter* der Stadt suchen.»

«Unter der Stadt?», echote sie verblüfft.

Mira nickte heftig. «Ja, Ihr wisst, was ich meine: in der Unterwelt. Es gibt doch diesen kleinen Lagerraum unterhalb Eures Kellers, von dem aus man in die alten römischen Gänge unterhalb Kölns gelangt. Auf diesem Weg habt Ihr doch damals heimlich das Haus verlassen, als Ihr nach dem Teufelsanbeter suchtet.» Mira machte eine ausholende Geste. «Da unten wird ihn bestimmt niemand vermuten. Und man kann auch von außen an das Versteck herankommen, wenn es sein muss.»

«Also, ich weiß nicht ...» Skeptisch sah Adelina ihre Gesellin an.

«Mira hat nicht ganz unrecht», mischte sich Neklas ein. Er wischte seine Hände an einem Tuch sauber. «Wenn du Tilmann verstecken willst, muss es ein sicherer Ort sein. Das Kellerverlies ist der sicherste Ort, der mir einfällt.»

«Aber wie sollen wir ihn dort hinunterbringen?» Zweifelnd blickte Adelina von ihrem Mann zu Mira und dann zu Jupp, der sich ebenfalls umgedreht hatte. «Können wir ihn transportieren?»

Jupp hob die Schultern und schüttelte gleichzeitig den Kopf. «In diesem Zustand eigentlich nicht.» Prüfend blickte er über eine Schulter auf den Verwundeten. «Wollt ihr das wirklich tun?

Ihr beide könntet in Teufels Küche kommen, wenn sie erfahren, dass ihr ihn versteckt. Er steht immerhin unter Mordverdacht.»

«Er ist mein Bruder!» Adelina funkelte ihn verärgert an.

Neklas legte ihr begütigend eine Hand auf den Arm. «Adelina hat ihm ihr Wort gegeben. Wir verstecken ihn, bis wir wissen, was sich wirklich zugetragen hat.»

Jupp kräuselte die Lippen, nickte dann aber. «Also gut. Ich verstehe euch. Er hat euch in einer schweren Zeit beigestanden. Ich wäre der Letzte, der das nicht anerkennen würde. Aber transportieren ...» Wieder schüttelte er den Kopf. «Das könnte ihn das Leben kosten.»

«Ich ... gehe ... unten», kam vom Krankenlager überraschend deutlich Tilmanns Stimme. «Lieber tot ... als ... habe Clais nicht ...»

Adelina eilte zum Bett. «Du willst, dass wir dich in das Verlies hinunterbringen?»

Tilmann nickte. Sie wischte ihm noch einmal den Schweiß von der Stirn und blickte dabei zu Jupp hoch. «Er beginnt zu fiebern.»

«Das war zu erwarten.» Jupp stellte sich neben sie und blickte mit besorgter Miene auf den Hauptmann hinab. «Er ist noch lange nicht über den Berg, Adelina. Im Gegenteil – ich fürchte, das Schlimmste steht uns noch bevor. Er ist kräftig, aber ...» Er zuckte die Achseln.

«Bringt mich hinunter.» Tilmann versuchte sich aufzurichten und ächzte vor Schmerzen.

«Halt, mein Freund! Nicht so schnell.» Jupp drückte ihn mit Leichtigkeit wieder zurück auf die Matratze. «Stur wie ein Esel.» Er schüttelte grimmig den Kopf. «Kommt mir bekannt vor.» Er warf Adelina einen bezeichnenden Seitenblick zu. «Komm, Neklas, wir holen von nebenan meine Trage. Adelina, öffne die

Luke zu dem Verlies. Und jemand muss auf den Hauptmann aufpassen. Nicht, dass er noch einmal versucht aufzustehen.»

«Das mache ich», bot Mira rasch an und trat an das Bett. «Ich gebe schon auf ihn acht.»

«Was macht ihr denn da?», fragte Griet neugierig. Sie war durch das Hinterzimmer in den Flur getreten und verfolgte mit großen Augen, wie Jupp und Neklas die hölzerne Trage hereinbrachten.

«Geh rasch wieder in die Apotheke», wies Adelina sie an, «und schließ die Zwischentüren. Wir bringen Tilmann hinunter in den Keller.»

«In den Keller?» Verblüfft hob das Mädchen den Kopf, doch dann lächelte es verstehend. «Ihr versteckt ihn da unten! Das ist eine gute Idee. Da findet ihn so schnell niemand. Ich passe auf, dass keiner reinkommt.» Sie machte auf dem Absatz kehrt und war wieder in der Apotheke verschwunden. Augenblicke später streckte sie doch wieder den Kopf durch die Tür. «Mutter? Kommst du mal bitte? Magister van Stijn ist da und will dich sprechen. Er braucht Arzneien für die Universität.»

«Ach herrje, auch das noch!» Adelina blickte unsicher zu Neklas, der ihr mit einem Handzeichen zu verstehen gab, dass sie ruhig gehen sollte.

«Wir machen das schon, Herrin», sagte Franziska, die mit Katharina auf dem Arm gerade die Stiege herabgekommen war. «Ich lasse Katharina bei Magda und Vitus in der Küche und helfe den anderen beim Tragen.»

«Vitus!» Adelina wurde blass. «Er soll besser nicht wissen, was wir hier tun. Ein solches Geheimnis kann er sicher nicht bewahren.»

«Wir machen das schon, Meisterin», sagte auch Mira, die aus Vitus' Kammer getreten war. «Franziska, kümmere dich ruhig um Katharina und Vitus. Ich helfe hier.»

«Ich bin auch noch da», kam Maries Stimme von der Hintertür. Sie krempelte die Ärmel ihres grünen Kleides hoch. «Zu viert werden wir Tilmann schon nach unten schaffen. Lass van Stijn nicht länger warten, Adelina.»

Trotz dieser vielen helfenden Hände wandte sich Adelina nur widerstrebend der Apotheke zu. Doch sie würde sich wohl oder übel um den Medicus der Universität kümmern. Der Alltag in ihrem Geschäft musste weitergehen, als sei nichts geschehen.

Der Schmerz wühlte in seinen Eingeweiden wie der Gottseibeiuns höchstselbst. Ein rötlicher Schleier hatte sich über seine Augen gelegt, und zugleich waberte etwas wie Nebel um ihn herum.

«Hauruck!», hörte er die Stimme des Baderchirurgen. Im nächsten Moment wurde er in die Luft gehoben und gleich darauf auf einer harten, glatten Unterlage wieder abgelegt. Der Schmerz, der zuvor schon unerträglich gewesen war, raubte ihm nun beinahe die Sinne.

«Verflucht!», hörte er erneut den Chirurgen. «Er blutet wieder. Tücher, Neklas! Und etwas Schweres, einen Stein am besten. Marie, hol einen Stein aus dem Hof. Und du, Mädchen, hältst den Kerl fest, damit er uns nicht von der Trage rutscht.»

Mädchen? Irritiert vergaß er für einen Moment seinen Schmerz und versuchte, den roten Schleier zu vertreiben. Ein blonder Haarzopf baumelte vor seinem Gesicht. Was hatte sie hier zu suchen? Das fehlte ihm noch. Er versuchte zu protestieren, als sie ihn an den Schultern festhielt, doch kein Wort kam über seine Lippen. Ihre blauen Augen erschienen ihm riesig in ihrem feingeschnittenen Gesicht. Sie starrte ihn an. Nein, sie blickte überraschend besorgt. Zumindest fiel sie beim Anblick seiner Wunden nicht gleich um.

«Ist er noch wach? Wie geht es ihm?»

Plötzlich verdoppelte sich das Gesicht vor ihm. Ein zweites

paar blaue Augen richtete sich auf ihn. Noch mehr blondes Haar. Phantasierte er? Hatte der Schmerz ihn irre gemacht? Halt, nein, das zweite Paar Augen war heller, das blonde Haar unter der Haube ebenfalls – fast weiß sogar. Die Frau des Chirurgen, Marie Kornbläser. Die verstand wenigstens etwas von Krankenpflege. Verdammt, wie er das hasste! Er konnte sich nicht rühren, ohne zu riskieren, dass die Wunden noch weiter aufrissen und sein wertvolles Blut, sein Lebenssaft, in Strömen aus ihm hinausfloss. Beim Gedanken daran wurde ihm übel.

«Wir binden ihn fest», bestimmte Jupp. «Anders geht es nicht. Aber ich weiß immer noch nicht, wie wir ihn durch die Luke und die enge Stiege hinab befördern sollen.» Seiner Stimme war die Skepsis anzuhören.

«Werde ... gehen», brachte Tilmann einigermaßen deutlich heraus.

Prompt wandten sich auch die Gesichter des Chirurgen und seines Schwagers ihm zu.

«Was sagt Ihr da?», fragte Jupp. «Ihr wollt laufen? Das macht mir mal vor in Eurem Zustand. Halt, nein, du liebe Zeit! Vergesst das sofort wieder, Hauptmann. Mira, halt ihn fest!»

«Finger weg», krächzte er und ärgerte sich, dass seine Stimme so wenig Autorität innewohnte.

«So liegt doch still, Hauptmann Greverode!», schimpfte Mira. «Wenn Ihr derart herumzappelt, kriegen wir Euch nie in den Keller hinunter.»

Er hustete. «Zappele nicht.»

«Und wie Ihr das tut! Seht Euch das an, die Seite blutet auch wieder. Nein, jetzt bleibt endlich ruhig liegen!» Sie drückte ihn an den Schultern nach unten. War er so schwach oder sie kräftiger, als er gedacht hatte? Und wie kam sie dazu, ihm Anweisungen zu geben?

Er spürte, wie er an Füßen, Beinen und Brustkorb mit ledernen Gurten an die Trage gefesselt wurde. Ärgerlich verdrehte er die Augen. Konnte er wirklich nicht laufen? Als wenig später Jupp und Ludowig die Trage anhoben, wurde ihm schwindelig. Rasch schloss er die Augen.

«Vorsichtig!», rief Jupp, dann kippten seine Füße nach unten.

«Ganz langsam jetzt», wies der Chirurg den Knecht an.

Tilmann spürte, wie es abwärts ging. Sein Gewicht zog ihn zusätzlich nach unten. Die Wunde am Bauch stach wie tausend Teufel. Übelkeit und noch mehr Schwindel überkamen ihn. Er konnte gerade noch hören, wie Jupp fluchte: «Da haben wir's. Er verliert die Besinnung. Na, vielleicht ist es besser so. Dann hält er wenigstens still.» Im nächsten Moment hüllte ihn die Dunkelheit ein wie eine weiche Decke.

Adelina eilte in den Keller, kaum dass Magister van Stijn die Apotheke wieder verlassen hatte. Vorsichtig stieg sie die schmalen Steinstufen in das Gelass hinab, das sie erst vor drei Jahren zufällig unterhalb des Laboratoriums entdeckt hatte. Es handelte sich um einen fast quadratischen Raum, der an drei Seiten von hohen Eichenregalen gesäumt wurde. Eine Tür führte in einen Gang, durch den man bis zu einem alten, vergessenen Beinhaus gelangen konnte. Hinter dem Beinhaus gingen weitere Gänge in die Unterwelt von Köln – alte Ruinen von Römerbauten und -palästen, in denen sich allerlei Gesindel eingenistet hatte. Von ihren Vorfahren war der Raum vermutlich als Vorratskammer genutzt worden, denn Adelina hatte halbverrottete Kisten und Körbe, Zinngeschirr und sogar ein uraltes Weinfässchen gefunden. Die Töpfe, Teller und Becher hatte sie inzwischen in Gebrauch genommen, den Unrat aus dem Regalen entfernt. Anfangs hatte sie überlegt, die Kammer ebenfalls für Vorräte zu benutzen, doch dann war das Vorhaben wieder in Vergessenheit geraten.

Tilmann lag inzwischen auf einer Strohmatratze, die Franziska und Ludowig aus der Gästekammer herbeigeholt hatten. Adelina beugte sich über ihn und fühlte seine schweißnasse Stirn.

«Er hat Fieber», sagte Jupp. «Und es steigt mit jeder Minute. Ich fürchte, wir haben ihm mit diesem Transport keinen guten Dienst erwiesen. Die Wunden sind noch zu frisch, und ich kann nicht einmal sagen, wie schlimm seine inneren Verletzungen sind. Vielleicht hatte er Glück, aber wenn die Wunden brandig werden, solltest du nicht zögern, einen Priester zu holen.»

Adelina nickte betroffen. So sehr sie sich in der Vergangenheit immer wieder über Tilmann Greverode geärgert hatte, so schlimm ihre Auseinandersetzungen mit ihm gewesen sein mochten – sie wollte nicht, dass er starb. Er war ihr Bruder. Es hatte eine Weile gedauert, bis sie diese Tatsache verarbeitet und das Handeln ihrer Mutter so viele Jahre zuvor akzeptiert hatte.

Sieglinde Merten hatte Tilmann außerhalb der Ehe empfangen und geboren und ihn gleich nach der Geburt der Familie seines Vaters überlassen, ohne sich jemals wieder nach ihm zu erkundigen. Adelina wusste nicht einmal, ob ihr eigener Vater eine Ahnung von der Existenz dieses Kindes gehabt hatte. Heute fragte sie sich manchmal, welche Geheimnisse ihre Eltern wohl noch vor ihr verborgen hatten. Vermutlich würde sie es nie erfahren.

«Hol einen Eimer frisches Wasser und saubere Tücher», wandte sie sich an Franziska. «Und einen Stuhl und ...» Sie blickte sich in dem kargen Raum um. «Ein Kohlebecken. Es ist kalt hier unten.»

«Wir sollten auch noch eine zweite Strohschütte herbringen», ergänzte Neklas. «Es muss ständig jemand bei ihm sein, auch nachts.» Er ging zur Treppe. «Ich hole die Matratze am besten gleich. Und ein paar Decken.»

Adelina nickte zustimmend. «Wir sollten uns mit der Krankenwache abwechseln.» Ein wenig verzagt rieb sie sich über die Stirn. «Tilmann hat gesagt, er wollte Clais warnen. Wovor?»

«Vor seinen Mördern vermutlich.» Marie trat neben sie und legte ihr einen Arm um die Schultern.

Dankbar lehnte Adelina sich an sie. «In welche Geschichte ist er denn bloß hineingeraten? Selbst wenn beide sich für das Amt des Stimmeisters bewerben wollten, ist das noch lange kein Grund, sich gegenseitig umzubringen. Es muss etwas anderes dahinterstecken.»

«Das glaube ich auch», stimmte Marie zu. «Tilmann mag ja ehrgeizig sein, aber er ist nicht skrupellos.» Sie strich Adelina über den Arm. «Es wird euch wohl nichts anderes übrigbleiben, als zu versuchen, die Wahrheit herauszufinden.»

Nachdenklich blickte Adelina auf ihren Bruder, dann nickte sie. «Ich glaube, dabei werden wir eure Hilfe brauchen.» Unsicher blickte sie von Marie zu deren Gemahl.

Jupp lächelte. «Du weißt, dass ihr immer auf uns zählen könnt. Und da wir uns sowieso schon mitschuldig gemacht haben, indem wir geholfen haben, den Hauptmann hier zu verstecken, kann es schlimmer kaum noch kommen, was?» Sein Lächeln wurde breiter und ließ zwei Reihen strahlend weißer Zähne sehen. «Irgendwie zieht ihr das Ungemach an wie Licht die Mücken. Mir scheint, es war schon viel zu lange nichts mehr los im Hause Burka.»

4. KAPITEL

Erst nach dem Abendessen fand die Familie wieder Zeit und Muße, sich zu beraten. Colin war gleich nach dem gemeinsamen Mahl zu Bett geschickt worden, und Vitus hatte sich ihm bereitwillig angeschlossen. Zusammen mit seiner Katze hatte er sich in seine Kammer begeben, aus der inzwischen ein leises Schnarchen drang. Adelina hatte auch Katharina zu Bett bringen wollen, doch das kleine Mädchen schlief in letzter Zeit sehr unruhig und wachte oft schreiend und weinend wieder auf. Heute hatte die Kleine sich vehement gewehrt, allein in der Kammer unter dem Dach zu bleiben, die sie mit Griet teilte. Deshalb hatte sich Adelina erweichen lassen und sie wieder mit hinunter in die Küche genommen, wo das Kind nun auf ihrem Schoß und an sie gekuschelt selig lächelnd eingeschlummert war.

Mit abwesendem Blick streichelte Adelina über den weichen schwarzen Haarschopf ihrer Tochter und dachte nach. Um sie herum war es still, denn weder das Gesinde noch Neklas oder die Mädchen schienen so recht zu wissen, was sie sagen sollten.

Schließlich fasste Griet sich ein Herz und brach das Schweigen.

«Mutter? Was hat der Hauptmann zu dir gesagt, als er wach war?» Sie nannte ihn nach wie vor nicht bei seinem Vornamen, obgleich er ja ihr Onkel war – auch wenn sie nur Adelinas Stieftochter war –, zumindest ein angeheirateter. Doch das Mädchen hatte viel zu großen Respekt vor dem oftmals herrisch auftretenden Tilmann und hielt lieber ausreichend Abstand zu ihm, um – ähnlich wie Mira – nicht versehentlich seine Missbilligung zu wecken. Adelina amüsierte sich mittlerweile fast ein wenig darüber, denn sie hatte in den vergangenen drei Jahren festgestellt, dass Tilmann bei weitem nicht so mürrisch und ungnädig war, wie er gern vorgab. Er hatte sich diesen Ruf wohl mit voller Absicht zugelegt, weil es ihm in seiner Stellung zupasskam, wenn alle Welt sich vor ihm fürchtete.

Er war kein einfacher Mensch; sie hatte sich schon oft genug mit ihm angelegt, um das am eigenen Leibe erfahren zu haben. Was sie jedoch stets versöhnlich stimmte, war die freundliche und nachsichtige Art, in der er mit ihren Kindern umging – sowohl mit Colin, der den Onkel regelrecht verehrte, als auch mit der kleinen Katharina. Auch seine Tochter Lucardis behandelte er erstaunlich liebevoll. Anfangs hatte Adelina ihren Augen nicht trauen wollen. Sie hatte vermutet, dass er das Kind bei den Eltern seiner verstorbenen Frau ließ, um so wenig wie möglich mit ihr belastet zu werden. Doch inzwischen wusste sie, dass er so viel Zeit wie möglich mit dem Mädchen verbrachte. Allerdings gab er solche Gefühlsregungen nur äußerst ungern zu und hatte sich ordentlich aufgeregt, als sie ihn darauf anzusprechen wagte.

War Tilmann aufgeräumter Stimmung, gab er sogar einen sehr angenehmen Gesellschafter ab. Eine Unterhaltung mit ihm wurde niemals langweilig, ebenso wie ein Streit mit ihm grundsätzlich dazu führte, dass die Fetzen flogen und Adelina nicht selten übel Lust verspürte, ihm die Augen auszukratzen oder den Hals umzudrehen. Allerdings, so vermutete sie, beruhten diese immer wieder auftretenden Gelüste auf Gegenseitigkeit. Wenn sie eines beide von ihrer gemeinsamen Mutter geerbt hatten, dann ihren Sturkopf.

Plötzlich wurde Adelina bewusst, dass ihre Gedanken gewandert waren. Hatte Griet sie nicht gerade etwas gefragt? Sie hob den Kopf und sah aller Augen auf sich gerichtet.

«Er hat etwas davon gesagt, dass er Clais warnen müsse», antwortete Neklas an ihrer Stelle.

«Von irgendwelchen Beweisen sprach er auch», ergänzte Adelina. «Ich bin ganz sicher, dass er *Beweise* gesagt hat.»

«Aber Beweise wofür?», fragte Mira ratlos. «Es muss ja etwas ganz Schlimmes sein, denn sonst würde doch niemand dafür einen Mord begehen. Oder zwei sogar, denn bestimmt wollte derjenige auch Hauptmann Greverode umbringen.»

«Wir können nur hoffen, dass Tilmann überlebt», sagte Neklas und goss sich und den anderen von dem Most ein, den Magda in einem großen Tonkrug auf den Tisch gestellt hatte. «Er scheint der Einzige zu sein, der uns diese Fragen beantworten kann.»

«Er hat auch erwähnt, dass er niemandem vertrauen kann», fügte Adelina besorgt hinzu. «Vielleicht haben er und Clais irgendwelche verbotenen Vorgänge entdeckt – möglicherweise im Stadtrat. Wo auch sonst?»

«Aber welche Vorgänge sollten das sein?», hakte Griet nach. «Im Stadtrat wird doch ständig geklüngelt. Das sagst du doch immer, Mutter.»

«Es ist ja auch so», bestätigte Neklas. «Nachdem die neue Stadtverfassung in Kraft getreten ist, haben sich bereits wieder ganz eigene Strukturen gebildet. Die Räte und Bürgermeister wechseln sich in ihren Amtszeiten alle zwei Jahre ab, kaum jemand Neues tritt eines der Ämter an, es sei denn, er erbt es oder macht sich durch irgendetwas besonders verdient. Ich will nicht sagen, dass das schlecht sein muss. Die meisten der Räte sind fähige und erfahrene Männer. Aber es kann einem schon zu denken geben, meint ihr nicht auch?»

«Das erklärt aber noch gar nichts», befand Adelina. «Wer auch immer Clais umgebracht hat – er wollte, dass man Tilmann verdächtigt.»

«Wer sagt denn eigentlich, dass es das Blut des Toten war, das an dem Dolch klebte?», warf Mira ein.

Alle starrten sie verblüfft an.

Sie hob die Schultern. «Der Hauptmann wurde doch auch niedergestochen. Vielleicht war es ja sein Blut, und der Dolch lag nur zufällig dort.»

«Dann hätte er aber doch die Leiche gesehen haben müssen», erwiderte Adelina kopfschüttelnd.

«Nein, nicht unbedingt.» Mira nahm ihren Trinkbecher und nippte daran. «Nicht, wenn man Clais van Dalen erst später ermordet hat. Oder vielleicht war auch er es, der Greverode angegriffen hat.»

«Das ergibt keinen Sinn, Mira», widersprach Adelina. «Clais hatte, soweit wir bisher wissen, ebenso wenig Grund, Tilmann umzubringen, wie umgekehrt. Und Tilmann hat nicht erwähnt, dass er Clais an jenem Abend überhaupt gesehen hat.»

Mira zog den Kopf ein. «Ich dachte ja nur. Im Grunde ergibt das wirklich überhaupt keinen Sinn. Wenn wir wenigstens wüssten, was die beiden so spät am Abend noch im Zeughaus wollten.»

Neklas trank ebenfalls einen Schluck und tippte dann mit dem Zeigefinger gegen seinen Becher. «Ich könnte morgen zum Zeughaus gehen und mich umhören. Wenn es um irgendwelche Beweise ging, dann wollten die beiden möglicherweise darüber sprechen. Vielleicht hatte Clais die Beweise bei sich, vielleicht auch Tilmann. Wichtiger aber ist, dass diese sich jetzt noch irgendwo befinden müssten. Möglicherweise kann Reese uns sagen, ob bei dem Toten noch irgendetwas gefunden wurde.»

«Ich werde gleich morgen früh zu ihm gehen und ihn fragen», beschloss Adelina.

«Sei aber vorsichtig und lass dir nicht anmerken, woher du dein Wissen über diese möglichen Beweise hast», mahnte Neklas und erhob sich. «Es wird Zeit für mich. Die Nachtwache beginnt bald. Ich bin froh, wenn die Woche um ist, denn allmählich zerrt der Wachdienst an meinen Nerven.»

Adelina lächelte ihm zu. «Du brauchst dir keine Sorgen um uns zu machen. Solange niemand weiß, dass Tilmann hier ist, wird man uns in Ruhe lassen.»

«Hoffen wir es. Ich gehe davon aus, dass sie noch mindestens einmal kommen und nach ihm suchen werden.»

«Aber sicherlich nicht mehr heute Abend» Sie streichelte Katharina über den Kopf. «Es wird Zeit, dass ich die Kleine zu Bett bringe.»

«Lass mich das machen, Mutter», bot sich Griet an. «Du solltest dich ein bisschen ausruhen.»

Adelina schüttelte den Kopf. «Ich werde Franziska bei der Krankenwache ablösen.»

«Das kann ich doch tun», erbot sich Mira. Als Adelinas überraschter Blick sie traf, errötete sie ein wenig. «Ihr müsst morgen ausgeschlafen sein, wenn Ihr mit dem Gewaltrichter sprecht. Ich lasse alle Türen offen und sage Euch sofort Bescheid, wenn sich sein Zustand ändert.»

«Dann ist das wohl geklärt.» Neklas verließ die Küche und kam gleich darauf mit Helm und Mantel zurück. «Ihr solltet alle versuchen, etwas Ruhe zu finden. Wir helfen Tilmann nicht, indem alle übernächtigt sind. Es reicht völlig, wenn ich mir die Nacht gezwungenermaßen um die Ohren schlage.» Er wandte sich an Mira. «Wechsele dich mit Franziska oder Ludowig ab. Auch du brauchst deinen Schlaf. Obwohl du kein Lehrmädchen mehr bist, möchte ich mir keine Vorwürfe von deinen Eltern anhören müssen, wenn sie erfahren, dass du nächtelang am Bett eines Mannes gewacht hast, mit dem du nicht einmal verwandt bist.»

Mira rümpfte die Nase. «Immerhin wollte mein Stiefvater mich ja mal mit ihm verheiraten.»

«Umso unschicklicher ist die Situation. Eigentlich dürfte ich dir gar nicht erlauben, dich in seine Nähe zu begeben.» Neklas lächelte schalkhaft.

Mira errötete noch mehr und funkelte ihn erbost an. «Als ob der Hauptmann mir in seinem Zustand gefährlich werden könnte!»

Laut lachend wandte sich Neklas der Tür zu. «Er dir ganz sicher nicht ... Aber du ihm vielleicht. Ihr habt euch ja sogar heute Früh angegiftet, sobald er auch nur die Augen aufgeschlagen hatte.»

Beleidigt verschränkte Mira die Arme. «Ich habe ihm lediglich gesagt, er soll stillhalten, damit wir ihm helfen können.»

«O Mira.» Neklas wischte sich die Lachtränen aus den Augenwinkeln. «Ist dir schon einmal der Gedanke gekommen, dass es genau das ist, was ihn so gegen dich und deine Meisterin aufbringt?» Er schielte zu Adelina. «Er ist kein Mann, der sich von einer Frau etwas sagen lassen will, ganz gleich, ob sie nun adelig oder mit ihm verwandt ist.»

«Es war nur zu seinem Besten», beharrte Mira stur.

«Lass ihn das bloß nicht hören, Mädchen, sonst fürchte ich um unseren Hausfrieden.» Neklas stupste sie versöhnlich an.

Doch Mira kniff verstimmt die Lippen zusammen, dann hob sie kämpferisch den Blick. «Soll er doch toben. Ich helfe ihm aus reiner ...»

«Was?» Interessiert musterte er sie.

«Nächstenliebe.» Sie spuckte das Wort beinahe abfällig aus. «Wenn er das nicht begreift, dann ist er ...»

«Ja?»

«Dumm.» Mira erhob sich und ging hocherhobenen Hauptes aus der Küche.

Adelina blickte ihr überrascht nach. «Was war das denn?»

Neklas unterdrückte ein weiteres Lachen. «Lina, ich fürchte, wir haben uns keinen Gefallen damit getan, diese beiden gleichzeitig unter unserem Dach zu beherbergen. Das wird noch böses Blut geben.»

«Mira ist aber auch schrecklich stur, und ihr Mundwerk wird von Tag zu Tag unverfrorener. Ich fürchte, ich muss ein ernstes Wörtchen mit ihr reden», stellte Adelina seufzend fest.

Nun konnte Neklas sich das Lachen nicht länger verkneifen. «Soll sie sich vielleicht an dir ein Beispiel nehmen?»

«Das würde bestimmt nicht schaden.»

Neklas prustete. «Mein Schatz, könnte es nicht vielleicht sein, dass Mira genau das tut – und zwar seit Jahren?» Ohne auf ihre Reaktion zu warten, verließ er die Küche. Sein erheitertes Lachen war erst nicht mehr zu hören, als die Haustür hinter ihm ins Schloss fiel.

Mira warf einen Blick auf die Stundenkerze und unterdrückte ein Gähnen. Es war weit nach Mitternacht, eigentlich hätte sie längst nach Franziska oder Ludowig rufen sollen. Doch weshalb das Gesinde wecken, wenn sie genauso gut bei dem Hauptmann wachen konnte? Er fieberte noch immer; in der vergangenen Stunde schien es schlimmer geworden zu sein. Aufgewacht war er seit dem Umzug in das Kellergelass allerdings nicht mehr.

Vorsichtig nahm sie das feuchte Tuch von seiner Stirn, tauchte es in den Wassereimer, der neben der Matratze stand, und wrang es aus. Dann tupfte sie ihm leicht über das Gesicht und den Hals, bevor sie ihm den Lappen erneut auf die Stirn legte. Nachdenklich betrachtete sie Greverodes kantiges Gesicht, die hohen Wangenknochen, das markante Kinn, auf dem sich zunehmend dunkle Bartstoppeln abzeichneten. Sein langes, schwarzes Haar, das er normalerweise mit einem Lederriemen im Nacken zusammennahm, klebte in feuchten Strähnen an seinem Kopf. So, wie er hier vor ihr lag, wirkte er noch immer sehr beeindruckend, jedoch weit weniger gefährlich als sonst. Fast wünschte sie, er würde die Augen aufschlagen und sie mit dem typischen spöttischen Blick aus seinen dunkelblauen Augen anschauen. Sie seufzte. Nein, ein einziges Mal wollte sie einen freundlichen Ausdruck in seinem Gesicht sehen, wenn er ihrer ansichtig wurde.

Der Magister hatte recht, sie provozierte den Hauptmann mit voller Absicht. Anfangs hatte sie es getan, um ihn von dem Wunsch abzubringen, sie zur Frau zu nehmen, wie es ihr Stiefvater gewollt hatte. Tilmann Greverode war immer ein Mann gewesen, vor dem sie sich fürchtete, vor allem nach den Dingen, die zwischen ihm und ihrer Meisterin vorgefallen waren. Er war hart, unnahbar und scheute sich auch nicht, die Ordnung unter seinen Männern mit Gewalt durchzusetzen. Zwar hatte sie ihn nie jemanden vorsätzlich aus niederen Beweggründen verletzen sehen, das musste sie zugeben. Doch allein seine finstere Ausstrahlung und die Unfreundlichkeit, mit der er jedermann gegenübertrat, reichten aus, um ihre tiefe Abneigung gegen ihn zu rechtfertigen. Wie entsetzlich war dann der Schreck gewesen, als sie vor drei Jahren erfuhr, dass er Adelinas Bruder war! Ein furchterregender Mann wie er konnte doch nicht Teil der ihr so lieb gewordenen Familie Burka sein. Dass er in einer schrecklichen Zeit loyal zu seiner Schwester gehalten und sie schließlich sogar aus höchster Not gerettet hatte, warf dann ein neues Licht auf ihn. Zumindest konnte Mira seither anerkennen, dass er nicht der gemeine, selbstgerechte Mistkerl war, für den sie ihn bis dahin immer gehalten hatte. Ihre Abneigung jedoch blieb – oder vielmehr ihr Wunsch, ihm bloß niemals zu nahezukommen. Sie fürchtete sich noch immer vor ihm, wenn auch inzwischen aus anderen Gründen als damals. Natürlich hätte sie das ihm gegenüber niemals zugegeben. Eine solche Schwäche kam einer Mira von Raderberg nicht zu. Lieber ärgerte sie ihn weiterhin, sodass er einen weiten Bogen um sie machte. Wenn sie seinen Widerwillen und seine Abneigung gegen sie schürte, war sie vor ihm sicher.

Als ein leises Stöhnen über seine Lippen kam, zuckte Mira zusammen. Prüfend beugte sie sich über ihn, beobachtete sein Gesicht. Die Augenlider zuckten leicht, Schweiß rann unter dem Tuch hervor. Rasch tauchte sie es erneut ins Wasser und betupfte seine Stirn.

«Kommt schon, Hauptmann Greverode», flüsterte sie. «Wacht aus dieser vermaledeiten Ohnmacht auf.» Ihre Stimme zitterte leicht, was sie maßlos ärgerte. Wütend schob sie das

Kinn vor. «Wagt es ja nicht zu sterben! Habt Ihr gehört? Das könnt Ihr der Meisterin nicht antun. Ich weiß nicht warum, aber sie hat Euch in ihr Herz geschlossen. Sie hat Euch sogar verziehen, dass Ihr sie früher so gemein behandelt habt. Es ist mir unbegreiflich, dass eine Frau jemanden wie Euch lieben kann, aber Adelina ist Eure Schwester, und deshalb kann man es zumindest ihr wohl nachsehen.» Unwillig rieb sich Mira mit dem Handrücken über die Nase. «Sie ist meine Familie, Hauptmann Greverode, deshalb seid Ihr es leider auch. Also lebt Ihr gefälligst weiter, auch wenn es mir lieber wäre, Ihr würdet es weit entfernt von uns tun.»

Mira starrte in sein regloses Gesicht und spürte dem Zorn nach, der in ihrem Inneren brodelte. Zorn nicht so sehr auf ihn, sondern auf sich selbst. Sie hatte wirklich alles getan, um ihn gegen sich aufzubringen, um ihn von sich fernzuhalten – und umgekehrt. Schlimme Dinge, die ihr die Schamesröte auf die Wangen trieben, wenn auch nur der Hauch der Erinnerung sie streifte. Und jetzt lag er hier, war dem Tode näher als dem Leben, und sie fragte sich – nicht zum ersten Mal, jedoch diesmal umso verzweifelter –, wie sie nur so dumm hatte sein können.

«Griet, kümmere dich bitte um die Kräuter, die Eva und Hilka vorhin gebracht haben», wies Adelina ihre Stieftochter an. «Es hat geregnet, also müssen sie besonders sorgfältig auf faule Stellen überprüft werden, bevor du sie zum Trocknen aufhängst. Mira, du bereitest einen neuen Vorrat an Hustenarznei zu. Bei diesem Wetter werden die Leute … Mira?» Adelina fasste ihre Gesellin, die mit abwesendem Blick am Tresen lehnte und mechanisch mit einem Lappen immer über dieselbe Stelle wischte, an der Schulter. «Geht es dir gut, Mädchen?»

«Was? Wie bitte?» Mira zuckte zusammen und richtete den Blick auf ihre Meisterin. «Oh, Verzeihung. Ich habe nur …»

«Geträumt?» Adelina musterte sie eingehend. «Du siehst müde aus. Ich habe ja gleich gesagt, dass du nicht die ganze Nacht unten ...» Sie brach ab, als das Glöckchen an der Eingangstür einen Kunden ankündigte. «Die Hustenarznei», wiederholte sie eindringlich und wandte sich dem Gewaltrichter zu, der, heute ohne Gehstock, die Apotheke betreten hatte. «Guten Morgen, Herr Reese! Wie ich sehe, seid Ihr heute gut zu Fuß.»

«Dank Eurer Medizin, liebe Frau Adelina.» Er nickte ihr wohlwollend zu, verzog dann jedoch leicht gequält die Lippen. «So schwer es mir auch fällt, es zugeben zu müssen, aber es hat wohl auch geholfen, dass mein Weib mir seit gestern zu allen Mahlzeiten nur noch Hasenfutter und Grütze vorsetzt.»

Adelina lächelte ihn an. «Es ist zu Eurem Besten, Herr Reese.»

«Jaja.» Er winkte ab. «Man sagte mir, Ihr habt versucht, mich im Rathaus und sogar bei mir zu Hause zu erreichen? Ich war in Geschäften unterwegs, deshalb erfuhr ich eben erst davon.» Er blickte von ihr zu Mira. «Stimmt etwas mit dem Mädchen nicht? Sie ist so blass.»

Alarmiert wandte sich Adelina ihrer Gesellin zu, die wie zuvor am Tresen lehnte, nun jedoch, ohne recht hinzusehen, mit einem Kräutersäckchen hantierte.

«Mira!» Unsanft stieß sie sie mit dem Ellenbogen in die Seite. «Jetzt ist aber Schluss. Geh sofort in deine Kammer und schlaf dich aus!»

Mira erschrak sichtlich und hätte die Kräuter beinahe zu Boden gefegt. «Ja, Meisterin. Das heißt, nein, ich kann doch nicht einfach mitten am Tag schlafen.»

«Ich sage es kein weiteres Mal, Mira. Verschwinde in dein Bett!» Erbost funkelte Adelina das Mädchen an.

Mira nickte hastig. «Also gut. Verzeihung, ich ...»

«Nun geh endlich.» Etwas freundlicher schob Adelina sie in Richtung der Tür, die zum Hinterzimmer führte. Dann drehte sie sich wieder zu Reese um. «Entschuldigt bitte, aber Mira war die ganze Nacht auf.» Erschrocken hielt sie inne. Der Gewaltrichter durfte nichts von Tilmanns Anwesenheit im Haus wissen. Vorläufig zumindest nicht.

«Die ganze Nacht?» Reese trat mit erstaunter Miene näher. «Warum das? Ist jemand krank?»

«Nein, nein», wehrte Adelina rasch ab und überlegte fieberhaft, was sie sagen sollte. «Meine, äh, Tochter hat uns wachgehalten.» Das war zumindest teilweise richtig, denn Katharina war in der vergangenen Nacht dreimal weinend aufgewacht und hatte erst zu einem ruhigen Schlaf gefunden, nachdem Griet sie zu sich in ihr Bett holte.

«Und Eure Gesellin hat sich um die Kleine gekümmert?» Reese wirkte noch verwunderter.

«Ja, sie hilft uns sehr gern mit den Kindern.» Adelina spürte, wie eine verräterische Wärme in ihre Wangen stieg. Zu lügen war ganz und gar nicht ihre Art. Rasch wechselte sie das Thema. «Weshalb ich Euch sprechen wollte ...»

«Ach ja.» Reese nickte ihr sogleich interessiert zu. «Habt Ihr Kunde von Eurem Bruder? Einen Anhaltspunkt vielleicht, wo er sich aufhält?»

«Ah ... Nein, es geht um etwas anderes.» Um ihre Hände zu beschäftigen, griff sie nach dem Kräutersäckchen, das Mira auf dem Tresen zurückgelassen hatte, öffnete es und wog einen Teil des Krautes ab. Dann holte sie Dosen mit weiteren Ingredienzien aus dem Regal. Während sie die Kräuter abwog, sprach sie weiter: «Wir fragen uns noch immer, wie es überhaupt zu diesem Unglück kommen konnte. Weder mein Gemahl noch ich können uns vorstellen, dass Tilmann Clais van Dalen ermordet haben soll. Schon gar nicht wegen eines Amtes im Stadtrat.»

Reese wollte etwas sagen, doch Adelina redete rasch weiter: «Kann es nicht vielleicht sein, dass die beiden gemeinsam ...» –

sie suchte nach den rechten Worten – «... irgendeiner Angelegenheit nachgegangen sind?»

«Was für einer Angelegenheit?», fragte Reese verblüfft.

«Das weiß ich auch nicht. Uns kam nur der Gedanke, dass es ja einen Grund für den Mord geben muss. Wenn dieser aber nicht von Tilmann begangen wurde ...»

«Was Ihr nicht sicher wissen könnt.»

«Wovon wir ausgehen», betonte Adelina, «müssen die Beweggründe andere sein. Und was würde mehr Sinn ergeben, als dass Tilmann und Clais irgendwelchen Machenschaften auf die Spur gekommen sind und dass einer der Beteiligten davon erfahren und Clais getötet hat? Vielleicht ist Tilmann deshalb verschwunden. Wenn er in Sorge um sein Leben ist, hält er sich vielleicht aus diesem Grund im Verborgenen.»

Überrascht, aber sichtlich nachdenklich legte Reese die Spitzen seiner Finger aneinander. «Ich weiß wirklich nicht, welche Machenschaften das sein sollten. Wenn die Hauptmänner irgendwelchen unrechtmäßigen Vorgängen auf der Spur gewesen wären, hätten sie zuerst mich aufsuchen müssen, um mich darüber in Kenntnis zu setzen.»

«Vielleicht wollten sie das ja noch tun oder ...» Adelina zögerte. «Möglicherweise fürchteten sie auch, dass sie sich damit in Gefahr begeben würden – oder Euch einer Bedrohung aussetzen.»

«Frau Adelina, das sind nur Spekulationen, die jeglicher Grundlage entbehren.» Reese hob die Schultern. «So gern ich auch glauben möchte, dass Euer Bruder unschuldig ist – derzeit weist alles auf ihn als Täter hin. Ich habe keinerlei Kenntnisse von Nachforschungen seitens der Hauptmänner. Solange wir in dieser Hinsicht keine Anhaltspunkte vorweisen können, sind das nicht mehr als Vermutungen, die den Vogt nicht interessieren werden.»

«Das weiß ich.» Adelina legte den Löffel beiseite und gab das Gemisch aus der Waagschale in einen großen Mörser. «Deshalb haben wir uns auch gefragt, ob bei dem Ermordeten irgendwelche Gegenstände gefunden wurden.»

«Welche Gegenstände?»

Adelina dachte nach. «Irgendetwas Ungewöhnliches, vielleicht Schriftstücke, Geld?»

«Nein.» Bedauernd schüttelte Reese den Kopf. «Clais van Dalen trug lediglich seine Kleider am Leib und sein Schwert am Gürtel.»

«Sein Schwert?» Adelina hob den Kopf.

Reese nickte. «Ja. Er hat es nicht benutzt, und ein Kampf hat allem Anschein nach auch nicht stattgefunden, was bedeutet, dass derjenige, der ihn getötet hat, ihn überrumpelt haben muss.»

5. Kapitel

«Das ist interessant», befand Jupp, als Adelina ihm und Neklas später von Reeses Besuch erzählte. «Van Dalen hat sein Schwert also nicht benutzt und sich auch nicht gegen seinen Mörder zur Wehr gesetzt. Daraus ergeben sich zwei wichtige Schlüsse.»

Adelina nickte. «Er kann es nicht gewesen sein, der Tilmann den Schwerthieb versetzt hat.»

«Und er muss seinen Mörder gekannt haben», ergänzte Neklas.

«Das grenzt den Kreis der Verdächtigen aber nicht sonderlich ein», gab Adelina zu bedenken. «Sowohl Tilmann als auch Clais sind in Köln bekannte Männer.»

«Die Wahrscheinlichkeit, dass jemand aus ihrem engeren

Bekanntenkreis der Täter ist, erhöht sich damit aber», befand Jupp. «Es erscheint mir sinnvoll, an dieser Stelle weiter nachzuforschen. Vielleicht können die Soldaten, die Tilmanns Befehl unterstehen, uns Auskunft geben.»

«Aber werden wir den Mörder nicht warnen, wenn wir dort nachzufragen beginnen?» Adelina stand vom Tisch in der Küche auf, um den sie sich wieder einmal versammelt hatten. Sie ging hinüber in die Speisekammer und kam mit einem Krug Wein zurück, aus dem sie erst Jupp, dann Neklas in deren Becher eingoss. Sie hatte Magda aufgetragen, die oberen Wohnräume zu putzen. Franziska beaufsichtigte Vitus und die Kinder, die hinter dem Haus im Hof spielten. Griet und Mira kümmerten sich um die Apotheke – ihre Gesellin war nach einem mehrstündigen Schlaf wesentlich munterer als noch am Morgen –, und Ludowig saß unten bei Tilmann im Kellergelass. Es hatte eine Zeit gegeben, da war Adelina für alle Arbeiten in ihrem Haushalt allein verantwortlich gewesen, hatte alle Bürden des Alltags getragen – und es nicht anders gewollt. Heute war sie glücklich und dankbar, solch loyales und zuverlässiges Gesinde zur Seite zu haben, das ihr viele Pflichten und Arbeiten abnahm. Auch dass Mira und Griet nun in einem Alter waren, in dem sie die Geschäfte in der Apotheke zumindest teilweise zu übernehmen vermochten, erleichterte Adelinas Leben sehr.

Dennoch schienen ihre Sorgen nicht weniger zu werden. Immer, wenn sie dachte, es sei in ihrem Leben Ruhe eingekehrt, tauchten neue Herausforderungen und Probleme auf.

«Natürlich kann das passieren», stimmte Neklas zu. «Aber wir dürfen nicht untätig herumsitzen. Wenn wir keine Fragen stellen, erhalten wir auch keine Antworten. Die Männer, mit denen ich an der Ulrepforte gesprochen habe, scheinen nichts von der Sache zu wissen. Sie haben zwar von dem Mord gehört und davon, dass nach Tilmann gesucht wird, aber ich glaube nicht, dass einer von ihnen auch nur im Entferntesten damit zu tun hat. Sie sind alle Handwerker und Kaufleute, die nur ihren Pflichtdienst verrichten.» Er blickte zu Jupp. «Morgen könnten wir versuchen, ein paar der Stadtsoldaten ausfindig zu machen und mit ihnen zu sprechen.»

Der Chirurg nickte zustimmend. «Das erscheint mir auch der sinnvollste Weg zu sein. Jemand sollte außerdem zu Tilmanns Haus gehen und sich dort umschauen. Vielleicht finden sich Schriftstücke oder andere Hinweise darauf, was er in der letzten Zeit getrieben hat.»

«Ich werde morgen früh hingehen», entschied Adelina. «Aber wird der Vogt nicht längst jemanden geschickt haben, das Haus zu durchsuchen?»

«Vermutlich.» Neklas rieb sich das Kinn. «Aber wenn die Büttel nicht wissen, wonach sie suchen sollen, haben sie es vielleicht nicht gefunden.»

«Wir wissen es doch auch nicht.»

«Möglich.» Neklas lächelte leicht. «Aber wir haben zumindest einen winzigen Anhaltspunkt – im Gegensatz zu Gerlach Haich. Ein unangenehmer Mensch übrigens.»

«Das fand ich auch, als ich ihm neulich zum ersten Mal begegnet bin», stimmte Adelina zu. «Scherfgin war schon schwierig, aber Haich erscheint mir noch schwerer zu durchschauen. Er wirkt auf mich so glatt wie ein Aal.»

«Wodurch er sich zweifelsohne den Weg zum Posten des Kölner Vogtes hinaufgeschlängelt hat.» Jupp verzog missbilligend die Lippen. «Vielleicht ist es dennoch ein fähiger Mann.»

«Das muss sich erst weisen.» Adelina setzte sich wieder und verschränkte die Arme. In diesem Moment kamen hastige Schritte die Kellertreppe heraufgepoltert.

«Herrin? Meister Jupp? Kommt schnell, dem Hauptmann geht es schlecht!» Ludowig platzte aufgeregt in die Küche. «Er hat ja schon die ganze Zeit gefiebert, aber jetzt wirft er sich wie wild hin und her und glüht am ganzen Leib. Er phantasiert auch, und die Verbände sind verrutscht. Die Wunde an der Seite blutet wieder. Ich weiß nicht, was ich machen soll!»

«Oh, heilige Maria, steh uns bei.» Erschrocken sprang Adelina auf und bekreuzigte sich. Gefolgt von Jupp und Neklas eilte sie hinter ihrem Knecht her in den Keller. Der Anblick, der sich ihr dort bot, ließ sie entsetzt innehalten.

Tilmann wand sich auf seinem Lager, stöhnte und murmelte unverständliche Worte. Sein Gesicht war gezeichnet von roten Fieberflecken, seine Augen, die er geöffnet hatte, blickten glasig in eine unbekannte Ferne, rollten hin und her, sahen offenbar Dinge, die das Fieber ihm vorgaukelte. Die Wolldecke, mit der er zugedeckt gewesen war, lag am Boden. Sein bis auf eine Bruch unbekleideter Körper glänzte im Schein der Öllampen vom Schweiß. Die Bandagen, die seine Wunden schützen sollten, waren verrutscht und blutgetränkt.

«O nein! Neklas, Jupp, ihr müsst ihm helfen!» Adelina war mit zwei Schritten bei ihrem Bruder und legte ihm eine Hand auf die Stirn. «Er glüht.» Sie wandte sich zu Ludowig um. «Hol kaltes Wasser, so viel wie möglich!»

Jupp beugte sich über Tilmann und untersuchte die Wunden. «Brandig», stellte er fest und blickte besorgt zu Adelina. «Das sieht nicht gut aus. Der Rand um die Schwertwunde ist entzündet. Die Dolchverletzung blutet zwar wieder etwas, ist aber vom Brand bisher nicht betroffen.»

«Kannst du etwas dagegen tun?» Adelina spürte, wie sich ihr Herz zusammenzog. Wundbrand führte fast immer zum Tod.

«Ich könnte versuchen, die Wunde auszubrennen, aber man kann nie sicher sein, ob das hilft.»

«Aber wenn du es nicht versuchst, wird er bestimmt sterben, nicht wahr?»

Jupp schwieg, nickte jedoch.

Adelina blickte noch einmal zum Krankenlager. «Tu es, Jupp.»

Wieder nickte er. «Ich hole die erforderlichen Utensilien.» Er deutete auf das Kohlebecken. «Schüre schon einmal das Feuer, es muss sehr heiß sein.»

«Ich kümmere mich darum.» Neklas legte Adelina kurz eine Hand auf den Arm, dann ging er hinter Jupp her nach oben, um Kohlen und Holz herbeizuholen.

Voller Sorge betrachtete Adelina ihren Bruder, kniete sich neben die Matratze und berührte ihn an der Schulter. Für einen Moment schien er sich zu beruhigen. Sein Atem ging in heftigen Stößen.

«Falsch», murmelte er. «Falsche Rechnung. Falsch ... er betrügt ... Stadtrat ... betrügt Clais ... Beweise ...»

«Wer betrügt den Stadtrat?» Adelina beugte sich tiefer über ihn, um besser verstehen zu können. «Tilmann, sag mir, wer den Rat betrügt! War es Clais? Oder hatte er Beweise bei sich?»

«Mutter!» Unvermittelt packte er ihr Handgelenk. «Bin ich tot?»

«Nein, Tilmann, ich bin es, Adelina, deine Schwester.»

«Adelina ... musst helfen ...»

«Ich will dir ja helfen. Meister Jupp kommt gleich und behandelt noch einmal deine Wunden. Aber du hast hohes Fieber und ...»

«Hilf Lucardis ... bitte ...»

Das letzte Wort war mehr ein Hauch und kaum noch zu verstehen. Tilmanns Kopf rollte unruhig hin und her, dann blickte er sie plötzlich mit flehendem Blick an. «Bitte ... Lucardis.»

Es brach Adelina fast das Herz. Ihr Bruder hatte sie noch niemals um etwas gebeten. Spürte er das nahende Ende bereits? «Keine Sorge, Tilmann. Lucardis geht es gut. Sie ist bei ihrer Großmutter gut aufgehoben.»

«Nein, nicht ... gut genug.» Der Griff um ihr Handgelenk verstärkte sich. «Hilf Lucardis ... hier ... soll hier ...» Seine Stimme versagte.

Adelina schluckte und drängte sie aufsteigenden Tränen mit aller Kraft zurück. «Wenn du es so willst, werde ich Lucardis selbstverständlich hier aufnehmen. Du weißt, dass sie mir immer willkommen ist.»

«Sorge für sie ... Mitgift ... beim Rat ...»

«Beruhige dich, Tilmann.» Verzweifelt strich Adelina mit dem feuchten Tuch über seine Stirn. «Es wird alles gut. Wir kümmern uns um Lucardis, bis du wieder gesund bist.»

«Wenn nicht ...» Sein unsteter Blick richtete sich auf sie. «Adelina?»

«Ja, ich bin es. Ich bin bei dir.» Sie wusste nicht, was sie tun sollte. Wo blieb Jupp?

«Hat er etwas gesagt?» Neben ihr war Neklas aufgetaucht. Er schichtete Kohlen in dem großen Becken auf und schürte das Feuer ordentlich an. Dann trat er an das Krankenlager.

«Er phantasiert. Irgendetwas über einen Betrug im Stadtrat. Und er will, dass wir uns um Lucardis kümmern.» Adelinas Stimme zitterte. Sie schluckte und wischte sich eine Träne aus dem Augenwinkel.

Neklas legte ihr eine Hand auf die Schulter und drückte sie kurz, dann beugte er sich zu Tilmann hinab.

«Hör zu, Schwager, mach dir keine Sorgen um deine Tochter. Wir kümmern uns um sie», sagte er ruhig und in dem Bemühen, zu dem fiebernden Mann durchzudringen.

Tilmanns Blick flackerte und richtete sich auf Neklas. «Die Waffen ... müssen beweisen ... Überfälle ... Clais ... Gefahr ...» Er warf sich heftiger hin und her.

«Schsch, ganz ruhig!» Erschrocken versuchte Adelina, ihn festzuhalten. In diesem Moment kam Jupp zurück, in der Hand einen Korb mit diversen Messern und Utensilien, die er für die Behandlung benötigte. Eine der Klingen reichte er Neklas.

«Leg sie ins Feuer, aber erst, wenn die Glut ganz heiß ist», wies er ihn an.

«Das wird noch etwas dauern», sagte Neklas. «Ich habe das Feuer gerade erst angefacht.»

«Dann warten wir so lange. Wenn die Klinge nicht heiß genug wird, machen wir mehr falsch als richtig.»

«Was ist mit ihm?», kam Miras Stimme von der Stiege. «Geht es ihm schlechter?» Mit gerafften Röcken stieg sie die letzten Stufen herab.

«Eine der Wunden ist brandig geworden», erklärte Adelina und bemühte sich, nicht zu ängstlich zu klingen. «Meister Jupp wird versuchen, sie auszubrennen.»

«Bei allen Heiligen!» Mira bekreuzigte sich entsetzt. «Kann ich irgendwas tun?»

Adelina zuckte die Achseln und wandte sich mit fragender Miene an Jupp. Der nickte. «Bereitet Umschläge aus blutstillenden und heilenden Kräutern. Ein Brei aus Spitzwegerich kann helfen, die Entzündung zu stoppen.»

Adelina nickte. «Schafgarbe und Beinwell ist sicher hilfreich. Mira, lauf und sieh nach, wie viel von den Kräutern noch da ist.»

«Sofort, Meisterin.» Mira wandte sich zur Treppe. «Huflattich haben wir auch vorrätig. Soll ich die Mischung schon vorbereiten?»

Adelina erhob sich zögernd. «Ja, tu das. Ich schaue nach, ob es draußen noch frischen Spitzwegerich gibt.»

«Und Honig!», rief Jupp ihr hinterher. «Damit können wir die andere Wunde einreiben, um zu verhindern, dass der Brand darauf übergreift.»

Mit fliegenden Fingern hatte Adelina aus dem in ihrem Garten gesammelten Spitzwegerich eine Paste bereitet. Mira war indes dabei, die übrigen Wundkräuter abzuwiegen und zu mischen. Griet half ihr dabei. Beide Mädchen wollten sie in den Keller begleiten, doch Adelina verbot es ihnen. Die Apotheke musste geöffnet bleiben, um so wenig Verdacht wie nur möglich zu erregen. Als sie somit kurze Zeit später allein in das Gelass zurückkehrte, war Jupp gerade dabei, die Messerklinge in den weißglühenden Kohlen zu wenden.

«Es ist fast so weit», verkündete er. «Nur noch einen Moment.» Er deutete auf Tilmann. «Neklas hat die Wunde mit eurem Aqua Ardens ausgewaschen. Wenn ich sie gleich ausbrenne, muss alles ganz schnell gehen. Sobald ich das tote Gewebe versengt habe, streichst du die Heilpaste darauf, Adelina. Neklas, du hältst die Bandagen bereit. Und denkt daran, den Allmächtigen um Beistand zu bitten. Wir werden seine Hilfe benötigen.»

Neklas und Adelina sahen einander für einen langen Moment an und bekreuzigten sich dann gleichzeitig.

Jupp wendete die Klinge noch einmal. «Seid ihr bereit? Neklas, du hältst ihn fest, damit er sich nicht zu stark bewegt. Vermutlich wird er zwar gleich ohnmächtig, aber sicher ist sicher.»

Neklas umfasste die Schultern seines Schwagers und bemühte sich, ihn auf der Matratze ruhigzustellen. Adelina rückte zur Seite, um Jupp Platz zu machen. Mit einer Hand griff sie nach dem Tiegel mit der Wundpaste, mit der anderen umfasste sie Tilmanns Hand. Ihr Bruder wand sich. Obwohl er in Fieberträumen gefangen war, schien er zu merken, dass etwas vorging. Undeutliche Worte murmelnd stemmte er sich gegen Neklas Griff, sodass dieser Mühe hatte, ihn festzuhalten.

«Immer mit der Ruhe, Hauptmann», brummelte Jupp. «Gleich habt Ihr es überstanden – so oder so.» Auch er bekreuzigte sich, dann holte er die Klinge aus dem Feuer und war mit wenigen

Schritten beim Krankenlager. Er beugte sich über den Patienten und wollte gerade mit seiner Arbeit beginnen, als ihn ein leises Räuspern aufhielt und herumfahren ließ.

«Ich hoffe doch, dass du den armen Mann damit nicht endgültig zu seinem Schöpfer zurückschicken willst? Sosehr ich auch verstehen kann, dass manche Menschen ihm den Tod an den Hals wünschen, glaube ich doch nicht, dass du derjenige sein solltest, der das Werk vollendet.»

«Ludmilla!» Adelina sprang auf. «Was tust du hier? Wie bist du hereingekommen?» Verwundert musterte sie die alte Hebamme und weise Frau, die ihr in der Vergangenheit schon so oft zur Seite gestanden und auch ihre beiden Kinder entbunden hatte.

Ludmilla lächelte spöttisch und trat aus dem Gang, der von dem keinen Lagerraum in die unterirdischen Gewölbe Kölns führte. «Na, wie schon, Kindchen? Durch die Unterwelt natürlich. Hast du vergessen, dass ich den Weg durch die Gänge hierher kenne? Und dass ich einen der Schlüssel zu den Türen besitze, die den Weg hierher versperren? Du selbst hast ihn mir zur Aufbewahrung gegeben. Keine Sorge, ich habe sie wieder sorgfältig verschlossen. Es erschien mir sicherer, diesen Weg zu benutzen, als oben an deine Tür zu klopfen. Du weißt sicher, dass einer der Büttel vorn am Marktbrunnen sitzt und das Haus beobachtet. Nein?» Sie lachte keckernd und stellte einen großen Weidenkorb ab.

Ludmilla war eine hochgewachsene, schlanke, fast sechzigjährige Frau mit schlohweißem Haar, das sie zu einem langen Zopf geflochten trug. Ihr Gesicht strahlte trotz der unzähligen Fältchen um Mund und Augen eine Vitalität aus, die man sonst nur bei weit jüngeren Frauen erwartete. Ihre Augen über der langen Hakennase funkelten vergnügt.

«Scheint ja, als wäre ich gerade rechtzeitig gekommen. Jupp, leg das Messer weg. Du machst mich ganz nervös damit.»

«Was tust du hier?», fragte der Chirurg und steckte das Messer in die Glut zurück. «Und warum hältst du mich von meiner Arbeit ab? Dies ist nicht die erste Wunde, die ich ausbrenne.»

«Vermutlich nicht, aber wie viele deiner Patienten haben diesen Eingriff überlebt?», fragte Ludmilla mit spöttischem Unterton. «So, wie ich es sehe, kannst du ihm auch gleich die Kehle durchschneiden. Dann hat er es schneller hinter sich.»

«Wenn ich es nicht tue, stirbt er ganz sicher», verteidigte sich Jupp verärgert.

Ludmilla winkte ab. «Lass mich mal sehen.» Neugierig trat sie an die Matratze und untersuchte mit fachkundigen Blicken die brandige Wunde. «Hm, dachte ich mir's doch.» Sie hob den Kopf. «Herr Magister, reicht mir mal eine der Bandagen.» Sie hielt Neklas auffordernd eine Hand hin.

«Was hast du vor?», wollte Adelina wissen. «Und woher weißt du überhaupt, dass Tilmann hier ist?»

«Später, Kindchen. Jetzt kümmern wir uns erst mal um deinen Bruder. Ei, Ei, Hauptmann Greverode, das hättet Ihr nicht gedacht, was? Dass die alte Ludmilla Euch mal das Fell zusammenflicken würde? Aber keine Sorge, mit ein bisschen Glück überlebt Ihr es sogar, dann dürft Ihr mir gern danken.» Wieder lachte sie krächzend. Aus ihrem Korb zog sie eine große Dose aus dünn gewalztem Blech. «Ihr könnt von Glück sagen», wandte sie sich an Adelina und Neklas, «dass ich hiervon überhaupt noch etwas habe. Der Winter kommt, da gehen mir die Vorräte schnell aus, und ich kann sie erst im warmen Frühjahr wieder auffüllen.»

«Was ist das?», fragte Adelina und beobachtete, wie die alte Frau den Deckel lüpfte. Als sie den Inhalt der Dose sah, stieß sie einen entsetzten Laut aus. «Maden?»

«Und ein Stück fauliges Fleisch», bestätigte die Alte. «Mit irgendwas muss ich die Fliegen ja dazu bringen, ihre Eier hier abzulegen.»

«Was um aller Heiligen willen hast du damit vor?»

«Etwas, das die alten Griechen und die Araber schon getan haben, um schwärende Wunden zu reinigen», erklärte Ludmilla und griff in die Dose. Vorsichtig entnahm sie ihr eine nicht unbeträchtliche Menge Larven und verteilte sie großzügig auf der Wunde.

«Was soll das denn? Willst du, dass er von Maden zerfressen wird?» Jupp hielt sie am Handgelenk fest, doch Ludmilla entzog sich ihm mit einem Ruck. Sie kicherte spöttisch.

«Lieber von Maden zerfressen als von deinem Messer verstümmelt, lieber Neffe. Aber keine Sorge, die kleinen Vielfraße stürzen sich nur auf das tote und brandige Gewebe. Und was sie nicht verspeisen, kann leichter heilen.»

«Woher hast du dieses Wissen?», fragte Neklas. Interessiert beobachtete er, wie Ludmilla die Wunde mit einem sauberen Tuch abdeckte und dann verband. Er half ihr dabei, den Verband so anzulegen, dass er nicht leicht verrutschen konnte und die Maden an Ort und Stelle blieben.

«Ei, Herr Magister, könnt Ihr Euch das nicht denken?» Sie lächelte ihm zu und ließ dabei zwei Reihen erstaunlich gesunder Zähne aufblitzen. «Ich habe nicht immer in meiner Hütte vor den Stadttoren gelebt. Einst, als junges Mädchen, war meine Heimat ein kleiner, aber nicht unbedeutender Dominikarinnenkonvent in der Nähe von Bonn. Einige Jahre habe ich dort damit verbracht, die Schriften der gelehrten Ärzte und Philosophen zu studieren, die lange vor uns bereits großes Wissen über die Heilkunst sammelten. Einige höchst unerfreuliche Begebenheiten haben dann dazu geführt, dass ich mich entschloss, dem Klosterleben den Rücken zu kehren.»

«Welche Begebenheiten?», fragte Adelina neugierig nach.

Doch Ludmilla winkte ab. «Das sind alte Geschichten, die heute niemanden mehr zu interessieren brauchen. Nach einem letzten prüfenden Blick auf den Verband erhob sie sich. «Das hätten wir. Jetzt heißt es abwarten und die andere Wunde sauber und trocken halten.»

«Ich habe Honig hier.» Adelina deutete auf einen Steinguttopf, den sie neben der Matratze abgestellt hatte.

«Sehr gut.» Zustimmend nickte die weise Frau. «Benutzt ihn großzügig und am besten zusammen mit den Kräutern, die du mitgebracht hast. Flößt ihm Weidenrindensud ein und wickelt ihm nasse Tücher um Kopf und Beine, damit das Fieber nicht noch weiter steigt.»

Adelina nickte. «Das hast du damals auch bei meiner Mutter versucht, als das Kindbettfieber über sie kam.»

«Es hilft nicht immer», gab Ludmilla zu. «Aber kalte Wickel und Waschungen sind besser als nichts. Ein solches Fieber ist tückisch und kann den Körper so sehr schwächen, dass er sich nicht mehr selbst zu heilen vermag.»

«Das klingt, als würdest du Galens Lehre über die vier Elemente und Säfte nicht viel Bedeutung beimessen», mischte Neklas sich ein.

Ludmilla schnaubte. «Da habt Ihr recht, Herr Magister. Meiner Beobachtung nach braucht es mehr als vier Säfte, um die Vorgänge im Körper eines Menschen zu verstehen. Falls Ihr an einem gelehrten Disput interessiert seid, können wir diesen gern zu einem passenden Zeitpunkt nachholen.»

«Ein gelehrter Disput mit dir?» Amüsiert hob er die Brauen. «Das könnte möglicherweise erhellend sein.»

Ludmilla kicherte. «Ja, das wäre es wahrscheinlich.» Sie packte ihre Madendose zurück in den Korb, entnahm ihm stattdessen ein Säckchen mit frischer Weidenrinde und reichte es Adelina. «Ich wusste nicht, wie viel du davon im Haus hast, also habe ich dir meinen gesamten Vorrat mitgebracht.» Sie hielt inne und lauschte. «Kann es sein, dass da jemand nach dir ruft?»

Auch Adelina hob den Kopf. «Das ist Vitus. Ich schaue besser nach, was oben los ist.» Rasch stieg sie die Stufen in ihr Laboratorium hinauf. Dort angekommen, blieb sie erschrocken stehen, denn mitten im Raum stand Vitus und starrte sie verblüfft an.

«Lina? Was machst du denn da? Warum kommst du von da unten?»

Sie biss sich auf die Lippen, ging jedoch betont forsch auf ihren jüngeren Bruder zu. «Da unten ist doch noch eine Kammer. Dort haben wir –»

«Weiß ich, Lina.» Vitus nickte heftig. «Da unten ist ein Vorratsraum und Gänge und so. Du bist doch schon mal da drinnen gewesen, das ist aber lange her. Als Neklas im Gefängnis gewesen ist.»

«Das weißt du noch?» Verblüfft sah Adelina ihn an. Bisher war sie davon ausgegangen, dass Vitus vor drei Jahren von den Geschehnissen nicht allzu viel mitbekommen hatte.

«Klar weiß ich das noch. Ist aber ein Geheimnis, weil niemand davon wissen darf. Ich sag auch nix, aber warum seid ihr da unten? Ich hab Stimmen gehört. Ist Neklas auch da?»

Adelina seufzte und warf einen kurzen Blick über die Schulter. «Komm, Vitus, lass uns nach oben in die Küche gehen, dann erzähle ich dir, was dort unten vorgeht.»

6. Kapitel

Vorsichtig kletterte Adelina durch die Falltür nach oben und leuchtete dann Ludowig und Mira, die ihr dicht auf den Fersen waren, den Weg. Sie blickte sich aufmerksam um und lauschte, doch außer dem leisen Schnauben des Pferdes, in dessen Stall sie sich befand, war nichts zu hören. Kaum standen ihre beiden Begleiter neben ihr, schloss sie die Klappe wieder und schob mit den Füßen Stroh darüber. Sie hatte diesen geheimen Weg aus ihrem Haus zuletzt vor drei Jahren benutzt. Die Falltür tat jedoch nach wie vor ihren Dienst, und es war nicht das leiseste Quietschen zu vernehmen. Neklas sorgte dafür, dass die Scharniere immer gut geschmiert waren – nur für den Fall, dass sie den Geheimgang noch einmal benutzen mussten.

«Was jetzt?», raunte Mira und klopfte sich das Stroh von ihrem Rocksaum.

Adelina bedeutete ihr mit Gesten, zu schweigen und ihr zu folgen. So leise und schnell wie möglich überquerten sie den Hof und traten durch ein mannshohes Holztor hinaus auf die Judengasse. Die Sonne ging gerade erst auf, deshalb war es in der Stadt noch ruhig. Nachdem Ludmilla sie am Vortag darauf aufmerksam gemacht hatte, dass das Apothekenhaus von einem der Büttel beobachtet wurde, hatte Adelina mit Neklas vereinbart, den geheimen Weg hinaus zu wählen, um unbemerkt zu Tilmanns Haus am südlichen Ende des Heumarktes zu gelangen. Ludowig hatte sie zu ihrem Schutz mitgenommen, Mira, weil sie Hilfe von jemandem brauchte, der ebenfalls lesen konnte. Denn das, was sie in Tilmanns Haus zu finden hoffte, waren Hinweise – bestenfalls schriftliche – auf das, was ihren Bruder in der letzten Zeit beschäftigt hatte. Mira mit ihrem klugen Kopf und ihrer raschen Auffassungsgabe erschien ihr da als die beste Wahl.

Erst als sie fast den Heumarkt erreicht hatten, sagte sie: «Denkt daran, kein Wort darüber, dass sich Tilmann bei uns aufhält. Wir sind nur unterwegs, um herauszufinden, was mit ihm geschehen ist.»

«Werden seine Knechte uns denn überhaupt einlassen und uns gestatten, dass wir uns in seinem Haus umsehen?», zweifelte Mira. «Was, wenn sie uns gleich an der Tür abweisen? Bestimmt ist es ihnen nicht recht, wenn wir in seinen Sachen herumschnüffeln.»

«Wir schnüffeln nicht», widersprach Adelina brüsk, «sondern forschen nach, was sich in den Tagen vor dem Vorfall im Zeughaus zugetragen hat. An der Aufklärung kann auch Tilmanns Knechten nur gelegen sein.» Zügig überquerten sie den Marktplatz, auf dem die ersten Heu- und Kornhändler ihre Verkaufsstände zu bestücken begannen. Offenbar war das Korntor bereits geöffnet, denn auch einige andere Handwerker und Kaufleute schoben ihre hoch mit Lederwaren, Stoffen und Käse beladenen Karren herbei. Auch Salz wurde hier feilgeboten und von bewaffneten Knechten argwöhnisch bewacht.

Adelina hatte keinen Blick für die Waren übrig, die nach und nach auf den Verkaufsschragen ausgebreitet wurden. Sie steuerte zielstrebig auf das Anwesen ihres Bruders zu. Er besaß ein zweigeschossiges Wohnhaus mit zwei Nebengebäuden, von denen eines als Pferdestall diente. Das andere war eine große Remise, in der neben einem kleinen Wagen auch die Ausrüstung der Männer aufbewahrt wurde, die zu seinen Gleven gehörten. Tilmann stellte der Stadt zwei Trupps mit je fünf bewaffneten Soldaten, von denen jeweils zwei – er selbst eingeschlossen – beritten waren. Eine Gleve dieser Größenordnung hatte bereits ausgereicht, um ihn zum Hauptmann der Stadt zu machen, die zweite war erst vor etwa zwei Jahren hinzugekommen. Dass er über genügend Besitz und Geld verfügte, um der Stadt Köln mit so vielen Soldaten zu dienen, hatte ihm im Hinblick auf seine ehrgeizigen Pläne, in den Rängen des städtischen Heeres aufzusteigen, einen Vorteil verschafft. Clais van Dalen war der Einzige gewesen, der ihm an Männern und Ausrüstung fast gleichgestellt war. Auch er hatte über zwei Gleven verfügt, jedoch mit nur je vier Männern und insgesamt zwei Pferden. Zum Ausgleich konnte er allerdings seine Abstammung aus einem alten Patriziergeschlecht in die

Waagschale werfen, und es gereichte ihm natürlich zum Vorteil, dass jenes Patriziergeschlecht vor einigen Jahren nicht offen an den Querelen um die neue Stadtverfassung beteiligt gewesen war. Andere hohe Familien hatten ihre führenden Positionen darüber verloren und waren sogar zeitweise oder für immer aus der Stadt verbannt worden.

Noch bevor Adelina den schmiedeeisernen Klopfer am Haus ihres Bruders betätigen konnte, öffnete sich die Tür, und sie sah sich einem vierschrötigen blonden Kerl mit stechenden grauen Augen und einer halbmondförmigen Narbe auf der linken Wange gegenüber. Seine finstere Miene war offenbar dazu da, Besucher abzuschrecken, doch Adelina beachtete sie nicht. «Guten Morgen. Dürfen wir eintreten?»

«Der Hauptmann is nich da», schnarrte ihr Gegenüber mit einer Stimme, die klang, als habe man sie mit einem Reibeisen malträtiert.

«Das weiß ich, Rigo.» Adelina kannte den Waffenknecht, der nicht nur über Tilmanns Haus wachte, wenn dieser abwesend war, sondern auch zu seinem Fußtrupp gehörte. «Wir sind hier, um herauszufinden, was neulich im Zeughaus geschehen ist, und würden gern ein paar Fragen stellen.»

«Reicht es nich, dass der Vogt uns Löcher ins Hemd gefragt hat?», knurrte Rigo verärgert. «Der Hauptmann hat niemanden umgebracht. Schon gar nich den Clais van Dalen. Ich soll niemanden reinlassen, hat er gesagt, und das tu ich auch nich.»

«Rigo ...» Adelina überlegte, wie sie den loyalen Mann am ehesten überzeugen konnte. Sie hatte für ihren Besuch in Tilmanns Haus eines ihrer besten Kleider angezogen und trug darüber sogar ihren Zunftmantel, der sie als Meisterin und Angehörige der Gaffel Himmelreich auswies. Doch auf Rigo schien das keinerlei Eindruck zu machen.

«Du weißt, dass ich die leibliche Schwester des Hauptmanns

bin und ihm keinen Schaden zufügen will», sagte sie nach einem Moment. «Ich glaube ebenso wenig wie du, dass er etwas Unrechtes getan hat. Aber der Vogt ist davon überzeugt, deshalb müssen wir versuchen, herauszufinden, was sich wirklich zugetragen hat.» Sie senkte die Stimme ein wenig. «Der Hauptmann will, dass ich ihm helfe.»

Sogleich wurde der Knecht aufmerksam. «Ihr habt mit ihm gesprochen? Geht es ihm gut? Wo hält er sich versteckt?»

Adelina runzelte die Stirn und schüttelte leicht den Kopf. «Darauf kann ich dir keine Antwort geben. Lass uns eintreten. Die Angelegenheit ist zu wichtig, als dass wir sie auf der Straße erörtern sollten.»

Rigo kräuselte misstrauisch die Lippen, trat dann aber beiseite und ließ die zwei Frauen eintreten. Ludowig blieb auf Adelinas Anweisung hin draußen, um die Umgebung im Auge zu behalten.

Der Waffenknecht führte sie in eine kleine Wohnstube, die von einem rechteckigen Tisch beherrscht wurde, auf dessen rechter Seite eine gepolsterte Bank und links vier passende Stühle gruppiert waren. Es war angenehm warm, denn der Raum wurde offenbar von einem Hinterladeofen beheizt – vermutlich von der Küche aus.

«Setzt Euch, Meisterin Burka», bemerkte der Mann eine Spur freundlicher. «Ich sag der Trine, sie soll Wein bringen.» Er verschwand, und sie hörten, wie er draußen leise mit einer Frau sprach.

Mira sah sich neugierig in der Stube um. An den Wänden hingen Teppiche mit Jagdmotiven, darunter standen mehrere Truhen, die vermutlich Haushaltsgegenstände enthielten. In einem breiten Regal befand sich hübsches Zinngeschirr; die Lade darunter war nicht ganz verschlossen, sodass man erkennen konnte, dass sie Messer, Löffel und versilberte Schöpfkellen enthielt.

Die junge Gesellin schnalzte anerkennend. «Euer Bruder lebt ja recht angenehm.»

Adelina, die nachdenklich vor sich hingestarrt hatte, riss sich von ihren Überlegungen los. «Es klingt, als wärest du überrascht. Tilmann ist kein armer Mann.»

«Das weiß ich doch. Er hat reich geheiratet und sich noch dazu in den Rängen der Soldaten hochgearbeitet – weiß Gott, mit welchen Mitteln.» Miras Stimme klang ein wenig gereizt, was ihr offenbar peinlich war, denn sie räusperte sich und sprach dann deutlich ruhiger weiter: «Ich bin ja schon oft hier vorbeigegangen. Daher weiß ich, dass er einen recht großen Haushalt führt. Aber hier drinnen bin ich noch nie gewesen. Es wirkt alles so sauber und ... wohnlich.»

«Auch ein Hauptmann der Stadtsoldaten mag es in seinen freien Stunden behaglich», erwiderte Adelina mit einem Schmunzeln. «Ganz abgesehen davon, dass er gewiss häufig Ratsherren und andere wichtige Männer hier zu bewirten hat.»

«Ja, kann sein.» Beiläufig strich Mira über den teuren Brokatbezug auf der Sitzfläche eines der Stühle. «Ich habe ihn mir nur nie als jemanden vorgestellt, der auf solche Dinge Wert legt. Es passt irgendwie nicht zu ihm.»

«Vielleicht machst du dir auch nur ein falsches Bild von ihm», gab Adelina zu bedenken. «Er mag ein harter Mann sein, aber kein schlechter. Auch ich habe mich lange getäuscht und von seinem Donnergrollen in die Irre führen lassen. Wir sind nicht gerade die besten Freunde, dazu sind wir zu verschieden, aber ich zähle ihn inzwischen zu den besten Männern, die ich kenne.»

«Ihr seid nicht so sehr verschieden, Meisterin.» Mira setzte sich ihr gegenüber auf die Bank. «Ich glaube, Ihr seid ihm sogar in vielerlei Hinsicht zu ähnlich, deshalb kann er Euch nicht richtig leiden.»

Bevor Adelina etwas darauf zu erwidern vermochte, kam Rigo

in die Stube, gefolgt von einer ältlichen, grauhaarigen Magd, die einen großen Krug Wein auf den Tisch stellte. Rigo holte zwei Becher aus dem Regal und füllte sie zuvorkommend. Dann blieb er abwartend neben dem Tisch stehen.

Adelina wies auf einen der Stühle. «Setz dich zu uns, Rigo. Ich möchte dir ein paar Fragen über den Hauptmann stellen.»

Zögernd ließ sich der Waffenknecht auf dem Rand eines der Stühle nieder. Es war ihm anzusehen, dass er sich unwohl fühlte, weil es ihm normalerweise nicht zukam, in der guten Stube seines Herrn zu sitzen.

Adelina tat, als bemerke sie seine Verlegenheit nicht. «Was weißt du über die Vorfälle im Zeughaus, besonders über den Mord an Clais van Dalen?»

«Nichts. Na ja, nich viel.» Rigo strich sich übers Kinn. «Der Hauptmann war für den Stadtrat unterwegs, in Bonn, die ganze letzte Woche. Dann kam er heim, aber nur, um die Kleider zu wechseln. Es war schon später Abend, aber er is noch mal ausgegangen. Sagte, er müsse was im Zeughaus erledigen. Da is er dann, glaube ich, auch hingegangen. Seitdem haben wir ihn hier nich mehr gesehen.»

«Hat er gesagt, dass er sich dort mit jemandem treffen wollte? Mit van Dalen, zum Beispiel?»

«Nein.» Rigo schüttelte den Kopf. «Nur, dass er was zu erledigen hätte. Aber er schien aufgebracht zu sein, so als hätte er sich über jemanden geärgert.»

«Wer könnte das gewesen sein?»

Er zuckte die Achseln. «Weiß ich nich. Jeder, der ihm irgendwie in die Quere gekommen is. Der Hauptmann wird schnell wütend, wenn was nich so geht, wie er will.»

«War er zuletzt mit irgendjemandem im Streit?», mischte sich Mira ein. Adelina warf ihr einen kurzen Seitenblick zu, konzentrierte sich dann aber gleich wieder auf Rigo.

«Nich dass ich wüsste. Der Hauptmann wird zwar schnell böse, aber von einem richtigen Streit weiß ich nix. Schon gar nich glaube ich, dass er sich mit van Dalen gestritten hat. Die beiden waren gute Freunde.»

«Könnte es denn sein, dass die beiden Hauptmänner gemeinsam irgendeiner Sache auf der Spur waren? Irgendwelchen Unregelmäßigkeiten im Stadtrat vielleicht?» Wieder hatte Mira die Frage gestellt. Adelina kräuselte die Lippen, wies das Mädchen aber nicht zurecht, denn sie hatte genau dasselbe wissen wollen.

Rigo kratzte sich am Kopf. «Ich weiß nich. Die zwei waren ein Kopp und ein Ar…» Verlegen brach er ab und räusperte sich. «Sie haben viel zusammengesessen und über die Angelegenheiten der Stadt geredet. Kann schon sein, dass sie vielleicht was entdeckt haben, das nich mit rechten Dingen zugegangen is. Vielleicht war der Hauptmann deshalb zuletzt immer so wütend. Er hat viel über den Stadtrat geflucht, aber ich hab mir nichts dabei gedacht.»

«Hat er sich über einen bestimmten Ratsherrn besonders aufgeregt?», hakte Adelina nach.

«Nein. Viel hat er ja auch nich zu mir oder den anderen Männern gesagt.» Er hob den Kopf. «Vor einer Weile hat er mich geschickt, damit ich beim Abladen einer Lieferung Büchsen und Schwerter im Zeughaus helfe. Er hat gesagt, ich soll die Schwerter zählen und genau hinschauen, ob die Kisten mit den Büchsen alle noch verschlossen sind.»

«Warum wollte er das wissen?»

Rigo hob die Schultern. «Hat er nich gesagt. Ich hab also gezählt und die Kisten überprüft, aber alles war in Ordnung. Zwanzig Schwerter sollten es sein, und die waren auch da und die Kisten alle versiegelt. Am nächsten Tag is der Hauptmann selbst ins Zeughaus gegangen. Als er wiederkam, war er fuchsteufelswild, hat herumgeflucht und ist auf der Stelle mit seinem schnellsten Pferd losgeritten. Wohin, hat er nich gesagt, aber er kam erst am nächsten Morgen wieder.»

«Er hat nicht darüber gesprochen, was ihn so verärgert hat?» Rigo schüttelte den Kopf.

Adelina schwieg für einen Moment, tauschte mit Mira einen kurzen Blick. «Hat der Hauptmann ein Schreibzimmer oder eine Kammer, in der er Schriftstücke aufbewahrt?»

«Warum wollt Ihr das wissen?» Misstrauisch musterte Rigo sie.

Adelina lächelte beruhigend. «Ich würde mir gern seine Korrespondenz ansehen und alle Schriftstücke, die er im Haus hat. Vielleicht finden wir darin Hinweise.»

«Was für Hinweise?» Der Waffenknecht verschränkte die Arme vor der Brust. «Ich kann Euch nich einfach die Sachen meines Herrn geben. Er bringt mich um, wenn er davon erfährt.» Seine Miene verfinsterte sich. «Falls er überhaupt noch lebt und nich bereits von einem dieser Bastarde getötet wurde wie van Dalen.»

«Er ist nicht tot», platzte Mira heraus.

Adelina warf ihr einen scharfen Blick zu.

«Was?» Rigo horchte auf. «Ihr wisst also, dass er noch lebt? Habt Ihr doch mit ihm geredet? Is er –»

«Rigo, wir können nicht darüber sprechen», unterbrach Adelina den aufgeregten Mann. «Es ist zu gefährlich. Aber du kannst sicher sein, dass dein Herr lebt, zumindest im Augenblick noch.»

«Is er verletzt?» Rigo sprang auf und ging erregt in der Stube auf und ab. «Ich muss zu ihm, er braucht meine Hilfe. Ich kann nich einfach ...»

«Er ist in guten Händen», sagte Mira.

Rigo blieb abrupt stehen. «Ihr kümmert Euch um ihn?» Seine Frage war an Adelina gerichtet. «Is er bei Euch im Haus?»

«Nein, nicht im Haus.» Adelina schüttelte den Kopf. «Sorge dich nicht um ihn. Wichtiger ist, dass wir herausfinden, was er in der letzten Zeit getan, mit wem er gesprochen und worüber er sich Gedanken gemacht hat.»

«Aber er bringt mich um, wenn er erfährt ...»

«Er wird niemanden umbringen», beruhigte Adelina ihn. «Es ist sein Wille, dass ich ihm helfe. Das kann ich aber nur, wenn ich alle notwendigen Informationen zur Hand habe.»

«Ihr sollt ihm helfen?» Rigos Miene verriet seine Skepsis.

«Er hat mich darum gebeten.» Dass sich Tilmanns Bitte eher auf das Wohl und Wehe seiner Tochter bezogen hatte, verschwieg sie tunlichst. Außerdem war er ja nicht ohne Grund zu ihr gekommen. Er wusste, dass sie die einzige Person war, der er bedingungslos vertrauen konnte.

«Mein Herr bittet niemals jemanden um irgendwas. Wenn er etwas will, nimmt er es sich oder bringt den anderen dazu, es ihm freiwillig zu geben.» Rigos Blick wanderte zu Mira. «Bis auf Euch, Jungfer. Ich weiß, wer Ihr seid. Die jüngste Tochter des Grafen von Raderberg. Erst wollte mein Herr Euch haben, dann hat er es sich anders überlegt. Sagte, Ihr wäret ihm zu widerspenstig. Nix für ungut, Jungfer. Aber gewundert hat uns alle, dass er Euch nich einfach genommen hat. Wäre kein schlechter Schachzug gewesen, und mit ein bisschen Dresche hätt er Euch schon gefügig gemacht.»

«Wie bitte?» Mira starrte ihn empört an. «Wie kannst du es wagen –»

«Mira, schweig.» Adelina legte ihrer Gesellin rasch eine Hand auf den Arm und schüttelte den Kopf. Dann wandte sie sich an den Knecht. «Hüte deine Zunge, Rigo. Ich dulde es nicht, dass du in solchem Ton mit meiner Gesellin sprichst. Welche Gründe mein Bruder auch gehabt haben mag, von der Ehe abzusehen – du hast kein Recht, Mira zu beleidigen.»

Rigo zog den Kopf ein wenig ein, hielt ihrem Blick jedoch stand. «Sollte keine Beleidigung sein. Ich sag nur, wie es is, weil ich mich wundere, dass der Hauptmann einen Rückzieher gemacht hat. Sieht ihm so gar nich ähnlich.»

«Hat er seine selige Gemahlin etwa auch verdroschen?», fragte Mira. Sie war zu Adelinas Verwunderung ein wenig blass geworden.

«Davon is mir nichts bekannt.» Achselzuckend setzte sich Rigo wieder. «Nein, wenn ich's recht bedenke, war er immer sehr freundlich zu ihr. Nich dass sie es ihm groß gedankt hätte. Die Frau Heidlind war ein kleines Biest, Gott hab sie selig.» Er bekreuzigte sich flüchtig. «Hat das Geld mit beiden Händen rausgeworfen für Tand und Geschmeide und solchen Weiberkram. Gehorcht hat sie immer, scharwenzelte um ihn rum wie ein verliebtes Hündchen. Aber wenn er nich da war, konnte sie richtig gemein werden. Einmal hat sie die gute Trine mit einem Gürtel geschlagen, weil ihr das Badewasser zu heiß war. Und sie hat gehässig über die Nachbarn geredet. Der Hauptmann hat oft mit ihr geschimpft, auch wenn's nie was genutzt hat. Ich sag ja, er hätte ihr mal eine ordentliche Abreibung verpassen müssen. Hat er aber nich gemacht. Sagte mal zu mir, dass man Frauen und Tiere nich schlägt, weil sie dann entweder falsch werden oder dran kaputtgehen. Kann man sehen, wie man will.»

Mira stieß hörbar die Luft aus. «Dann hat ihm seine erste Frau das Leben schwergemacht?»

«Nein, ich sag doch.» Rigo gestikulierte unbestimmt. «Sie is ihm nach wie ein Hündchen. Mein Herr hier und mein Gebieter da. War ihm in allem zu Willen und gab nie Wiederworte. Nur hintenrum war sie eine falsche Schlange.» Er zuckte die Achseln. «Genau wie die Weiber, mit denen sie sich immer getroffen hat. Aber das war dem Hauptmann nur recht, weil das lauter Ehefrauen von Amtmännern und Ratsherren waren. Die Beede Palm zum Beispiel und die Änne Overstolz, aber die is letzten Sommer auch gestorben, nachdem sie sich an einer rostigen Messerklinge geschnitten hatte.»

«Das ist ja alles schön und gut, aber wir sind nicht hier, um Familiengeschichten auszutauschen», erinnerte Adelina den Mann. «Ich wiederhole noch einmal, dass es der ausdrückliche Wunsch meines Bruders ist, Licht in die Angelegenheit zu bringen und den Mord an Clais van Dalen aufzuklären. Deshalb ist es unerlässlich, dass wir uns seine Korrespondenz ansehen.»

«Hm, ja. Ich weiß nich ...» Unentschlossen wiegte Rigo den Kopf hin und her. «Ihr müsst mir versprechen, dass ich keinen Ärger bekomme. Auf den Zorn meines Herrn kann ich gut verzichten.»

«Seinen Zorn hast du nicht zu fürchten», versprach Adelina. «Wohl aber seine Dankbarkeit, wenn wir mit deiner Hilfe beweisen können, dass er Clais nicht getötet hat.»

«Er sagt immer, dass Ihr Eure Nase zu viel in anderer Leute Angelegenheiten steckt.» Rigo senkte den Blick, als sie die Stirn runzelte. «Glaubt Ihr wirklich, dass Ihr ihm helfen könnt?»

Sie schob ihren Weinbecher von sich. «Nicht, wenn wir noch länger untätig hier herumsitzen.»

«Meisterin, wusstet Ihr, dass Euer Bruder Sicherheiten verkauft?» Mira hockte vor einer der beiden eisenbeschlagenen Truhen in dem winzigen Schreibzimmer des Hauptmanns.

Adelina saß an einem klobigen Schreibpult neben dem schmalen, vergitterten Fensterchen und blätterte durch ein Bündel Briefe, das mit Klammern zusammengehalten wurde. Bei Miras Frage hob sie den Kopf. «Was für Sicherheiten?»

«Ich weiß nicht genau.» Mit einem Papier, das wie eine Urkunde aussah, trat Mira an das Pult. «Sicherheiten für Warenladungen von Kaufleuten. Das hier ist ein Kontrakt mit Georg

Reese. Er hat Hauptmann Greverode einen hohen Betrag gezahlt, um im Gegenzug eine Sicherheit für die von ihm transportierten Tuche zu erhalten. Hier steht, falls die Handelswaren irgendwie zu Schaden kommen oder gestohlen werden, kommt Euer Bruder für den Schaden auf. Gleichzeitig verpflichtet er sich, zwei seiner Männer zum Schutz der Waren während des Transports abzustellen. Habt Ihr von so etwas schon einmal gehört?»

«Lass sehen.» Neugierig griff Adelina nach dem Schriftstück und studierte es.

«In der linken Truhe sind noch mehr solcher Kontrakte.» Mira deutete hinter sich. «Ich wusste gar nicht, dass man Sicherheit verkaufen kann. Ist das nicht ziemlich riskant? Handelstransporte werden doch oft überfallen.»

«Wahrscheinlich schickt er deshalb immer zwei seiner Männer mit», vermutete Adelina. «Davon wusste ich nichts, Mira, aber wenn diese Art Handel erfolgreich ist, erklärt das, wie sich Tilmann in so kurzer Zeit zwei große Gleven leisten konnte. Sein Sold als Hauptmann reicht dazu nicht aus, auch nicht, wenn man mögliche Beteiligungen an beschlagnahmten Gütern hinzurechnet.»

«Und ich dachte immer, er hätte die Mitgift seiner seligen Frau dazu verwendet. Es heißt doch, dass er Frau Heidlind allein des Geldes und des Grundbesitzes ihrer Familie wegen geheiratet habe.»

«Das hat er wohl», bestätigte Adelina nachdenklich. «Aber selbst dieses Vermögen würde wahrscheinlich nicht ausreichen, denn Gleven kosten ja ständig Geld. Die Tiere müssen versorgt, die Männer bezahlt und verpflegt werden, ganz zu schweigen von der Ausrüstung. Merkwürdig, dass ich mir darüber noch nie Gedanken gemacht habe. Ich bin wie du immer davon ausgegangen, dass Tilmann über geerbte Mittel verfügt, aber sein

Vater war Söldner und besaß nur vergleichsweise geringfügigen Besitz.» Sie schüttelte den Kopf und seufzte. «Nun kenne ich ihn schon so lange und weiß dennoch fast nichts über ihn.»

«Na ja, zu den gesprächigsten Menschen gehört er ja auch nicht gerade», gab Mira zu bedenken und legte die Urkunde zurück in die Truhe.

«Vielleicht nicht, aber ich hätte mir doch mehr Mühe geben sollen, ihn besser kennenzulernen.» Betrübt strich Adelina mit den Fingerspitzen über das dunkle Holz der Tischplatte und tippte dann mit dem Zeigefinger gegen das mit Wachs versiegelte Tintenhorn. «Jetzt werde ich womöglich keine Gelegenheit mehr dazu haben. So schlecht, wie es ihm geht, müssen wir befürchten –»

«Nein, sprecht es nicht aus!» Mira bekreuzigte sich hastig. «Wir müssen die Muttergottes und alle Heiligen bitten, ihn zu beschützen. Vielleicht wird er ja doch wieder gesund.» Entschlossen trat sie an die zweite Truhe und hob deren Deckel. Adelina beobachtete sie verblüfft.

«Nichts Außergewöhnliches», verkündete ihre Gesellin nach ein paar Minuten. «Alte Briefe, beglichene Schuldverschreibungen ... Das hier sind, glaube ich, Landkarten. Sieht aus, als hätte er sie selbst erstellt. Schaut, er hat verschiedene Ortschaften im Umkreis von Köln eingezeichnet und mit Linien verbunden. Und was ist das hier? Namen oder Namenskürzel?» Mira rollte eine der Karten auf dem Pult aus. Adelina beschwerte die Ecken mit Tintenhorn, Tintenfässchen und einer kleinen Talglampe. Für eine geraume Weile betrachteten sie die Karte schweigend.

«Sind das Handelsrouten?», fragte Mira schließlich.

«Vielleicht die Wege, über die die Waren transportiert werden, die seine Männer bewachen sollen», vermutete Adelina.

«Aber würden sie dann nicht über die großen Handelsstraßen führen?» Mira deutete auf einen der großen Transportwege, die auf der Karte klar und deutlich durch eine rotbraune Färbung hervorgehoben waren.

Adelina besah sich die eingezeichneten Landmarken genauer. «Du hast recht. Vielleicht sollten wir die Karte vorsichtshalber mitnehmen. Möglicherweise kann Neklas etwas damit anfangen. Was ist sonst noch in der Truhe?»

«Nichts Besonderes.» Noch einmal ging Mira vor der Kiste in die Hocke und wühlte darin. «Nur noch ein paar leere Tintenhörner, ein Büchlein, das sich *Liber Abbaci* nennt ...»

«Das besitzt er?» Verblüfft sprang Adelina auf und ging ebenfalls zu der Truhe. «Das ist eine Abhandlung über Mathematik, speziell über Rechenoperationen, wie Kaufleute sie verwenden. Mein Vater besaß auch ein Exemplar, das ich inzwischen in der Truhe in unserer Schlafkammer aufbewahre.» Andächtig nahm sie das in Schweinsleder gebundene Büchlein in die Hand. «Und was ist das?» Sie deutete auf ein weiteres Buch.

Mira nahm es aus der Truhe und schlug es auf. «Zahlen», sagte sie verwundert. «Schaut mal, lauter Spalten mit Zahlen. Pfeile, Armbrüste ... Zwanzig Taler, hundert Taler, dreihundert Turnosen für Harnische.» Irritiert blickte sie Adelina an. «Hat er seine Waffen und die Ausrüstung gezählt?»

«Lass sehen.» Adelina nahm ihr das Buch ab. «Nein, das kann unmöglich sein eigener Besitz sein», entschied sie. «Dies hier sind Waffen für ein ganzes Söldnerheer. Schau, hier hat er auch Verluste vermerkt und deren Wert eingetragen.» Sie runzelte die Stirn. «Sind das vielleicht die Bestände des Kölner Zeughauses? Weshalb hat er so genaue Aufzeichnungen darüber? Das ist doch normalerweise nicht seine Aufgabe. Der Rentmeister führt die Bücher über die städtischen Waffen.» Entschlossen schlug sie das Buch zu. «Wir nehmen es ebenfalls mit. Es könnte ja sein, dass –»

«Was wollt Ihr mitnehmen?» Rigo war in der Tür erschienen

und blickte misstrauisch von Adelina zu Mira und wieder zurück.

Adelina deutete auf das Buch und die Karte. «Weißt du vielleicht, was es damit auf sich hat? Hast du diese Karte schon einmal gesehen?»

Rigo trat an das Pult und beugte sich darüber. «Hmm, ja, hab ich. Über diese Karte haben sich die beiden Hauptmänner mehrmals die Köpfe heißgeredet. Ich weiß nich, worum genau es ging. Ich glaube, es hatte was mit Überfällen auf Handelsreisende zu tun.»

«Und das hier?» Mit fragendem Blick hielt Adelina ihm das Buch unter die Nase.

Rigo schlug es auf und blätterte darin. «Weiß nich», brummelte er. «Ich kann nich lesen. Was is das?»

«Eine Auflistung aller städtischen Waffen», antwortete Adelina. «Zumindest glauben wir, dass es sich darum handelt. Kannst du dir einen Grund vorstellen, weshalb mein Bruder die hier aufbewahrt?»

«Städtische Waffen?» Er kratzte sich am Kopf. «Nein, wozu sollte er eine Liste davon brauchen? Das is doch Sache des Rentmeisters.»

«Deshalb wundern wir uns ja darüber», erklärte Adelina. «Es ist wohl wirklich das Beste, wir nehmen Buch und Karte mit, um sie in Ruhe anzusehen. Und keine Sorge, Rigo, wir bringen beides bald wieder zurück. Jetzt sollten wir aber allmählich aufbrechen, der Vormittag ist schon recht weit fortgeschritten; ich muss mich um meine Apotheke kümmern.»

«Also gut.» Rigo nickte zögernd. «Nehmt die Sachen mit. Aber ich bin nicht schuld, wenn der Hauptmann Euch aus Zorn über Eure Eigenmächtigkeit den Kopf herunterreißt.» Er hielt inne. «Wenn Ihr ihn seht, sagt ihm, wir stehen alle hinter ihm.»

7. Kapitel

Bei ihrer Rückkehr in die Apotheke fand Adelina dort eine ganze Menschentraube vor. Männer und Frauen drängten sich im Apothekenraum zusammen und redeten laut durcheinander, offenbar darauf wartend, dass Griet sie endlich bediente. Das Mädchen hatte alle Hände voll zu tun, teures Konfekt in Schachteln zu verpacken und Säckchen mit bereits gemischten Arzneien zu verkaufen. Colin und Katharina saßen in einer Ecke des Raumes auf dem Boden und spielten mit kleinen Holzfiguren. Adelina wunderte sich, was die beiden hier wohl zu suchen hatten. Wo steckten Franziska und Magda? Hoffentlich ging es Tilmann nicht noch schlechter! Bei diesem Gedanken wurde ihr flau im Magen.

Kurzerhand drückte sie Mira Buch und Karte in die Hände und forderte sie mit stummen Blicken auf, beides rasch hinab in den geheimen Raum unterhalb des Kellers zu bringen. Das Mädchen gehorchte. Adelina trat hinter den Verkaufstresen und fragte den nächstbesten Kunden nach seinem Begehr.

Griet warf ihr einen dankbaren Seitenblick zu, der deutlich zeigte, dass sie sich ein wenig überfordert gefühlt hatte. Überall hörte man Husten und Schniefen. Während Adelina neue Kräuterarzneien mischte, erzählte ihre Stieftochter ihr, dass sich Franziska und Magda tatsächlich unten im Laboratorium aufhielten, weil am früheren Vormittag Georg Reese da gewesen war. Er hatte sich nach Adelina erkundigt; da sie jedoch nicht zu Hause war, hatte er ausrichten lassen, dass er gegen Mittag mit einigen Bütteln zurückkommen werde. Offenbar hatte der Vogt veranlasst, das Apothekenhaus sowie Adelinas Wohnräume durchsuchen zu lassen. Sie wunderte sich, dass Reese das Risiko auf sich nahm, sie zu warnen. Wenn der Vogt davon erfuhr, konnte das für den Gewaltrichter schwere Konsequenzen nach sich ziehen. Vermutete Reese vielleicht, dass Adelina ihn angelogen hatte? Sie verspürte ein schlechtes Gewissen, Geheimnisse vor dem alten Freund zu haben, hoffte jedoch, er würde ihr dies verzeihen können. Möglicherweise hatte er jedoch längst erraten, dass sie ihren Bruder beherbergte. Und seine Ankündigung des Besuchs der Büttel sprach dafür, dass er ihre Vorgehensweise befürwortete. Die beiden Mägde waren nun dabei, das Laboratorium aufzuräumen oder vielmehr in seinen ursprünglichen Zustand zurückzuversetzen. Die Luke in das Gelass unterhalb des Kellerraumes musste geschlossen und die schwere Kiste wieder darübergeschoben und mit Holzscheiten gefüllt werden. Niemand durfte merken, dass sich dort ein Zugang zur Unterwelt befand. Beunruhigt dachte Adelina darüber nach, wie verblüfft und erschrocken sie selbst gewesen war, als sie die Falltür entdeckt hatte. Vor den Büttern musste sie unbedingt geheim gehalten werden. Denn sie würden nicht nur dem Vogt sofort darüber Bericht erstatten und Tilmann zum Turme bringen – viele der städtischen Angestellten verdienten sich überdies ein Zubrot als Hehler oder gar Schlimmeres. Wenn bekannt wurde, dass es einen unterirdischen Weg in die Kellerräume städtischer Bürgerhäuser gab, wären sie vor Einbrechern und Diebesgesindel kaum mehr sicher.

Auch Ludowig und Vitus halfen, indem sie draußen hinter dem Haus Holz hackten und die Scheite hereintrugen, um die große Kiste im Laboratorium damit zu befüllen.

Nach einer Weile kam Mira wieder zurück. Sie machte sich sofort an die Zubereitung von Arzneien und äußerte sich nicht zu den Vorgängen im Keller. Ihre Blicke verrieten jedoch Besorgnis.

«Verzeiht bitte, Jungfer Mira», hörte Adelina in dem Moment eine hochgewachsene Frau mittleren Alters sagen, die ihr rotblondes Haar unter einer mit Blüten bestickten Hörnerhaube verbarg. Nicht nur der auffällige Kopfputz, sondern auch das wertvolle Brokatkleid verrieten ihre hohe Stellung. Eine reiche Patrizierin, wusste Adelina. Sie hatte die Frau schon des Öfteren auf dem Alter Markt gesehen. Ihr Name war Beede Palm, sie war die Gemahlin des Ratsherrn Evert Palm.

«Würdet Ihr mich bitte als Nächstes bedienen? Ich habe es sehr eilig und brauche dringend ein paar Wundarzneien.»

Ringsum wurde Unmut laut. Die übrigen Kunden tuschelten aufgebracht, doch da die Frau so hochgestellt war, traute sich offenbar niemand, ihr zu widersprechen.

Mira ließ sich davon jedoch nicht beeindrucken. «Gute Frau», antwortete sie ruhig, «es tut mir leid, aber es sind noch zwei Kunden vor Euch an der Reihe. Ich werde mich beeilen, so gut es geht.»

«Das ist ja unerhört!», beschwerte sich die Frau des Ratsherrn. «Wisst Ihr eigentlich, mit wem Ihr es zu tun habt?»

Ehe Mira darauf eingehen konnte, mischte sich Adelina ein. «Frau Beede, Euch habe ich ja lange nicht hier gesehen!» Sie warf Mira einen warnenden Seitenblick zu. «Verzeiht bitte, dass es heute so drunter und drüber geht. Das schlechte Wetter treibt die Kunden geradezu in Scharen zu uns. Was muss ich da hören? Ihr benötigt Wundarzneien? Ist jemand verletzt? Falls ja, solltet Ihr vielleicht besser Meister Jupp aufsuchen oder auch meinen Gemahl, den Magister.»

«Ach, Frau Adelina, das wird nicht nötig sein. Einer unserer Knechte hat sich geschnitten. So etwas kommt immer wieder vor. Darum muss man kein großes Aufhebens machen, aber gesundpflegen müssen wir ihn doch.»

«Wenn das so ist ...» Adelina lächelte ihr zu. «Ich kann Euch

Kräutermischungen aus Beinwell und Scharfgarbe mitgeben. Haltet die Wunde sauber und trocken. Meister Jupp empfiehlt überdies auch immer, die Wundränder mit Honig einzutreiben.»

«Mit Honig?» Beede Palm hob überrascht die Augenbrauen. «Wozu soll das gut sein?»

Adelina hob die Schultern. «So genau weiß ich es nicht. Meister Jupp sagt, er habe vor Jahren schon herausgefunden, dass Honig helfen kann, eine Wunde vor Brand zu schützen.»

«Davon habe ich auch schon einmal etwas gehört», mischte sich ein älterer Mann ein, der sich bereits mit einer Schachtel Kräuter für einen Aufguss gegen Gicht zum Gehen gewandt hatte. «Die Amme meiner Kinder hat immer Honig benutzt, wenn sich die Kleinen beim Spielen verletzt hatten. Ob es allerdings auch bei schweren Schnittwunden hilft, weiß ich nicht.»

«Schaden kann der Honig jedenfalls nicht.» Adelina griff hinter sich ins Regal und entnahm ihm Dosen mit getrockneten Kräutern sowie ein Gefäß mit Talkum. Mit geübten Händen bereitete sie eine Heilsalbe vor. «Kann ich sonst noch etwas für Euch tun, Frau Beede?», fragte sie.

«Nein danke, das sollte ausreichen.» Die Frau des Ratsherrn schüttelte den Kopf. «Wie gesagt, es muss kein Aufhebens gemacht werden.»

Adelina nannte ihr den Preis für die Arznei und wies sie noch einmal darauf hin, Meister Jupp zu Rate zu ziehen, sollte sich die Wunde des Knechtes doch entzünden.

Kaum hatte Beede Palm die Apotheke verlassen, als ein lautes Klopfen an der Tür Besucher ankündigte. Hätte es sich um Kunden gehandelt, wären sie einfach eingetreten. Deshalb wusste Adelina schon, bevor sie die Tür öffnete, dass es sich bei den Ankömmlingen um die Männer des Vogts handeln musste.

Tatsächlich standen vor der Tür drei städtische Büttel, die sie alle vom Sehen kannte. Begleitet wurden sie von Georg Reese und einem der Stadtsoldaten. Auch ihn kannte Adelina; sein Name war Wolfram Stache. Während der Zeit, als Neklas unschuldig des Mordes angeklagt und in der Kunibertsturg eingesperrt gewesen war, hatte Stache eine Zeitlang zusammen mit Tilmann Greverode Adelina und ihre Familie hier im Hause bewacht. Der junge Soldat sah nicht sehr glücklich darüber aus, die Apotheke betreten zu müssen. Obwohl bereits drei Jahre vergangen waren, schien er sich nur mit Unbehagen an die damaligen Ereignisse zu erinnern. Adelina konnte es ihm nicht verübeln. Sie hasste es, die städtischen Beamten einmal mehr in ihr Haus lassen zu müssen. Vor allem, weil sie wusste, dass dies wieder üble Gerüchte nach sich ziehen würde. Deshalb bat sie die Männer nicht herein, sondern trat selbst hinaus auf die Straße.

«Guten Tag, Herr Reese», grüßte sie freundlich und in dem Bemühen, sich ihre Nervosität nicht anmerken zu lassen. «Meine Tochter sagte mir, Ihr wäret früher schon einmal hier gewesen. Womit kann ich Euch dienen?»

«Ich grüße Euch, Frau Adelina. Vermutlich könnt Ihr Euch denken, weshalb wir hier sind. Der Vogt hat angeordnet, Euer Haus durchsuchen zu lassen. Zwar habe ich gesagt, dass dies gänzlich unnötig sei, aber er hat dennoch darauf bestanden. Da Ihr die Schwester und damit nächste Verwandte von Hauptmann Greverode seid, ist er überzeugt davon, dass Ihr etwas über seinen Verbleib wisst.»

«Er glaubt, ich verstecke ihn hier im Haus?»

«Diese Annahme ist so weit nicht hergeholt», antwortete Reese mit gerunzelter Stirn. Er warf einen kurzen Seitenblick auf die Büttel, die ihrem Gespräch interessiert lauschten. «Es ist bekannt, dass Ihr Euch für die Euren mit Leib und Seele einsetzt, deshalb bezweifelt der Vogt, dass Ihr nicht wisst, wo sich Euer Bruder aufhält.» Bevor Sie darauf etwas erwidern konnte, hob er beschwichtigend die Hände.

«Nichts für ungut, Frau Adelina. Niemand verurteilt Euch für Euer weiches Herz. Und ganz sicher kann man Euch auch die höchst gottgefällige Nächstenliebe nicht zum Vorwurf machen. Falls Ihr also doch wissen solltet, wo wir Tilmann Greverode finden können, wird es Euch nicht schaden, uns dies mitzuteilen.»

Adelina verschränkte die Arme vor dem Leib. «Wie ich schon einmal sagte, kann ich Euch leider nicht weiterhelfen. Ich weiß weder etwas über die Geschehnisse im Zeughaus, noch was mein Bruder damit zu tun hat oder wo er sich aufhält.»

Reese sah ihr für einen langen Moment in die Augen, dann nickte er schweigend.

Adelina deutete auf das Hoftor. «Ich möchte Euch bitten, das Haus durch den Hintereingang zu betreten. Ihr wisst selbst, wie schnell in Köln Gerüchte die Runde machen. Meine Apotheke war schon viel zu oft fälschlicherweise in Verruf, und ich möchte nicht, dass wir wieder Mittelpunkt des Stadttratsches werden.»

Abermals nickte Reese und gab den Bütteln sowie Wolfram Stache ein stummes Zeichen, ihm zu folgen. Adelina führte sie durch das Tor in den Hof und von dort aus ins Haus. In dem dunklen Flur, der zu den Wohnräumen führte, begegneten ihnen Ludowig und Vitus. Beide trugen leere Eimer, in denen sie offenbar Holzscheide transportiert hatten. Als Vitus die Büttel sah, machte er große Augen.

«Oh, Lina, was wollen die Männer denn hier? Das ist doch der Soldat von damals, ich erinnere mich ganz genau! Und warum ist Herr Reese dabei und die Büttel? Ist etwas Schlimmes passiert?»

«Herrin?» Auch Ludowig blickte wachsam von einem zum anderen. Seine Körperhaltung machte nur allzu deutlich, dass er bereit war, Adelina im Zweifelsfall zu verteidigen. Irgendwo hinter ihm war ein leises Knurren zu vernehmen. Moses schob sich zwischen Ludowig und Vitus und fixierte die fremden Männer.

«Es ist alles in Ordnung», beruhigte Adelina ihren Bruder. Sie strich Moses beschwichtigend über den Kopf und spürte dabei ganz deutlich die Anspannung in seinem Körper. Erst als sie leise auf ihn einredete, entspannte sich der Hund wieder.

«Können wir jetzt anfangen?», fragte einer der Büttel ungeduldig. «Wir sind nicht hier, um Maulaffen feilzuhalten, und auch nicht, um uns von einem blöden Hund anknurren zu lassen.»

«Immer mit der Ruhe, Männer», sagte Reese in dem deutlichen Bemühen, den Frieden zu bewahren. «Frau Adelina wird uns nun von Raum zu Raum führen, dann könnt ihr euch selbst überzeugen, dass in diesem Hause nichts Unrechtes vorgeht. Sie hat mir bereits ihr Wort gegeben, dass ihr Bruder nicht hier ist. Leider kennt der Vogt die Apothekerin nicht so gut wie ich, deshalb erledigen wir nun unsere Pflicht, und zwar so rasch wie möglich, um Frau Adelina nicht allzu lange zu behelligen.»

Die Büttel nickten, Wolfram Stache grummelte etwas Unverständliches. Als Adelina ihnen voran durch den Flur und dann die Stiege hinauf in die oberen Wohnräume ging, folgten sie ihr schweigend.

Die Durchsuchung des Hauses dauerte nicht lange, da nicht wie seinerzeit nach versteckten Gegenständen gesucht wurde, sondern nach einer Person. Ein großer Mann wie Tilmann Greverode konnte sich in den kleinen Gesindekammern oder den Schlafräumen der Kinder kaum versteckt halten. Auch Küche, Vorratskammer, das Hinterzimmer der Apotheke und die Nebengebäude wurden durchsucht. Dazu teilten sich die Männer auf. Zwei der Büttel gingen hinaus in den Hof, Wolfram Stache und der dritte Büttel sowie Georg Reese blieben im Haus. Nachdem alle Wohnräume besichtigt worden waren, musste Adelina die Männer zuletzt noch in den Keller führen.

Ihr Herz begann unstet zu klopfen. Franziska und Magda waren natürlich inzwischen längst wieder heraufgekommen und gingen ihren alltäglichen Arbeiten nach. Adelina hörte Franziska mit Colin und Katharina spielen und lachen; die drei waren trotz des kalten Wetters mal wieder draußen im Hof. Hoffentlich hatten sie wirklich alle Spuren im Laboratorium beseitigt! Um sich ihre Unsicherheit nicht anmerken zu lassen, stieg Adelina die Treppe betont entschlossen hinab. In der Hand hielt sie eine Öllampe, da die Mägde die Talglichter, mit denen der Kellerraum bisher beleuchtet worden war, gelöscht hatten.

«Du liebe Zeit! Was ist das denn?», fragte der Büttel. Sein Name war, so viel hatte Adelina inzwischen mitbekommen, Gerold. Er starrte mit einer Mischung aus Neugier und Abscheu auf die alchemistischen Gerätschaften, die Adelina und Neklas über die Jahre hier angesammelt hatten. Es gab eine große Destille mit Alembik, einen Aufbau mit diversen, an beweglichen Armen befestigten Glasgefäßen, eine kleine Esse mit Blasebalg sowie einen großen philosophischen Ofen, der auch Athanor genannt wurde. Damit wurden die Ingredienzien für verschiedene alchemistische Versuche langsam und gleichmäßig erwärmt.

«Seid bitte so gut und fasst nichts an», bat sie den Mann. «Mein Gemahl hat hier eine Versuchsanordnung aufgebaut und wäre sicher nicht sehr erfreut, wenn Ihr sie in Eurem Unwissen beschädigt.»

«Was sind das für Versuche?», wollte Stache wissen. Seiner Miene war anzusehen, dass er sich hier unten ausgesprochen unwohl fühlte. Unstet wanderte sein Blick von dem großen Ofen zu der Holzkiste, dann zu der Destille und schließlich zu den Regalen, die sich über zwei Wände hinzogen. Darin standen neben diversen Büchern weitere Gerätschaften sowie blecherne und gläserne Behältnisse und Phiolen mit alchemistischen Ingredienzien. Aber auch Flaschen mit einfachem Weingeist und dem von Adelina für ihre Arzneien verwendeten brennenden Wasser, dem Aqua Ardens, waren dort zu finden. Dieses hatte ihr Vater eher zufällig bei der Gewinnung des einfachen Weingeistes entdeckt, indem er die gewonnene Flüssigkeit noch mehrmals destillierte. Eines Tages hatte Adelina festgestellt, dass sich das Aqua Ardens wunderbar zum Saubermachen verwenden ließ. Trinken konnte man es allerdings nicht, zumindest nicht pur. Schon ein kleiner Schluck davon brannte teuflisch auf der Zunge und ließ einen nach Atem ringen.

«Mein Gemahl erforscht die Geheimnisse der Metalle», erklärte sie in absichtlich hochtrabendem Ton. Wie sie erwartet hatte, blickte Stache sie nun erst recht verblüfft und auch verständnislos an.

«Was für Geheimnisse sollen Metalle denn haben?» Er kratzte sich am Kopf, wo sein dunkelblondes Haar bereits schütter wurde, obgleich er einige Jahre jünger als Adelina sein musste. «Metall ist Metall, oder etwa nicht?»

Adelina legte den Kopf schräg. «Aber nein, das ist es ganz und gar nicht. Zunächst einmal gibt es viele verschiedene Metalle: Eisen, Kupfer, Silber und noch viele mehr. Und dann natürlich die Edelmetalle, wozu vor allem das Gold zu zählen ist. Jedes dieser Metalle hat ganz besondere Eigenschaften, die zutage treten, wenn man es zum Beispiel erhitzt und zum Schmelzen bringt.»

«Wozu soll es gut sein, ein Metall zu schmelzen, es sei denn, man möchte daraus ein Schwert herstellen? Oder ein Hufeisen oder einen Nagel?» Verständnislos schüttelte der Soldat den Kopf.

Adelina lächelte milde. «Nun, durch solche Forschungen wurde zum Beispiel vor langer Zeit der Stahl entdeckt. Aber meinem Gemahl geht es nicht darum, Metalle einfach nur zu schmelzen und in eine neue Form zu gießen. Ich vermute jedoch, dass Ihr nichts verstehen würdet, wenn ich Euch seine Theorien vortrüge.»

Der Gewaltrichter räusperte sich. «Auf der Suche nach einem Weg, Gold herzustellen, ist Euer Gemahl aber wohl nach wie vor nicht?» Mit einem Schmunzeln fuhr er fort: «Versteht mich bitte nicht falsch, Frau Adelina. Ich habe nichts gegen seine Experimente. Der Allmächtige weiß, dass Neklas Burka schon oft genug verdächtigt wurde, sich mit ketzerischem Gedankengut zu beschäftigen. Ich kenne Euch beide jedoch inzwischen gut genug, um zu wissen, dass dem nicht so ist.

Nun, wie wir feststellen können», wandte er sich dann an Stache und Gerold, «ist auch hier weit und breit keine Spur von Hauptmann Greverode zu entdecken.» Er ließ seinen Blick noch einmal über die Gerätschaften wandern, um dann die Truhen, die nebeneinander unter den Regalen standen, in Augenschein zu nehmen. Darin wurden weitere Bücher und Utensilien für das Laboratorium aufbewahrt.

«Wollt Ihr dort vielleicht auch hineinsehen?», fragte Adelina spöttisch. Sie trat an eine der Truhen und hob deren Deckel. Gerold trat neugierig näher und stieß dann einen erschrockenen Laut aus.

«Bei allen Heiligen, was ist das denn?», rief er und deutete mit zitternder Hand auf eine gläserne Phiole, die zuoberst in der Truhe lag. Sie war mit einem Wachsstöpsel verschlossen.

Amüsiert lächelnd nahm Adelina sie in die Hand und hielt sie ihm unter die Nase. Erschrocken wich er zurück und bekreuzigte sich.

«Das sind Haifischzähne», erklärte sie. «Manche Ärzte halten sie für ein mächtiges Heilmittel.»

«Heilmittel?», krächzte Gerold, die Phiole nicht aus den Augen lassend. «Wogegen?»

Adelina schüttelte das Gefäß leicht und ließ die Zähne darin klappern. «Zu Pulver zermahlen sollen sie gegen allerlei Gebrechen helfen», erläuterte sie. «Man kann sie allerdings auch als Talisman um den Hals tragen. Meiner Meinung nach ist das noch die sinnvollste Verwendungsart.»

«Und das da?», wollte Stache wissen, der sich nun auch über die Truhe beugte.

«Getrocknete Frösche», antwortete Adelina lapidar und legte die Phiole mit den Haifischzähnen zurück. «Ebenfalls ein mächtiges Heilmittel, das behauptet zumindest Magister Pierre van Stijn, der Medicus der Universität. Auch der alte Magister Arnoldus schwor darauf, vor allem gegen Leibschmerzen, Pocken und Pestilenz. Aber ihn werdet ihr vermutlich nicht mehr kennen, Herr Wolfram. Er ist schon vor einigen Jahren gestorben.»

«Grauenhaft», krächzte Gerold mit einem Schaudern und zog sich bis zur Kellertür zurück. Es war offensichtlich, dass er sich in diesem Laboratorium nicht mehr länger aufhalten wollte.

«Habe ich Eure Neugier nun befriedigt?», fragte Adelina, an den Gewaltrichter gewandt. «Oder vielmehr die des Vogtes? Richtet ihm bitte aus, dass wir alle sehr ungehalten darüber sind, nun schon zum wiederholten Male ungerechtfertigt verdächtigt zu werden.»

Reese kräuselte die Lippen und sah sie mit schräggelegtem Kopf einen Moment lang schweigend an, bevor er antwortete: «Ob ungerechtfertigt oder nicht, sowohl ich als auch diese Männer als auch der Vogt – wir alle tun nur unsere Pflicht. Ein Mann wurde ermordet. Er war kein unbedeutender Bürger Kölns, sondern ein Hauptmann der Stadtsoldaten. So leid es mir tut, aber Euer Bruder ist nach wie vor der Hauptverdächtige. Ihr müsst es verstehen, dass wir allen Spuren nachgehen müssen.» Sein Blick wanderte erneut über die Truhen, die Regale an den Wänden und blieb schließlich an der hoch mit Holz gefüllten Kiste hängen.

Adelinas Herzschlag beschleunigte sich. Hatte er etwas entdeckt? Die Mägde hatten sich große Mühe gegeben, den Raum wieder so herzurichten, wie er vor der Entdeckung der Falltür gewesen war. Sogar Staub und Asche hatten sie überall verteilt.

Dann sah sie ihn: einen winzigen, kaum wahrnehmbaren

Kratzer am Boden. Nur, wenn man ganz genau hinschaute, entdeckte man ihn. Vermutlich eine Schleifspur der Holzkiste, die schon ohne Inhalt ausgesprochen schwer war.

Obgleich sich Reese nicht anmerken ließ, ob er den Kratzer gesehen hatte, hielt Adelina den Atem an.

«Kommt, Männer», sprach er seine Begleiter an. «Wir haben Frau Adelina lange genug von ihrer Arbeit abgehalten. Ich danke Euch, meine Liebe, dass Ihr uns Einblick in Euer Haus gewährt habt. Der Vogt weiß Eure Mithilfe in dieser Sache sehr zu schätzen.»

Hatte seine Stimme einen leicht spöttischen Klang angenommen? Adelina konnte sich des Eindrucks nicht erwehren, dass der Gewaltrichter verärgert war. Er verabschiedete sich kurz angebunden und verließ wenig später mit den Bütteln und Wolfram Stache ihr Haus.

«Sind sie fort?» Als Adelina die Apotheke betrat, kamen sowohl Griet als auch Mira neugierig auf sie zu. Griet legte ihrer Stiefmutter eine Hand auf den Arm. «Es hat so furchtbar lange gedauert. Wir dachten schon, Reese hätte etwas gemerkt. Was hätten wir dann gemacht?»

«Es ist noch einmal gutgegangen.» Adelina legte ihre Hand auf die von Griet und drückte sie leicht. «Wobei ich nicht ganz sicher bin, ob Reese nicht doch etwas ahnt. Im Augenblick schweigt er darüber, es fragt sich nur, wie lange.» Adelina ließ Griets Hand los und rieb sich unbehaglich über die Oberarme. «Und nun lasst uns wieder an unsere Arbeit gehen.»

«Sollte nicht jemand nach Hauptmann Greverode sehen?», fragte Mira besorgt. «Wir können ihn doch nicht so lange dort unten allein lassen! Was, wenn er gerade jetzt aufwacht oder Hilfe benötigt?»

«Ludmilla ist bei ihm», wandte Griet ein. «Sie weiß schon, was zu tun ist.»

«Nein, Griet, Mira hat recht.» Adelina ging in Richtung des Hinterzimmers. «Ich werde Ludowig Bescheid sagen, dass er die Kiste wieder zur Seite rückt. Dann kann sich Magda um Tilmann kümmern.»

Was geschehen würde, wenn Reese oder die Büttel noch einmal zurückkamen, darüber wollte Adelina lieber nicht nachdenken.

8. Kapitel

Er lag auf dem Rücken auf einer Unterlage, die sich wie eine Strohmatratze anfühlte. Etwas, ein Halm vermutlich, juckte ihn im Nacken. Ärgerlich drehte er den Kopf hin und her, um das unangenehme Gefühl loszuwerden. Seine Zunge klebte an seinem Gaumen, er verspürte ein Kratzen im Hals und Durst. Als er versuchte, den Kopf zu heben und sich zu räuspern, fuhr ein gemeines Stechen durch seinen Leib. Er hustete, doch das verstärkte den Schmerz nur. Stöhnend rang er nach Atem. Zugleich spürte er warme Hände an seinen Wangen und in seinem Nacken. Etwas Kühles, Feuchtes berührte seine Stirn. Er schauderte, wusste aber gleichzeitig, dass er hohes Fieber haben musste. Sein Kopf wurde ganz leicht angehoben, dann wurde etwas aus Holz an seine Lippen gedrückt. Der scharfe Geruch von Kräutern stieg ihm in die Nase. Angewidert drehte er den Kopf zur Seite.

Ein raues Kichern drang an sein Ohr. «Ei, Ei, Hauptmann, nun sträubt Euch doch nicht so. Das Gebräu riecht schlimmer, als es schmeckt. Ein paar Schluck, danach könnt Ihr so viel Wasser trinken, wie Ihr wollt.»

Wasser? Dieses Wort klang wie Musik in seinen Ohren. Ohne

weiter nachzudenken öffnete er die Lippen einen Spalt breit. Sogleich floss ein Rinnsal scharf schmeckenden Kräutersuds in seinen Mund. Er schluckte gierig, verzog angeekelt das Gesicht, trank jedoch noch mehr, denn das bisschen Flüssigkeit reichte bei weitem nicht aus, um seinen Durst zu stillen.

«Halt, halt!» Wieder dieses Kichern. «Nicht so hastig. Wir wollen Euch doch nicht vergiften. Das hier ist Medizin, davon braucht Ihr nicht viel.» Der Becher verschwand. Er hörte etwas plätschern, gleich darauf flößte ihm das Weib frisches Wasser ein.

Er trank und trank. Viel zu schnell, das wusste er, als er erneut husten musste. Keuchend, weil ihn der Schmerz seiner Wunden quälte, hob er eine Hand, um nach den Verbänden zu tasten, die er um die Leibesmitte spürte.

«Nichts da! Liegt ganz ruhig.» Das Weib hatte seinen Arm umfasst und drückte ihn auf die Matratze zurück. «Wenn Ihr Euch zu sehr bewegt, reißen die Wunden wieder auf. Getrunken habt Ihr jetzt auch erst einmal genug.»

Sein Kopf wurde vorsichtig wieder auf das dünne Kissen gebettet. Zum Glück war der stechende Halm verschwunden. Das Trinken hatte ihn angestrengt, gleichzeitig aber auch erfrischt. Deshalb wagte er es jetzt, das Heben der Augenlider in Angriff zu nehmen. Es kam ihm vor, als hätte jemand schwere Gewichte darauf gelegt. Nur mit äußerster Konzentration schaffte er es, die Augen zu öffnen. Beim Anblick des faltigen Frauengesichts mit der langen Hakennase verzog er unwillig die Lippen. Die alte Kräuterhexe aus dem Wald. Was hatte ausgerechnet sie hier zu suchen? Reichte es nicht, dass er hilflos wie ein Säugling dalag und sich nicht rühren konnte? Wo befand er sich überhaupt? Um ihn herum war es finster. Lediglich das Licht einiger kleiner Talglämpchen erhellte den Raum. Es roch leicht muffig und gleichzeitig scharf nach den Heilkräutern. Die Orientierung fiel ihm schwer. Wenn er den Kopf zu schnell drehte, überkam ihn Schwindel. Dies war nicht Adelinas Haus! Auch nicht ihr Keller – zwar war er noch nicht oft in ihrem Laboratorium gewesen, aber dies hier war ganz sicher ein anderer Raum. Wohin hatten sie ihn gebracht? Hatten sie ihn überhaupt weit transportieren können? Den Schmerzen nach, die seine Wunden verursachten, war das wohl kaum möglich gewesen. Sein Blick wanderte über die Wände mit den Regalen, in denen sich Arzneidosen, Krüge und Haushaltsgegenstände aneinanderdrängten. Dann sah er sie – die Falltür schräg über ihm. Er konnte den Kopf nicht weit genug nach hinten drehen, um auch die Stiege zu erkennen, aber nun wusste er, wo man in hingebracht hatte. Erleichterung überkam ihn. Adelina hatte das Richtige getan.

Doch warum um alles in der Welt war die Falltür geschlossen und er mit der alten Ludmilla hier eingesperrt? Er drehte den Kopf langsam wieder zurück, bis die Alte in seinem Blickfeld erschien. Sie saß auf einem einfachen Hocker und betrachtete ihn aufmerksam.

«Na, da wird sich Adelina aber freuen, dass Ihr beschlossen habt, wieder unter uns zu weilen. Wollen wir hoffen, dass es auch so bleibt. Dass Ihr hier vor ein paar Tagen aufgetaucht seid, hat den Haushalt Eurer Schwester ganz schön durcheinandergewirbelt. Euer Ableben hätte allerdings sicherlich weit mehr Verdruss verursacht. Macht Euch darauf gefasst, dass sie Euch, sobald sie sieht, dass Ihr bei klarem Verstand seid, mit tausend Fragen überfallen wird. Ein paar hätte ich selbst ebenfalls, aber ich werde mich zurückhalten. Noch seid Ihr viel zu blass und schwach.» Die weise Frau stand auf, trat an die Matratze heran und beugte sich über ihn. Er spürte, wie sie an seinen Verbänden nestelte. Stöhnend hob er erneut seine Hand, um sie abzuwehren.

Die Alte lachte nur darüber. «Ei, Ihr seid ja widerspenstig. Lasst mich nur machen, ich will sehen, wie weit meine kleinen Freunde sind.»

Welche Freunde? War das alte Weib verrückt? Er hatte nicht die leiseste Ahnung, wovon sie sprach. Da sie ihm jedoch keinerlei Schmerzen zufügte, sondern bei der Untersuchung sehr vorsichtig mit ihm umging, beschwerte er sich nicht weiter. Wozu auch? In seinem derzeitigen Zustand konnte er doch nichts gegen sie ausrichten. Adelina schwor auf die Heilkünste des alten Weibes. Soweit er wusste, hatte Ludmilla noch nie jemandem absichtlich Schaden zugefügt. Zwar war ihm bekannt, dass sie eine Engelmacherin war, doch hatte das wohl kaum etwas mit ihm zu tun. Wenn sie ihn hätte umbringen wollen, wäre dies längst geschehen.

Das Denken strengte ihn an, trotzdem versuchte er sich zu erinnern, was in den letzten Tagen vorgefallen war. Wie lange lag er schon hier unten? Tage, hatte Ludmilla gesagt. Wie viele? Gern hätte er sie gefragt, aber er fühlte sich noch zu schwach zum Sprechen. Das musste erst einmal warten. Vielleicht, so überlegte er, war ein Nickerchen nicht schlecht. Ganz gleich, wie lange er bewusstlos gewesen war, auf ein paar Stunden mehr würde es jetzt auch nicht mehr ankommen. Erschöpft schloss er die Augen wieder.

«Ja, schlaft nur ruhig, Hauptmann Greverode. Aber gebt Euch Mühe, nicht noch einmal das Bewusstsein zu verlieren.» Ludmilla tupfte mit einem feuchten Lappen über sein Gesicht. Er hörte, wie sie das Tuch ins Wasser tauchte, und schauderte leicht, als die kalten, nassen Fasern erneut seine Stirn berührten. Diesmal ließ sie den Lappen dort liegen.

Als Neklas eine Stunde nach dem Vesperläuten von seinen Krankenbesuchen nach Hause kam, fand er Adelina, Mira und Griet am Küchentisch vor. Die drei beugten sich einträchtig über ein Buch und eine ausgerollte Landkarte.

«Was tut ihr denn da?», wollte er überrascht wissen.

Adelina hob den Kopf und bedeutete ihm lächelnd, näher zu treten.

«Komm her und sieh dir das an!», rief sie und deutete auf die Karte. «Dies muss Tilmann gezeichnet haben. Zumindest ist darauf seine Handschrift zu erkennen.»

Neklas setzte sich neben sie und studierte die Karte für eine geraume Weile. Dann nickte er. «Wart ihr also in Tilmanns Haus?» Ohne Umstände zog er auch das Buch näher zu sich heran. «Und was ist das? Gehört das auch ihm?»

Adelina stand auf, ging in die Vorratskammer und kam Augenblicke später mit einem vollen Krug Bier wieder zurück. Sie stellte einen Becher vor ihm ab und füllte ihn fast bis zum Rand.

Mit einem dankbaren Lächeln hob Neklas den Becher an die Lippen und trank einen großen Schluck. «Danke, Lina. Sind das hier Aufzeichnungen über die städtischen Waffen?»

«Es sieht jedenfalls so aus», antwortete Adelina. «Wir haben Buch und Karte mitgebracht, weil wir hoffen, dass du vielleicht etwas damit anfangen kannst. Wir hätten auch gern Jupp und Marie eingeladen, aber die beiden sind heute bei Maries Eltern zu Besuch.»

Schweigend blätterte Neklas eine Weile lang in dem Buch und überflog die langen Spalten mit Einträgen. Dann hob er den Kopf.

«Dein Bruder scheint schon seit einiger Zeit sehr genaue Aufzeichnungen über den Bestand des städtischen Zeughauses zu führen. Wenn man der Datierung Glauben schenken darf, hat er damit bereits vor über zwei Jahren begonnen. Da er weder das Amt des Rentmeisters bekleidet noch je davon gesprochen hat, dass dieses Amt ihn interessiert, muss er mit dem Buch etwas Bestimmtes bezwecken.»

«Wir haben Rigo, einen seiner Waffenknechte, dazu befragt», mischte sich Mira ein. «Er sagt, er weiß nicht, was es mit dem Buch auf sich hat. Allerdings kann er wohl auch nicht lesen.»

Aufmerksam wandte sich Neklas der Gesellin zu. «Konnte Rigo euch denn sonst irgendetwas erzählen? Etwas, das wenigstens ein bisschen Licht in die Angelegenheit bringt?»

«Leider nicht viel.» Mira zuckte die Achseln. «Aber er hat uns erzählt, dass Greverode und van Dalen in der letzten Zeit oft über den Stadtrat geschimpft haben. Wenn sie irgendwelchen Vorgängen auf der Spur waren, die mit den Waffen im städtischen Zeughaus zu tun haben, könnte es sein, dass man van Dalen deshalb umgebracht hat. Und auch Greverode könnte deshalb angegriffen worden sein. Nur von wem?» Das Mädchen spielte mit dem Ende seines blonden Zopfes und tauschte einen Blick mit Griet.

«Ich hoffe, das können wir ihn bald fragen», sagte diese daraufhin. «Sobald er wieder wach ist, müssen wir unbedingt –»

«Was soll das heißen – *wieder*?» Neklas blickte fragend von seiner Tochter zu seiner Frau.

Adelina lächelte leicht. «Tilmann ist heute Nachmittag kurz aus seiner Bewusstlosigkeit aufgewacht. Ludmilla war bei ihm. Sie sagt, er habe zwar kein Wort gesprochen, doch er habe den Anschein erweckt, bei Sinnen zu sein. Jetzt schläft er. Wir hoffen, dass er morgen zumindest ein wenig ansprechbar sein wird.» Ihr war die Erleichterung über diese Entwicklung der Lage deutlich anzumerken.

Neklas griff kurz nach ihrer Hand und drückte sie. «Dann kann er sich hoffentlich auch noch an alles erinnern. Allmählich bin ich wirklich neugierig, was hier vorgeht.»

«Auf jeden Fall kein Konkurrenzkampf zwischen zwei Hauptmännern», befand Mira. «Was auch immer dahintersteckt, es ist gewiss viel komplizierter. Wir können bloß beten, dass der Vogt das einsieht. Falls Reese doch mit ihm sprechen sollte, und er so herausfindet, dass Hauptmann Greverode hier im Haus ist ...»

«Warum Reese? Hast du ihm etwa gesagt, dass wir Tilmann beherbergen?» Überrascht wandte sich Neklas an Adelina. «Ich dachte, wir wären übereingekommen, ihn vorerst nicht einzuweihen.»

«Ich habe ihm nichts gesagt.» Adelina zog nun ihrerseits das Buch zu sich heran und blätterte noch einmal darin. «Er war heute mit Wolfram Stache und drei Büttel hier und hat das Haus durchsucht.»

«Wie bitte?» Neklas starrte sie verblüfft an. «Das darf doch wohl nicht wahr sein! Geht das schon wieder los? Warum geraten wir nur immer wieder zwischen die Fronten?» Unwirsch fuhr er sich mit gespreizten Fingern durch seine schwarzen Locken. «Also haben sie den Verdacht gegen uns noch immer nicht fallengelassen.»

«Sie haben Hauptmann Greverode nicht gefunden», warf Griet ein. «Also werden sie uns doch wohl jetzt in Ruhe lassen, oder etwa nicht? Selbst wenn Reese etwas bemerkt haben sollte – Mutter sagt, er wird uns nicht verraten.»

«Das mag sein», gab Neklas zu. «Doch wenn er wirklich einen schweren Verdacht gegen uns hegt, kann er uns nicht lange decken, ohne sich selbst mitschuldig zu machen. Dieses Risiko wird er nicht eingehen wollen. Es wäre also besser, wenn wir so bald wie möglich herausfinden, wer Clais van Dalen wirklich umgebracht hat und weshalb.»

«Vielleicht hat es etwas mit dieser Karte zu tun.» Adelina deutete auf einige der Ortsnamen und Namenskürzel, die Tilmann auf der Landkarte vermerkt hatte. «Rigo sagte, dass Tilmann und Clais sich sehr oft mit dieser Karte befasst haben. Also muss sie ja etwas bedeuten – wir wissen nur noch nicht, was. Wusstest du eigentlich, dass Tilmann Sicherheiten verkauft?»

Neklas, der noch einmal von dem Bier getrunken hatte, verschluckte sich fast und stellte den Becher rasch auf den Tisch zurück. «Er verkauft Sicherheiten? Woher wisst ihr das?»

«In einer Truhe in seinem Schreibzimmer haben wir entsprechende Urkunden gefunden», erklärte Mira rasch. «Im Grunde war es nur Zufall, dass sie mir in die Hände fielen. Wir haben nach Hinweisen gesucht, womit sich der Hauptmann zuletzt befasst hat. Und so stießen wir auch auf einige Kontrakte, die er mit Kaufleuten aus Köln abgeschlossen hat.»

Neklas brauchte eine Weile, um diese Neuigkeit zu verdauen. Nachdenklich tippte er mit dem Zeigefinger gegen seinen Becher. «Der Verkauf von Sicherheiten ist ein riskantes, aber gleichwohl sehr einträgliches Geschäft.» Er hielt für einen Moment inne. «Das erklärt zumindest, wie er sich in so kurzer Zeit zwei große Gleven leisten konnte. Wenn ich es recht bedenke – der Verkauf von Sicherheiten würde zu ihm passen. Er ist ein Mann der Tat und zugleich, soweit ich ihn einschätzen kann, durchaus geschäftstüchtig. Wenn er es klug anstellt, kann er auf diese Weise ein ordentliches Vermögen zusammentragen. Titel, Land, all das hat heute nicht mehr eine so große Bedeutung wie einst. Geld hingegen bestimmt die Position und Macht eines Mannes. Zumindest zum größten Teil», schränkte er ein. «Männer lassen sich für Geld zu Rittern schlagen. Gold ist es, womit die Fürsten und Könige ihren Hofstaat finanzieren, ihre Kriege führen und ihren Willen durchsetzen. Und die bare Münze ist es auch, die Kaufleute gern hergeben, wenn dafür ihre wertvollen Waren auf den Handelswegen geschützt werden. Die Zeiten sind nicht leicht, doch für einen klugen Mann wie Tilmann, der noch dazu über die nötigen Fähigkeiten und Verbindungen verfügt, mag dies eine wahre Goldgrube sein. Ja, es sieht ihm wirklich ähnlich.» Er lächelte Adelina zu. «Dein Bruder ist ein außergewöhnlicher Mann», schloss er. «Und wie seine Schwester ist er offenbar immer für eine Überraschung gut.»

Bevor er weitersprechen konnte, öffnete sich die Küchentür, und Franziska kam mit den Kindern herein. Colin warf einen hölzernen Ring, den er vor einigen Jahren von Meister Jupp geschenkt bekommen hatte, in die Luft und fing ihn auf. Katharina sah ihrem großen Bruder dabei zu und lachte freudig.

«Will auch, will auch!», rief sie begeistert.

«Hier.» Colin reichte der Kleinen den Ring. «Aber du fängst ihn ja doch nicht.»

«Doch, ich fang ihn!» Die Dreijährige warf den Holzring mit Schwung in die Luft, sodass er quer durch die Küche flog. Geistesgegenwärtig hob Neklas die Hand, erhaschte ihn und verhinderte damit, dass er im Suppentopf landete, der am großen Dreifuß über dem Küchenfeuer hing.

«Hoppla!», rief er lachend. «Pass auf, wo du hinwirfst! Dieser Ring ist eine sehr harte und unverdauliche Suppeneinlage.»

«Lass mich, Papa», kreischte Katharina aufgeregt und stürzte auf Neklas zu. «Ich kann fangen, genau wie Colin!»

«Also gut, versuchen wir es.» Mit einem breiten Lächeln bedeutete Neklas seiner Tochter, sich vor ihm aufzustellen. Er warf den hölzernen Ring mit wenig Schwung in die Luft, sodass es dem Mädchen leichtfiel, ihn aufzufangen.

Sie schrie begeistert auf. «Noch mal, Papa! Guck mal, Mama, wie ich fangen kann!»

«Aber doch nicht hier in der Küche», protestierte Adelina, vermochte sich ein Lachen jedoch nicht zu verkneifen.

«Soll ich mit den beiden doch wieder nach draußen gehen?», fragte Franziska. «Aber es ist schon dunkel. Ich dachte, die zwei hätten sich endlich ausgetobt. Sie waren fast den ganzen Tag im Hof. Ein bisschen sind wir auch spazieren gegangen, bis zum Mühlbach und wieder zurück. Dabei ist mir aufgefallen, dass noch immer einer von den Bütteln draußen herumlungert.»

«Das Haus wird noch beobachtet?» Neklas runzelte die Stirn. «Das gefällt mir nicht.» Er stand auf und hob Katharina auf seine Hüfte. «Was immer wir tun, wir müssen ausgesprochene Vorsicht walten lassen. Ich lege keinen großen Wert darauf, noch einmal Bekanntschaft mit einer der Gefängniszellen in der Kunibertstorburg zu machen. Einmal hat mir voll und ganz gereicht. Und ich möchte auch nicht das Risiko eingehen, dass einer von euch dort landet.» Er küsste Katharina auf die Nasenspitze und stellte sie zurück auf den Boden. Sogleich rannte sie zu Franziska und zupfte an ihrer Schürze.

«Komm spielen, Ziska!», forderte sie in dem energischen Ton, den kleine Kinder oft an sich haben, dem man aber nur schwer widerstehen kann.

«Nein, mein Schatz. Ich muss mich jetzt um das Abendessen kümmern», entgegnete die Magd jedoch energisch. «Du und Colin, ihr zwei könnt mir dabei helfen.» Sie trug Colin auf, das Geschirr aus dem Regal zu holen, und hob nun ihrerseits Katharina auf ihre Hüfte, gab ihr eine große Schöpfkelle in die Hand und leitete sie an, den Eintopf umzurühren.

Adelina erhob sich ebenfalls und holte einen der frischgebackenen Brotlaibe aus der Vorratskammer. Mira und Griet rollten die Landkarte sorgfältig zusammen und brachten sie mit dem Buch auf Adelinas Anweisung hinaus, um beides unten im Laboratorium vor neugierigen Blicken zu verbergen.

Sinnierend betrachtete Adelina ihren schlafenden Bruder. Es war früher Samstagmorgen. Die erste Nacht, in der Neklas keinen Wachdienst zu verrichten gehabt hatte, lag hinter ihnen. Ludmilla, die seit gestern ununterbrochen bei Tilmann gewacht hatte, war zur Kirche Groß St. Martin aufgebrochen, um einen frühen Gottesdienst zu besuchen. Danach wollte sie bei ihrer Hütte nach dem Rechten sehen, die vor den Stadttoren in einem Wald lag. Bis zum Abend würde sie wieder zurück sein. Adelina war ihr sehr dankbar für ihre Hilfe. Es war ein Segen, dass Ludmilla so viel von der Heilkunst verstand. Natürlich halfen auch Neklas und Meister Jupp, doch wenn es um schwierige und komplizierte Verletzungen oder Krankheiten ging, kam in Köln kaum jemand an der alten weisen Frau vorbei. Auch als Hebamme war sie sehr begehrt. Einst hatte sie bei der Geburt von Vitus geholfen, leider jedoch nicht verhindern können, dass Adelinas Mutter, Sieglinde Merten, vom Kindbettfieber übermannt wurde und starb. Den Säugling hatte sie retten können, und obgleich Vitus seit seiner Geburt geistig zurückgeblieben war, konnte Adelina nicht anders, als Ludmilla dankbar zu sein. Auch Adelina selbst hatte Jahre später die Hilfe der weisen Frau mehr als einmal in Anspruch genommen. Seither verband die beiden eine innige Freundschaft.

Tilmann war noch mehrmals kurz aufgewacht, nicht zuletzt, um sich zu erleichtern. Die meiste Zeit hatte er jedoch geschlafen. Adelina fand, dass dies ein gutes Zeichen war. Schlaf, so wusste sie, war eines der besten Heilmittel überhaupt. Doch allmählich hoffte sie, er würde aus seinem Tiefschlaf erwachen und endlich in der Lage sein, ihr die brennenden Fragen zu beantworten, die ihr auf der Seele lagen.

Die Apotheke wollte sie heute nur bis zum Mittag öffnen. Da sich Mira und Griet ohne weiteres darum kümmern konnten, hatte sie beschlossen, heute Morgen die Wache am Krankenlager zu übernehmen. Magda hatte sie nach nebenan zu den Kornbläsers geschickt und dort ausrichten lassen, dass sie sich über einen Besuch von Marie freuen würde. Sie hatte zuletzt viel zu wenig Zeit mit der Freundin verbracht. Marie war eine kluge Frau, die noch dazu durch ihren Vater, der einst Ratsherr gewesen war und noch immer im Gremium der Vierundvierziger saß, recht gute Verbindungen zur städtischen Oberschicht besaß. Vielleicht konnte sie ihr helfen, zu ergründen, welchen Vorgängen Tilmann und Clais auf der Spur gewesen waren.

Möglicherweise hatte es etwas mit den Waffen im städtischen Zeughaus zu tun, vielleicht aber auch nicht. Nur weil Tilmann diese Aufzeichnungen in seinem Buch sammelte, bedeutete das noch nicht, dass sich dahinter unlautere Machenschaften verbargen. Ebenso gut konnte es sein, dass der Mord an Clais ganz andere Gründe hatte, und Tilmann nur angegriffen worden war, weil man einen möglichen Zeugen aus dem Weg räumen wollte. Doch was hatte das Ganze mit dieser Landkarte zu tun? Ein Gefühl sagte ihr, dass dahinter mehr steckte, als man auf den ersten Blick erkennen konnte. Wenn sie nur wüsste, was die Namenskürzel zu bedeuten hatten, die ihr Bruder auf der Karte verteilt hatte – vermutlich würde sie das der Lösung des Rätsels um einiges näher bringen.

Adelina war derart in Gedanken versunken, dass sie Tilmanns leises Stöhnen beinahe nicht wahrgenommen hätte. Erst als er sich leicht bewegte und hustete, wurde sie aufmerksam.

«Tilmann?» Sie beugte sich über ihn und berührte ihn leicht an der Schulter. «Tilmann, bist du wach?»

Wieder stöhnte er leise, und seine Augenlider flatterten.

«Wach auf, Tilmann! Ich finde, du hast jetzt lange genug geschlafen. Es wird Zeit, dass du uns ein paar Erklärungen lieferst.» Ihre Stimme klang ruppiger, als sie es vorgehabt hatte. Aus Angst um ihn, das wusste sie genau. Wenn sie um jemanden besorgt war, schlug dieses Gefühl immer sehr leicht in Zorn um. Sie war nun einmal nicht die sanftmütigste Person auf Gottes weiter Welt. Wie oft schon hatte Neklas sie nicht nur stur, sondern auch spitzzüngig und zuweilen sogar zynisch genannt! Vor allem zu Beginn ihrer Bekanntschaft und im ersten Jahr ihrer Ehe waren sie oft aneinandergeraten. Adelina konnte nur schwer mit ihrer Meinung hinterm Berg halten. Da sie sich von Kindesbeinen an um ihren Vater, um Vitus, den Haushalt und immer mehr auch um die Apotheke hatte kümmern müssen, war ihr Leben alles andere als einfach gewesen. Früh hatte sie gelernt, sich zu behaupten, auch wenn das den Männern in ihrem Umfeld nicht immer gepasst hatte. Doch wie anders hätte sie sich verhalten sollen? Sie war, wer sie war – dazu gehörte auch, dass sie ihr aufbrausendes Temperament nicht immer zügeln konnte. Von ihrer Neugier ganz zu schweigen.

Neklas hatte das begriffen. Er nahm sie, wie sie war, liebte sie mit all ihren Fehlern, sowie sie umgekehrt auch ihm ihr Herz geschenkt hatte, obwohl er selbst einige dunkle Flecken in seiner Vergangenheit aufzuweisen hatte. Doch insgesamt war er wesentlich ruhigeren Gemüts. In gewisser Weise glichen sie einander aus. Adelina war froh, ihn an ihrer Seite zu wissen.

Tilmann hatte sich beruhigt. Adelina glaubte schon, er sei wieder eingeschlafen. Dann hustete er jedoch noch einmal, rollte den Kopf von einer Seite auf die andere und hob schließlich mit sichtlicher Anstrengung die Augenlider. Er blinzelte ein paar Mal, denn heute war es in dem kleinen Kellergelass heller als am Vortag. Adelina hatte nicht nur eine Öllampe aus der Küche mit herabgebracht, sondern auch zwei brennende Kienspäne in den Ringen an der Wand neben der Stiege befestigt. Das Licht schien ihn zu blenden. Sie berührte ihn leicht an der Schulter.

«Guten Morgen, Tilmann», sagte sie in dem kühlen Ton, den sie meistens anschlug, wenn sie sich mit ihm unterhielt. «Hast du endlich ausgeschlafen?»

Er räusperte sich. Sogleich griff sie nach dem Holzbecher, füllte ihn mit Wasser und hielt ihn ihm an die Lippen. Sie legte ihm die Hand in den Nacken, um ihm zu helfen, den Kopf zu heben. Zwar verdrehte er genervt die Augen, trank jedoch dankbar. Danach sah er sie für einen langen Moment nur schweigend an.

Adelina ließ sich auf den Hocker sinken, der nach wie vor neben der Matratze stand.

«Wie geht es dir?», fragte sie. «Kannst du dich erinnern, was geschehen ist?»

«Ich liege auf einer Strohschütte in einem geheimen Kellerverlies in der Unterwelt. Jemand hat versucht, meine Gedärme zu durchlöchern, sodass sie fast nur noch für die Kotzbank auf dem Markt taugen, und die letzte Nacht durfte ich mit einem grässlichen alten Weib verbringen. Was glaubst du, wie es mir geht?» Obgleich seine Stimme noch schwach und ziemlich kratzig klang, war der spöttische Unterton, den sie nur allzu gut von ihm kannte und der – ganz ähnlich wie bei ihr – an Zynismus grenzte, deutlich herauszuhören.

Adelina atmete auf. Es schien ihm tatsächlich besserzugehen. Die Erleichterung trieb ihr ein Lächeln auf die Lippen, ehe sie es sich verkneifen konnte.

«Nach einem sicheren Versteck hast du bei deiner Ankunft selbst verlangt», erwiderte sie und bemühte sich dabei, sich seinem Tonfall anzupassen. «Wer für deine schweren Verletzungen verantwortlich ist, weiß ich nicht, aber ich hoffe, dass du uns diese Frage nun endlich beantworten kannst. Was die alte Ludmilla betrifft – wenn sie nicht gewesen wäre, hätten wir dich vermutlich bereits begraben müssen. Sie hat mit ihren Heilkünsten dafür gesorgt, dass der Wundbrand dich nicht in den Tod riss.»

Tilmann runzelte überrascht die Stirn. «Das alte Weib hat mich also gerettet? Wie hat sie das gemacht?»

«Mit Maden.» Adelina wusste selbst nicht, warum sie es tat, aber wenn sich eine Gelegenheit bot, konnte sie sich nicht beherrschen, ihn ein wenig zu reizen. Gleichzeitig hoffte sie, dass das seine Lebensgeister noch weiter wecken würde.

«Mit Maden?», echote er prompt entsetzt. «Was soll das heißen?»

Betont beiläufig zuckte Adelina die Achseln. «Sie hat dir einen Umschlag mit lebenden Maden gemacht», erklärte sie und konnte sich ein Grinsen nicht verkneifen, als sie den entgeisterten Gesichtsausdruck ihres Bruders wahrnahm.

In einer Mischung aus Entsetzen und Abscheu wollte er nach seinen Verbänden greifen, sie lösen.

Sogleich umfasste sie seine Handgelenke, um ihn daran zu hindern.

«Nicht», ermahnte sie ihn. «Ludmilla sagt, die Maden müssen noch ein wenig länger an Ort und Stelle bleiben. Es kann sein, dass du ein leichtes Kribbeln verspüren wirst.»

«Heiliger Vater im Himmel!», krächzte Tilmann. «Ihr lasst mich bei lebendigem Leibe von Maden auffressen? Welche teuflischen Mächte haben euch das denn eingegeben?»

Adelina kräuselte die Lippen. «Keine teuflischen Mächte», korrigierte sie in hochmütigem Ton, «sondern die alten Griechen und Araber. Denn schon sie haben schwärende Wunden mit Hilfe von Maden geheilt. Ludmilla hat uns erklärt, dass die Maden nur das entzündete und kranke Fleisch fressen. Wie es aussieht, hat sie damit recht gehabt. Dein Fieber ist gesunken, und wie es scheint, ist die Gefahr, dass du stirbst, nicht mehr so groß wie noch vor wenigen Tagen.»

Ein unverständliches Knurren ausstoßend drehte Tilmann den Kopf auf die andere Seite und starrte eine Weile lang vor sich hin. Dann wandte er sich wieder seiner Schwester zu.

«Ich kann nicht behaupten, dass mir ihre Methoden gefallen. Aber sei es drum. Da mein Ableben zu diesem Zeitpunkt denkbar ungünstig gewesen wäre, darf ich mich wohl kaum beschweren, dass sie ihre gottlosen Heilkünste an mir ausprobiert hat. Aber Adelina ...» Er hielt für einen Moment inne und schluckte. «Maden?»

Adelina ging nicht weiter darauf ein, sondern tauchte ein sauberes Tuch in den Wassereimer, der wie immer neben dem Krankenlager stand, wrang es aus und rieb damit vorsichtig über sein Gesicht. Er ließ es sich gefallen, obgleich sie an seinem Blick erkennen konnte, dass es ihm nicht recht war. Kein Wunder. Ein starker, unabhängiger Mann wie Tilmann Greverode, Hauptmann der Stadtsoldaten und gewiss noch niemals von jemandem abhängig gewesen, konnte es nur schwer ertragen, auf Hilfe angewiesen zu sein. Auch hierin waren sie sich denkbar ähnlich, erkannte Adelina. Vielleicht hatte Mira recht, und sie verstanden sich nur deshalb nicht besonders gut, weil sie einander in vielen Dingen auffallend glichen.

«Wer hat dir das angetan?» Sie tauchte das Tuch noch einmal ins Wasser und tupfte sanft über seine Schultern und den Brustkorb.

Tilmanns Miene verfinsterte sich. «Ich weiß es nicht. Alles, woran ich mich erinnern kann, ist, dass ich spätabends das Zeughaus betreten habe. Ich wollte mich dort mit Clais treffen.» Er hustete wieder. Rasch half ihm Adelina, noch ein paar Schlucke Wasser zu trinken. Dann sprach er weiter: «Er war nicht dort. Oder *noch* nicht dort. Vielleicht war er aber auch schon tot.» Ein Ausdruck tiefsten Bedauerns glitt über seine Miene. Für einen Moment schloss er die Augen. «Hat man ihn schon begraben?»

Adelina nickte betrübt. «Gleich am Tag, nachdem der Mord geschehen war.»

«Er war ein guter Freund.» Seufzend blickte Tilmann hinauf zur Decke. «Wenn ich die Bastarde finde, die ihm das angetan haben ...» Er schüttelte den Kopf, schien sich nur mit Mühe beherrschen zu können.

Besorgt musterte Adelina ihren Bruder. Es war ganz sicher nicht gut, wenn er sich in seinem Zustand zu sehr aufregte.

«Im Eingangsbereich des Zeughauses standen mehrere Kisten mit Büchsen und Armbrüsten», erzählte er weiter. «Eine davon schien geöffnet worden zu sein. Sie enthielt Armbrustbolzen.»

«Bolzen?», fragte Adelina verwundert nach.

Tilmann nickte. «Einer der Gründe, weshalb wir uns im Zeughaus hatten treffen wollen. Kaum, dass ich den Deckel der Kiste wieder verschlossen hatte, tauchten hinter mir zwei Fremde auf. Beide groß, blond – ich habe keine Ahnung, wer sie waren. Zu den Söldnern gehören sie jedenfalls nicht. Ich kann mich auch nicht erinnern, einen von ihnen schon einmal in Köln gesehen zu haben. Aber bei den vielen Menschen, die hier leben, und den unzähligen Fremden, die Tag aus Tag ein durch die Stadt kommen, ist das wohl auch nicht verwunderlich.»

«Die Männer haben dich einfach angegriffen?»

«Sie haben mich überrumpelt.» Tilmann war anzusehen, dass es ihm unangenehm war, dies zugeben zu müssen. «Ich trug mein Schwert nicht bei mir, hatte es bei meinem Pferd gelassen. Also konnte ich mich nur mit dem Dolch verteidigen. Einer von ihnen traf mich mit einem Hieb in der Seite. Dafür hat er mit dem Leben bezahlt.»

Adelina keuchte erschrocken auf. «Du hast ihn getötet?»

Tilmann nickte grimmig. «Ich hatte keine andere Wahl. Leider war ich durch die Wunde geschwächt, sodass der andere mich entwaffnen konnte. Er schien allerdings Spaß an einem Zweikampf mit einem Verwundeten zu haben, denn er warf sein Schwert beiseite und griff mich mit bloßen Händen an. Eine ganze Weile lang konnte ich ihn abwehren, aber meine Wunde blutete stark und raubte mir die Kraft. Dennoch habe ich auch ihm eine ordentliche Tracht Prügel verpasst. Als ich endlich meinen Dolch wieder greifen konnte, gelang es mir, ihm ein paar Schnitte und Stiche zu verpassen. Nichts Tödliches allerdings», schränkte er mit sichtlichem Bedauern ein. «Irgendwie schaffte er es dann doch, mir die Klinge wieder zu entreißen. Er war verdammt flink, stach zu, bevor ich es verhindern konnte. Vermutlich dachte er, dass ich nicht weit kommen würde, denn er ist mir nicht gefolgt, als ich mich aus dem Zeughaus schleppte.»

«Warum hast du nicht Alarm geschlagen?» Adelina rückte ihren Hocker ein wenig näher an die Matratze heran und beugte sich vor. «Wenn du um Hilfe gerufen hättest, wäre er vielleicht nicht entkommen. Man hätte auch den toten Angreifer gefunden und würde jetzt nicht dich für den Mord an Clais verantwortlich machen.»

«Mich?» Tilmann starrte sie an. Dann presste er die Lippen zu einem schmalen Strich zusammen. «Das ist verrückt!»

«Das sieht Gerlach Haich aber anders», konterte Adelina. «Der Vogt lässt dich überall suchen, auch in meinem Haus waren die Büttel schon, und die Apotheke wird beobachtet. Was glaubst du, weshalb ich dich hier unten hingebracht habe?»

Eine ganze Weile lang antwortete Tilmann nicht. Erst als Adelina sich schon fragte, ob er sie überhaupt gehört hatte, sprach er wieder.

«Was soll das heißen, man hat den toten Angreifer nicht gefunden?»

Adelina faltete die Hände im Schoß. «Sie haben Clais gefunden, sonst niemanden. Und es war auch weder seitens des Vogtes noch bei Georg Reese die Rede davon, dass es eine zweite Leiche gab. Bist du sicher, dass du den Mann getötet hast?»

«Ganz sicher.» Tilmann rutschte vorsichtig auf seinem Lager hin und her, wohl um eine bequemere Lage zu finden. «Der andere muss ihn fortgeschafft haben. Obschon ... auch er war schwer verletzt, Adelina. Ich kann mir kaum vorstellen, dass er das allein geschafft haben soll. Verdammt! Ich hätte es wissen müssen.»

«Was wissen müssen?»

Er suchte Adelinas Blick. «Dass ich dich gebeten habe, mich hier zu verstecken, hat nichts mit Clais zu tun, schon gar nicht mit seinem Tod. Vielmehr fürchtete ich – und tue es jetzt noch –, dass mir jemand ans Leder will, weil ich zu viel Staub aufgewirbelt habe.»

«Welchen Staub?», hakte Adelina sofort nach. «Hat es etwas mit den städtischen Waffen zu tun? Du führst seit Jahren Buch darüber, nicht wahr?»

«Woher weißt du das?»

«Wir haben das Buch mit deinen Aufzeichnungen gefunden und eine Karte, die –»

«Wer ist wir?», unterbrach er sie barsch.

«Mira und ich», antwortete Adelina. «Wir waren gestern in deinem Haus, um –»

«Das darf doch wohl nicht wahr sein!» Wütend versuchte Tilmann sich aufzurichten, keuchte jedoch und ließ sich fluchend auf das Lager zurücksinken. «Weder du noch diese neunmalkluge Jungfer haben etwas in meinem Haus zu suchen, geschweige denn in meinen Truhen zu wühlen.»

Auf Adelina Stirn bildete sich eine steile Falte. Verärgert starrte sie ihren Bruder an. «Ach nein? Und wie, dachtest du, hätten wir sonst an Informationen gelangen sollen? Du lagst auf den Tod, wir fürchteten, von dir keine Antworten mehr auf unsere Fragen zu erhalten. Was hätten wir denn tun sollen? Der Vogt glaubt, du hast Clais ermordet, weil ihr beide Konkurrenten um das Amt des Stimmeisters seid.»

«Das ist vollkommen lächerlich!»

«Natürlich ist es das!», fauchte Adelina. «Aber solange es keine Gegenbeweise gibt, bist du für den Vogt der Hauptverdächtige. In dem Moment, in dem er dich hier findet, bringt er dich zum Turm. Und du kannst sicher sein, dass er dich dort nicht einfach verrotten lässt. Du weißt selbst, welche Strafe auf Mord steht. Er wird alles dafür tun, dich gesundzupflegen, um dich dann auf dem Neumarkt hinrichten zu lassen.»

«Dazu muss er erst einmal Beweise finden», widersprach Tilmann.

«Die glaubt er doch schon längst zu haben! Dein Dolch wurde neben Clais' Leiche gefunden. Das reicht ihm, um das halbe Heer der Stadtsoldaten auf die Suche nach dir zu schicken.»

«Mein Dolch?»

Adelina nickte bitter. «Mit dem Blut des Toten daran.»

«Das ist vollkommen unmöglich. *Mein* Blut ist es, das daran klebt, und das dieses Fremden. Aber Clais habe ich an jenem Abend nicht zu Gesicht bekommen. Wenn er dort war, dann war er entweder schon tot und irgendwo verborgen, oder er kam erst nach mir.»

«Vielleicht wäre es gut, wenn du das dem Vogt selbst erklären würdest.» Adelina rieb sich über die Stirn. «Du bist Hauptmann der Stadtsoldaten, Tilmann. Vielleicht schenkt er dir Gehör, wenn du ihm darlegst, was du mir gerade erzählt hast. Es muss doch Spuren des Kampfes gegeben haben, und eine Leiche kann sich nicht einfach in Luft auflösen. Er muss das einsehen!»

«Glaubst du das wirklich?», fragte Tilmann spöttisch. «Abgesehen davon darf ich jetzt nicht mit ihm sprechen. Ich muss mich erst einmal weiter verborgen halten.»

«Warum?»

«Sosehr mich dies ebenfalls interessieren würde», mischte sich die raue Stimme von Ludmilla in ihr Gespräch ein, «so fürchte ich doch, ich muss euch beide nun unterbrechen.»

Adelina und Tilmann blickten überrascht auf die weise Frau, die auf leisen Sohlen durch den geheimen Gang aus der Unterwelt hereingekommen war. Am Arm trug sie einen großen, mit einem Tuch abgedeckten Korb, der vermutlich neue Medizin enthielt. Sie stellte ihre Last in einer Ecke des Raumes ab, dann trat sie an das Krankenlager und befühlte die Stirn des Hauptmanns.

«Hmm.» Sie nickte vor sich hin. «Das Fieber ist gesunken. Aber, meine Liebe ...» Sie wandte sich mit tadelndem Blick an Adelina. «Was denkst du dir dabei, unseren Patienten derart zu quälen? Siehst du nicht, wie blass er ist? Ich kann ja verstehen, dass du so bald wie möglich Antworten auf deine Fragen haben willst, aber nun ist erst einmal Schluss. Außerdem habe ich schon von weitem gehört, dass ihr gestritten habt. Es ist mir unbegreiflich, wie zwei Menschen, die sich so ähnlich sind wie ihr zwei, sich ständig in den Haaren liegen müssen. Mag sein, dass die Aufregung die Lebensgeister des Hauptmanns ein wenig geweckt hat, doch nun sollte er für eine Weile ruhen.»

«So ein Unfug! Mir geht es ausgezeichnet.»

«Aber er muss mir unbedingt noch sagen, warum –»

«Nichts da!» Ludmilla stieß ihr typisches krächzendes Lachen aus. Rigoros umfasste sie Adelinas Oberarme und schob sie in Richtung der Stiege. «In ein paar Stunden kannst du wieder herunterkommen. Und Ihr, Hauptmann» – sie drehte ihren Kopf in Tilmanns Richtung – «schließt die Augen und ruht ein bisschen. Danach dürft Ihr ein wenig Hirsebrei zu Euch nehmen.»

Ohne weiter auf Adelinas Protest zu achten, brachte Ludmilla sie schließlich dazu, das Versteck zu verlassen.

Als Adelina wieder in ihrem Laboratorium stand, wusste sie nicht recht, ob sie sich freuen sollte, dass es Tilmann besserging, oder sich vielmehr ärgern müsste, weil Ludmilla einfach das Kommando über die Krankenpflege übernommen hatte. Natürlich vertraute sie dem Urteil der Freundin. Viel dringlicher jedoch war es, endlich einige Antworten zu erhalten. Es war ihr nicht so vorgekommen, als habe sie Tilmann überanstrengt. Vielleicht, überlegte sie, war es jedoch ganz gut, wenn sie erst am Nachmittag wieder hinunterging. Bis dahin waren Jupp und Marie und vermutlich auch Neklas da, sodass Tilmann seine Geschichte nur einmal zu erzählen brauchte.

9. Kapitel

Kaum hatte Adelina die Tür zur Kellertreppe geschlossen, als Griet auf sie zu geeilt kam.

«Mutter, komm bitte mit in die Apotheke. Jemand möchte dich sprechen. Es ist Christine van Dalen.»

«Clais' Witwe?» Überrascht sah Adelina ihre Stieftochter an. Sie hatte schon in Erwägung gezogen, mit Christine van Dalen zu sprechen, war sich jedoch nicht sicher gewesen, ob das so kurz nach der Beerdigung bereits angebracht war. Sie wusste selbst, wie schwer der Verlust eines Familienmitglieds wiegen konnte, hatte sie doch vor einigen Jahren durch einen schlimmen Unfall ihren Vater verloren. Wie schwer musste es sein, den Ehemann zu verlieren? Dass Christine van Dalen von sich aus hergekommen war, empfand Adelina nun als Glücksfall.

Sie atmete tief durch, bevor sie die Apotheke betrat, und ging dann mit einem herzlichen Lächeln auf die in ein dunkelgrünes Brokatkleid und eine passende Haube gekleidete Frau zu. Christine van Dalen war eine kleine Frau, nur wenige Jahre älter als Adelina, mit üppigen Rundungen und dunkelbraunem Haar sowie ebensolchen Augen. Sie hielt sich sehr aufrecht, an ihren Gesichtszügen war weder Leid noch Trauer abzulesen – im Gegenteil: Sie lächelte ebenfalls.

«Guten Tag, Frau Adelina. Was bin ich froh, dass ich Euch antreffe! Ich hatte schon früher herkommen wollen, jedoch einfach nicht die Zeit gefunden. Ihr versteht sicher, die Beerdigung, Trauerfeierlichkeiten, all das hat mich in den letzten Tagen sehr beschäftigt. Natürlich musste ich mich auch um die Kinder kümmern. Meine beiden ältesten Söhne, Theodor und Jakob, sind mir eine große Stütze, aber sie sind ja auch schon fast erwachsen. Die Mädchen hingegen und der kleine Peter sind nach wie vor untröstlich. Gottlob habe ich eine Kinderfrau, die jetzt nach den dreien sehen kann.» Sie blickte sich neugierig in der Apotheke um. «Ich bewundere Euch, Frau Adelina. Ihr beschäftigt weder Amme noch Kinderfrau, nicht wahr? Aber Eure Mägde helfen Euch doch mit den Kindern?»

«Ja, so ist es.» Adelina nickte. «Euer Verlust schmerzt mich sehr, Frau Christine. Möchtet Ihr mir sagen, was genau Euch zu mir führt?»

«Vermutlich könnt Ihr es Euch schon denken.» Christine hielt inne und warf Griet und Mira einen fragenden Blick zu.

Adelina glaubte, ihr Zögern zu verstehen. «Keine Sorge, Frau Christine. Ihr könnt ganz offen sprechen, die Mädchen werden darüber schweigen. Aber wenn Ihr möchtet, können wir auch gern in die Küche gehen. Dort ist es warm, und wir sind ungestört.»

«Ich denke, das ist eine gute Idee», stimmte Christine zu.

Adelina führte ihre Besucherin in die Küche. Sogleich brachte Magda ihnen einen Krug frisch angewärmten Würzwein und zwei Zinnbecher. Danach zog sie sich auf Adelinas Wink hin zurück.

Die beiden Frauen setzten sich einander gegenüber an den großen Küchentisch, beide falteten die Hände vor sich.

«Nun sagt mir, was Euch zu mir führt.»

Christine van Dalen richtete sich ein wenig auf und straffte die Schultern. «Wie ich schon erwähnte, vermutlich könnt Ihr es Euch denken. Ich habe gehört, genauer gesagt hat mir der Gewaltrichter Georg Reese erzählt, dass Ihr Nachforschungen anstellt. Er sagte, Ihr habet ihm in der Vergangenheit bereits einige Male geholfen, Morde aufzuklären. Wie Ihr dazu kommt, ist mir zwar vollkommen schleierhaft, aber sei's drum. Mein Mann wurde erstochen, angeblich von Tilmann Greverode. Tilmann ist unser Freund, vielmehr war er der meines Gemahls. Die beiden haben viel Zeit miteinander verbracht – verständlich, denn sie waren beide Hauptmänner der Stadtsoldaten. Aber auch außerhalb ihres Dienstes haben sie sich gut verstanden. Ich kann mir also nicht vorstellen, dass Greverode Clais getötet haben soll. Ist es wahr, dass man seinen Dolch bei der Leiche entdeckt hat?»

«Ja, das ist richtig», bestätigte Adelina. «Aber auch ich glaube keinen Augenblick, dass mein Bruder ein Mörder ist.»

«Wisst Ihr, wo er sich versteckt hält?» Neugierig musterte Christine sie. «Ich dachte schon, dass er vielleicht bei Euch Unterschlupf gesucht hat. Doch der Gewaltrichter meinte, das sei nicht der Fall.»

«Da hat er recht. Ich kann Euch nicht sagen, wo sich mein Bruder aufhält. Aber so, wie die Dinge stehen, bin ich fast froh, dass er sich versteckt.» Auf Christines überraschten Blick hin erklärte Adelina: «Der Vogt scheint überzeugt zu sein, dass Tilmann der Mörder ist. Sobald seine Männer ihn aufgreifen, wird er in den Turm gesperrt. Zwar gibt es keine Zeugen für die Tat, aber ich fürchte, der Vogt wird dennoch auf einem Prozess bestehen. Solange sich mein Bruder versteckt hält, haben wir zumindest die Möglichkeit, uns umzuhören. Wenn er es nicht war, der Euren Gemahl getötet hat, dann läuft der wahre Mörder noch frei herum. Das bereitet mir ehrlich gesagt große Sorgen, denn es muss ja einen Grund für die Tat geben. Nur Gott, der Allmächtige, weiß, ob nicht noch weitere Menschen in Gefahr sind.»

«Du liebe Zeit, Frau Adelina!» Christine starrte sie entgeistert an. «Ihr glaubt, es könnten womöglich noch andere Menschen überfallen und – Gott behüte – getötet werden? Welch grauenhafter Gedanke! Aber Ihr habt recht. Es muss einen Grund für den Mord geben, und ich will Euch gern helfen, diesen ans Licht zu bringen. Clais war ein guter Mann, ich habe ihn sehr geschätzt. Dass er auf diese Weise ums Leben kommen musste, wirft einen unerträglichen Schatten auf unsere Familie. Das kann ich nicht zulassen. Die van Dalens sowie mein Vater und meine Brüder pochen darauf, diese Untat zu sühnen. Natürlich haben wir gute Verbindungen zum Stadtrat und zu den Schöffen, doch dort tappt man ja offenbar noch im Dunkeln.» Christines Miene verfinsterte sich. «Dem Vogt vertraue ich keineswegs. Er war einige Male bei uns zu Besuch, nachdem er sein Amt angetreten hatte. Ein ehrgeiziger Mann, meiner Ansicht nach jedoch nicht für das Amt des Vogts geeignet. Unter uns gesagt, ich halte ihn für dumm. Allerdings verbirgt er diese Eigenschaft recht gut hinter einer aalglatten Fassade.» Christine hob die Schultern. «Wie ich schon sagte, der Gewaltrichter erzählte mir von Euren Bemühungen, Licht in diese Angelegenheit zu bringen. Was kann ich tun, um Euch zu helfen?»

Adelina musterte die Frau, die ihr gegenübersaß, eingehend. Sie war überrascht, wie kühl und beherrscht sich Christine van Dalen gab. Weder in ihrer Rede noch in ihrer Miene fand sich auch nur das kleinste Zeichen von Trauer. Lediglich eine durchaus verständliche Entschlossenheit, den Mord an ihrem Mann aufzuklären. In Gesellschaft dieser Frau fühlte sich Adelina ein wenig unwohl. Selbst wenn die Ehe von Clais und Christine nicht auf Liebe, sondern lediglich auf Achtung basiert hatte und wahrscheinlich von den Familien arrangiert worden war, fand sie Christines Gebaren irritierend. Es schien fast, als sei der Witwe mehr daran gelegen, den Ruf der Familie zu retten, als den Tod ihres Mannes zu sühnen. War sie wirklich derart gefühlskalt oder stellte sie diese Miene nur zur Schau? Adelina wusste es nicht einzuschätzen und schob diesen Gedanken schließlich von sich. Ganz gleich, was Christine van Dalen antrieb, in dieser unseligen Angelegenheit kam jedes Angebot von Hilfe wie gerufen.

«Ich danke Euch.» Adelina goss ihrem Gast von dem gewürzten Wein ein. «Leider wissen wir noch nicht allzu viel. Da aber Euer Gemahl und mein Bruder so gut befreundet waren, vermute ich, dass beide gemeinsam in eine Sache verwickelt waren, die zu dem Mord geführt hat. Möglicherweise hält sich Tilmann versteckt, weil er befürchtet, dass ihm ein ähnliches Schicksal droht.» Sie schwieg für einen Moment, um ihre Gedanken zu ordnen. «Wisst Ihr, womit sich Euer Mann in letzter Zeit befasst hat? Gibt es irgendwelche Vorgänge, zum Beispiel im Stadtrat, zu denen er Nachforschungen angestellt hat? Oder hat er über Unregelmäßigkeiten gesprochen? Irgendetwas, das uns als Anhaltspunkt dienen könnte?»

«Darüber habe ich auch schon nachgedacht.» Christine nippte an dem Becher und nickte dann anerkennend. «Einen guten Wein schenkt Ihr aus, Frau Adelina. Ich weiß, dass Greverode und mein Gemahl in den letzten Wochen und Monaten sehr oft gemeinsam unterwegs waren. Auch haben sie sich in letzter Zeit häufiger getroffen, allerdings weiß ich nicht genau, worum es bei diesen Zusammenkünften ging. Was ich mit Sicherheit sagen kann, ist, dass Clais danach immer besonders erregt, ja sogar wütend war. Nicht auf Greverode», fügte sie rasch hinzu. «Vielmehr hatte ich den Eindruck, dass das, worüber die beiden gesprochen haben, ein Ärgernis gewesen sein muss. Allerdings habe ich mich nie weiter darum gekümmert, denn als Hausherrin und Mutter habe ich schließlich andere Pflichten zu erfüllen. Ich gebe zu, dass ich mich nicht besonders dafür interessiert habe, was Clais tat. Es ging mich ja auch nichts an.» Sie zuckte die Achseln. «Ihr glaubt also, was auch immer die beiden miteinander zu reden hatten, hat zu Clais' Ermordung geführt?»

«Davon müssen wir ausgehen», antwortete Adelina mit einem Nicken. «Seid Ihr ganz sicher, dass Ihr nicht doch den einen oder anderen Fetzen einer solchen Unterhaltung mitbekommen habt? Irgendetwas, es kann auch nur ein winziges Detail sein.»

Christine schwieg, schien nachzudenken und schließlich sichtbar mit sich zu ringen. Dann antwortete sie: «Es gibt Aufzeichnungen in Clais' Schreibstube. Ich fand sie, als ich gestern dort aufgeräumt habe.»

Adelina nickte erfreut. «Wenn Ihr mir die Schriftstücke bringen möchtet, werde ich Reese Bescheid sagen. Wir können Sie uns gern alle gemeinsam ansehen.»

«Reese?» Es schien, als wolle Christine protestieren, doch dann nickte sie. «Also gut, das werde ich tun. Schon am Montag, wenn es Euch recht ist, Frau Adelina.»

«Aber natürlich. Je eher wir solchen Hinweisen nachgehen können, desto besser.» Adelina lächelte ihrer Besucherin freundlich zu, obgleich sie ihr gegenüber nach wie vor Vorbehalte verspürte. «Könntet Ihr am Montagvormittag wieder in die Apotheke kommen? Bis dahin habe ich den Gewaltrichter ganz sicher auch erreicht.»

«Gut», stimmte Christine zu und erhob sich. «So machen wir es. Nun müsst Ihr mich aber entschuldigen, meine Pflichten rufen. Und die Euren sicher auch. Ich bewundere Euch wirklich. Eine eigene Apotheke zu führen stelle ich mir sehr schwierig vor. Aber das Geschäft scheint ja einträglich zu sein. Natürlich wird Euer Gemahl als Medicus der Stadt Köln für seine Arbeit auch recht gut entlohnt.» Sie blickte sich in der aufgeräumten und wohlbestückten Küche um. «Ihr lebt in einem großen Haus, und sehr behaglich noch dazu. Wirklich bewundernswert. Nun, ich darf mich verabschieden.»

«Ich begleite Euch noch hinaus.» Adelina führte die Besucherin zurück in die Apotheke, gab ihr noch ein paar gute Wünsche mit auf den Weg und schloss dann beinahe erleichtert die Tür hinter ihr. Langsam drehte sie sich zu Griet und Mira um. Beide Mädchen musterten sie neugierig.

«Was wollte diese merkwürdige Person von Euch, Meisterin?», fragte Mira in ihrer gewohnt offenen Art. Griet stieß sie mit dem Ellbogen in die Seite.

«Merkwürdige Person?» Überrascht hob Adelina die Augenbrauen.

«Ja, merkwürdig.» Mira nickte bekräftigend. «Oder findet Ihr es vielleicht nicht seltsam, dass sie so vollkommen gleichgültig wirkt? Als sie hier eintraf, haben wir ihr unser Beileid über ihren Verlust ausgesprochen. Sie hat es angenommen wie eine lästige Pflicht. Kann es sein, dass ihr der Tod ihres Gemahls gar nichts ausmacht?»

«Das kann ich mir nicht vorstellen.» Adelina schüttelte den Kopf. «Aber nicht alle Menschen tragen ihre Gefühle so auf der Zunge wie du, Mira.» Sie lächelte schwach. «Ganz unrecht hast du allerdings nicht. Frau Christine wirkt übertrieben beherrscht.»

«Kalt wie ein Fisch», konstatierte Mira. «Sie ist mir ein bisschen unheimlich. Was wollte sie denn?»

«Sie war hier, weil sie uns helfen will. Offenbar zweifelt auch Sie daran, dass Tilmann ihren Mann umgebracht haben soll. Sie möchte der Wahrheit auf den Grund gehen, deshalb bringt sie uns am Montag einige Schriftstücke, die sie in Clais' Schreibkammer gefunden hat. Mit etwas Glück finden wir darin Hinweise auf das, womit sich Clais und Tilmann zuletzt befasst haben. Möglicherweise auch Beweise für das, was Tilmann mir erzählt hat.»

«Er hat Euch etwas erzählt? Dann ist er wieder bei Sinnen?»

Gespannt hob Mira den Kopf. «Was hat er gesagt? Hat er eine Ahnung, wer ihn als Sündenbock hinstellen will?»

«Halt, nicht so schnell, Mira.» Abwehrend hob Adelina beide Hände. «Ich habe mit ihm gesprochen, ja. Viel klüger bin ich deshalb jedoch noch nicht. Später, wenn Meister Jupp und Neklas wieder hier sind, werden wir noch einmal gemeinsam mit Tilmann sprechen. Dann wird er uns, so hoffe ich zumindest, mehr erklären können. Er sagt zwar, er weiß nicht, wer ihn überfallen hat, aber ich nehme an, dass er dennoch einen Verdacht hat.»

«Darf ich bei diesem Gespräch dabei sein?», fragte Mira. Als sie die Überraschung auf Adelinas Gesicht wahrnahm, schien sie zu zögern. «Ich möchte gern helfen, diese Sache aufzuklären. Und da ich ja schon in Hauptmann Greverodes Haus dabei war, dachte ich –»

«Wir werden sehen», unterbrach Adelina sie. «Zunächst einmal kümmert ihr beide euch weiterhin um die Apotheke. Auch ich habe zu tun. Es müssen neue Malerfarben gemischt werden, die Erkältungsarzneien gehen schon wieder zur Neige, und es stehen auch noch einige Bestellungen aus, die am Montag ausgeliefert werden sollen. Also, Mädchen, an die Arbeit!» Sie klatschte auffordernd in die Hände, krempelte dann die Ärmel ihres Kleides hoch und begab sich selbst daran, die Zutaten für Malerfarben zusammenzustellen.

«Ihr glaubt also, dass jemand hinter Euch her ist, weil Ihr einem Betrug auf der Spur seid?»

Obwohl Ludmilla zunächst heftig protestiert hatte, waren am späten Nachmittag Adelina, Neklas, Marie und Meister Jupp in dem unterirdischen Gewölbe zusammengekommen, um mit Tilmann zu sprechen. Da die Apotheke inzwischen geschlossen war, hatte sich Mira ebenfalls dazugesellt. Auch Griet hatte sich ihnen anschließen wollen, doch Franziska und Magda waren vor einer Weile auf den Markt geschickt worden und hatten die Kinder mitgenommen, deshalb musste sich jemand um Vitus kümmern. Zwar war Griet ein wenig enttäuscht gewesen, sie sah allerdings ein, dass man den jungen Mann nicht oben im Haus allein lassen konnte, und so hatte sie sich schließlich bereiterklärt, sich zu ihm in die Küche zu setzen und ihm bei seinem Spiel mit seiner Katze Fine Gesellschaft zu leisten.

«Ich *glaube* es nicht», grollte Tilmann, «ich bin mir ziemlich sicher. Vor etwas über einem Jahr stellten Clais und ich durch Zufall fest, dass mit den Waffenlieferungen an das Zeughaus etwas nicht stimmte.» Er rutschte ein wenig auf der Matratze hin und her. Ludmilla hatte ihm ein weiteres Kissen in den Rücken geschoben, sodass er nun zwar nicht saß, jedoch ein wenig aufrechter lag. Dennoch sah Adelina, dass er sich in dieser Position äußerst unwohl fühlte. Er war es gewohnt, den Befehl zu führen, fest auf seinen zwei Beinen zu stehen. Nun lag er hilflos wie ein Kind auf dem Krankenlager.

«Es wäre sicher niemals jemandem aufgefallen, oder zumindest nicht so bald, wenn wir nach dem Schützenfest im Frühjahr nicht so viele kaputte und unbrauchbare Armbrustbolzen in Rechnung gestellt hätten. Der damalige Rentmeister, Arndt van Schuren, lag zu dieser Zeit krank darnieder, sodass einer seiner Schreiber uns anwies, die fehlenden Bolzen selbst aus dem Zeughaus zu holen. Natürlich trugen wir deren Anzahl in die entsprechende Liste ein. Clais war es, dem auffiel, dass die Zahlen auf dieser Liste unvollständig waren und zum Teil nicht den tatsächlichen Beständen im Zeughaus entsprachen. Zunächst dachten wir, es handele sich um einen einfachen Zählfehler. Doch als wir uns genauer umsahen, die übrigen Bestände an Schwertern, Bögen, Armbrüsten und dergleichen zählten, wurde uns klar, dass etwas ganz und gar nicht stimmte. Immer wieder waren Neuzugänge ordnungsgemäß verbucht worden, aber die

Anzahl der entnommenen Waffen stimmte oft nicht damit überein. Natürlich fragten wir zunächst beim Rentmeister nach, doch dieser behauptete, es könne sich nur um Zählfehler handeln. Wir ließen es darauf beruhen, doch einige Wochen später stolperte Clais erneut über eine Unregelmäßigkeit im Zeughaus. Diesmal waren es zwei von zehn neuen Büchsen, die nirgends aufzufinden waren. Und diesmal behauptete der Rentmeister, sie könnten gestohlen worden sein. Das alles kam uns jedoch merkwürdig vor, und im Laufe der nächsten Monate zählten wir immer wieder in unregelmäßigen Abständen die Waffen im Zeughauses und verglichen die Anzahl mit den Beständen, die der Rentmeister in seinen Listen aufführte. Oft stimmten die Zahlen, doch es gab auch immer wieder kleine Unregelmäßigkeiten.»

«Habt ihr euch damit an den Stadtrat gewandt?», wollte Neklas wissen.

«Natürlich, vor ein paar Monaten. Der Rentmeister selbst hat diese Sache auf einer der Ratssitzungen vorgebracht. Wie man sich denken kann, war ihm die Sache äußerst unangenehm. Allerdings blieb er dann nicht länger im Amt, weil ihn seine Krankheit zusehends schwächte. Kurz darauf verstarb er. Der neue Rentmeister sah hingegen keine Veranlassung, uns weiterhin in die Nachforschungen einzubeziehen. Vielleicht lag es auch daran, dass Thönnes Overstolz und ich nicht die besten Freunde sind. Seitdem er das Amt des Rentmeisters bekleidet, wirft er mir Steine in den Weg, wo er nur kann. Er nimmt es mir noch immer übel, dass ich vor Jahren nicht seine Schwester Beede geheiratet habe.» Tilmann winkte ab. «Nun ja, das hat hier nichts zu suchen. Wie dem auch sei, weder Clais noch ich hatten fortan Zugang zu den Büchern des Rentmeisters. Aber inzwischen hatten wir schon festgestellt, dass auch der Sold für einige Stadtsoldaten falsch abgerechnet worden war. Immer sah es aus, als habe sich nur jemand bei der Abschrift von Urkunden oder Verträgen verrechnet oder die Zahlen verdreht. Dennoch wurden wir hellhörig. Wieder sprachen wir beim Rat vor, doch ohne großen Erfolg. Da sich stets eine Erklärung für die falschen Angaben fand, ließ der Stadtrat die Sache auf sich beruhen. Auch die Schöffen interessierten sich nicht dafür.» Tilmann ballte die Hände zu Fäusten und knirschte mit den Zähnen. «Clais und ich wussten, dass etwas vorging, aber wir konnten es nicht beweisen. Also forschten wir weiter, versuchten herauszufinden, wohin die überzähligen und nicht auffindbaren Waffen verschwunden waren und ob es Hinweise gab, wohin die Differenzbeträge der falsch abgerechneten Solde flossen.»

Da er nicht weitersprach, trat Adelina einen Schritt vor. «Und weiter? Habt ihr etwas herausgefunden?»

Noch immer antwortete ihr Bruder nicht. Er wirkte etwas blass, atmete heftiger als zuvor. Seine Finger krampften sich fahrig um den Rand der Decke, die seinen Körper bis zur Brust bedeckte.

«Das lange Sprechen strengt den Hauptmann an», mischte sich Ludmilla ein, die sich in eine Ecke des Kellerraums zurückgezogen hatte. «Vielleicht sollte er lieber eine kleine Pause –»

«Halt den Schnabel, altes Weib!», blaffte Tilmann verärgert. Er schoss zornige Blicke auf die alte Frau ab, musste sich jedoch für den barschen Tonfall sichtlich anstrengen. Fast war Adelina versucht, ihn ebenfalls zu einer Pause zu überreden, doch seine nächsten Worte hielten sie davon ab. «Komm ja nicht auf den Gedanken, mir den Mund verbieten zu wollen.» Er richtete seinen Blick auf Adelina, dann auf Neklas und Jupp, bevor er etwas ruhiger fortfuhr: «Im Stadtrat geht etwas vor, eine Verschwörung. Und sie hat ihren Anfang im Zeughaus genommen.»

«Was für eine Verschwörung?» Interessiert trat nun auch Neklas einen Schritt vor.

Grimmig presste Tilmann die Lippen zusammen, bevor er

antwortete. «Vor einiger Zeit wurde der Graf Ailff van Wesel zum Edelbürger Kölns ernannt. Vielleicht erinnert ihr euch noch daran, da es auf dem Alter Markt und dem Neumarkt vor allen Bürgern verkündet worden ist.»

«Natürlich!», rief Mira. «Das war im Februar oder März, nicht wahr? Gab es damals nicht ein großes Fest in der erzbischöflichen Burg?»

Tilmann drehte den Kopf ein wenig, um das Mädchen anzusehen. «So ist es, Jungfer Mira.»

«Und was hat das mit der Verschwörung zu tun?», wollte Meister Jupp wissen. «Es geht doch wohl nicht etwa immer noch um den Groll, den die Adelsgeschlechter von Köln gegen die neue Stadtverfassung hegen? Der Verbundbrief ist jetzt seit fast acht Jahren in Kraft, Zeit genug für die Gemüter, sich zu beruhigen. Ganz abgesehen davon, dass genügend Köpfe gerollt und Verbannungen ausgesprochen worden sind, um der alten Greifenpartei den Garaus zu machen.»

«Mit dem Verbundbrief hat das Ganze nichts zu tun.» Tilmann machte eine wegwerfende Geste, verzog jedoch sogleich das Gesicht, da ihn offenbar ein heftiger Schmerz durchfuhr. «Hier geht es um etwas ganz anderes. Van Wesel hat der Stadt Köln als Gegenleistung für die Edelbürgerschaft Zollfreiheit auf all seinen Ländereien gewährt.»

«Zollfreiheit?» Mira trat neben Adelina und runzelte dabei fragend die Stirn. «Was soll das mit Eurer Angelegenheit zu tun haben?»

Tilmann warf ihr unter zusammengezogenen Augenbrauen einen gereizten Blick zu. «Wenn Ihr mich ausreden lassen würdet, Jungfer Mira, könnte ich Euch das ganz leicht erklären.»

Mira erwiderte seinen Blick nur kurz, drehte dann den Kopf zur Seite und schien Mühe zu haben, eine bissige Bemerkung zurückzuhalten.

Ohne sie weiter zu beachten, fuhr Tilmann fort: «Eine solche Zollfreiheit ist nicht ungewöhnlich und würde vor allem den Kölner Kaufleuten zugutekommen. Der Graf verfügt über ausgedehnte Ländereien, durch die einige sehr beliebte Handelsstraßen führen. Vor allem, wer Richtung Aachen unterwegs ist, dessen Weg führt früher oder später über das Land des Grafen. Clais und ich wurden in den letzten Monaten immer wieder zu diversen Querelen zwischen der Stadt Köln und auswärtigen Adelshäusern gerufen. Auch Überfälle auf Reisende im Kölner Umland, vor allem auf eingesessene Kölner Bürger, hatten wir zu verfolgen. Dabei fiel uns auf, dass gerade auf van Wesels Besitzungen besonders häufig Raubüberfälle stattfinden. Noch auffälliger ist, dass die Opfer solcher Übergriffe meistens Kölner Kaufleute sind.»

«Ihr glaubt also, es besteht ein Zusammenhang zwischen der Zollfreiheitsvereinbarung und diesen Überfällen?», unterbrach ihn Jupp.

Tilmann nickte dem Baderchirurgen zu. «So ist es. Wir hegen den Verdacht, dass Ailff van Wesel sich das Geld, das ihm durch die Gewährung der Zollfreiheit entgeht, auf diese Weise wieder zurückholt. Ich gehe sogar noch weiter und behaupte, er hat hier in der Stadt Helfershelfer. Nicht irgendwen, sondern entweder ein Mitglied des Stadtrates, oder aber zumindest jemanden, der mit Rat oder Schöffen gut bekannt ist. Jemand, der Zugang zum Zeughaus hat.»

Adelina rieb sich nachdenklich über die Stirn. «Warum zum Zeughaus? Wie hängen diese beiden Dinge zusammen?»

«Das will ich dir sagen», sagte Tilmann grimmig. «Clais und ich sind davon ausgegangen, dass jener Helfershelfer die verschwundenen Waffen an Graf Ailff weitergegeben hat. Möglicherweise sind sogar die fehlenden Gelder aus den Solden an ihn geflossen. Ailff van Wesel hat sich als Ritter in diversen Schlachten hervorgetan, und er versteht es sehr gut, die Menschen für sich einzunehmen. Aber soweit ich ihn kenne, ist er dabei immer nur auf seinen eigenen Vorteil aus. Er scheut nicht davor zurück, zu unlauteren Mitteln zu greifen oder gar über Leichen zu gehen.»

«Aber damit würde er doch Verrat an der Stadt Köln begehen!», rief Mira erschüttert. «Warum sollte er so etwas tun? Wenn das herauskommt, würde es zu einer Kriegserklärung führen. Glaubt Ihr wirklich, dass er dieses Risiko eingeht?»

«Und wie ich das glaube», bestätigte Tilmann kühl. «Ein Edelbürger der Stadt Köln besitzt viele Privilegien, auch fließen hierdurch ganz sicher erfreuliche Geldbeträge in seine Kasse, denn Kölner Bürger haben Vorrechte, die Auswärtigen nicht zukommen. Ob es nun um Land, Geschäfte oder das Durchsetzen seines Willens bei Rechtsstreitigkeiten geht – er profitiert ganz enorm von seiner Position. Doch mit der gewährten Zollfreiheit auf seinen Gütern bezahlt er dafür auch einen hohen Preis. Ich wäre ganz und gar nicht überrascht, wenn er sich diese Einbußen durch den Einsatz von Räuberbanden wieder zurückholen würde.»

«Ich kann das nicht glauben», widersprach Mira und schüttelte energisch den Kopf. «Ailff van Wesel ein Betrüger? Ein Verräter?»

Verwundert sah Adelina ihre Gesellin von der Seite an, legte ihr beschwichtigend eine Hand auf den Arm. «Warum berührt dich das so sehr, Mira? Kennst du den Grafen?»

«Nicht nur das, nicht wahr, Jungfer Mira?», antwortete Tilmann, bevor die junge Frau auch nur ein Wort sagen konnte. «Euer Vater ist mit Ailff van Wesel verwandt, ist es nicht so?»

Die Blicke aller Anwesenden richteten sich auf die Gesellin.

Mira zögerte, nickte dann aber. «Mein *Stief*vater» – sie betonte die erste Silbe ganz besonders deutlich – «ist ein Vetter zweiten

Grades von Ailff van Wesel. Ich kenne Ailff, seit ich auf der Welt bin. Er mag nicht der angenehmste Mensch sein, aber dass er ein Verräter sein soll, kann ich nicht glauben.»

«Glaubt es ruhig», erwiderte der Hauptmann. «Clais und ich haben so viele Hinweise auf seine Schuld zusammengetragen, dass ein anderer Schluss kaum möglich ist.»

«Hättet ihr darüber nicht im Stadtrat Bericht erstatten müssen?», warf Adelina ein. «Wenn der Graf wirklich ein falsches Spiel treibt, muss ihm doch das Handwerk gelegt werden.»

«Das hätten wir schon getan», stimmte Tilmann ihr zu. «Aber wir wollten auch keine schlafenden Hunde wecken, denn wie gesagt gibt es einen Helfershelfer im Stadtrat oder in einem der städtischen Ämter. Vielleicht sogar mehrere. Wir wollten nicht ins Blaue hinein eine Anklage erheben. Es hat lange gedauert, bis wir genügend Belege gesammelt hatten. Alles haben wir schriftlich festgehalten. Aber uns war auch klar, dass sich der Graf einen solchen Angriff auf seine Ehre, oder was er dafür hält, nicht einfach gefallen lässt. Wir mussten damit rechnen, dass man *uns* stattdessen angreifen würde.»

«Was nun auch tatsächlich geschehen ist», bestätigte Neklas.

In Tilmanns Augen funkelte es zornig auf. «Wir hatten mit einigem gerechnet, jedoch nicht mit einem Mordanschlag. Dass es dazu gekommen ist, beweist nur, dass unsere Annahmen goldrichtig waren. Wir haben zu viele Fragen gestellt, damit in ein Wespennest gestoßen. Dass Clais dafür mit dem Leben bezahlen musste, ist eine Sache, die ich mir vorwerfen muss.»

«Du?» Verwundert musterte Adelina ihren Bruder. «Warum? Du konntest nicht wissen, dass man euch im Zeughaus auflauern würde. Schon gar nicht bist du schuld an seinem Tod.»

Tilmanns Miene wurde finster und verschlossen. «Vielleicht trage ich nicht direkt schuld an seinem Tod, eine Mitverantwortung jedoch sicher.»

«Das stimmt doch nicht! Wie kannst du so etwas sagen?», rief Adelina. Sie vermochte ihre Bestürzung über die Worte ihres Bruders nicht zu unterdrücken.

Tilmann sah sie für einen langen Moment schweigend an. Dann sagte er in kühlem, beinahe abweisendem Ton: «Ich war es, der darauf bestanden hat, noch länger mit der Anklage zu warten. Ich wollte weitere Beweise sammeln. Und ich war es auch, der das heimliche Treffen im Zeughaus vorgeschlagen hat. Womöglich war es sogar einer meiner Männer, der uns verraten hat.»

In dem Kellergelass herrschte für einen Augenblick betretenes Schweigen. Nur das Knistern der glühenden Kohlen in dem runden Eisenbecken war zu vernehmen. Schließlich räusperte sich Marie, die bisher nur schweigend zugehört hatte.

«Hauptmann Greverode, Ihr braucht Euch keine Vorwürfe machen. Dazu besteht in meinen Augen kein Anlass. Soweit ich es mitbekommen habe, sind Eure Männer absolut loyal. Glaubt Ihr wirklich, dass einer von ihnen Euch verraten hat? Kann es nicht vielmehr sein, dass man Euch verfolgt hat, vielleicht auch Clais van Dalen? Wenn Ihr tatsächlich schon seit so langer Zeit Nachforschungen anstellt, habt Ihr vielleicht wirklich einfach zu viel Staub aufgewirbelt. Und nur weil Ihr vorsichtig sein wolltet und noch dazu den Ort des Treffens vorgeschlagen habt, heißt das noch lange nicht, dass Euch irgendeine Schuld oder Verantwortung trifft.»

«Frau Marie, Eure Worte sind wohlgemeint.» Tilmann lächelte schwach, wurde jedoch sogleich wieder ernst. «Aber Euch ist die Tragweite der Angelegenheit nicht klar. Selbst ich muss mir darüber erst noch weitere Gedanken machen.» Er ließ seinen Blick über die Anwesenden schweifen. «Ich denke, es wäre gut, wenn ihr mir jetzt für eine Weile meine Ruhe lasst.» Er schloss die Augen, drehte den Kopf zur Wand und schwieg.

Adelina warf Neklas einen kurzen Blick zu, den dieser mit einem zustimmenden Neigen des Kopfes erwiderte.

«Also gut, kommt», wandte sie sich an die anderen. «Lasst uns hinausgehen und meinen Bruder ein wenig ausruhen. Er darf sich noch nicht zu sehr anstrengen.»

Mit einem Ruck fuhr Tilmanns Kopf wieder zu ihr herum. Empört starrte er sie an.

Sie nickte ihm freundlich zu. «Wir sehen heute Abend noch einmal nach dir.»

Er schien etwas erwidern zu wollen, überlegte es sich dann jedoch offenbar anders. Jupp und Marie waren bereits halb die Treppe hinauf, Mira direkt hinter ihnen. Auch Adelina und Neklas schickten sich an, den Kellerraum zu verlassen, doch Tilmanns nächste Worte hielten sie noch einmal auf.

«Die Aufzeichnungen ...» Vorsichtig hob er die Hand und fuhr sich durch sein Haar. «Clais hätte ein Bündel Aufzeichnungen zu unseren Treffen mitbringen sollen. Alles, was wir bis dahin an Hinweisen zusammengetragen hatten. Hat man dergleichen bei seiner Leiche gefunden?»

Adelina schüttelte den Kopf. «Nicht, dass ich wüsste. Der Gewaltrichter hat nichts davon gesagt, der Vogt ebenfalls nicht. Glaubst du, jemand hat diese Schriftstücke gestohlen?»

«Da fragst du noch?» Tilmann schnaubte höhnisch. «Natürlich wurden sie gestohlen! Oder – aber das will ich lieber nicht hoffen – Reese oder der Vogt haben sie verschwinden lassen.»

«Um Himmels willen!» Adelina starrte ihn entsetzt an. «So etwas würde Reese niemals tun. Vom Vogt kann ich es zwar nicht mit Sicherheit sagen, aber auch das vermag ich mir nicht vorzustellen.»

Mit einem bitteren Lachen deutete Tilmann auf sich selbst. «Schau, wo ich gelandet bin. Was mit Clais geschehen ist. Hier sind Täter am Werk, die Schutz aus den höchsten Kreisen genießen. Die Verbindungen haben, genau wissen, was sie tun. Dass ich noch lebe, verdanke ich vermutlich nur der Tatsache, dass mein Gegner selbst verwundet war. Zwar wussten wir, dass unsere Nachforschungen nicht ungefährlich waren, aber wir gingen davon aus, dass höchstens unsere Positionen als Hauptmänner der Stadtsoldaten auf dem Spiel standen. In Lebensgefahr haben wir uns nicht gewähnt. Selbst wenn ich nicht hier liegen würde, sondern auf meinen eigenen Füßen hinausgehen könnte, wäre es unmöglich, mich jetzt in der Öffentlichkeit zu zeigen. Wie du schon gesagt hast, Adelina – der Vogt will mich vor Gericht bringen. Für ihn steht fest, dass ich Clais getötet habe. Das Gegenteil zu beweisen dürfte mir schwerfallen. Denn nicht nur hat man meinen Dolch bei der Leiche gefunden – jene Beweise, anhand derer ich hätte argumentieren können, sind verschwunden. Ein Zufall ist das ganz sicher nicht. Und nun geht endlich. Ich will meine Ruhe.» Er schoss einen bezeichnenden Blick auf Ludmilla ab. «Du auch, altes Weib!» Noch einmal fuhr er sich durch die Haare. «Und wenn es nicht zu viel verlangt ist, könnte mir später jemand etwas Ordentliches zu essen bringen. Etwas, wofür man Zähne benötigt.»

10. Kapitel

«Es ist nicht recht, dass er sich die Schuld an Clais' Tod gibt.» Unruhig ging Adelina in der Küche auf und ab, während Mira, Neklas, Jupp und Marie rings um den großen Tisch saßen. «Er hat schließlich nicht ahnen können, dass man ihn und Clais aus dem Hinterhalt überfallen würde.»

«Er fühlt sich in seiner Ehre angegriffen», erwiderte Jupp.

«Verständlich für einen Mann seines Schlages. Noch dazu war Clais sein Freund. Dass ihm sein Tod nahegeht und er sich dafür verantwortlich fühlt, kann ich durchaus nachvollziehen.»

«Aber er ist nicht schuld daran!»

«Natürlich nicht.» Marie sprang von der Bank auf, ging zu Adelina und legte ihr den Arm um die Schultern. «Aber versetz dich einmal in seine Lage. *Er* hat das Zeughaus als Treffpunkt vorgeschlagen. *Er* hat gezögert, dem Rat die Beweise jetzt schon vorzulegen. Wie würdest du dich an seiner Stelle fühlen?»

Bedrückt ließ Adelina den Kopf hängen. Marie führte sie zur Bank. «Komm, meine Liebe, setz dich.»

Neklas griff quer über den Tisch nach Adelinas Hand und drückte sie. «Viel wichtiger ist meiner Meinung nach, dass wir uns überlegen, wie wir jetzt vorgehen. Wenn dein Bruder recht hat, können wir niemandem im Stadtrat trauen.»

«Reese ist vertrauenswürdig», widersprach Adelina ihm energisch. «Du kennst ihn so gut wie ich. Er war immer auf unserer Seite. Außerdem hätte er gar keinen Grund, sich mit jemandem wie Graf Ailff van Wesel gegen die Stadt Köln zu verbünden. Welchen Vorteil würde er daraus ziehen? Er ist schon seit vielen Jahren Gewaltrichter, war vorher Ratsherr, führt einen erfolgreichen Tuchhandel. Auch hat er sich immer bemüht, der Stadt Köln in allem, was er tut, zu dienen. Was den Vogt angeht, würde ich dir eher recht geben. Jedoch nur insoweit, dass wir ihn nicht einschätzen können, weil wir ihn nicht gut genug kennen. Er wäre jedoch nicht Vogt geworden, wenn es einen Zweifel an seinem Leumund gäbe.»

«Der Vogt steht außerhalb des Stadtrates», warf Marie ein. «Ich könnte mir vorstellen, dass er über die Vorgänge in Köln nicht einmal sehr genau im Bilde ist. Vielleicht sollte ich mit meinem Vater sprechen und ihn über Gerlach Haich befragen.»

«Eine gute Idee», stimmte Jupp ihr zu. «Das solltest du gleich morgen tun. Ich würde außerdem vorschlagen, dass Neklas und ich uns noch einmal umhören, insbesondere unter den Soldaten und Tilmanns Leuten. Vielleicht hat von ihnen jemand eine Idee, woher die beiden Männer stammen könnten, die Clais ermordet und Tilmann überfallen haben. Auch wenn es keine Söldner sind, müssen Sie doch zumindest an Waffen ausgebildet sein. Tilmann sagte, sie seien gute Schwertkämpfer gewesen.» Er blickte Adelina an. «Du solltest morgen noch einmal zu Reese gehen und herauszufinden versuchen, ob nicht doch irgendwelche Schriftstücke bei der Leiche gefunden worden sind. Vielleicht hat man sie gar nicht mit Clais in Verbindung gebracht. Wenn er sie irgendwo abgelegt hat, bevor er angegriffen wurde, hat man sie vielleicht nur irgendwo verstaut.» Er zögerte. «Morgen ist Sonntag, also solltest du gleich nach der Messe aufbrechen. Soweit ich weiß, findet mittags eine Sitzung im Rathaus statt.»

Adelina nickte, dann hellte sich ihre Miene plötzlich auf. «Christine van Dalen war heute hier und hat uns ihre Hilfe angeboten. Auch sie sprach von Schriftstücken, die sie in Clais' Schreibkammer gefunden hat. Vielleicht hatte er sie im Zeughaus gar nicht bei sich, oder er hat Abschriften angefertigt.»

«Das wäre möglich.» Neklas schwieg für einen Moment, dann lächelte er grimmig. «Und wieder einmal stecken wir mitten in einem kuriosen Mordfall. Ich weiß wirklich nicht, warum wir immer wieder in solche Ereignisse verwickelt werden.» Unvermittelt blickte er sich um. «Wo stecken eigentlich Griet und Vitus? Seit wir heraufgekommen sind, habe ich sie noch gar nicht gesehen.»

Nun hob auch Adelina den Kopf, zuckte dann die Achseln. «Vermutlich sind sie rausgegangen. Sie werden im Hof sein.»

«Es ist bereits dunkel», gab Mira zu bedenken und erhob sich. «Ich gehe mal nachsehen, wo sie sind. Müssten nicht Magda und Franziska mit den Kindern auch längst zurück sein?»

Kaum hatte sie dies ausgesprochen, als von der Apotheke her ein lautes Türklappen und dann fröhliche Stimmen zu vernehmen waren. Nur wenige Augenblicke später flog die Küchentür auf, und Colin stürmte herein. Auf dem Arm trug er einen großen Weidenkorb, aus dem das Grün von Rüben und Kohlköpfen ragte.

«Mutter», rief er. «Hier ist ganz viel Gemüse! Magda will morgen einen Eintopf machen. Sie hat auch zwei geschlachtete Hühner gekauft, die müssen aber noch gerupft werden. Und fette Speckstreifen.»

Adelina stand auf, nahm ihm den Korb ab und stellte ihn auf den Tisch. «Sehr schön, Colin. Das wird ja ein richtiges Festmahl. Hast du Griet draußen gesehen?»

Der Junge schüttelte den Kopf. «Nein, aber Vitus ist hinten im Hof. Ich habe ihn lachen gehört, wahrscheinlich spielt er mit Fine.»

«Geh bitte und hol ihn herein», bat Adelina.

Sogleich rannte Colin los, um seinen Auftrag auszuführen. Dabei stieß er beinahe mit Magda zusammen, die, einen weiteren großen Korb am Arm, gerade die Küche betreten wollte.

«Hoppla, junger Mann!», rief sie lachend. «Nicht so stürmisch.» Als sie die Versammlung in der Küche sah, wurde sie ernst. «Oh, Herrin, Ihr habt ja Gäste. Soll ich etwas zu essen und zu trinken herrichten?»

Adelina winkte beschwichtigend ab. «Nein, Magda, das ist nicht nötig. Kümmere dich um das Abendessen.»

«Das sollte ich wohl auch tun», befand Marie. Sie warf ihrem Mann einen kurzen Blick zu, der daraufhin nickte.

«Ich denke, wir gehen jetzt», sagte er. An Neklas gewandt fügte er hinzu: «Wir sprechen uns morgen.»

Neklas machte eine zustimmende Geste. «Es wäre wohl am besten, wenn wir gemeinsam mit Tilmanns Männern und den übrigen Soldaten sprechen.»

Jupp klopfte Neklas freundschaftlich auf die Schulter, dann blickte er in die Runde und hob grüßend die Hand. Marie umarmte Adelina herzlich. Wenige Augenblicke später hatten die beiden das Haus verlassen.

An ihrer Stelle trat nun auch Franziska in die Küche. Auf der Hüfte trug sie die kleine Katharina, deren Kopf schwer an der Schulter der Magd lehnte.

«Herrin, ich glaube, für Katharina war der Ausflug zum Markt ein bisschen anstrengend.» Die Magd lachte. «Es ist wohl am besten, wenn sie sich für ein kleines Schläfchen vor dem Abendessen hinlegt. Soll ich sie in ihre Schlafkammer bringen?»

Adelina strich ihrer kleinen Tochter sanft über die zerzausten schwarzen Locken und nickte schmunzelnd. «Ja, Franziska. Das wird wohl das Beste sein. Hast du Griet irgendwo gesehen?»

«Nein, Herrin. Ist sie nicht bei Vitus?»

Eine Antwort auf diese Frage erübrigte sich, denn Vitus kam in diesem Moment durch die Tür. Seine Katze Fine trug er auf dem Arm.

«Lina, draußen ist es richtig kalt!», rief er fröhlich. «Ich glaube, es wird bald Winter.»

«Da könntest du recht haben, Vitus.» Adelina deutete auf die Ofenbank. «Komm her und wärme dich auf. Wo steckt denn Griet? Ich dachte, sie leistet dir Gesellschaft.»

«Hat sie auch», bestätigte Vitus. «Aber dann ist sie zum Abort gegangen, und als sie wiederkam, sagte sie, dass sie ganz vergessen hat, was zu erledigen. Sie ist dann hinten in den Garten gegangen.»

«In den Garten? Verwundert sah Adelina ihren Bruder an. «Was kann sie denn dort zu erledigen gehabt haben? Und wo ist sie dann hingegangen?»

«Weiß ich nicht.» Vitus zuckte die Achseln und kraulte Fine am Hals. «Ich hab nicht geguckt, wo sie hingegangen ist.»

Nun doch ein wenig besorgt blickte Adelina zu Neklas, der dem Gespräch bisher schweigend gefolgt war. «Wo kann sie nur stecken?» Sie ging zur Tür. «Ich glaube, ich schaue mal nach, ob sie oben in ihrer Kammer ist.»

Neklas nickte. «Und ich sehe vorsichtshalber mal im Garten nach.»

Nachdem er die Küche verlassen hatte, stieg Adelina die steile Treppe ins Obergeschoss hinauf, und von dort nahm sie die Stiege in die kleine Dachkammer, die sich Griet mit Katharina teilte. Sie hörte Franziska mit dem kleinen Mädchen scherzen. Als sie die Tür öffnete, blickten die beiden ihr überrascht entgegen.

«Mama!» Die Kleine streckte die Ärmchen nach ihr aus.

Rasch ging Adelina zu ihr, beugte sich über das Bett und gab ihrer Tochter einen Kuss auf die Stirn. Dann wandte sie sich an die Magd.

«Hier oben ist sie also auch nicht. Ich meine Griet», setzte sie auf Franziskas fragenden Blick hinzu. «Niemand weiß, wo sie ist. Sie hat Vitus vorhin allein gelassen, angeblich, um etwas zu erledigen. Sie wird doch wohl nicht etwa allein in die Stadt gegangen sein?»

«Das glaube ich nicht.» Franziska schüttelte den Kopf. «Griet ist ein vernünftiges Mädchen, sie weiß, dass sie so etwas nicht tun soll.»

«Aber wo steckt sie dann?» Ohne auf eine Antwort zu warten, verließ Adelina die Kammer wieder und stieg hinab ins Erdgeschoss. Dort stieß sie beinahe mit Neklas zusammen, der gerade zur Hintertür hereingekommen war. Auf ihren fragenden Blick hin schüttelte er den Kopf.

«Im Garten ist sie nicht.»

Adelina spürte, wie ihr Herz schneller schlug. Griet war schon einmal verschwunden. Es war zwar schon ein paar Jahre her, aber die Erinnerung flackerte in diesem Moment heftig in ihr auf.

«Ich verstehe das nicht», sagte sie mit einem leichten Zittern in der Stimme. «Wo kann sie nur hingegangen sein? Es ist schon dunkel! Und wo ist Mira? Sie wollte doch nach ihr sehen.»

Bevor Neklas darauf etwas erwidern konnte, wurden aus Richtung der kleinen Kammer hinter der Apotheke Schritte laut. Eine Tür ging, und Sekunden später tauchte zuerst Mira und gleich hinter ihr Griet auf. Das junge Mädchen rieb sich heftig über die Oberarme, offenbar war ihr kalt.

«Allen Heiligen sei Dank!» Adelina stürzte auf ihre Stieftochter zu, fasste sie bei den Schultern und schüttelte sie leicht. «Wo bist du nur gewesen? Wir haben uns Sorgen gemacht! Du kannst doch nicht einfach verschwinden, ohne jemandem zu sagen, wohin du gehst.»

Sichtlich verlegen zog Griet den Kopf ein. Sie ließ die Hände sinken und spielte mit einer Falte ihres Rocks.

«Tut mir leid, Mutter. Ich wollte euch nicht ängstigen. Es war nur so, also ... ich war draußen ... und, also, da habe ich etwas gehört. Ich wollte Vitus nicht beunruhigen, deshalb ...»

«Seit wann stotterst du denn?» Mit einer Mischung aus Spott und Belustigung musterte Neklas sie. «Jetzt noch einmal ganz ruhig von vorn. Was hast du gehört? War jemand im Hof?»

Griet wich seinem Blick aus und knetete weiter an ihrer Rockfalte herum. «Nein, ich meine, ja, also ...» Sie holte tief Luft und hob den Kopf wieder. «Ich dachte, ich hätte etwas im Garten gehört. Und da war auch jemand – eine Bettlerin.»

«In unserem Garten war eine Bettlerin?» Verblüfft starrte Adelina sie an. «Wie ist sie denn dorthin gekommen? Hast du sie hinausgeworfen? Du hättest uns Bescheid sagen müssen, Griet!»

«Sie war nicht gefährlich, nur hungrig.» Wieder senkte Griet den Kopf. «Als ich gesehen habe, dass sie harmlos ist, bin ich schnell reingegangen und habe ein Brot geholt. Das habe ich ihr gegeben, dann ist sie gegangen.»

«Harmlos?» Energisch schüttelte Adelina den Kopf. «Das kann man bei Bettlern nie wissen. Was, wenn sie nicht allein gewesen wäre? Du hättest wirklich nach uns rufen sollen. Und ein ganzes Brot hast du hergeschenkt?»

«Ja, ich ... sie hat mir leidgetan.»

Diesmal stieß Neklas einen deutlich amüsierten Laut aus. «Einen ganzen Brotlaib, wie?» Er lachte in sich hinein.

«Was ist denn daran lustig?» Adelina schoss einen empörten Blick auf ihn ab.

«Ganz einfach, Lina. Griet mag nicht deine leibliche Tochter sein, aber sie ist ganz offensichtlich deines Geistes Kind. Oder hast du schon vergessen, wie du einst einem kleinen Straßenmädchen viel zu viel Geld gegeben hast, weil es dir leidgetan hat? Und dass du ebenjenes Mädchen einige Zeit später als Magd in dein Haus geholt hast? Zwei vom gleichen Schlag, würde ich sagen.» Er zwinkerte ihr grinsend zu.

Einen Moment lang sah Adelina ihren Mann sprachlos an, dann zuckte es um ihre Mundwinkel, und sie musste ihrerseits ein Lachen unterdrücken.

«Na, weißt du ...» Sie wandte sich an Griet. «Dann will ich es mal gut sein lassen. Magda bereitet das Abendessen vor. Bis sie fertig ist, werde ich in der Apotheke noch ein wenig für Ordnung sorgen. Komm mit, Griet. Du kannst mir dabei helfen.»

«Soll ich Euch auch helfen, Meisterin?», wollte Mira wissen.

«Nein. Geh du bitte in die Küche und unterstütze Magda. Sei so gut und stell auch etwas ordentlich Nahrhaftes für meinen Bruder zusammen. Ich fürchte, wenn Tilmann nicht allmählich etwas zu essen bekommt, wird er noch unleidlicher.»

«Ist er das nicht ohnehin immer?» Mira verschränkte die Arme vor dem Leib.

Überrascht merkte Adelina auf und runzelte kurz die Stirn. «Hüte deine Zunge, Mädchen. Sonst könntest du sie dir ordentlich verbrennen.» Sie wies in Richtung der Küchentür. «Nun geh schon und tu, was ich dir aufgetragen habe.»

Innerlich mit sich selbst hadernd, tat Mira, worum Adelina sie gebeten hatte. Sie half Magda, Teller, Messer, Löffel und Trinkbecher auf dem Tisch zu verteilen, schnitt einen Brotlaib in dicke Scheiben und holte Schmalz und Eier aus der Vorratskammer. Magda röstete die Brotscheiben in einer großen Pfanne, danach verschlug sie die Eier mit Kräutern, beriet ein paar Streifen Speck an und bereitete ein kräftiges Rührei zu. Auch gehackte Zwiebeln gab sie noch in die Pfanne. Der verführerische Duft des Essens stieg nicht nur Mira in die Nase, deren Magen zu knurren begann. Er zog nach und nach durch das gesamte Haus und lockte alsbald die Familienmitglieder an. Nach und nach fanden sich Adelina, Colin, Neklas und auch das Gesinde ein. Auch Ludmilla, die sich bis eben in der Gästekammer aufgehalten hatte, tauchte auf.

Nachdem sich alle gesetzt hatten, sprach Neklas ein Tischgebet, dann begannen sie zu essen. Mira rutschte allerdings unruhig auf ihren Platz hin und her, rührte weder das Brot noch das Rührei an.

«Stimmt etwas nicht?» Adelina musterte sie fragend.

Mira zuckte die Achseln. «Meisterin, Ihr habt eben gesagt, dass Euer Bruder ungehalten wird, wenn er Hunger hat. Sollten wir ihm nicht gleich etwas zu essen bringen?»

«Warum das denn, Mira?», nuschelte Vitus. «Ich hab doch ganz viel zu essen! Ist lecker. Ich mag Rührei gern.»

Erschrocken biss sich Mira auf die Lippen. «Dich meinte ich doch nicht, Vitus.»

«Aber wen denn sonst? Ich bin doch Linas Bruder.»

«Schon gut, Vitus.» Adelina lächelte ihm zu. «Iss nur ruhig weiter.»

Nachdem sich Vitus wieder seinem Teller gewidmet hatte, auf dem sich das Rührei häufte, blickte Adelina fragend zu Ludmilla. Die alte Frau hob die Schultern.

«Er ruht.» Sie sprach gerade so leise, dass nur Adelina, Mira und Neklas sie verstehen konnten. «Es ist nicht nötig, dass wir ihn jetzt stören. Er wird schon nicht verhungern.»

«Wer soll verhungern?», fragte Vitus unerwartet wieder dazwischen. «Etwa Tilmann? Darf er nicht essen? Das ist aber gemein. Er hat doch bestimmt auch Hunger.»

Die Augen aller Anwesenden richteten sich überrascht auf den jungen Mann. Vitus grinste. «Unten im Keller hat er es aber gar nicht gemütlich. Kalt ist es da auch. Und Hunger haben soll er nicht.»

«Onkel Tilmann ist unten im Keller?» Colin sah mit großen Augen von Vitus zu seinen Eltern. «Warum das denn?»

Hilfesuchend blickte Adelina Neklas an, der sich daraufhin räusperte. «Weißt du, Colin, Onkel Tilmann geht es im Augenblick nicht gut.»

«Ist er krank?»

«Nein, jemand hat ihm sehr weh getan. Er hat ganz arg geblutet. Das hab ich genau gesehen. Ich war nämlich mal unten und hab geguckt.» Vitus gestikulierte heftig mit einer Hand. Mit der anderen schaufelte er sich eine weitere Portion Rührei auf seinen Löffel und schob ihn sich in den Mund.

«Vitus!» Adelina schüttelte tadelnd den Kopf. «Du hast dich nach unten geschlichen? Du sollst doch nicht ins Laboratorium gehen.»

Vitus zuckte nur mit den Achseln, während sich Neklas wieder an Colin wandte. «Dein Onkel hat im Augenblick ein paar Probleme, Colin. Jemand beschuldigt ihn, etwas Schlimmes getan zu haben. Das stimmt zwar nicht, aber das glaubt ihm niemand. Deshalb hält er sich unten versteckt. Niemand darf erfahren, dass er hier ist. Du musst darüber absolutes Stillschweigen bewahren.» Er warf Vitus einen eindringlichen Blick zu. «Das gilt auch für dich.»

«Ich sag ganz bestimmt nichts», versprach Vitus.

«Ich auch nicht», sagte Colin mit ernster Miene. «Aber was ist mit Onkel Tilmann? Ist er verletzt?»

«Er wurde überfallen und mit einem Dolch niedergestochen», sagte Adelina. «Es geht ihm schon ein bisschen besser, aber es wird noch eine Weile dauern, bis er sich ganz erholt hat.»

«Wirklich? Das ist ja gruselig.» Mit großen Augen sah Colin sie an. «Darf ich zu ihm gehen?»

«Heute nicht mehr», bestimmte Neklas. «Und auch in den nächsten Tagen wird er noch viel Ruhe brauchen. Denkt bitte nur daran, dass niemand erfahren darf, wo er sich aufhält.»

«Ich bringe ihm doch lieber sofort etwas zu essen hinunter», entschied Mira und stand auf. Sie nahm eine Schüssel, füllte Rührei hinein, legte zwei Speckstreifen dazu sowie ein paar Scheiben des gerösteten Brotes. «Ich kann ihm ja ein wenig Gesellschaft leisten.»

Ludmilla kicherte. «Ausgerechnet du? Glaubst du nicht, dass ihm in deiner Anwesenheit das Essen im Halse stecken bleiben wird? Wenn ich mich recht entsinne, geht ihr einander schon an die Kehle, wenn ihr nur dieselbe Luft atmet. Eine gemeinsame Mahlzeit könnte unter diesen Umständen gefährlich werden.»

Miras Wangen färbten sich rosa. Sie zog die Augenbrauen zusammen und schob trotzig das Kinn vor. «Soweit ich mich erinnere, war er von der Aussicht auf deine Gesellschaft auch nicht gerade angetan. Ein bisschen Abwechslung wird ihm schon nicht schaden. Außerdem habe ich nicht vor, mich mit ihm zu streiten.»

«Nicht?» Neklas schmunzelte nun ebenfalls. «Aber auch, wenn du mit den besten Absichten zu ihm gehst, werdet ihr doch früher oder später wieder aneinandergeraten. Deshalb bitte ich dich, gnädig mit ihm zu sein. Er ist derzeit nicht in der Lage, sich mannhaft gegen deine spitze Zunge zu wehren.»

Zu Adelinas Überraschung vertiefte sich die rote Farbe auf Miras Wangen noch. Die Gesellin presste die Lippen fest zusammen, griff nach der Schüssel, einem Löffel und ihrem eigenen Teller und hastete aus der Küche. Die Tür fiel mit einem leisen Klappen hinter ihr zu.

Irritiert runzelte Adelina die Stirn. «Ich muss sagen, Mira überrascht mich immer wieder.»

Ludmilla kicherte erneut in sich hinein. «Wenn ich es nicht besser wüsste ...» Sie schüttelte den Kopf. «Aber nein, das gäbe nur Mord und Totschlag. Ihr solltet aufpassen, dass die beiden bei ihren Wortgefechten nicht in Brand geraten.»

«Was soll das denn bedeuten?» Verständnislos blickte Adelina die alte Frau an.

«Das, was ich gesagt habe. Könnte sein, dass sich die beiden aneinander die Finger verbrennen. Und das wäre bestimmt schmerzhaft.»

11. Kapitel

Nachdem Mira die Kellertreppe hinabgestiegen war, blieb sie für einen Augenblick im Laboratorium stehen und atmete mehrmals tief ein und aus. Obgleich sie sich eine dumme Gans schalt, spürte sie ihre flatternden Nerven. Warum sie darauf bestanden hatte, dem Hauptmann sein Abendessen zu bringen, konnte sie sich selbst nicht erklären. Es hätte durchaus gereicht, wenn Ludmilla es später mitgenommen hätte. Neugier, sagte sie sich, war wohl der Hauptgrund. Greverode hatte behauptet, dass Ailff van Wesel ein Betrüger, möglicherweise sogar ein Verräter war. Der Graf war zwar nicht mit ihr blutsverwandt, wohl aber mit ihrem Stiefvater. Auch wenn sie beiden Männern nicht sonderlich viel Zuneigung entgegenbrachte, waren solche Anschuldigungen doch ein Angriff auf die Familienehre der von Raderbergs. Sie musste herausfinden, ob Greverodes Verdacht der Wahrheit entsprach. Doch was, wenn es stimmte? Van Wesel und ihr Stiefvater waren nicht nur Vettern zweiten Grades, sondern auch gute Freunde. Wusste ihr Stiefvater von diesem angeblichen Verrat? Hoffentlich nicht, denn das würde bedeuten, dass er sich durch dieses Wissen mitschuldig machte.

Mira schloss kurz die Augen, um sich zu sammeln. Als sie sie wieder öffnete, blickte sie auf den Teller und die Schüssel in ihren Händen. Wenn sie jetzt nicht allmählich in das Kellergelass ging, wäre das Rührei eiskalt. Noch einmal nahm sie einen tiefen Atemzug, dann stieg sie entschlossen die schmale Treppe hinunter.

Im Laboratorium war es kühl gewesen, denn schon lange hatte der große philosophische Ofen nicht mehr gebrannt. Unten in dem Versteck war es ein wenig wärmer, jedoch immer noch unangenehm. Mira blieb am Fuß der Stiege stehen und blickte sich um. Das Feuer im Kohlebecken glimmte nur noch leicht. Greverode hatte seine Wolldecke bis hinauf zum Kinn gezogen, vermutlich fror er. Seine Augen waren geschlossen, sein Atem ging ruhig und gleichmäßig. Offenbar hatte Ludmilla recht gehabt, er ruhte. Oder schlief er sogar?

Mira zögerte und sah sich erneut unschlüssig um. Sollte sie doch lieber später wiederkommen?

«Wer ist da?» Greverode öffnete die Augen und drehte den Kopf so weit, dass er sie erkennen konnte. Sogleich erschien eine steile Falte zwischen seinen Augen. «Jungfer Mira? Was habt Ihr hier zu suchen? Seid Ihr allein? Wo steckt die alte Nebelkrähe?»

Mira schluckte und kämpfte das erneute Flattern ihrer Nerven entschlossen nieder. Sie trat an das Krankenlager und reichte Greverode die Schüssel mit dem Rührei und dem Brot. Ihren eigenen Teller stellte sie auf dem Hocker ab.

«Esst, solange die Eier noch ein wenig warm sind.» Ohne ihm ins Gesicht zu sehen, wandte sie sich ab und füllte neue Kohlen in das große Becken. Sie schürte das Feuer, bis kleine helle Flammen hochzüngelten, dann schob sie das Becken, das auf einem schweren Dreifuß stand, näher an die Matratze heran.

Greverode sah ihr schweigend, aber interessiert zu. Erst als sie wieder nach ihrem Teller griff und sich auf den Hocker setzte, nahm er den Löffel zur Hand, der im Rührei steckte, und begann langsam zu essen. Die gebratenen Speckstreifen schienen ihm besonders zuzusagen. Obgleich sie so tat, als sehe sie nicht hin, und ihren Blick fest auf ihren eigenen Teller gerichtet hielt, nahm sie aus dem Augenwinkel wahr, dass er genüsslich kaute. Auch das geröstete Brot schien ihm zu schmecken.

Eine geraume Weile lang aßen sie schweigend. Als Mira ihren Teller geleert hatte, stellte sie ihn beiseite und ging zu einem Regal, in dem Ludmilla einen Krug mit verdünntem Wein abgestellt hatte. Sie goss davon in zwei Becher und reichte einen Greverode.

Er nahm ihn schweigend, trank einige Schlucke. Dann sah er Mira mit einer Mischung aus Argwohn und Spott an.

«Womit habe ich diese freundliche Behandlung Eurerseits verdient, Jungfer Mira? Ihr seid so schweigsam, das bereitet mir ein wenig Sorge.»

«Ludmilla sagt, Ihr braucht noch viel Ruhe. Und die Meisterin wäre sicher nicht erfreut, wenn sie hört, dass ich mich mit Euch streite.»

Greverode, der gerade einen Schluck getrunken hatte, hustete in seinen Becher. Verblüfft hob er den Kopf. «Dann hättet Ihr also einen Grund, Euch mit mir zu streiten, unterdrückt diesen aber aus Fürsorge und – Gott behüte – Gehorsam?»

«Das habe ich nicht gesagt.»

«Ach nein? Was denn dann?» Neugierig legte Greverode den Kopf schräg.

Mira biss sich auf die Unterlippe. «Esst die Schüssel leer, Hauptmann Greverode. Dann kann ich sie wieder hinauftragen. Ludmilla wird später herkommen und nach Euch sehen.»

Sie senkte den Blick auf ihren Schoß, spürte jedoch, dass Greverode sie forschend ansah. Dann hörte sie, dass er wieder zu essen begann. Als er die Schüssel geleert hatte, stellte er sie neben sich auf dem Boden ab und wischte sich mit dem Handrücken über den Mund. Rasch stand sie auf, ging zum Regal und holte ein sauberes Leinentuch. Wortlos reichte sie es ihm und beobachtete, wie er sich sorgfältig Mund und Hände säuberte. Gern hätte sie ihm einige Fragen gestellt, aber aus unerfindlichem Grund traute sich plötzlich nicht.

Gerade als sie sich bücken wollte, um die Schüssel aufzuheben, sprach er sie erneut an.

«Ihr enttäuscht mich, Jungfer Mira. Wollt Ihr etwa schon die Flucht antreten? So kraftlos kenne ich Euch ja gar nicht. Ich hatte gedacht, dass die Informationen, die Ihr heute über Ailff van Wesel erhalten habt, Euch ziemlich aufgebracht hätten.»

Mira hielt in der Bewegung inne, richtete sich wieder auf. «Das klingt, als hättet Ihr von Eurem Verdacht ihm gegenüber aus einem bestimmten Grund erzählt, während ich anwesend war. Glaubt Ihr vielleicht, ich weiß etwas darüber? Nun, dem ist nicht so. Ich habe schon seit einiger Zeit nicht mehr mit meinem Stiefvater gesprochen. Vermutlich wird er früher oder später hier auftauchen, um mir mitzuteilen, dass er mich mit einem seiner hochgeschätzten Freunde verlobt hat. Dagegen kann ich zwar nichts tun, aber bis es so weit ist, lege ich keinen Wert auf seine Gesellschaft.» Trotzig verschränkte sie die Arme vor dem Bauch.

«Das wird er nicht machen.»

Verblüfft sah sie ihn an. «Was meint Ihr damit?»

Für einen Moment sah es so aus, als suche Greverode nach den passenden Worten. Dann schien er sie gefunden zu haben. «Ich meine nur, dass Euer Stiefvater es nicht leicht haben wird, Euch an den Mann zu bringen. Ich möchte jetzt nicht darauf herumreiten, dass Ihr Euch einer Ehe mit mir widersetzt habt. Bei Lichte besehen war dies eine ausgezeichnete Entscheidung. Ich glaube allerdings nicht, dass Euer liebreizendes Äußeres ausreichen wird, einen passenden Bräutigam für Euch zu begeistern. Ihr lebt schon zu lange im Haushalt meiner Schwester und unter ihrem Einfluss, als dass es irgendjemandem entgangen sein könnte, welch unerträglich vorlautes Weib Ihr seid. Kaum ein Mann wird sich eine solche Bürde aufhalsen wollen.»

Erstaunt riss Mira die Augen auf, starrte ihn empört an. «Das ist ja wohl ... Kann es sein, Hauptmann Greverode, dass es Euch Spaß macht, mich zu beleidigen?», fauchte sie.

«Durchaus.» Er lächelte, offenbar zufrieden, dass er sie verärgert hatte.

Abrupt wandte sich Mira ab, um ihn ihre Reaktion auf seinen spöttischen Tonfall und sein Lächeln nicht sehen zu lassen. Sie trat erneut an das Kohlebecken und stocherte mit einer kleinen Eisenstange darin herum. Erst als sie sicher war, dass sie ihre Stimme und ihre Miene im Griff hatte, drehte sich wieder zu ihm um.

«Wir haben eine Landkarte aus Eurem Haus mitgebracht», wechselte sie das Thema. «Darauf habt Ihr Wege eingezeichnet, aber auch Namen und Namenskürzel. Hat das etwas mit den Überfällen auf Reisende zu tun, von denen Ihr gesprochen habt?»

Greverode Miene wurde sofort wieder ernst, und in seine Augen trat der finstere Ausdruck, den sie an ihm gewohnt war. «Auch wenn Ihr ganz und gar nichts in meinem Haus zu suchen hattet, war es gleichwohl gut, dass Ihr die Karte mitgebracht habt. Gott weiß, was sonst damit geschehen wäre. Die Namen, die auf der Karte vermerkt sind, sind die der Kaufleute, von denen wir wissen, dass sie auf den entsprechenden Wegstrecken überfallen worden sind. Die Namenskürzel bezeichnen diejenigen von van Wesels Männern, über die wir wissen, dass sie sich zur fraglichen Zeit in der jeweiligen Gegend aufgehalten haben. Wir können allerdings nicht beweisen, dass sie es waren, die die Raubüberfälle begingen.»

«Gibt es denn keine Augenzeugen?», fragte Mira. «Was ist mit den Kaufleuten, die überfallen worden sind? Haben die die Räuber nicht erkannt?»

«Es wäre schön, wenn wir es so einfach hätten. Leider hatten sich die Wegelagerer fast immer mit Tüchern und Helmen maskiert. In den wenigen Fällen, als das nicht der Fall war, sind die Beschreibungen durch die Opfer derart vage, dass wir nichts damit anfangen konnten. Oder wenigstens nicht genug, um eine bestimmte Person anklagen zu können.»

«Dann habt Ihr Euch also unter van Wesels Männern auch bereits umgehört?» Mira setzte sich wieder auf den Hocker. «Kann es dann nicht sein, dass van Dalens Mörder jemand aus deren Reihen ist?»

«Sehr wahrscheinlich sogar», bestätigte Greverode. «Wie ich schon sagte, ich habe die beiden Angreifer nicht erkannt. Zwar waren sie nicht maskiert, aber ihre Gesichter waren mir vollkommen unbekannt.»

Mira spielte an einer Falte ihres Rocks herum. «Ich begreife nicht ganz, wohin die Leiche des einen Angreifers verschwunden sein könnte. Wenn der andere doch auch verletzt war, dürfte es ihm schwergefallen sein, ihn fortzuschleppen. Glaubt Ihr, dass noch mehr Männer da waren, die sich nur verborgen hielten?»

Greverode zuckte die Achseln. «Wahrscheinlich war es so. Ich habe diesem Kerl eine ordentliche Abreibung verpasst. Aufrecht ist er jedenfalls nicht aus dem Zeughaus gegangen.» In seiner Stimme schwangen nicht unbeträchtlicher Stolz und Selbstbewusstsein mit. Seine Augen funkelten grimmig.

Auch wenn sich Mira in seiner Anwesenheit meist zurückzog und ihm aus dem Weg ging, kannte sie ihn doch mittlerweile gut genug, um einschätzen zu können, wie nahe seine Worte der Wahrheit kamen. Der Mann, der ihn mit dem Dolch verletzt hatte, war vermutlich mindestens ebenso schlimm zugerichtet wie Greverode. Wenn dieser in rechtschaffenen Zorn geriet, brachte er seine Gegner schlimmstenfalls für alle Zeit zu Fall. Dabei missbrauchte er jedoch keineswegs seine Machtstellung. Aus allem, was sie über ihn wusste, schloss sie, dass er zwar ein aufbrausender und harter, aber gleichzeitig gerechter Mann war. Dafür schätzte sie ihn, auch wenn sie das ihm gegenüber niemals zugeben würde.

«Das Zeughaus ist normalerweise verschlossen und wird regelmäßig von den Stadtwachen kontrolliert», fuhr er fort. «Schon allein diese Tatsache weist darauf hin, dass die Kerle Helfer in der Stadt gehabt haben müssen. Jemanden, der Zugang zum Zeughaus hatte und zu verhindern wusste, dass die Stadtwachen zu gegebener Zeit dort auftauchten.»

«Wie sollen wir Eure Unschuld beweisen, wenn die Schriftstücke, die Ihr zusammengetragen habt, gestohlen wurden?»

«Wir?» Greverodes Augenbrauen wanderten nach oben, aufmerksam musterte er sie. «Das klingt fast, als läge Euch etwas daran, mir zu helfen.»

Mira spürte, wie sich ihre Wangen erwärmten, dennoch hielt sie seinem Blick stand, denn sie wollte sich keine Blöße geben.

«Natürlich liegt mir daran, zu verhindern, dass ein unschuldiger Mann des Mordes angeklagt und womöglich verurteilt wird.»

«Es freut mich, dass Ihr an meine Unschuld glaubt, Jungfer Mira. Es gab einmal eine Zeit, da hättet Ihr mir diesen Mord ohne weiteres zugetraut. Wenn ich mich recht entsinne, hieltet Ihr mich für einen ungehobelten, gemeinen Kerl, der nichts anderes im Sinn hat, als durch Eure Stellung und die Eurer Familie in der Welt voranzukommen. Und das waren noch die freundlicheren Dinge, die mir von Euren Äußerungen im Sinn geblieben sind. Ihr werdet doch wohl Eure Meinung nicht geändert haben?»

«Ganz sicher nicht!» Mira funkelte ihn verärgert an. «Ich wüsste auch nicht, womit Ihr das verdient hättet, Hauptmann Greverode. So, wie Ihr Euch mir gegenüber immer benehmt, könnt Ihr froh sein, dass ich mich überhaupt herablasse, mit Euch zu sprechen.»

Auf Greverodes Stirn bildete sich erneut die steile Falte. «Was glaubt Ihr eigentlich, wer Ihr seid, Jungfer Mira? Ihr tragt Eure Nase ganz schön hoch, dafür, dass Ihr die jüngste Tochter einer jüngeren Linie der von Raderbergs seid. Wenn ich Euch daran erinnern darf – Ihr hättet eigentlich hinter Klostermauern verschwinden sollen. Nicht, dass ich diese Lösung für besonders sinnvoll erachtet hätte. Ich fürchte, dass selbst die strenge Zucht in einem Kloster Euch nicht wirklich bändigen würde. Somit habt Ihr es hier bei meiner Schwester sicherlich um einiges besser getroffen. Pocht Ihr ihr gegenüber auch ständig darauf, dass Ihr von adeliger Geburt seid? Ich glaube nicht, dass sich Adelina so etwas lange gefallen lassen würde. Wie kommt Ihr also darauf, dass ich es mit Gleichmut hinnehme?»

Erbost starrte Mira ihn an. «Ich habe niemals verlangt, dass Ihr irgendetwas hinnehmt, noch dass Ihr Euch in irgendeiner Weise mit mir befasst. Ich verlange lediglich den Respekt, der mir von Geburt her zusteht.» Sie ballte ihre Hände zu Fäusten, ohne es recht zu bemerken, und zerknitterte dabei den Stoff ihres Rocks. «Frau Adelina respektiert mich ebenso, wie ich sie respektiere. Sie ist meine Meisterin, und sie hat mich niemals geringschätzig oder gar abfällig behandelt.»

«Und ich habe das getan?»

«Mit jedem Atemzug, den Ihr in meiner Anwesenheit tut.»

«Wenn Ihr Euch da mal nicht täuscht, Jungfer Mira.» Greverode hielt seinen Blick fest auf ihr Gesicht gerichtet. «Es lag nie in meiner Absicht, Euch zu beleidigen oder respektlos zu behandeln. Wenn ich meine Missbilligung geäußert habe, dann nur, weil Ihr es herausgefordert habt.»

«Ich habe Euch herausgefordert?» Mira fuhr von ihrem Hocker auf und entfernte sich aufgebracht vom Krankenlager. Sie spürte deutlich Greverodes stechenden Blick in ihrem Rücken. Abrupt drehte sich wieder zu ihm um, war jedoch froh, eine größere räumliche Distanz geschaffen zu haben.

«Ihr wart es doch, der mich kaufen wollte, und das auch noch hinter meinem Rücken! Habt Ihr geglaubt, ich würde bei dieser Erkenntnis einen Freudentanz aufführen?»

«Nicht kaufen, Jungfer Mira. Heiraten.» Greverode rutschte ein wenig auf seinem Lager hin und her, offenbar lag er unbequem. Auch wenn er es zu unterdrücken versuchte, das Zucken seiner Gesichtsmuskeln verriet Mira, dass er Schmerzen litt, wenn er sich zu hastig bewegte.

Einen Moment lang rang sie mit sich, dann trat sie auf ihn zu und fasste ihn bei den Schultern, half ihm, sich ein Stück aufzurichten, damit sie das Kissen unter ihm hervorziehen konnte. Sorgsam schüttelte sie es auf und stopfte es ihm wieder in den Rücken.

«Das ist in diesem Fall dasselbe», fauchte sie, sobald sie ihn wieder losgelassen hatte. Sorgsam zupfte sie die Decke über ihm zurecht, die ihm bis zum Bauchnabel hinabgerutscht war.

Er umfasste ihr rechtes Handgelenk mit einer flinken Bewegung, die sie nicht erwartet hatte. Sie erstarrte. Sein Griff war fest, aber nicht grob. Ihr Versuch, sich loszumachen, scheiterte jedoch.

Mit undurchdringlicher Miene sah er ihr in die Augen. «Mag sein, dass Ihr es so seht. Eine Eheschließung ist immer auch ein Geschäft. In diesem Fall, so füge ich hinzu, hätte ich vermutlich den Handel schon bereut, bevor die Tinte unter dem Ehevertrag trocken gewesen wäre. Was mich ein wenig wundert, ist, dass Ihr dem Gedanken an eine Eheschließung nicht pragmatischer gegenübersteht. Ich hatte vermutet, Ihr wäret von klein auf dahingehend erzogen worden.» Er hielt einen Moment lang inne. Mira hatte den Eindruck, als verdunkele sich sein Blick. «Was hat Euch eigentlich mehr gegen mich aufgebracht? Dass ich nicht von adeliger Geburt bin oder dass ich nicht zuerst Euch gefragt habe?»

Miras Herz pochte so heftig in ihrer Brust, dass sie fürchtete, man könne es hören. Wenn er sie noch länger festhielte und anstarrte, würde er zumindest den rasenden Puls an ihrer Halsschlagader erkennen. «Lasst mich gefälligst los, Hauptmann Greverode. Ihr habt kein Recht, mich anzufassen.»

Er lockerte seinen Griff so rasch, dass sie beinahe gestrauchelt wäre. Hastig trat sie einen Schritt zurück. «Ihr wollt wissen, was mich gegen Euch aufgebracht hat?» Sie verschränkte ihre Hände ineinander, da sie plötzlich nicht wusste, wohin damit.

«Ihr meint, abgesehen von den beiden Punkten, die ich eben schon angeführt habe?» Aus seiner Stimme troff Spott.

Mira ging nicht darauf ein, sondern lief aufgebracht in dem kleinen Verlies auf und ab. «Seit ich Euch zum ersten Mal sah, habe ich Euch gehasst.» In der Nähe des Regals blieb sie stehen, wandte sich ihm zu. «Ihr wart selbstgerecht und gemein, vor allem gegenüber Frau Adelina. Dabei hat sie Euch nie etwas getan. Im Gegenteil – sie hat immer versucht, es allen recht zu machen.»

«Interessant, dass Ihr es so seht, Jungfer Mira. Ich für meinen Teil habe den Eindruck, das Adelina schon immer darauf aus war, ihren Dickschädel durchzusetzen.»

«Seht Ihr, das ist es, was ich meine! Selbst jetzt noch, da bekannt ist, dass Ihr ihr Bruder seid, redet Ihr unfreundlich gegen sie. Was muss eine Frau eigentlich tun, um Eure Achtung zu erlangen? Wisst Ihr, wie schwer Frau Adelina es hatte? Mag sein, dass sie jetzt glücklich ist und ein gutes Leben führt, aber nicht zuletzt Ihr hättet dies mehr als einmal fast verhindert. Ihr habt sie nicht nur mit Häme, sondern auch mit Verachtung behandelt, sie in Ketten gelegt. Schon allein dieses Verhalten rechtfertigt meine Abneigung gegen Euch.»

Mehrere Atemzüge lang antwortete Greverode nicht darauf. Mira konnte an seinem Hals eine Ader erkennen, die allmählich anschwoll. Ein sicheres Zeichen, dass er aufgebracht war. «Was die Fakten angeht, so habt Ihr recht, Jungfer Mira. Ich habe Adelina schon mal in Ketten gelegt oder auch eingesperrt. Doch nicht etwa, weil ich Spaß daran gehabt hätte. Es war mir befohlen worden.»

«Sonderlich schwergefallen ist es Euch aber nicht.»

Er schwieg erneut für einen Moment, bevor er zugab: «Nein, da habt Ihr ebenfalls recht. Ich war damals so voller Zorn, so voller Abneigung, dass es mir nicht schwerfiel, sie so zu behandeln. Aber» – er suchte Miras Blick – «mittlerweile sollte Euch bekannt sein, dass ich meine Gründe hatte. Ich will mein Verhalten nicht entschuldigen. Mag sein, dass es manchmal nicht angebracht war. Aber auch ich bin nur ein Mensch und mit Fehlern behaftet. Letzterem werdet Ihr wohl ohne weiteres und mit Freude zustimmen.» Er schloss die Augen und atmete ein paar Mal tief ein und aus.

Mira beobachtete ihn zuerst misstrauisch, dann besorgt. «Es geht Euch nicht gut», stellte sie fest. Vorsichtig trat sie wieder näher an ihn heran.

Als er die Augen aufschlug, glitzerte wieder milder Spott darin. «Ich würde sagen, dafür darf ich mich bei Euch bedanken.»

Obwohl er unwillig die Brauen zusammenzog und sicherlich, wenn er gekonnt hätte, zurückgewichen wäre, legte sie ihm prüfend eine Hand auf die Stirn.

«Fieber habt Ihr nicht», stellte sie fest. Erneut zog sie ihn sanft an den Schultern hoch und verschob sein Kissen ein wenig, sodass er wieder etwas flacher liegen konnte. «Ihr müsst Euch ausruhen.»

«Gebt acht, Jungfer Mira», knurrte er verärgert. «Wenn Ihr so weitermacht, könntet Ihr den Verdacht erwecken, dass Ihr Euch tatsächlich um mich sorgt.»

Wütend erwiderte sie seinen Blick. «Natürlich tue ich das! Ihr seid Frau Adelinas Bruder, und ich betrachte sie und die Ihren als meine Familie, und für meine Familie würde ich alles tun.»

Seinem stechenden Blick wich sie aus und wollte sich schon abwenden, als sie seine Stimme abermals vernahm, diesmal ohne eine Spur von Zynismus.

«Das ist es.»

Irritiert hob sie den Kopf. «Das ist was?»

Für einen kurzen Moment meinte sie, ein Lächeln über seine Gesichtszüge huschen zu sehen. Sie konnte sich aber auch geirrt haben. Im nächsten Augenblick war seine Miene wieder kühl.

«Ihr wolltet wissen, womit Ihr meine Achtung erwerben könnt – oder vielmehr erworben habt, Jungfer Mira.»

Verblüfft und sprachlos sah sie ihn an.

«Und nun macht, dass Ihr verschwindet.»

Beinahe wäre sie seiner Aufforderung nachgekommen, doch der angestrengte Tonfall seiner Stimme und die leichte Blässe auf seinen Wangen hielten sie zurück. «Ich bleibe hier, bis Ludmilla wieder herunterkommt», erklärte sie.

Sie sah, dass er die Zähne zusammenbiss, so fest, dass ein Muskel rechts an seinem Unterkiefer zuckte. Der Blick, den er ihr nun zuwarf, war alles andere als freundlich.

«Legt Ihr es darauf an, dass ich meine Meinung über Euch wieder ändere?»

«Es gibt kaum etwas, Hauptmann Greverode, was mir noch weniger wichtig ist als Eure Meinung über mich», schnappte sie und setzte sich wieder auf den Hocker. Sie hoffte bei Gott und allen Heiligen, er würde ihr nicht ansehen, dass sie log.

12. Kapitel

Es war bereits später Montagvormittag, als Christine van Dalen erneut in der Apotheke erschien. Sie trug einen Korb am Arm, den sie sorgsam mit einem weißen Tuch abgedeckt hatte. Adelina führte die Frau wieder in die Küche, da sie dort bequem sitzen konnten und es angenehm geheizt war. In der Nacht hatte es gefroren, noch immer war die Luft klar und kalt.

Georg Reese hatte sie leider bisher nicht erreichen können. Zwar hatte sie Ludowig am gestrigen Sonntag zum Rathaus geschickt, der nach ihm fragen sollte, doch dieser hatte berichtet, dass der Gewaltrichter in Familienangelegenheiten unterwegs sei. Also hatte er ihm ausrichten lassen, dass Meisterin Burka ihn zu sprechen wünschte.

«Habt Ihr die Schriftstücke Eures Gemahls mitgebracht?», fragte Adelina, kaum dass sich ihr Gast gesetzt hatte. Magda brachte beiden etwas zu trinken, dann zog sich zurück.

«Natürlich.» Christine van Dalen schlug das Tuch über ihrem Korb zurück und entnahm ihm einen Stapel Pergamente sowie ein in dünnes Leder gebundenes Buch.

Neugierig griff Adelina danach und schlug es auf. Sie runzelte die Stirn, als sie die Aufzeichnungen erkannte. Es schien sich um eine weitere Aufzählung der Kölner Waffen zu handeln. Soweit sie sehen konnte, enthielt das Buch dieselben Zahlen, die auch Tilmann aufgeschrieben hatte. Also hatten die beiden Männer sicherheitshalber Duplikate angefertigt, für den Fall, dass eines der Bücher verlorenging.

Sie legte das Buch beiseite und griff nach den anderen Schriftstücken. Die meisten waren Briefe und Aufzeichnungen eher privater Natur. Eine Liste stach ihr jedoch ins Auge, da sie darauf einige der Namen zu erkennen glaubte, die sie auch auf Tilmanns Landkarte gesehen hatte. Dieses Schriftstück legte sie sorgsam beiseite, dann blätterte sie weiter.

Christine hatte ihr schweigend zugesehen und beugte sich nun neugierig vor. «Ist etwas dabei, was Euch hilft? Was ist das für eine Liste, die Ihr so genau betrachtet habt?»

Adelina nahm das einzelne Pergament erneut zur Hand und reichte es ihrer Besucherin. «Eine Liste mit Namen. Mira und ich waren kürzlich im Haus meines Bruders und haben dort eine Landkarte gefunden, auf der einige dieser Namen verzeichnet sind. Vielleicht hat das etwas zu bedeuten.»

«Aber was? Namen auf einer Landkarte? Wozu soll das gut sein?»

Adelina hob die Schultern. «Das weiß ich leider auch noch nicht.» Zwar hatte Mira ihr inzwischen erzählt, was Tilmann am vorherigen Abend über die Namen und Namenskürzel auf der Karte gesagt hatte, doch wollte sie dies noch nicht preisgeben. Denn dadurch würde sie ja zugeben, dass sie mit Tilmann in Kontakt stand. Sie wollte jedoch kein Risiko eingehen. Christine van Dalen hatte zwar angeboten, ihnen zu helfen, doch Adelina kannte die Frau nicht gut genug, um ihre Loyalität einschätzen zu können. Was, wenn sie doch zum Vogt ging und sie verriet – oder auch nur das Geheimnis aus Versehen ausplauderte?

«Ich wünschte, ich könnte Euch mehr helfen.» Christine seufzte. «Aber ich fürchte, sonst vermag ich nicht viel zu tun. Bringen Euch denn diese Schriftstücke irgendwie weiter?»

«Das meiste sind private Briefe», erklärte Adelina. «Im Augenblick sehe ich noch nicht, ob sie uns hilfreich sind. Aber es wäre nett, wenn wir sie dennoch für ein paar Tage hierbehalten dürften. Vielleicht irre ich mich ja, und es finden sich doch noch Hinweise darauf, was sich in letzter Zeit zugetragen hat. Sind das alle Urkunden und Schriftstücke, die Euer Gemahl in seiner Schreibkammer aufbewahrt hat?»

«Alles, was ich finden konnte», bestätigte Christine.

Adelina lächelte ihr verbindlich zu. «Ich danke Euch sehr für die Mühe, die Ihr Euch gemacht habt. Ist Euch sonst noch etwas eingefallen?»

Christine schüttelte den Kopf. «Wie ich am Samstag schon sagte, habe ich mich nie mit den Vorgängen im Rat oder mit den Tätigkeiten meines Gemahls befasst.»

Die beiden Frauen tranken den Wein aus, den Magda ihnen eingeschenkt hatte, dann verabschiedete sich Christine van Dalen bereits wieder. Nachdem sie das Haus verlassen hatte, gesellte sich Mira zu Adelina an den Küchentisch. Aufmerksam betrachtete sie die Pergamente und schlug auch das Buch neugierig auf. Überrascht hob sie den Kopf.

«Sind das die gleichen Aufzeichnungen, die Hauptmann Greverode zusammengestellt hat?»

«So ist es.» Adelina nickte. «Die anderen Schriftstücke sind aber, soweit ich sehen kann, für uns unbrauchbar. Ein wenig geschäftliche Korrespondenz, das meiste ist jedoch privater Natur.

Briefe an Freunde, Aufzeichnungen über van Dalens eigenen Haushalt.»

Mira blätterte noch einmal durch die Schriftstücke, las hier und da ein paar Zeilen, dann schüttelte sie den Kopf. «Kann Christine van Dalen nicht lesen?»

«Warum fragst du das?» Überrascht hob Adelina den Kopf.

Mira schnaubte. «Weil sie sonst selbst gesehen hätte, dass diese Papiere unwichtig sind. Sie ist eine merkwürdige Person.»

«Auch wenn du es noch oft wiederholst, Mira, wirst du daran nichts ändern.» Adelina schmunzelte. «Aber ich gebe dir recht, mir scheint, dass Christine van Dalen nicht den allerklügsten Kopf besitzt.»

«Wenn Ihr Euch da mal nicht täuscht», kam plötzlich von der Küchentür her die Stimme einer Frau. Adelina und Mira hoben erstaunt die Köpfe und sahen sich Beede Palm gegenüber. Die hochgewachsene, rothaarige Frau mit der ausladenden Hörnerhaube auf dem Kopf trat ein. «Verzeiht bitte mein Eindringen, Frau Adelina», sagte sie mit einem breiten Lächeln. «Eure Tochter war so freundlich, mich einzulassen.» Sie blickte über die Schulter, und erst jetzt bemerkten Mira und Adelina auch Griet, die verlegen in der Tür aufgetaucht war. Ihr Blick sagte deutlich, dass es ihr unangenehm war, der Frau erlaubt zu haben, sich ihren Weg durch das Haus allein zu suchen.

Adelina neigte leicht den Kopf und lächelte Griet zu, um ihr zu signalisieren, dass sie kein schlechtes Gewissen haben musste. «Kommt her, Frau Beede, und setzt Euch», forderte sie ihren neuen Gast auf. «Was führt Euch zu uns?»

Beede Palm setzte sich an das obere Ende des Tisches und faltete die Hände vor sich. «Ich bin spontan hereingekommen, nachdem ich gesehen habe, dass Christine van Dalen das Haus verließ. Sie war nicht nur in der Apotheke, um etwas zu kaufen, nicht wahr? Sie hat mit Euch gesprochen.»

Adelina nickte bestätigend. «Ja, das stimmt. Sie war hier, um mir etwas zu bringen.»

Beedes Blick war indes über den Tisch gewandert, ihrer Miene nach hatte sie bereits erkannt, worum es sich bei den Schriftstücken handelte.

«Sie hat angeboten, Euch bei der Aufklärung des Mordes an ihrem Gemahl zu helfen, nicht wahr? Sie glaubt nicht, dass Tilmann Greverode der Mörder ist.» Auf Adelinas überraschten Blick hin fuhr sie fort: «Christine und ich sind gute Freundinnen. Oder vielmehr waren wir es bisher. Doch in letzter Zeit hat sie sich ein wenig zurückgezogen. Warum, kann ich nicht sagen. Als ich sie am Tag nach dem Tod ihres Gemahls besucht habe, um ihr Trost zu spenden, schickte sie mich fort. Angeblich, weil sie zu beschäftigt war. Nun ja, das gehört nicht hierher.» Sie machte eine kurze Pause, bevor sie fortfuhr: «Ich mache mir Sorgen um Christine. Deshalb möchte ich gern wissen, worüber Ihr gesprochen habt. Vielleicht kann ich ihr oder Euch helfen.» Sie seufzte leise. «Eine Tragödie ist das. Clais van Dalen war ein guter Mann. Ein guter Hauptmann.» Sie zögerte kurz. «Ebenso wie Euer Bruder, Frau Adelina. Wie geht es ihm? Habt Ihr mit ihm gesprochen?»

Adelina schüttelte den Kopf. «Tilmann ist seit dem Mord an Clais van Dalen verschwunden, das müsstet Ihr doch wissen.»

«Ja, nun ...» Beede errötete leicht. «Ich dachte, weil er doch Euer Bruder ist ... Ich ging davon aus, dass Ihr wisst, wo er sich aufhält. Soweit ich gehört habe, beschäftigt Ihr Euch mit der Aufklärung dieser Angelegenheit.»

«Das scheint ja mittlerweile Stadtgespräch zu sein», stellte Mira mit kühler Stimme fest.

Wieder lächelte Beede verlegen. «Ja, nun, Ihr wisst doch, wie es ist. In Köln bleibt nichts lange ein Geheimnis, es sei denn, alle Bürger wünschen es. Abgesehen davon dürfte Euch bekannt sein, dass mein Evert einen Platz im Stadtrat innehat. Er ist über die Schritte des Gewaltrichters genau informiert, und dieser berichtete in einer der letzten Sitzungen, dass er mit Euch, Frau Adelina, gesprochen habe. Deshalb weiß ich auch, dass Ihr Euren Bruder ebenfalls für unschuldig haltet. Ich nehme an, zu dieser Meinung seid Ihr nicht nur gekommen, weil Ihr mit Tilmann Greverode blutsverwandt seid.»

«Nein, da habt Ihr recht, Frau Beede. Ich vermute vielmehr, dass mein Bruder und Clais van Dalen beide Opfer eines Anschlags wurden, den man auf sie verübt hat, weil sie irgendwelchen unrechtmäßigen Vorgängen auf der Spur waren.»

«Tatsächlich?» Beede wirkte erstaunt. «Welche Vorgänge meint Ihr?»

«Wenn wir das wüssten, wären wir der Aufklärung des Mordes wohl schon wesentlich näher», erwiderte Adelina. Sie hielt für einen Moment inne, dann fragte sie: «Was habt Ihr eben mit Eurer Aussage über Christine van Dalen gemeint? Glaubt Ihr, sie weiß mehr, als sie sagt, und verstellt sich nur? Und falls ja – wie kommt ihr darauf?»

Die Röte auf Beedes Wangen vertiefte sich noch ein wenig. «Verzeiht, wenn es so ausgesehen hat, als hätte ich gelauscht. Tatsächlich habe ich nur Eure letzten Worte mitbekommen. Ihr sagtet, dass Christine möglicherweise … na ja, nicht die Klügste sei. Mit dieser Annahme wäre ich vorsichtig. Christine van Dalen mag nicht über eine hohe Bildung verfügen, das tue ich im Übrigen ebenfalls nicht. Aber sie ist schlau. Und gerissen, sie hat sich Clais van Dalen geangelt, weil er eine gute Partie für sie war. Daran ist grundsätzlich nichts auszusetzen – versteht mich nicht falsch. Wie ich schon sagte, Christine war immer eine Freundin für mich. Aber durch diesen Umstand kenne ich sie eben auch recht gut. Wenn sie etwas tut, dann immer mit Kalkül. Was hat sie Euch denn über Clais erzählt?»

«Nicht viel.» Mira zuckte die Achseln, wollte schon fortfahren, doch Adelina warf ihr einen strengen Blick zu.

«Sie war gestern hier, um uns ihre Hilfe anzubieten. Heute hat sie mir einige Schriftstücke ihres verstorbenen Gemahls gebracht, wie Ihr seht.» Adelina deutete auf die verstreuten Pergamente auf dem Tisch. «Leider sieht es so aus, als würden uns diese nicht sonderlich weiterhelfen. Auch sagte sie, dass sie nicht viel über die Tätigkeiten ihres Gemahls wisse, weil sie sich nicht dafür interessierte. Das ist zwar schade, aber ich denke, dass sie …»

Beede lachte auf, schüttelte den Kopf. «Da seht Ihr, was ich meine. Christine soll sich für die Angelegenheiten ihres Mannes nicht interessiert haben? Das ist ja lachhaft! Sie hat sich ständig eingemischt. Vor allem in letzter Zeit, als sie herausfand, dass Clais einem Mitglied ihrer Familie hinterherspionierte.»

«Einem Mitglied ihrer Familie?», echote Mira verblüfft.

«O ja.» Beede nickte nachdrücklich. «Ich weiß zwar nicht, worum es genau ging, aber vor einer Weile erzählte sie mir voller Empörung, dass er irgendwelche Nachforschungen anstellte und dabei einem ihrer entfernten Vettern hinterherschnüffelte.» Sie zuckte lächelnd die Achseln. «Verzeiht diese Ausdrucksweise, aber genauso hat sie es mir erzählt.»

Adelina und Mira sahen einander kurz an, dann fragte Adelina: «Wisst Ihr, wer dieser Verwandte war?»

Beede nickte. «Aber ja, sein Name ist Ailff van Wesel. Ich weiß nicht genau, wie Christines verwandtschaftliche Beziehungen zu ihm sind, er ist immerhin ein Graf, aber sie war ziemlich außer sich. Als meine Magd einmal drüben bei ihr war – wir wohnen ja schräg gegenüber der van Dalens –, hat sie gehört, wie sich die beiden laut stritten. Christine muss Clais sogar gedroht haben, dass Ailff van Wesel sich an ihm rächen würde, wenn er es wagte, ihn zu verleumden.»

Wieder warf Adelina Mira einen kurzen Blick zu, diesmal warnend, denn sie fürchtete, ihre Gesellin könne etwas Unbedachtes erwidern.

Stattdessen antwortete sie selbst, und zwar so ruhig wie möglich. «Ihr behauptet also, Christine habe gewusst, dass Clais und Tilmann den Machenschaften des Grafen auf der Spur waren?»

«Den Machenschaften?» Beedes Miene drückte erneut Überraschung aus. «Dann stimmt es also? Hat sich der Graf etwas zuschulden kommen lassen?»

«Das wissen wir noch nicht genau», gab Adelina zu. «Aber es sieht fast so aus, denn wir haben mittlerweile Hinweise gesammelt, dass die beiden Hauptmänner den Grafen schon längere Zeit beobachteten. Er ist, wie Ihr vermutlich wisst, seit dem Frühjahr Edelbürger der Stadt Köln.»

Beede nickte, nun mit ernster Miene. «Natürlich weiß ich das. Ich war bei den Feierlichkeiten in der erzbischöflichen Burg dabei, da ich meinen Gemahl begleitet habe. Ein sehr schönes Bankett mit unzähligen ...» Sie winkte ab. «Aber lassen wir das. Ihr glaubt also, dass etwas mit dem Grafen nicht in Ordnung ist?» Sie kräuselte die Lippen, schüttelte den Kopf. «Mein Evert hat nie etwas darüber gesagt. Das ist seltsam, denn normalerweise erzählt er mir, wenn solche Dinge im Stadtrat besprochen werden.»

«Der Stadtrat war darüber nicht informiert», erklärte Adelina. Kaum hatte sie diese Worte ausgesprochen, fiel ihr ein, dass es vielleicht unklug war, so viel preiszugeben. Deshalb schränkte sie ein: «Zumindest glaube ich nicht, dass Clais oder Tilmann den Stadtrat bereits über ihre Nachforschungen in Kenntnis gesetzt hatten. Und auch wir sollten zunächst darüber schweigen, denn wir können nicht sicher sein, ob an den Verdächtigungen wirklich etwas Wahres ist. Ich möchte nicht, dass jemand – schon gar nicht ein Graf mit Macht und Einfluss – fälschlicherweise in Verruf gerät. Mir geht es darum, den Leumund meines Bruders wiederherzustellen. Ich glaube, dass er und Clais einer Intrige zum Opfer gefallen sind, und Clais hat dafür mit dem Leben bezahlt. Das deutet für mich darauf hin, dass sie tatsächlich einer größeren Sache auf der Spur waren. Aber ob es sich wirklich um Ailff van Wesel handelte oder etwas ganz anderes, ist bislang vollkommen unsicher. Ich möchte Euch deshalb bitten, Frau Beede, dass Ihr über dieses Gespräch Stillschweigen bewahrt. Zumindest noch für eine Weile.»

«Aber selbstverständlich.» Beede nickte. «Ihr könnt Euch auf mich verlassen. Glaubt Ihr, Hauptmann Greverode hält sich irgendwo versteckt?»

«Wir hoffen es», antwortete Mira an Adelinas Stelle. «Denn geflohen ist er ganz sicher nicht. Er ist ein Ehrenmann, das würde er nicht tun.»

«Ihr seid also sicher, dass er noch lebt?»

Adelina nickte, hob aber gleichzeitig die Schultern. «Wir können nur hoffen, dass es ihm gutgeht und wir bald herausfinden, was wirklich geschehen ist.»

Beede lächelte. «Dann bleibt mir wohl nur, Euch viel Glück bei Euren Nachforschungen zu wünschen. Falls ich Euch irgendwie helfen kann, dürft Ihr Euch gern an mich wenden. Allerdings wäre es mir lieb, wenn Ihr Christine nicht unbedingt auf die Nase binden würdet, was ich Euch über sie erzählt habe. Ich möchte sie nicht gegen mich aufbringen. Der Verlust des Ehemanns ist schon schlimm genug – vermutlich grämt sie sich, auch wenn sie es nach außen nicht zeigt. Bei nächster Gelegenheit werde ich sie noch einmal besuchen, und ich hoffe, ich kann ihr dann ein wenig Trost spenden.» Sie erhob sich. «Nun ist es für mich aber an der Zeit, nach Hause zu gehen. Es ist schon fast Mittag, ich sollte mich um das Essen kümmern.» Sie zögerte.

Adelina, die ebenfalls aufgestanden war, um ihren Gast hinauszubegleiten, musterte sie fragend. «Habt Ihr noch etwas auf dem Herzen, Frau Beede?»

«Ach nein, das ist es nicht. Mir ist nur gerade eingefallen, dass ich noch ein wenig von Eurer Wundsalbe benötige. Ihr wisst schon, die, die Ihr mir neulich verkauft hat. Habt Ihr davon noch etwas vorrätig?»

«Natürlich habe ich das.» Adelina bedeutete Beede mit einer Geste, ihr voran zur Apotheke zu gehen. «Geht es Eurem Knecht denn wieder besser? Ist seine Wunde gut verheilt?»

«Meinem Knecht?» Nachdem sie das kleine Hinterzimmer durchquert und dann die Apotheke betreten hatten, drehte sich Beede überrascht zu ihr um. «Ihr habt aber ein gutes Gedächtnis, Frau Adelina, dass Ihr Euch trotz Eurer vielen Kunden noch an diese Kleinigkeiten erinnert. Ja, ihm geht es bereits besser. Aber ich glaube, es wäre von Vorteil, wenn ich zukünftig immer einen Vorrat dieser Salbe im Hause habe.»

Adelina lächelte ihr zu. «Da habt Ihr nicht unrecht, Frau Beede. Solche kleinen Unfälle passieren im Haushalt doch des Öfteren. Wenn es nichts Schlimmeres ist als ein kleiner Schnitt, dann tut diese Salbe wirklich gute Dienste.»

Während sie sprach, griff sie bereits in das Regal hinter ihrem Verkaufstresen und entnahm ihm einen der Salbentigel, die sie dort ordentlich aufgereiht hatte. Sie reichte ihn Beede, nannte ihr den Preis, nahm dann eine Münze entgegen. «Benötigt Ihr sonst noch etwas?»

«Nein, vielen Dank.» Beede nickte ihr freundlich zu. «Ich verabschiede mich nun, Frau Adelina. Gebt mir Bescheid, wenn ich etwas für Euch tun kann.»

Sie trat an die Apothekentür, drückte die Klinke und hob dann erstaunt den Kopf. «Huch, es ist ja abgeschlossen!»

Verblüfft ging Adelina selbst zur Tür und drehte den Schlüssel im Schloss. «Na, so etwas!» Sie sah sich suchend um und bemerkte erst jetzt, dass sich Griet nicht im Apothekenraum befand. Wo sie sich wohl schon wieder herumtrieb? Adelina verabschiedete sich hastig von Beede Palm, schloss hinter ihr die Tür und rief nach ihrer Stieftochter. Als sie keine Antwort bekam, dafür aber Mira in der Apotheke erschien, stemmte sie verärgert die Hände in die Seiten.

«Mira, weißt du, wo sich Griet herumtreibt? Sie sollte doch auf die Apotheke aufpassen. Die Haustür war aber abgeschlossen, und Griet ist nicht da.»

«Nein, Meisterin.» Mira wirkte sichtlich überrascht. «Ich weiß nicht, wo sie ist. Eben war sie doch noch hier.»

Adelina runzelte die Stirn. «Das ist nun schon das zweite Mal, dass sie so spurlos verschwindet. Weißt du, ob sie irgendetwas auf dem Herzen hat?»

«Nein, Frau Adelina. Nicht dass ich wüsste. Mir hat sie jedenfalls nichts erzählt. Ich hatte auch nicht den Eindruck, dass etwas nicht mit ihr stimmt. Vielleicht ist sie nur zum Abort gegangen. Wenn ich das tue und niemand sonst hier ist, schließe ich auch die Haustür ab.»

Nachdenklich blickte Adelina vor sich hin. Das war natürlich eine Erklärung, doch dann müsste Griet allmählich wiederauftauchen.

«Kümmere dich um die Apotheke», bat sie. «Ich schaue mal, ob Griet draußen ist.»

Nachdem Mira ihren Platz hinter dem Verkaufstresen eingenommen hatte, verließ Adelina die Apotheke und machte sich auf die Suche nach ihrer Stieftochter.

«Griet, was tust du denn da?» Noch auf dem Weg zur Hintertür wäre Adelina beinahe mit dem Mädchen zusammengestoßen, als dieses durch die Tür zur Kellertreppe trat. In der Hand hielt

Griet einen leeren Leinenbeutel. Als sie Adelina sah, erschrak sie sichtlich.

«Mutter! Wo kommst du denn her? Ich hab dich gar nicht gehört.»

Adelina musterte Griet verärgert. «Hatte ich dir nicht aufgetragen, dich um die Apotheke zu kümmern? Warum bist du nicht dort? Und warum hast du die Haustür abgeschlossen?» Sie deutete auf den Beutel. «Was ist das?»

Griet wurde noch eine Spur blasser. «Nur ein leerer Beutel», antwortete sie. «Ich habe ihn ... aus dem Laboratorium mit heraufgebracht.»

«Und was hast du um diese Zeit dort unten zu suchen?»

«Nichts, Mutter. Ich war nur ... ich habe nach Hauptmann Greverode geschaut. Ludmilla ist ja heute Morgen noch einmal zu ihrer Hütte gegangen, und Franziska ist mit Katharina draußen. Deshalb habe ich ... ich meine, ich wollte nur sehen, ob es ihm gutgeht. Er schläft», setzte sie hastig hinzu.

«Hätte das nicht noch ein Weilchen warten können?», fragte Adelina, schon etwas milder. «Einfach die Apotheke abzuschließen war keine gute Idee. Was sollen denn unsere Kunden denken, wenn wir neuerdings ständig schließen? Wir wollen doch keinen Verdacht erwecken, oder? Du hättest nach Tilmann sehen können, sobald Frau Beede gegangen war.»

Griet zog den Kopf zwischen die Schultern und nickte betreten. «Ja, Mutter. Ich werde zukünftig daran denken. Tut mir leid. Ich wollte nur ...»

Adelina legte ihrer Stieftochter eine Hand auf die Schulter. «Ist schon gut, Griet. Nun geh wieder an deine Arbeit. Am Nachmittag müssen wir noch ein paar Arzneien ausliefern.»

«Ich weiß, Mutter. Die Wachstafel mit den Rezepturen liegt im Hinterzimmer. Wenn du willst, kann ich die einfachen Salben schon einmal vorbereiten.»

«Tu das, Kind.» Nachdenklich blickte Adelina ihrer Stieftochter nach, die beinahe schon übertrieben eifrig an ihre Arbeit zurückeilte. In Wahrheit leuchtete ihr Griets Erklärung nicht ganz ein. Normalerweise hielt sich das Mädchen von Tilmann fern. Auch nach über drei Jahren, in denen er immer mal wieder bei ihnen zu Besuch gewesen war und sich Adelinas Verhältnis zu ihm erheblich gebessert hatte, war Griets Scheu vor dem Hauptmann der Stadtsoldaten nicht gewichen. Vielleicht lag es daran, dass sie sich Männern gegenüber generell überaus vorsichtig und zurückhaltend verhielt. Sie war ein liebenswertes junges Mädchen, jedoch auch recht schüchtern und vorsichtig, wenn es darum ging, sich auf Menschen einzulassen. Adelina nahm an, dass sich dieser natürliche Charakterzug bei Griet noch verstärkt hatte, weil das Mädchen auf eine schlimme Vergangenheit zurückblickte. Neklas hatte seine Tochter vor Jahren – sie war gerade acht Jahre alt gewesen – von einer Reise in seine Heimatstadt Kortrijk mitgebracht. Ihre Mutter, eine ehemalige Schlupfhure und mittlerweile mit einem Schankwirt verheiratet, war verstorben. Griets Stiefvater hatte das Kind stark vernachlässigt, sogar an Freier verkauft. Das hatten Adelina und Neklas allerdings erst später herausgefunden. Mittlerweile, so glaubte Adelina, hatte Griet die schlimmen Erlebnisse weitgehend verarbeitet. Die Scheu vor Männern war jedoch geblieben, und das konnte Adelina nur zu gut verstehen. Für ein junges Mädchen war es generell nicht unangebracht, sich in Gegenwart von Männern zurückzuhalten. Umso seltsamer erschien ihr nun Griets Ausrede, sie habe nach Tilmann gesehen.

Innerlich seufzend machte sich Adelina nun ebenfalls wieder an ihre Arbeit. Sich den Kopf zu zerbrechen brachte nichts. Griet war fast 16 Jahre alt, in diesem Alter hatten Mädchen schon ihre kleinen Geheimnisse. Mira war da nicht anders gewesen. Und, so überlegte Adelina, daran hatte sich bei ihrer Gesellin bis heute nicht allzu viel geändert. Manchmal fragte sie sich, was wohl in Miras Kopf vorging. Mit ihren mittlerweile 19 Jahren war sie eine ansehnliche junge Frau geworden, und es war sicherlich nur noch eine Frage der Zeit, bis ihr Stiefvater sie verheiraten würde. Das hätte er vermutlich längst getan, wenn Adelina ihm nicht das Versprechen abgenommen hätte, Mira erst ihre Ausbildung zur Apothekerin abschließen zu lassen. Und nicht nur sie, sondern auch Tilmann hatte den Grafen von Raderberg dahingehend überredet. Nachdem sich Mira so vehement geweigert hatte, den Hauptmann der Stadtsoldaten zu ehelichen, hatte dieser ein gutes Wort für sie eingelegt. Ihr Stiefvater hätte sie ansonsten vermutlich sogleich dem nächsten Mann angeboten. Adelina war nicht wenig überrascht gewesen, dass Tilmann Mira diesen Gefallen tat. Mittlerweile glaubte sie zu wissen, was ihn dazu gebracht hatte. Es war seine Art des Dankes, da Mira einen nicht unbeträchtlichen Anteil daran gehabt hatte, Adelina aus den Fängen jenes wahnsinnigen Geistlichen zu befreien, der sie vor drei Jahren beinahe im Zuge seiner teuflischen Rituale ermordet hätte.

Tilmann hätte auch ganz anders auf Miras Ablehnung reagieren können. Er hatte den Heiratsvertrag mit ihrem Stiefvater bereits abgesprochen. Es wäre sein gutes Recht gewesen, darauf zu bestehen. Ein junges Mädchen hatte in dieser Hinsicht gemeinhin kein Mitspracherecht. Öffentlich hätte ihr Stiefvater sie natürlich nicht zu der Hochzeit zwingen können. Doch er hätte sie ganz sicher unter Druck gesetzt, seinen Wünschen zu entsprechen.

Im Hinblick auf Miras Temperament und ihr ausgesprochen loses Mundwerk war es allerdings eine gute Entscheidung von Tilmann gewesen, ihr ihren Willen zu lassen. Adelina mochte sich gar nicht vorstellen, was geschehen wäre, wenn die beiden tatsächlich geheiratet hätten. Um ihre Mundwinkel zuckte es bei diesem Gedanken. Die beiden hätten sich vermutlich schon in der Hochzeitsnacht gegenseitig die Köpfe eingeschlagen. Mira war einfach zu frech und vorlaut, Tilmann auf der anderen Seite stur und missbilligend. Allzu oft hatte er bereits Adelina gegenüber deutlich gemacht, wie sehr ihm widerspenstige Frauen gegen den Strich gingen. Sie konnte sich noch daran erinnern, dass er selbst zugegeben hatte, sein Seelen- und Hausfrieden sei ihm wichtiger als eine Ehe mit einem adeligen Mädchen, das sich ihm derartig widersetzte.

Seither waren die beiden einander aus dem Weg gegangen, soweit dies möglich gewesen war. Doch sobald sie aufeinandertrafen, flogen häufig schon nach Minuten die Fetzen. Wieder unterdrückte Adelina ein Schmunzeln, runzelte jedoch gleichzeitig nachdenklich die Stirn. Bei Lichte besehen kam es ihr ein wenig merkwürdig vor, dass sich Tilmann zwar immer wieder mit Mira anlegte – und dabei auch nicht selten in Zorn geriet –, doch sie niemals grob in die Schranken wies, wie man es bei seinem Temperament vielleicht erwarten konnte. Auch hatte er sich, soweit Adelina wusste, Miras Stiefvater gegenüber niemals über die junge Frau beschwert. Das hätte nämlich zur Folge haben können, dass der Graf von Raderberg seine Stieftochter für ihren Ungehorsam und ihre Frechheit bestrafte.

Adelina war dem Grafen bisher zwar nur selten begegnet, aber diese wenigen Zusammentreffen hatten ausgereicht, um ihr klarzumachen, dass dieser Mann auf den Willen einer Frau, speziell den seiner Stieftochter, nicht einen Pfifferling gab.

Während sich Adelina in der Apotheke daran begab, einige der komplizierteren Arzneien zuzubereiten, die sie am Nachmittag auszuliefern hatte, dachte sie weiter über Tilmann nach. Ihr selbst war er in der Anfangszeit ihrer Bekanntschaft äußerst unfreundlich begegnet. Nein, nicht unfreundlich, regelrecht garstig. Sie hatte den Eindruck gehabt, dass es ihm Freude bereitete, sie zu erniedrigen. Auch hatte er sie immer wieder für ihre Neugier gescholten und sich darüber aufgeregt, dass sie sich in die Angelegenheiten anderer Leute einmischte. Sie hatte ihm stets widersprochen, sich mit ihm gestritten. Wie oft, vermochte sie nicht mehr zu sagen. Auch heute noch gerieten sie häufig genug aneinander.

Seine frühere Gemeinheit ihr gegenüber hat er mittlerweile vollkommen abgelegt. Nachdem er ihr erzählt hatte, dass Sieglinde Merten auch seine Mutter gewesen war, hatte sich offenbar der in ihm aufgestaute Hass verflüchtigt. Noch immer trat er ihr oft missfällig gegenüber, jedoch war sie sich absolut sicher, dass er sich ihr gegenüber immer loyal verhalten würde. Das hatte er bei den Ereignissen vor drei Jahren schon bewiesen. Dass er nun in seiner Not bei ihr Zuflucht gesucht hatte, zeigte ihr, wie sehr er ihr vertraute.

Während Adelina nun die Zutaten für eine Lungenarznei im Mörser vermahlte, schlich sich ein ungeheuerlicher Gedanke in ihren Kopf. Gab es vielleicht einen Grund dafür, dass Tilmann so oft vorgab, zynisch und missbilligend auf sie alle herabzusehen? Seine Zornausbrüche glichen dem Brüllen eines Löwen und konnten eine wenig gefestigte Person durchaus umwehen. Doch weder Adelina noch Mira gaben ihm gegenüber gern klein bei. Selbstverständlich brachte ihn das noch mehr auf, doch was dann? Wirklich rabiat war er Adelina gegenüber noch nie geworden. Auch Mira gegenüber bestand immer die Gefahr, dass er sie zornig angriff, aber auch sie war bisher am Ende immer glimpflich davongekommen.

Adelina hielt in ihrer Arbeit inne. Je länger sie darüber nachdachte, desto stärker wurde der Verdacht, dass sie bei ihm bisher etwas übersehen oder vielmehr nicht in Betracht gezogen hatte, obgleich es doch so deutlich auf der Hand lag. Schon sein liebevoller Umgang mit den Kindern hätte sie darauf bringen müssen: Tilmann Greverode besaß ein weiches Herz.

Mit einem amüsierten Lächeln auf den Lippen beugte sich Adelina wieder über ihren Mörser. Es freute sie diebisch, diese Eigenschaft ihres Bruders endlich erkannt zu haben. Um des lieben Friedens willen, und weil sie wusste, dass es besser war, ihn sein Gesicht wahren zu lassen, würde sie diese Entdeckung natürlich für sich behalten – zumindest vorläufig.

13. KAPITEL

«Adelina, wir sollten in Erwägung ziehen, Georg Reese die Wahrheit zu sagen.» Neklas saß aufrecht im Bett, den Rücken gegen das schwere hölzerne Kopfteil gelehnt. Er beobachtete seine Frau, die sich aus ihrem Wollkleid schälte und dieses ordentlich an einen Haken neben der Tür hängte. Dann schnürte sie ihre Schuhe auf und zog sie aus. Sie wusch sich rasch an der kleinen Waschschüssel, die auf dem Tisch unter dem Fenster stand. Anschließend entledigte sie sich auch noch ihres Unterkleides und schlüpfte ins Bett. Auch Neklas ließ sich unter die Decke gleiten und zog Adelina an sich, um sie zu wärmen.

«Wir kommen mit unseren Nachforschungen nicht weiter, wenn wir nicht wenigstens einen Mitwissenden im Stadtrat haben. Von Gerlach Haich sollten wir uns vorerst fernhalten. Was ich über ihn bisher in Erfahrung bringen konnte, lässt mich befürchten, dass er mehr durch Protektion denn durch Klugheit zum Vogt ernannt wurde. Zwar war ich auch nie ein Freund von Bertolff Scherfgin, doch er verstand zumindest etwas von der Juristerei.»

Adelina knabberte nachdenklich an ihrer Unterlippe. «Ich muss morgen noch einmal versuchen, mit Reese zu sprechen. Er scheint sehr beschäftigt zu sein, deshalb hat er sich wohl nicht mehr bei uns sehen lassen. Glaubst du wirklich, wir können das Risiko eingehen, ihm zu verraten, dass Tilmann bei uns ist? Versteh mich nicht falsch, ich bin sicher, er würde uns schon der alten Freundschaft wegen nicht verraten. Aber damit würde er sein Amt aufs Spiel setzen. Können wir ihm das wirklich zumuten?»

«Ich weiß, was du meinst.» Neklas schwieg für einen Moment und streichelte scheinbar unbewusst immer wieder über Adelinas linke Schulter. «Reese ist aber der Einzige, der uns helfen kann. Er hat Zugang nicht nur zu den Ratsprotokollen, sondern auch zu allen Schriftstücken und Aufzeichnungen, die im Rathaus angefertigt werden. Auch ist er mit den Vorgängen dort vertraut und kann vermutlich am ehesten einschätzen, wer van Wesels mögliche Helfershelfer sind. Ohne seinen Rat werden wir vermutlich weiterhin im Dunkeln tappen.»

«Habt ihr denn wirklich gar nichts herausfinden können?» Verzagt lehnte Adelina ihren Kopf gegen seine Brust. «Ich verstehe das nicht. Jemand muss doch etwas wissen. Was ist zum Beispiel mit den beiden blonden Männern aus dem Zeughaus? Habt ihr sie den Soldaten beschrieben?»

«Natürlich. Jupp und ich haben heute mit etlichen Soldaten gesprochen, auch bei Tilmanns Männern waren wir noch einmal. Bislang ohne Erfolg. Niemand scheint etwas mit der Beschreibung dieser beiden Kerle anfangen zu können. Es wundert mich aber nicht. Wenn es sich um van Wesels Männer handelt, kann es sein, dass sie vorher noch niemals in der Stadt gewesen sind. Ganz zu schweigen davon, dass wir ja auch nur nach einem von beiden suchen können.»

Adelina hob den Kopf ein wenig. «Wohin mag die Leiche des anderen wohl verschwunden sein? Sie kann sich doch nicht in Luft aufgelöst haben.»

Neklas hob die Schultern. «Entweder haben sie ihn im Rhein versenkt oder irgendwo vor den Stadttoren verscharrt. Ich glaube nicht, dass wir von dem Mann noch einmal eine Spur entdecken werden.»

«Vorhin habe ich mir noch einmal die Papiere angesehen, die Christine van Dalen gebracht hat. Es war von ihr sicherlich gut gemeint, sie uns zur Verfügung zu stellen, aber meiner Ansicht nach sind sie vollkommen unnütz. Es finden sich darin keinerlei Hinweise, die darauf schließen lassen, was sich in der letzten Zeit zugetragen hat. Es sind auch keine Aufzeichnungen dabei, die uns Neuigkeiten über van Wesel oder seine Helfershelfer in der Stadt liefern könnten.»

«Das hätte mich, ehrlich gesagt, auch gewundert», antwortete Neklas. «Soweit wir von Tilmann gehört haben, sind die beiden ja äußerst vorsichtig vorgegangen. Da wäre es doch seltsam, hätte Clais irgendwelche Beweise offen herumliegen lassen.»

«Glaubst du, er hat sie irgendwo in seinem Haus versteckt?»

«Falls ja, dürfte es schwierig werden, daranzukommen. Natürlich können wir Frau Christine fragen, ob sie etwas über ein Geheimversteck weiß.»

Mit einem Seufzen stieß Adelina die Luft aus. «Ich fürchte, da werden wir nicht viel Glück haben.»

«Du meinst, weil sie nicht einmal gemerkt hat, dass die Briefe, die sie herbrachte, unwichtig sind?» Nachdenklich tippte sich Neklas mit dem Zeigefinger gegen die Unterlippe. «Mir will nicht aus dem Kopf gehen, was du über Beede Palm erzählt hast. Wenn es stimmt, was sie sagt, dann hat Frau Christine möglicherweise einen guten Grund gehabt, dir ausgerechnet diese Schriftstücke auszuhändigen.»

Adelinas Kopf ruckte hoch. Erschrocken starrte sie ihren Mann an. «Du meinst, sie könnte das mit Absicht getan haben?

Will sie uns womöglich auf eine falsche Fährte locken? Warum sollte sie das tun?»

«Eine gute Frage. Kann sie einen Grund haben, uns Informationen vorzuenthalten?»

Eine geraume Weile lang schwieg Adelina und dachte über diese ungeheuerliche Vermutung nach. Dann schüttelte sie den Kopf. «Das würde ja bedeuten, dass sie womöglich etwas mit dem Tod ihres Gemahls zu tun hat. Nein, das glaube ich nicht.»

«Hat Frau Beede nicht angedeutet, Christine van Dalen sei weitläufig mit Ailff van Wesel verwandt?» Wieder tippte Neklas gegen seine Unterlippe. «Vielleicht verbirgt sie auch nur etwas, um diesen Zweig ihrer Familie zu schützen. Wenn sie annimmt, dass Ailff van Wesel tatsächlich etwas mit dem Mord zu tun hat, steckt sie vermutlich in der Zwickmühle. Einerseits möchte sie den Tod ihres Mannes aufklären, andererseits fürchtet sie, damit ihrer eigenen Familie zu schaden.»

«Was für ein furchtbarer Gedanke», befand Adelina schaudernd. «Und wie sollen wir herausfinden, ob es sich tatsächlich so verhält?»

«Der einfachste Weg wäre wohl, sie zu fragen.» Neklas lächelte schmal. «Ich weiß allerdings nicht, ob das im Augenblick eine gute Idee ist. Meiner Meinung nach sollten wir zunächst den Gewaltrichter für uns gewinnen.»

Adelina unterdrückte ein Gähnen. «Vielleicht hast du recht. Diese ganze Angelegenheit scheint weitaus verzwickter zu sein, als sie auf den ersten Blick aussieht. Wir müssen morgen aber zuerst einmal Tilmann fragen. Schließlich dürfen wir nicht einfach jemandem – auch wenn es ein guter Freund ist – sein Versteck verraten, ohne dass er damit einverstanden ist.»

«Wir werden gleich morgen früh mit ihm darüber sprechen», versprach Neklas, beugte sich hinüber zu der kleinen Kommode neben dem Bett und löschte das Licht der Öllampe. Dann zog er Adelina fest in seine Arme.

Sie bettete ihren Kopf an seine Schulter und ließ ihre rechte Hand auf seinem Brustkorb ruhen. «Glaubst du, er wird uns erlauben, Reese einzuweihen?»

Neklas stieß einen amüsierten Laut aus. «Wenn ihn jemand davon überzeugen kann, dann ganz gewiss du, mein Schatz. Gegen dich ist er bisher noch selten angekommen.»

Überrascht drehte Adelina den Kopf etwas, um in seine Richtung zu schauen. Zwar konnte sie sein Gesicht in der Dunkelheit nur schemenhaft erkennen, dennoch meinte sie, ein Lächeln auf seinen Lippen zu sehen.

«Wie meinst du das?»

«So, wie ich es gesagt habe. Du hast das seltene Talent, so gut wie immer deinen Kopf durchzusetzen – auf die eine oder andere Art und Weise. Er kennt dich mittlerweile gut genug, um das zu wissen. Im Grunde war es wohl schon immer das, was ihn besonders gegen dich aufgebracht hat, denn in dieser Eigenschaft steht ihr einander in nichts nach. Das Problem ist, dass er offenbar zu großen Respekt vor dir hat, um sich gegen dich durchzusetzen. Anderen gegenüber empfindet er da wohl weniger Skrupel.»

«Skrupel?»

Neklas lachte leise. «Er hat dich gern, Lina. Weißt du das etwa nicht?»

Einen Moment lang war Adelina sprachlos. Neklas lachte erneut in sich hinein. «Ihr beide seid schon ein verrücktes Geschwisterpaar. Einer so stur wieder andere, und beide anscheinend vollkommen blind. Glaubst du, er würde sich von irgendjemand anderem, schon gar von einer Frau, auch nur annähernd so viel gefallen lassen wie von dir?» Er hielt kurz inne und räusperte sich. «Nun ja, mal abgesehen vielleicht von Mira.»

Adelina dachte über seine Worte nach. «Mit Mira ist er aber

nicht verwandt, Neklas. Warum also lässt er ihr ihre Grillen durchgehen?»

Sie spürte Neklas' Lippen auf ihrem Haar und wusste, dass er abermals lächelte. «Was glaubst du denn, Lina?»

Erneut drehte sie den Kopf in seine Richtung, diesmal sowohl verblüfft als auch leicht schockiert.

«Er hat sie damals freigegeben, als sie sich weigerte, seine Frau zu werden. Und seinen eigenen Worten nach war es das Beste, was er tun konnte.»

Nun lachte Neklas wieder herzlich. «Weißt du noch, was ich damals gesagt habe? Mir war sofort klar, dass in dieser Angelegenheit das letzte Wort noch nicht gesprochen ist. Ich kann mich zwar irren, halte es aber durchaus für möglich, dass er das Mädchen lediglich an die lange Leine gelegt hat, um zu sehen, ob sie von selbst zur Vernunft kommt.»

«Was soll das heißen – zur Vernunft kommt?» Irritiert setzte sich Adelina auf. «Mira kann ihn nicht ausstehen, unter diesen Umständen hätte kaum jemand mit Verstand eine Ehe der beiden befürwortet. Ich auch nicht.»

«Mir geht es ebenso, Lina, glaub mir. Andererseits wäre Tilmann für Mira eine gute Partie gewesen, auch wenn er nicht von adeliger Geburt ist. Denk einmal darüber nach. Welche Möglichkeiten hat sie als jüngste Tochter einer jüngeren Linie der von Raderbergs? Dem Kloster ist sie entkommen, weil ihre Mutter klug genug war, sie vor diesem Schicksal zu bewahren. Aber was soll aus ihr werden? Natürlich kann sie auf Lebzeit deine Gesellin bleiben, aber ob sie das wirklich will? Wenn sie aber nicht noch deutlicher unter ihrem Stand heiraten möchte, bleibt ihr nicht viel Auswahl.» Er hielt kurz inne, bevor er fortfuhr: «Das ist aber nur ein Teil dessen, was hier vermutlich vorgeht. Ich habe in letzter Zeit den Eindruck gewonnen, dass dein Bruder und Mira durchaus noch Gefallen aneinander finden könnten – wenn man ihnen die entsprechende Gelegenheit dazu bietet.»

«Wie bitte?» Adelina schnappte nach Luft. «Das ist doch wohl nicht dein Ernst! Gerade heute habe ich darüber nachgedacht, wie gut es ist, dass die beiden nicht in einer erzwungenen Ehe gefangen sind, weil sie sich gegenseitig die Köpfe einschlagen würden. Und jetzt willst du sie verkuppeln?»

«Von verkuppeln kann keine Rede sein, mein Schatz.» Das breite Grinsen auf Neklas' Gesicht war seinem Tonfall deutlich anzuhören. «Aber es sind schon ungewöhnlichere Dinge geschehen.»

«Nenn mir nur ein Beispiel!»

Neklas zog sie sanft, aber bestimmt wieder zu sich heran und küsste sie aufs Ohr. «Erinnerst du dich, wie sehr du dich anfangs gegen den Gedanken gesträubt hast, wir könnten zusammenpassen?»

Gegen dieses Argument kam Adelina beim besten Willen nicht an.

Sorgsam strich Adelina ihren wertvollen Zunftmantel glatt, bevor sie die Schreibstube Georg Reeses im Rathaus betrat. Sie war an diesem Morgen selbst noch einmal losgegangen, um sich nach dem Gewaltrichter zu erkundigen, und diesmal hatte sie Glück gehabt.

Bei ihrem Eintreten empfing er sie mit einem freundlichen Lächeln und bedeutete ihr, sich auf den gepolsterten Stuhl zu setzen, der seinem Pult gegenüberstand.

«Guten Morgen, Frau Adelina», grüßte er. «Verzeiht, dass ich noch nicht bei Euch vorbeigekommen bin, aber leider haben mich dringende Angelegenheiten davon abgehalten. Glücklicherweise haben sich in der Zwischenzeit neue aufschlussreiche Fakten in Bezug auf Euren Bruder aufgetan. Leider muss ich mich zusätzlich auch um alle übrigen laufenden Prozesse kümmern, und das sind nicht wenige, das kann ich Euch versichern.» Sein Lächeln erlosch. «Was Euren Bruder angeht, so fürchte ich, werden Euch meine Erkenntnisse nicht gefallen.»

Adelina merkte auf. «Schlechte Nachrichten?»

«Leider.»

Sie holte tief Luft. «Ich habe Euch auch etwas Wichtiges zu sagen, bin mir aber nicht sicher, ob ich –»

«Es scheint, dass sich Euer Bruder heimlich mit dem Grafen Ailff van Wesel gegen die Stadt Köln verbündet hat. Vielleicht ist Euch bekannt, dass der Graf vor einiger Zeit Edelbürger von Köln geworden ist. Dafür hat er der Stadt einige Zugeständnisse hinsichtlich des Zolls auf seinen Ländereien gemacht. Wie wir inzwischen von den Männern aus Clais van Dalens Gleven erfahren haben, war Clais offenbar einem Betrug des Grafen auf der Spur. Wie es scheint, holt sich der Graf einen Teil der eingebüßten Zolleinnahmen durch Überfälle auf Kölner Reisende zurück. Euer Bruder, Frau Adelina, hat sich laut Aussage einiger von van Dalens Männern bei dem Grafen verdingt. Es sieht aus, als habe van Dalen davon Wind bekommen und wollte dagegen vorgehen. Das würde erklären, warum Greverode ihn umgebracht –»

«Nein! Das ist nicht Euer Ernst!» Entgeistert starrte Adelina den Gewaltrichter an.

Reese verzog mitfühlend das Gesicht. «Es tut mir leid, Frau Adelina. Ich kann selbst kaum glauben, dass Greverode einen solchen Verrat begehen würde. Aber man hat ihn unter van Wesels Männern gesehen, sogar in des Grafen Anwesenheit. Die beiden schienen, so lauten meine Informationen, sehr vertraut miteinander umzugehen. Möglicherweise hat er –»

«Auf gar keinen Fall!», unterbrach Adelina ihn entschieden. «Tilmann hat Clais nicht umgebracht. Die beiden haben vielmehr gemeinsam Nachforschungen gegen den Grafen angestellt.»

Überrascht legte Reese den Kopf schräg. «So? Das ist mir neu. Woher wisst Ihr davon, Frau Adelina? Hat sich Euer Bruder inzwischen doch bei Euch gemeldet? Falls ja, sollte er sich umgehend mit mir oder dem Vogt in Verbindung setzen. Er ist nach wie vor der Einzige, der die Angelegenheit aufklären kann.»

Adelina öffnete den Mund, wollte ihm sagen, dass sich Tilmann die ganze Zeit in ihrem Keller aufgehalten hatte. Doch etwas ließ sie zögern. Sie schluckte.

«Wenn ich wüsste, wo er ist, und es Euch sagte ... würdet Ihr ihn dann nicht ins Gefängnis bringen lassen?»

«In die Kunivertstorburg», bestätigte Reese. «Anders kann ich nicht handeln, das müsst Ihr verstehen. Natürlich würde er umgehend die Gelegenheit erhalten, sich zu den Vorwürfen gegen ihn zu äußern. Stellt sich heraus, dass er unschuldig ist, würde er sofort freigelassen.»

«Aber sein Ruf wäre dahin.»

«Nicht unbedingt.»

Adelina verschränkte die Arme vor der Brust. «Ihr wisst selbst, wie schnell sich Gerüchte in Köln verbreiten. Eine Festnahme meines Bruders würde ihn einiges kosten.»

Reese seufzte und nickte dann zögernd. «Er würde die Gelegenheit bekommen, sich zu rehabilitieren. Frau Adelina, sagt mir bitte, wo er sich aufhält!»

Für einen langen Moment herrschte Schweigen zwischen ihnen.

«Ihr könntet Euch mitschuldig machen, wenn Ihr einen Mörder deckt.»

«Er ist kein Mörder!» Adelina erhob sich ruckartig und ging zur Tür. «Verzeiht, Herr Reese, aber ich kann Euch nicht weiterhelfen.»

«Könnt Ihr nicht oder wollt Ihr nicht?» Reese war ihr erstaunlich behände zur Tür gefolgt.

«Beides.» Grußlos verließ sie das Schreibzimmer und wenig später das Rathaus. Doch Reese blieb an ihrer Seite.

«Frau Adelina, seid vernünftig», redete er auf sie ein. «Ich kann ja verstehen, dass Ihr verärgert seid ...»

«Verärgert?» Abrupt blieb sie stehen. «Ihr glaubt, ich sei verärgert, weil schon wieder ein Mitglied meiner Familie des Mordes beschuldigt wird?»

Betreten senkte der Gewaltrichter den Kopf. «Es tut mir leid, wirklich. Leider liegen uns bislang nur belastende Aussagen gegen Greverode vor.»

«Wer sind die Männer, die ihn mit van Wesel gesehen haben wollen?»

«Veit Liesborn und Hartmann vom Winkel. Beide Berittene aus Clais van Dalens Gleven. Liesborn ist mit einer Cousine von Christine van Dalen verheiratet, und vom Winkel dient der Familie schon in zweiter Generation. Ihr seht also, dass beide Männer vollkommen vertrauenswürdig sind.»

Kurz presste Adelina die Lippen aufeinander. «Ich würde gern selbst mit ihnen sprechen.»

«Wozu soll das gut sein?»

«Es geht um meinen Bruder, Herr Reese!»

Der Gewaltrichter hob die Schultern. «Es steht Euch frei, die Männer aufzusuchen.» Er blickte sich um. «Seid Ihr allein hier? Soll ich Euch nach Hause begleiten?»

Überrascht sah sich nun auch Adelina um. «Nein, ich bin mit Magda hergekommen. Sie sollte hier vor dem Rathaus auf mich warten.»

«Ich kann sie nirgends entdecken.» Reese ließ seinen Blick über die Judengasse schweifen. An diesem Morgen herrschte wie immer reges Treiben. Handwerker, Mägde und Knechte waren mit ihren täglichen Verrichtungen beschäftigt. Kinder rannten schreiend und lachend umher. Hühner pickten in der von Fuhrwerken und unzähligen Füßen aufgewühlten Erde und stoben gackernd auseinander, wenn ihnen jemand zu nahe kam. «Vielleicht hat sie Bekannte getroffen und über einem Schwatz die Zeit vergessen?»

Skeptisch schüttelte Adelina den Kopf. «Das sähe ihr gar nicht ähnlich. Sie würde nicht einfach ... O mein Gott, Magda!» Adelina war, während sie sprach, ein paar Schritte Richtung Alter Markt gegangen. Zufällig war ihr Blick dabei auf einen finsteren Durchgang zwischen zwei Häusern gefallen. Dort kniete ihre Magd in gekrümmter Haltung und hielt sich den Kopf.

«Was ist dir geschehen?», rief Adelina und ging neben ihr in die Hocke. «Du bist ja verletzt! Wer war das?»

Magda hob vorsichtig den Kopf. An ihrer Schläfe war eine blutige Schramme zu erkennen, ein Auge war zugeschwollen, und ihr braunes Kleid war übersät mit Schlammflecken.

«Herrin, Gott sei Dank!», nuschelte sie. Dabei lief ihr ein Rinnsal Blut aus dem Mundwinkel. Ungelenk wischte die Magd es fort.

«Was ist hier geschehen?», fragte nun auch Reese alarmiert und beugte sich über die Frau. «Bist du überfallen worden?»

Magda versuchte aufzustehen, schien jedoch am ganzen Körper Schmerzen zu haben. Nur mit Adelinas und Reeses Hilfe schaffte sie es, schwerfällig auf die Füße zu kommen.

«Zwei Kerle», sagte sie mit zitternder Stimme. «Ich hab sie nicht kommen sehen. Der eine hat mir einen Stein an den Kopf geworfen und gesagt, ich verdiene es nicht besser, weil ich der Schwester eines Mörders diene.»

«O nein!» Entgeistert starrte Adelina sie an. «Das darf doch wohl nicht wahr sein.»

«Der andere hat mich geschlagen und gesagt, ich soll Euch ausrichten, dass man in Köln mit solchem Geschmeiß wie Euch und Eurem Bruder kurzen Prozess macht und dass sich Eure

Familie auf was gefasst machen kann. Verzeiht, Herrin.» Kläglich sah Magda auf ihre zitternden Hände hinab und verschränkte sie ineinander.

Adelina spürte Zorn in sich aufsteigen, riss sich aber zusammen.

«Schon gut, Magda. Du kannst ja nichts dafür.»

«Hast du die Gesichter der beiden erkannt?», hakte Reese nach. «Kannst du sie beschreiben?»

Magda nickte. «Den einen hab ich schon mal gesehen. Er ist Knecht beim Hauptmann van Dalen. So ein großer Kerl mit dunklem Haar und Bart. Der andere war mir fremd.»

Adelina hob erschrocken den Kopf. «Ein Knecht von Clais van Dalen?» Sie wandte sich an Reese. «Ich will, dass er dafür vor Gericht kommt.»

Reese nickte zustimmend. «Ich werde veranlassen, dass er zu dem Vorfall befragt wird. Wie sah der andere Mann aus?»

Magda taumelte etwas und hielt sich dankbar an Adelinas ausgestrecktem Arm fest. «Ebenfalls groß, dunkle Haare, Bart. Ein scheußlicher Kerl. Wüsste wirklich nicht, dass ich dem schon mal begegnet wäre. Er hatte ein hässliches rotes Mal auf der Stirn. Daran kann man ihn gut erkennen.»

«Wir finden ihn», grollte Reese. «Ich schicke einen Mann heraus, der Euch zur Apotheke begleitet, Frau Adelina.» Er ging ins Rathaus, und wenige Augenblicke später erschien ein junger, stämmiger Knecht.

«Frau Adelina, ich soll Euch und Eure Magd begleiten.»

Adelina nickte ihm dankbar zu. «Hilf Magda, ich glaube, sie kann nicht allein gehen.»

«Ist Magda wirklich sicher, dass es ein Knecht der van Dalens war?»

Nachdem Adelina Neklas und Jupp, den sie herübergerufen

hatte, von dem Überfall auf die Magd berichtet hatte, waren sie zum Haus der van Dalens in der Schildergasse aufgebrochen. Neklas hatte Adelina zwar gebeten, zu Hause zu bleiben, doch sie wollte selbst mit der Witwe des ermordeten Hauptmanns sprechen.

«Neklas, wie oft soll ich das noch wiederholen?», fauchte sie. «Wenn es stimmt, was Frau Beede gesagt hat, und sich Christine tatsächlich in die Nachforschungen ihres Mannes eingemischt hat, würde es mich nicht wundern, wenn sie auch hinter diesem hinterhältigen Anschlag steckt.»

«Aber was sollte sie sich davon versprechen?», fragte Jupp mit deutlichem Zweifel in der Stimme. «Ihr müsste doch klar sein, dass man den Überfall zu ihr zurückverfolgt. Damit macht sie sich doch erst recht verdächtig.»

Adelina hob ratlos die Schultern. «Ich weiß auch nicht, was sie sich dabei denkt. Sie hat uns ihre Hilfe angeboten und fällt uns nun in den Rücken?»

«Vielleicht hat sie sich erhofft, durch ihr Hilfsangebot leicht zu erfahren, was wir herausfinden», gab Neklas zu bedenken. «Der Überfall ihres Knechts muss damit gar nichts zu tun haben. Möglicherweise hat er aus eigenem Antrieb gehandelt.»

«Es ergibt trotzdem keinen Sinn», widersprach Jupp. «Glaubt ihr wirklich, sie hat etwas mit dem Tod ihres Mannes zu tun? Denn darauf laufen eure Verdächtigungen ja hinaus. Ich wäre vorsichtig. Christines Familie ist nicht ohne Einfluss in dieser Stadt. Wir ...» Er stockte und blieb stehen. «Na, sieh mal einer an!»

Auch Neklas und Adelina hielten inne und schauten in die Richtung, in die Jupp wies. Das Haus der van Dalens, ein weiß gekalktes, zweigeschossiges Gebäude mit angeschlossenen Stallungen, lag nur noch wenige Dutzend Schritte entfernt. Vor dem Eingang stand eine Sänfte, deren Träger sich auf den Stufen vor dem Haus niedergelassen hatten. Die Sänfte wurde deutlich sichtbar vom Hauszeichen einer bekannten Kaufmannsfamilie geschmückt.

«Herr Reese ist hier?», wunderte sich Adelina. Sie tauschte einen ungläubigen Blick mit Neklas. «Ob er sie befragen will?»

«Das werden wir gleich erfahren», antwortete Jupp grimmig.

14. KAPITEL

«Frau Adelina, Magister Burka!» Sichtlich überrascht begrüßte Christine van Dalen ihre Besucher. Den Baderchirurgen musterte sie argwöhnisch, offenbar war es ihr nicht recht, ihn in ihrem Haus empfangen zu müssen. Vermutlich war er ihr nicht angesehen genug.

«Es tut mir so leid! Natürlich kann ich mir denken, weshalb Ihr hier seid. Ich hoffe, Eurer Magd geht es nicht allzu schlecht?»

«Sie wird sich ein paar Tage ausruhen müssen», antwortete Adelina kühl. «Schließlich ist sie nicht mehr die Jüngste. Könnt Ihr mir verraten, was Euren Knecht dazu getrieben hat, sie zu überfallen und dadurch meine Familie zu beleidigen?»

«Meine liebe Frau Adelina, ich war sprachlos, als man mir davon berichtete!», rief Christine und es wirkte, als meine sie es ernst. «Erst wollte ich es gar nicht glauben, aber nun ... Es muss Harro gewesen sein. Er ist seit heute Morgen verschwunden. Ich hatte ihn auf einen Botengang geschickt, und von dort ist er nicht zurückgekehrt. Oh, verzeiht, ich vergaß ...» Sie führte ihre Besucher in die Wohnstube, wo sich bereits der Besitzer der Sänfte aufhielt. Er erhob sich bei ihrem Eintreten und nickte ihnen freundlich zu.

«Heinrich Reese?», stieß Adelina verblüfft hervor. Sie kannte den Vetter des Gewaltrichters, hatte ihn jedoch schon lange nicht mehr gesehen. Einst hatte er mit Neklas' Tante Feidgin angebandelt, als diese mit ihrer Schwester – Adelinas Schwiegermutter – in Köln zu Besuch gewesen war. Seit jener Zeit war auch er, ähnlich wie der Gewaltrichter, sichtlich gealtert. Sein Haar war ergraut, und um seine Augen und den Mund hatten sich Falten eingegraben. Dennoch war und blieb er ein gutaussehender Mann, dessen Ruf, was Tändeleien mit Frauen anging, ihm immer noch vorauseilte.

«Ich sehe, Ihr kennt Euch.» Christine lächelte erfreut. «Mein lieber Freund hat mich besucht, um mir beizustehen. Nicht wahr, Heinrich? Ich wüsste nicht, was ich ohne ihn tun sollte.» Überraschend vertraulich legte Christine ihm eine Hand auf den Arm. Der innige Blick, den die beiden austauschten, ließ Adelina befremdet aufmerken. Sie enthielt sich jedoch eines Kommentars.

«Entschuldige mich, meine Liebe», sagte Heinrich mit einem bedauernden Lächeln. «Die Geschäfte rufen, ich muss mich nun leider verabschieden.»

«Besuch mich bald wieder», sagte Christine, als er die Stube nach einem weiteren Nicken in die Runde verließ. Gleich darauf wandte sie sich wieder ihren Gästen zu. «Verzeiht ihm seine kurz angebundene Art. Er hat viel um die Ohren. Umso glücklicher bin ich, dass er sich die Zeit nimmt, sich um mich und meine Kinder zu kümmern.»

«Um noch einmal auf den Vorfall mit Eurem Knecht zurückzukommen ...», begann nun Neklas nach einem vernehmbaren Räuspern.

Adelina musterte ihn. Auch er hatte bemerkt, dass zwischen Christine van Dalen und Heinrich Reese mehr vorging als ein bloßer Freundschaftsbesuch.

«Natürlich, entschuldigt bitte.» Christine faltete die Hände, löste sie jedoch gleich wieder und wies auf den Tisch, der von zwei schweren Eichenbänken flankiert wurde. «Wollen wir uns nicht setzen? Ich lasse uns etwas zu trinken bringen.» Ehe jemand protestieren konnte, hatte sie eine Magd herbeigerufen und verlangte nach Bier und Wein. Nachdem sich alle gesetzt hatten, sprach sie weiter. «Ich kann nur noch einmal wiederholen, dass mir die Sache unendlich leidtut. Ich weiß nicht, was in Harro gefahren sein mag, dass er die arme Frau derart bedrängt und sogar misshandelt hat.»

«Er hat gedroht, dass auch meiner Familie dergleichen blüht, weil wir mit Tilmann Greverode verwandt sind», erklärte Neklas. Seine Stimme blieb zwar ruhig, doch der harte Unterton verriet, dass mit ihm in dieser Angelegenheit nicht zu spaßen war. «So etwas kann und werde ich nicht dulden.»

«Selbstverständlich nicht!», rief Christine erregt. «Es ist Euer gutes Recht, wütend zu ein, Herr Magister. Seid versichert, dass ich Harro bestrafen lassen werde, wenn er wiederauftaucht.»

«Welchen Grund kann er haben, uns zu bedrohen?», fragte Adelina. «Abgesehen von seiner Loyalität zu seinem verstorbenen Herrn, natürlich. Ich dachte allerdings, es sei klar, dass weder wir noch Ihr an Tilmanns Schuld glauben.»

«Das stimmt», beteuerte Christine. «Ich hätte nicht gedacht, dass sich jemand von meinem Gesinde zu solch einer unverfrorenen Tat hinreißen lassen würde. Wie gesagt, Harro wird dafür bestraft werden.»

«Es gibt noch etwas, weswegen ich mit Euch sprechen wollte», sagte Adelina. Sie spürte Neklas' verblüfften Blick auf sich ruhen. «Mir ist etwas zu Ohren gekommen, und es widerspricht dem, was Ihr mir über die Nachforschungen Eures Gemahls erzählt habt.» Adelina zuckte leicht zusammen, als Neklas' Fußspitze sie am Schienbein traf. Er hatte die Brauen zusammengezogen und schüttelte warnend den Kopf. Sie ignorierte ihn jedoch. «Ihr habt gesagt, dass Ihr Euch kaum für die Angelegenheiten Eures Gatten interessiertet.»

«Und?» An Christines Miene war nicht zu erkennen, ob sie ahnte, worauf Adelina hinauswollte.

«Inzwischen weiß ich, dass Ihr Euch sehr wohl eingemischt habt.»

«Ach ja?» Nun hatte sich doch eine leichte Schärfe in die Stimme der Witwe geschlichen.

«Ja.» Adelina nickte und ignorierte auch den zweiten Tritt ihres Mannes. Morgen würde sie einen hässlichen blauen Fleck am Schienbein haben. «Und zwar, weil er und Tilmann herausgefunden hatten, dass einer Eurer Verwandten möglicherweise einen Verrat gegen die Stadt Köln begeht.»

Christines Augen verengten sich zu Schlitzen. «Und wer soll das sein, wenn ich fragen darf?»

«Ailff van Wesel», antwortete Neklas an Adelinas Stelle. Sie hörte seiner Stimme an, dass er alles andere als erfreut über ihr direktes Vorgehen war. Er schien jedoch nun, da er nichts mehr daran ändern konnte, den Stier bei den Hörnern packen zu wollen. «Er ist doch mit Euch verwandt, oder nicht?»

Christine zögerte, nickte dann aber. «Und was soll das beweisen?»

«Wir haben gehört, und zwar aus sicherer Quelle, dass Ihr ... nun, sagen wir, nicht eben erfreut darüber wart, Euren Vetter im Zentrum von Nachforschungen zu sehen, die ihn als Verräter entlarven könnten.» Adelina musterte Clais' Witwe abwartend und herausfordernd zugleich.

«Und wer hat Euch das erzählt?», fragte Christine spitz. «Oh, lasst mich raten – vermutlich Beede Palm, dieses schwatzhafte Biest.» Sie schnaubte abfällig. «Und so etwas nennt sich Freundin.» Sie verschränkte die Hände auf dem Tisch. «Also gut, ich gebe es zu: Ich war wütend, als Clais mir erzählte, dass er irgendeiner Sache auf der Spur war, die mit Ailff zu tun hatte. Verrat, dass ich nicht lache, habe ich zu ihm gesagt. Und überhaupt, was geht es uns an? Aber er wollte Ailff tatsächlich mit allen Mitteln ans Messer liefern. Regelrecht verrannt hatte er sich darin. Dabei hat er gar nicht bedacht, welche Nachteile uns entstehen könnten, wenn ...» Sie stockte. «Ist nicht die Pflege guter Beziehungen zu solch hoher Verwandtschaft wie dem Grafen von Wesel wichtiger als irgendwelche Querelen und Klüngeleien im Stadtrat?»

«Nicht, wenn durch diese Klüngeleien Menschenleben in Gefahr sind», widersprach Jupp. «Soweit wir bisher in Erfahrung bringen konnten, weist alles darauf hin, dass Ailff van Wesel Räubertruppen auf Kölner Reisende angesetzt hat, die seine Ländereien durchqueren. Haltet Ihr das für rechtens?»

«Natürlich nicht, aber das sind doch bloß Spekulationen. Oder habt Ihr etwa Beweise?», erwiderte Christine schnippisch. «Ganz abgesehen davon, dass es keine Toten gegeben hat.»

«So, so, das zumindest wisst Ihr also», schnappte Adelina. «Warum habt Ihr mich belogen?»

«Ach was, belogen! Ich habe Euch lediglich nicht gleich alles erzählt», wiegelte Christine mit einer wegwerfenden Handbewegung ab. «Ich gebe zu, es gab ein paar häusliche Unstimmigkeiten, aber so etwas trage ich nicht gern nach außen, wie Ihr vielleicht verstehen könnt. Es geht niemanden etwas an.»

«Ihr seid Euch aber bewusst, in welches Licht Euch das rückt?», gab Neklas zu bedenken. «Ihr seid mit einem Mann verwandt, gegen den der Verdacht des Verrats besteht und gegen den Euer Gemahl Nachforschungen angestellt hat. Kurz darauf ist Euer Gemahl tot ...»

«Was wollt Ihr damit andeuten?» In Christines Augen trat ein zorniges Funkeln, ihre Stimme wurde so scharf wie eine Rasierklinge. «Hört zu, Magister Burka! Überlegt Euch gut, was Ihr sagt, denn Eure Anschuldigungen könnten Euch Kopf und Kragen kosten. Wollt Ihr wirklich andeuten, dass ich etwas mit dem Tod meines Mannes zu tun habe?»

«Nicht mein Gemahl behauptet das», mischte Adelina sich ein. «Sondern es wird auf jedermann so wirken, der davon erfährt.»

«Das ist lächerlich!» Nun hatte sich zu der Schärfe eine Spur Panik gesellt. «Ich lasse nicht zu, dass Ihr mich in meinem eigenen Haus derart beleidigt.» Christine erhob sich und riss die Tür auf. «Geht jetzt bitte. Und wagt es nicht noch einmal, derartige Anschuldigungen gegen mich auszusprechen, sonst ...»

«Sonst was?» Interessiert musterte Adelina sie.

«Das werdet Ihr schon merken.» Wütende Blicke trafen Adelina, Neklas und schließlich auch Jupp.

Bevor noch ein heftiger Streit entbrennen konnte, fasste Neklas Adelina bei den Schultern und führte sie mit Nachdruck aus der Stube. Erst als sie wieder auf der Straße standen, sagte er bedächtig: «Das war zwar nicht gerade klug, dafür aber sehr aufschlussreich.»

«Sie hat ihren Knecht nicht geschickt», fügte Jupp an.

«Nein, aber sie wird nicht zögern, ihre Drohung wahrzumachen», ergänzte Neklas. «Sollte sie mit ihrem Vetter im Bunde stehen, könnte sich das außerdem ungünstig auf unsere Nachforschungen auswirken.»

«Bisher hat sie aber keinen Kontakt zu ihm aufgenommen – zumindest glaube ich das nicht.» Adelina setzte sich langsam in Bewegung.

«Bis vor kurzem war ihr Mann auch noch am Leben», gab Jupp zu bedenken. Er kräuselte nachdenklich die Lippen. «Geht es nur mir so, oder sah es so aus, als suche sie sich bereits einen neuen Ehemann?»

Neklas räusperte sich. «Ausgerechnet Heinrich Reese?»

«Vielleicht spielt er mit ihr genauso wie mit Frau Feidgin damals. Verzeih, Neklas ...» Adelina hob die Schultern.

Er lächelte ihr beruhigend zu. «Was soll ich verzeihen? Du hast doch recht. Ich weiß nicht, was er vorhat. Vielleicht sollten wir das in Erfahrung bringen.»

«Ob wir noch einmal mit dem Gewaltrichter sprechen?» Adelina fühlte sich alles andere als wohl bei diesem Gedanken.

«Das werde ich übernehmen, und zwar am besten heute noch.» Ehe Adelina protestieren konnte, fügte er hinzu: «Rede du noch einmal mit Tilmann. Bisher hatte er noch keine Gelegenheit, sich zu den Vorwürfen zu äußern, die Reese gegen ihn vorgebracht hat. Oder vielmehr van Dalens Männer.»

Neklas musste sein Vorhaben aufschieben, denn am frühen Nachmittag fand sich überraschend eine Besucherin ein, die mit Adelina und Neklas zu sprechen wünschte. Beede Palm kam gleich und ohne Umschweife auf den Grund ihres neuerlichen Besuchs zu sprechen. «Verzeiht, wenn ich einfach hereingeschneit bin, Frau Adelina, Herr Magister» – sie lächelte dünn – «aber mir ist zu Ohren gekommen, dass es einen hässlichen Zwischenfall mit Eurer Magd gegeben hat.»

Adelina hob überrascht den Kopf. «Das scheint sich ja schnell herumgesprochen zu haben.»

«Aber ja, der Gewaltrichter erzählte es meinem Evert in der Ratsbesprechung heute Vormittag, und der berichtete es mir, als er vorhin nach Hause kam. Es tut mir sehr leid, Frau Adelina. Ich hoffe, der armen Frau geht es schon etwas besser?»

«Sie wird sich erholen», antwortete Neklas.

«Na, so ein Glück! Ich fürchtete schon ...» Was Beede fürchtete, sprach sie nicht aus, stattdessen fuhr sie fort: «War es tatsächlich Harro? Du lieber Himmel, er ist doch schon so lange in van

Dalens Diensten. Unerhört, ein solches Betragen. Ich hoffe, er wird ordentlich bestraft.»

«Das scheint schon jemand in die Hand genommen zu haben», kam unvermittelt eine Stimme von der Küchentür her. Verblüfft drehten sich alle zu Georg Reese um, der seinen Mantel ausschüttelte, da es zu regnen begonnen hatte. Rasch nahm Adelina ihm das Kleidungsstück ab und hängte es neben dem Ofen an einen Haken.

«Eure Gesellin hat mich eingelassen», erklärte er, «aber sie war mit einer Kundin beschäftigt und hat mich freundlicherweise gleich hier hereingeschickt.»

Adelina bot ihm einen Sitzplatz an. «Was meintet Ihr mit Euren Worten?»

Reese ließ sich am Ende der Bank nieder und faltete die Hände auf dem Tisch. «Wir haben die Büttel nach jenem Knecht der van Dalens ausgeschickt. Nach Harro – und auch nach dem Mann mit dem roten Mal im Gesicht», ergänzte er. «Letzteren haben sie vor einer guten Stunde gefunden.»

Neklas ließ sich ihm gegenüber nieder. «Eurem Tonfall nach ist das keine gute Nachricht.»

«So ist es.» Reese nickte. «Einer der Männer entdeckte ihn oben am Berlich, in einem finsteren Winkel zwischen zwei Häusern. Und auch das nur, weil ihn ein paar Gassenjungen aufmerksam gemacht hatten.» Er hielt kurz inne. «Jemand hat ihm den Schädel eingeschlagen. Das Mal auf seiner Stirn war aber gut erkennbar. «

Betroffenes Schweigen folgte seinen Worten. Adelina und Neklas wechselten besorgte Blicke. Diese entgingen dem Gewaltrichter offenbar nicht, wie seinen nächsten Worten zu entnehmen war. «Allmählich hege ich den Verdacht, dass hier mehr vorgeht, als ich zunächst angenommen habe. Natürlich weist nach wie vor alles auf Greverode, zumindest was den Mord an

Clais van Dalen angeht. Aber welchen Grund sollte er haben, einen fremden Mann zu töten?»

Adelina starrte ihn entgeistert an. «Ihr glaubt doch nicht im Ernst, dass Tilmann ...»

«Nein, wie ich eben zu erklären versuchte: Es ergibt keinen Sinn. Man könnte höchstens vermuten, dass er Euch schützen wollte, was bedeuten würde, dass er sich hier ganz in der Nähe aufhält und über die Geschehnisse des heutigen Tages Bescheid weiß.» Erwartungsvoll sah Reese Adelina an, doch sie schwieg.

Er seufzte. «Da ich ihn aber nach wie vor für einen Ehrenmann halte, kann ich mir nicht vorstellen, dass er nicht nur einen, sondern gleich zwei Morde verübt haben soll. Wenn ich aber von Eurer Theorie ausgehe, dass er schon mit van Dalens Tod nichts zu tun hatte, drängt sich mir der Verdacht auf, dass hier tatsächlich noch eine dritte Partei am Werke ist. Jemand, dem daran gelegen ist, Euch von Euren Nachforschungen abzuhalten.»

«Oder jemand, der Verwirrung stiften will», ergänzte Neklas nachdenklich.

«Wie schrecklich!», rief Beede betroffen und schlug die Hände vors Gesicht.

Reese sah sie kurz von der Seite an. «Beruhigt Euch, gute Frau! Wir tun wirklich alles, um die Sache aufzuklären.»

«Das glaube ich Euch gern.» Beede bemühte sich sichtlich um ein Lächeln. «Ich hoffe bloß ...»

«Was?» Neugierig musterte er sie nun etwas länger, woraufhin sie errötete.

«Ach nein, es steht mir nicht zu, mich einzu-»

«Frau Beede, bitte sprecht!», fuhr Adelina sie ungeduldiger als beabsichtigt an. Ihre Nerven hatten heute schon sehr gelitten. «Wir sind dankbar für jeden Hinweis.»

Beede tupfte sich mit dem Ärmel ihres Kleides über die Augen. «Also gut, aber ich möchte nicht, dass jemand glaubt, ich würde bösen Tratsch verbreiten.» Als sie in die erwartungsvollen Gesichter der Anwesenden blickte, seufzte sie. «Wirklich, es ist nur ein Gedanke, und ich will keinesfalls ...» Sie wandte sich an den Gewaltrichter. «Euer Vetter Heinrich und Christine van Dalen sind sehr ...» – sie schien nach Worten zu suchen – «nun, sehr eng befreundet.»

«Ach ja?» Reese hob überrascht den Kopf.

«Es geht mich im Grunde nichts an, aber man erzählt sich, dass sich die beiden schon seit längerem heimlich treffen ...» Die Röte auf ihren Wangen verstärkte sich. «Es ist mir wirklich unangenehm, dies auszuplaudern. Vor allem, da ich Christine immer als Freundin betrachtet habe. Aber nun, da diese Sache mit Harro geschehen ist ...»

Adelina räusperte sich vernehmlich. «Verzeiht, Herr Reese, aber leider muss ich diesen Verdacht bestätigen.»

Sein Kopf ruckte zu ihr herum. Sie hob die Schultern. «Wir waren vorhin bei Frau Christine und haben Euren Vetter dort angetroffen.» Sie zögerte, suchte Neklas' Blick, woraufhin dieser weitersprach.

«Dem vertrauten Umgang der beiden nach besteht zumindest eine sehr enge Freundschaft zwischen ihnen», ergänzte er vorsichtig.

Zu Adelinas Überraschung nickte Reese. «Das ist gut möglich. Allerdings hatte ich bisher immer den Eindruck, diese Freundschaft bezöge sich mehr auf Heinrich und Clais.»

«Sie erzählte uns, dass sich Euer Vetter seit Clais' Tod sehr um sie gekümmert habe.»

«Was wollt Ihr damit andeuten?» Auf Reeses Stirn erschien eine steile Falte. «Doch nicht etwa, dass Christine und Heinrich –»

«Wir wollen gar nichts andeuten», unterbrach Neklas ihn

rasch. «Wir stellen lediglich fest, dass Christine van Dalen nicht den Eindruck einer trauernden Witwe macht.»

«Und wie soll da der Überfall des Knechts ins Bild passen?» Ratlos und sichtlich verärgert blickte Reese in die Runde.

«Auf vielerlei Weise», antwortete Neklas. «Er könnte im schlimmsten Falle von Christine van Dalen beauftragt worden sein ...»

«O mein Gott!», stieß Beede erstickt hervor.

Neklas warf ihr einen prüfenden Blick zu. «Das wäre allerdings ein ziemlich plumper Versuch gewesen, uns zu drohen. Möglicherweise wurde er auch von jemand anderem beauftragt.»

«Jemandem», übernahm Adelina das Wort, «der uns davon abhalten will, noch mehr über die Vorgänge herauszubekommen, denen Clais und Tilmann auf der Spur waren. Und nachdem Harro und sein namenloser Freund ihren Auftrag ausgeführt hatten, hat Harro den anderen Mann aus dem Weg geräumt. Vielleicht gab es Streit, oder der andere wollte Harro verraten. «

Irritiert musterte Reese sie. «Ihr sprecht fast schon wie ein Inquisitor, Frau Adelina. Wie kommt Ihr nur auf solche Gedanken?»

Adelina lächelte bitter. «Wenn Ihr Euch vor Augen haltet, wie oft sich meine Familie bereits in Bedrängnis befunden hat und gegen ungerechtfertigte Anschuldigungen zur Wehr setzen musste, ist es wohl nur natürlich, dass ich auf diesem Gebiet einen gewissen Spürsinn entwickelt habe.»

«Ja, nun ...» Reese nickte sichtlich verlegen. «Ich will gar nicht abstreiten, dass Eure Kombinationsgabe schon oft geholfen hat, die Wahrheit ans Tageslicht zu bringen. In diesem Fall jedoch zögere ich, wie Ihr merkt, Euren Vermutungen zu folgen. Sie zielen darauf ab, dass Clais' Witwe möglicherweise etwas mit seinem Tod zu tun haben könnte. Ich verstehe durchaus, dass Ihr Euren Bruder mit allen Mitteln zu verteidigen wünscht, aber Ihr müsst auch begreifen, dass ich ohne handfeste Beweise nichts unternehmen werde. Schon gar nicht –»

«Da Euer Vetter möglicherweise beteiligt sein könnte?», unterbrach Beede ihn überraschend.

Reese schüttelte den Kopf. «Schon gar nicht, weil Christine van Dalen über einflussreiche Verwandte verfügt, die mich in der Luft zerreißen, wenn herauskommt, dass auch nur der Hauch eines Verdachts gegen sie gehegt wird.» Er löste seine Hände voneinander und begann, unruhig mit den Fingern der rechten Hand auf den Tisch zu trommeln. «Weshalb sollte Christine ihren Mann ermorden lassen?»

«Er war dahintergekommen, dass einer ihrer einflussreichen Verwandten möglicherweise einen Verrat gegen die Stadt Köln begeht», sagte Neklas ruhig, aber bestimmt.

Reese erstarrte. «Ailff van Wesel?»

«Ihr habt selbst gesagt, dass Ihr ihn verdächtigt», erinnerte Adelina ihn.

«Das ist richtig, aber ...»

«Christine van Dalen war mit Clais' Vorgehen gegen den Grafen alles andere als einverstanden, nicht wahr, Frau Beede?»

Sichtlich blass nickte Beede. «Sie haben darüber gestritten», bestätigte sie und tupfte erneut an ihren Augenwinkeln herum. «Verzeiht, Frau Adelina, aber ich glaube, ich werde mich jetzt lieber verabschieden. Mir ist nicht ganz wohl, und weiterhelfen kann ich Euch leider auch nicht.»

«Schon gut, Frau Beede.» Adelina geleitete die Frau zurück in die Apotheke, wo sie sich freundlich voneinander verabschiedeten. Kaum war Beede zur Tür hinaus, kehrte Adelina eiligst in die Küche zurück, ohne auf die noch anwesenden Kunden zu achten.

«Frau Christine hat uns bestätigt, dass sie und Clais Auseinandersetzungen wegen des Grafen hatten», sagte Neklas gerade, als sie durch die Tür trat. Nachdenklich tippte er sich gegen die

Lippen. «Allerdings ist das wiederum ein Punkt, der mich daran zweifeln lässt, ob sie wirklich selbst etwas mit dem Anschlag zu tun hat. Würde sie uns sonst von ihren Meinungsverschiedenheiten mit Clais erzählt haben?»

«Immerhin hat sie uns auch gedroht», gab Adelina zu bedenken. «Vielleicht hat sie dem Grafen davon berichtet, und er schickte daraufhin jemanden aus, der Clais und Tilmann überfallen sollte.»

«Euer Bruder wurde ebenfalls überfallen?» Reese legte aufmerksam den Kopf schräg.

Adelina biss sich auf die Unterlippe. «Ja, also ...»

«Wenn ich recht verstanden habe, verdächtigt Ihr Eurerseits Greverode, mit Ailff van Wesel im Bunde zu sein», mischte sich Neklas rasch ein.

Der Gewaltrichter löste seinen Blick von Adelina und nickte. «Leider ist es so, dass es Zeugen gibt, die ihn mit dem Grafen gesehen haben. So, wie es mir beschrieben wurde, muss es sich um ein heimliches Treffen gehandelt haben. Da van Dalen den Machenschaften des Grafen auf der Spur war, sieht es im Augenblick so aus, als habe er von dem heimlichen Bündnis erfahren und –»

«Den Teufel hat er!»

Beim Klang von Tilmanns Stimme fuhren alle Anwesenden erschrocken herum. Er stand in der Tür – leicht vornübergebeugt hielt er sich am Rahmen fest. Auf seiner Stirn standen Schweißperlen.

«Tilmann!» Adelina sprang auf und eilte zu ihm, um ihn zu stützen. «Was tust du denn hier? Du bist noch nicht kräftig genug, um –»

«Hauptmann Greverode, wie kommt Ihr denn hierher?», rief in diesem Moment Franziska. Sichtlich verblüfft tauchte sie hinter ihm auf. «Ich war doch nur kurz auf dem Abtritt ...»

«Franziska, geh rasch in die Apotheke und schließ die Tür ab, sobald Mira die letzten Kunden bedient hat», befahl Adelina hastig. «Sonst bekommt womöglich noch jemand mit, dass Tilmann hier ist.»

«Ja, Herrin, sofort.» Franziska machte auf dem Absatz kehrt und lief zur Apotheke.

Vorsichtig führte Adelina ihren Bruder zur Ofenbank. «Setz dich, aber langsam. Du hättest nicht aufstehen dürfen. Schau, wie schlecht es dir geht!»

«Hör schon auf», knurrte er. «Und sag mir nicht, wie ich mich fühle, das weiß ich selbst am besten.» Ächzend ließ er sich auf die Bank sinken, hielt sich aber so, dass die Wunden nicht zu stark in Mitleidenschaft gezogen wurden. Er trug eine leichte Hose, die Adelina ihm am Vortag gebracht hatte, für den Fall, dass er ein paar erste Schritte wagen wollte, und darüber ein weißes Hemd. Das schwarze Haar hing ihm offen auf die Schultern, der sprießende Bart wurde allmählich dichter und kontrastierte stark mit seiner blassen Gesichtsfarbe. Alles in allem wirkte er sehr elend. Adelina konnte den Anblick kaum ertragen.

«So, so, Hauptmann Greverode.» Reese erhob sich und trat auf Tilmann zu. Sinnierend blickte er auf ihn hinab, dann setzte er sich neben ihn. «Dachte ich mir doch, dass Ihr hier seid. Wo haltet Ihr Euch versteckt? Halt, nein, antwortet nicht darauf. Ich will es gar nicht wissen.» Er warf Adelina einen bedeutungsvollen Blick zu. «Wie ich sehe, seid Ihr nicht ganz auf der Höhe. Darf ich fragen, was Euch widerfahren ist?»

Tilmann hielt seinem forschenden Blick stand, ohne mit der Wimper zu zucken. «Ich wurde angegriffen – im Zeughaus. An jenem Abend, an dem man Clais ermordet hat. Mich sollte wohl das gleiche Schicksal ereilen. Ich konnte es nur mit Mühe verhindern.»

«So?»

«Es waren zwei Kerle, einen davon habe ich erledigt, der andere hat mich übel erwischt.» Tilmann hob das Hemd und ermöglichte dem Gewaltrichter einen Blick auf die verbundenen Wunden. «Viel hätte nicht gefehlt, und ich wäre Clais ins Jenseits gefolgt.»

Reese hob die Brauen, musterte die frischen Verbände, die Adelina und Franziska noch am frühen Morgen gewechselt hatten. «Messerstiche?»

«Ein Schwerthieb und ein Stoß mit meinem eigenen Dolch, wie ich leider zugeben muss», brummte Tilmann und ließ das Hemd wieder sinken.

«Ihr sagt, Ihr habt einen der Angreifer getötet?»

«So ist es.»

«Wir haben keine Leiche außer der von Clais van Dalen gefunden.»

«Man hat ihn fortgeschafft.» Tilmann zuckte die Achseln und verzog dabei das Gesicht.

«Wisst Ihr, wer die Männer waren?»

«Nein. Ich vermute, es waren Männer des Grafen van Wesel.»

«Müsstet Ihr die dann nicht kennen?» In Reeses Stimme hatte sich eine unüberhörbare Schärfe gemischt. «Da Ihr doch offenbar Umgang mit ihm gepflegt habt? Hat nicht van Dalen genau das entdeckt?»

Tilmann schnaubte verächtlich. «Wie ich eben schon sagte: Den Teufel hat er. Ich bin kein Verräter, Reese.» Dann blickte er zur Tür und sog zischend die Luft ein. «Was wollt Ihr denn hier?»

Mira war in die Küche getreten und starrte ihn mit einer Mischung aus Sorge und Verblüffung an. «Das wollte ich Euch gerade fragen, Hauptmann Greverode. Seid Ihr von allen guten Geistern verlassen? Wie seid Ihr allein hierhergekommen?»

Seine Miene umwölkte sich. «Noch haben mich nicht alle meine Kräfte verlassen, Jungfer Mira. Auch wenn Ihr zu glauben scheint, dass ich ein kranker Tattergreis bin. Aber selbst in diesem Zustand bin ich noch fähig, den einen oder anderen Feind in die Flucht zu schlagen, merkt Euch das.» Er musterte sie abschätzend. «Nur Euch scheine ich nicht loszuwerden. Habt Ihr nichts Sinnvolles zu tun?»

Mira funkelte ihn erbost an. «Nein. Oder vielmehr doch, denn sinnvoll erscheint es mir, mit anzuhören, was hier vorgeht. Ich habe versprochen, Euch zu helfen. Das geht aber nur, wenn ich weiß, welche neuen Erkenntnisse es gibt.»

«Ihr helft mir am besten, wenn Ihr verschwindet», fuhr er sie an. «Meine Angelegenheiten sind nichts für zartbesaitete Jungfern.»

«Wie bitte? Ich bin keine ...» Mira stockte. «Ihr wisst ja nicht, was Ihr redet. Zartbesaitet, dass ich nicht lache!»

Neklas räusperte sich laut und vernehmlich. «Wäret ihr beide wohl so gut, für eine Weile einen Waffenstillstand zu schließen? Ihr könnt Euch später wieder an die Kehle gehen.» Er wandte sich an Tilmann. «Nun sag uns, was es mit diesem heimlichen Treffen auf sich hat.»

«Das war kein heimliches Treffen.» Tilmann schoss noch einen letzten zornigen Blick auf Mira ab, dann drehte er sich wieder zu Reese um. «Ja, ich habe mich mit van Wesel getroffen. Früher schon, das werdet Ihr vermutlich auch schon wissen oder noch herausfinden. Ich stehe seit einigen Jahren mit ihm in geschäftlichen Beziehungen.»

Adelina hob den Kopf, sie glaubte, begriffen zu haben. «Hast du auch ihm Sicherheiten verkauft?»

«Wir hatten einen Vertrag», bestätigte Tilmann. «Genau genommen besteht er immer noch. Diesen Umstand habe ich mir zunutze gemacht, nachdem wir hinter seine Machenschaften gekommen waren. Ich habe versucht, näher an ihn heranzukommen. Wie sonst hätte ich an Informationen über seine

Männer gelangen sollen? Clais war über jeden meiner Schritte im Bilde, tatsächlich war es sogar seine Idee, mich bei van Wesel einzuschleusen.»

«Ein gewagtes Unterfangen», stellte Reese mit gerunzelter Stirn fest. «Wenn van Wesel Euch auf die Schliche gekommen wäre ...»

«Was er vermutlich ist.» Tilmann nickte. «Entweder hat er seine Männer nach uns ausgeschickt oder einen seiner Verbindungsleute im Stadtrat darauf angesetzt.»

«Verbindungsleute?» Reese merkte auf. «Ihr behauptet, er habe Helfer im Rat?»

«Die muss er haben. Anders sind die Vorgänge der letzten Zeit nicht erklärbar.» Tilmann machte eine ausholende Geste, verzog jedoch sogleich wieder das Gesicht und fluchte unterdrückt. «Ihr wisst doch sicher von den Unstimmigkeiten in den Abrechnungen des Zeughauses. Der Rentmeister selbst hat sie vor den Rat gebracht.»

«Es wurden Erklärungen dafür gefunden.»

«O ja, ebenso wie für den seltsamen Vorgang, dass Löhne der Söldner doppelt abgerechnet wurden.»

«Ihr glaubt, die Gelder seien an den Grafen geflossen?»

Tilmann nickte grimmig. «Entweder das, oder jemand dachte sich, das sei ein netter Ausgleich für die Mühen, die er sich für van Wesel macht. Zumindest ein Teil der verschwundenen oder angeblich falsch abgerechneten Waffen sind in des Grafen Besitz übergegangen. Damit hat er die Männer ausgestattet, die für die Raubüberfälle auf Kölner Kaufleute verantwortlich sind.»

«Könnt Ihr das beweisen?»

Tilmann nickte, schüttelte jedoch gleich darauf den Kopf. «Ich könnte es, wenn wir die Schriftstücke finden würden, die Clais am Abend seines Todes bei sich getragen haben müsste. Wir wollten sie gemeinsam noch einmal durchgehen und dann dem Rat vorlegen.»

«Es wurden bei Clais keine Schriftstücke gefunden.» Nachdenklich rieb sich Reese übers Kinn. «Ihr denkt also, dass die Mörder sie an sich gebracht haben.»

«Dessen bin ich sicher. Leider bedeutet es auch, dass diese Beweise verloren sind, denn wahrscheinlich wurden sie sofort vernichtet.»

«Welche Art Beweise waren das?»

Tilmann fuhr sich mit gespreizten Fingern durch die Haare. «Aufzeichnungen über die Männer des Grafen, die mit großer Wahrscheinlichkeit an den Überfällen auf Kölner Kaufleute beteiligt waren. Eine Kopie der Karte, auf der wir die Orte der Überfälle vermerkt haben. Zumindest hiervon existiert noch das Original. Es ist aber wenig nützlich ohne die übrigen Papiere, die wir gesammelt haben. Ich konnte Teile eines Briefwechsels an mich bringen, der zwischen dem Grafen und einem seiner Helfer hier in Köln hin und her gegangen ist.»

«Du hast die Briefe gestohlen?», rief Adelina erschrocken.

Tilmann warf ihr einen gleichmütigen Blick zu und fuhr fort: «Absender und Empfänger der Briefe sind nicht notiert, man könnte lediglich von der Schrift auf die Verfasser schließen. Allerdings geht es hier vorrangig darum, dass die Briefe den Verrat des Grafen an der Stadt Köln beweisen, nicht, wer ihm dabei geholfen hat. Letzteres ließe sich aber vermutlich mit wenig weiterem Aufwand herausfinden, wenn die Sache erst einmal vor den Rat oder vielmehr vor die Schöffen gebracht werden kann.»

«Ihr habt also diesbezüglich schon einen Verdacht?», hakte Reese nach.

Tilmann zögerte. «Ich kann jetzt nicht ja sagen, ohne eine Lawine von Ereignissen loszutreten, die der Sache zu diesem Zeitpunkt nicht förderlich wäre, Herr Gewaltrichter.»

Reese erhob sich und ging mit auf dem Rücken verschränkten Armen in der Küche auf und ab. «Was soll ich jetzt tun, Hauptmann Greverode?» Er blieb abrupt stehen und blickte Tilmann herausfordernd in die Augen. «Ihr wisst, dass ich Eure Anwesenheit hier im Hause dem Vogt melden müsste.»

«Das werdet Ihr aber nicht tun», erwiderte Tilmann ruhig.

«Ach nein?» Reese legte den Kopf schräg, dann lächelte er. «Ihr habt Glück, ein ehrenwerter Mann zu sein, Hauptmann. So sagt mir – wie stellt Ihr Euch unsere nächsten Schritte vor?»

«Streut im Stadtrat, dass es Hinweise auf einen Verrat von van Wesel gibt, denen Ihr nach einer anonymen Anzeige nun offiziell nachgehen werdet. Vielleicht rütteln wir damit jemanden auf.»

«Das klingt aber nicht sehr vielversprechend», wandte Adelina ein. «Im Gegenteil – warnen wir damit nicht die möglichen Beteiligten?»

«Ich vermute, dein Bruder hofft genau darauf», erwiderte Neklas bedächtig. «Mit ein bisschen Glück wird jemand nervös und macht einen Fehler.»

«Und falls nicht?» Adelina sah die Männer nacheinander zweifelnd an.

Tilmann zuckte die Achseln. «Dann stehen wir wieder ganz am Anfang, fürchte ich. Ohne die Beweise, die Clais und ich gesammelt haben, dürfte es schwierig werden, den Grafen anzuklagen. Und solange wir nicht wissen, wer für Clais' Tod verantwortlich ist, bleibt mir nichts anderes übrig, als mich bedeckt zu halten.» Er warf Reese einen bezeichnenden Blick zu, den dieser ernst erwiderte.

«Ihr bewegt Euch auf dünnem Eis», sagte der Gewaltrichter. «Und Ihr habt mich mit auf diese Gratwanderung genommen. Das kann uns alle in den Turm bringen.» Er wandte sich an Adelina. «Für eine Weile kann ich noch vorgeben, nichts von Greverodes Anwesenheit hier zu wissen. Um unserer alten Freundschaft willen werde ich Euch diesen Gefallen tun. Aber ich bin ganz ehrlich: Lange geht dieses Schattenspiel nicht gut. Besser wäre es, wir würden alsbald zumindest das Rätsel um Clais' Tod lösen.»

15. Kapitel

Nachdem sich Reese verabschiedet hatte, halfen Adelina und Neklas dem Hauptmann wieder hinab in den Keller. Adelina spürte, dass er geschwächter war, als er zugeben wollte, doch sie äußerte sich nicht dazu, weil sie wusste, wie sehr ihm seine Hilflosigkeit zu schaffen machte.

An der Luke zum Kellergelass kam ihnen Griet entgegen.

«Mutter, Vater!», rief sie erschrocken, bemühte sich dann aber sichtlich, eine gleichmütige Miene aufzusetzen. «Ich war ... ähm, gerade unten, um nach Ludmilla zu suchen. Aber sie ist noch nicht zurück, nicht wahr?»

«Offensichtlich nicht», antwortete Neklas. «Was wolltest du denn von ihr?»

Auf Griets Wangen erschien eine leichte Röte. «Ach, nichts Wichtiges. Ich wollte sie nur etwas fragen. Aber das kann ich auch noch ein andermal tun.» Sie huschte an ihnen vorbei zur Treppe. «Ich geh dann mal ... Mira in der Apotheke helfen.»

Adelina warf ihr einen irritierten Blick nach.

«Etwas stimmt mit dem Mädchen nicht», murmelte sie.

«Da hast du recht», bestätigte Tilmann zu ihrer Überraschung.

«Was meinst du damit?», fragte Neklas alarmiert.

Tilmann bedeutete ihm, dass er zuerst die Stiege hinabsteigen wollte. Als sie unten angekommen waren und er sich wieder auf sein Krankenlager begeben hatte, sprach er weiter: «Es geht mich zwar nichts an, aber kann es sein, dass die Kleine sich hin und wieder heimlich aus dem Haus schleicht?»

«Um Himmels willen, wie kommst du denn darauf?», rief Adelina erschrocken. «Warum sollte sie das tun?»

«Ein heimliches Stelldichein?», schlug Tilmann vor.

«Nein.» Adelina schüttelte heftig den Kopf. «Dazu ist sie viel zu jung ... und abgesehen davon würde sie so etwas nicht tun.»

«Sicher nicht?» Tilmann rutschte auf seiner Matratze hin und her, bis er eine bequeme Lage gefunden hatte. «Dann frage ich mich, weshalb sie heimlich hier hinabgeschlichen ist, nachdem ich zu euch gekommen war.»

«Sie hat *was* getan?» Ungläubig starrte Adelina ihn an.

«Sie ist in den Keller geschlichen. Und wenn mich mein Gehör nicht verlassen hat, klang es ganz so, als sei sie durch die Gänge davon», wiederholte Tilmann mit ernster Miene. «Vorgestern ist sie auch an mir vorbei, als sie dachte, ich schliefe.»

«Wohin ist sie denn gegangen?», hakte Neklas sofort nach.

«Das weiß ich nicht. Sie war eine knappe halbe Stunde verschwunden», erklärte Tilmann. «Ich hielt es in meiner lädierten Verfassung nicht für ratsam, ihr nachzugehen.»

«Ich muss sofort mit ihr reden», sagte Adelina erschüttert.

«Das werden wir gemeinsam tun», stimmte Neklas mit grimmiger Miene zu.

«Was werdet ihr gemeinsam tun?», fragte Ludmilla, die in diesem Moment aus dem Gang kam, der in Richtung des alten Beinhauses führte. Sie hatte sich inzwischen angewöhnt, diesen Weg zu nehmen, damit niemand sah, dass sie im Apothekenhaus ein- und ausging.

«Wir müssen mit Griet sprechen», antwortete Adelina erregt. «Tilmann sagt, sie habe sich schon mindestens zweimal davongeschlichen. Wenn sie die Geheimgänge benutzt hat, um das Haus zu verlassen, will ich wissen, wohin sie gegangen ist.»

«Ach herrje.» Ludmilla hüstelte. «Du solltest dir keine Gedanken machen, Adelina. Das Mädchen ist alt genug, um hin und wieder eigene Wege zu gehen.»

«Wie bitte?»

Ludmilla lachte krächzend. «Nun sag bloß, du bist als junges Mädchen nicht auch ab und zu der Obhut deiner Eltern entwischt.»

«Also das ...» Adelina errötete leicht.

«Ach?» Interessiert blickte Neklas sie von der Seite an.

Ludmilla legte ihm die Hand auf den Arm. «Macht euch keine Sorgen. Sie hat nichts Unrechtes getan.»

«Du wusstest davon?» Ungläubig blickte Adelina die alte Frau an.

Ludmilla zögerte kurz. «Sagen wir so: Sie hat mich ein-, zweimal um einen ... Rat gebeten.»

«Sie ist doch wohl nicht krank?», fragte Neklas besorgt.

«Ach was, davon kann keine Rede sein.» Ludmilla winkte ab. «Aber nun zu etwas anderem. Auf dem Weg durch die Stadt ist mir etwas zu Ohren gekommen, das Euch, Hauptmann Greverode, interessieren dürfte.»

«Und das wäre?» Tilmann hob den Kopf und brachte sich schließlich unter Ächzen wieder in eine sitzende Position. Sogleich war Adelina bei ihm und stopfte ihm das Kissen in den Rücken, so gut es ging.

Ludmilla stellte den Korb ab, den sie wie immer bei sich trug, und setzte sich auf den Hocker. «Mir ist eine der Mägde aus van Dalens Haushalt über den Weg gelaufen. Ich kenne sie, weil ich ihrer Schwester bei der Geburt eines Kindes geholfen habe. Dora heißt sie. Erst wollte ich sie ansprechen und ein bisschen ausfragen, aber sie schien es recht eilig zu haben. Sie verschwand in einer kleinen Winkelapotheke am Laurenzplatz, also wartete ich auf sie. Als sie wieder herauskam, trug sie ein Bündel bei sich, das ganz nach frischem Verbandszeug aussah.»

«Verbandszeug?» Adelina hob überrascht den Kopf. «Vielleicht ist jemand bei van Dalens verletzt?»

«Dann muss es sich aber um erhebliche Wunden handeln. Das Bündel war ausgesprochen groß.» Ludmilla deutete mit beiden Händen den Umfang des Pakets an. «Natürlich hat mich das neugierig gemacht, also bin ich ihr gefolgt. Sie ging auf geradem Wege nach Hause.»

Tilmann brummte vor sich hin. «Das kann alles und nichts zu bedeuten haben.»

«Vielleicht, aber ich bin mit meinem Bericht noch nicht am Ende.» Ludmilla warf ihm einen tadelnden Blick zu. «Dora hat die Verbände nämlich nicht etwa ins Haus gebracht, sondern in eine an den Stall angebaute Remise. Als sie wieder herauskam, bin ich reingeschlichen und habe mir das Bündel etwas genauer angesehen. Verbände kauft man ja nicht unbedingt bei einem Apotheker, nicht wahr? Und wie ich mir gedacht hatte, steckten in den Tüchern auch noch verschiedene Wundarzneien und Tinkturen. Genug, um damit mehr als nur einen Mann zu verarzten. Es sei denn, er wäre besonders schwer verletzt.»

«Besonders schwer?», echote Adelina mit hochgezogenen Brauen.

Ludmilla nickte nachdrücklich. «Ich weiß nicht, für wen die Arzneien gedacht sind, aber meiner Meinung nach kann es nicht gut um denjenigen stehen.»

Adelina und Tilmann sahen einander an. Sie schluckte. «Glaubst du, sie versorgen vielleicht den Mann, den du verletzt hast?»

«Das müsste herauszufinden sein», antwortete Ludmilla an seiner Stelle. «Ich habe euch ebenfalls ein paar frische Kräuter mitgebracht. Viel wächst allerdings nicht mehr, dazu ist es zu kalt. Aber an geschützten Stellen findet man immer noch etwas. Ich mache euch frische Umschläge, Herr Hauptmann. Nachdem die Maden ja nun fort sind, sollte darüber hinaus auch mehr Luft an die Wunden gelangen.» Sie musterte ihn eingehend, stand dann auf und schlug, ohne ihn zu fragen, sein Hemd hoch. Mit gerunzelter Stirn betrachtete sie die Verbände.

«Ziemlich verrutscht», murmelte sie. «Entweder habt Ihr außerordentlich unruhig gelegen oder …» Sie blickte ihm direkt in die Augen. «Ihr wart auf, nicht wahr?»

«Und?» Feindselig starrte er zurück.

Sie kicherte. «Nichts und. Es freut mich, dass Ihr wieder auf Euren Beinen stehen könnt. Nur übertreiben solltet Ihr es vorerst nicht.» Sie begann, sich an den Verbänden zu schaffen zu machen. «Wo war ich gerade? Ach ja, ich könnte mich ein wenig umhören und herauszufinden versuchen, wem die Verbände und Wundarzneien zugedacht sind. Mit ein wenig Glück erfahren wir auf diesem Weg, wer für Eure Blessuren verantwortlich ist.»

Tilmann stieß zischend die Luft aus, als sie den zweiten Verband löste. «Bedeutet das, ich bin dich für eine Weile los?»

Wieder kicherte die Alte und hob den Kopf, als auf der Stiege Schritte laut wurden. In ihre Augen trat ein schalkhaftes Funkeln. «Wenn Ihr Euch mal nicht bald nach meiner Gesellschaft zurücksehnen werdet.»

«Ihr könntet Euch wirklich ein bisschen dankbarer zeigen», fauchte Mira und drückte Tilmann nicht gerade sanft eine Schale mit süßem Hirsebrei in die Hände. «Kaum betrete ich den Raum, schnauzt Ihr mich an. Dabei tue ich doch nun wirklich nichts Unrechtes – im Gegenteil! Ich bemühe mich, Euch zu helfen, wo ich kann. Frau Adelina muss sich um die Apotheke kümmern, der Magister ist bei einem Krankenbesuch.» Sie hob die Schultern. «Ich habe angeboten, Euch Gesellschaft zu leisten, und dachte, dass Euch der Brei, den Franziska für Vitus gemacht hat, vielleicht auch schmeckt. Doch Ihr habt nichts Besseres zu tun, als Eure schlechte Laune an mir auszulassen.»

Genervt beobachtete er sie dabei, wie sie sich den Schemel heranzog, sich setzte und ihre eigene Essschale auf ihrem Schoß abstellte. «Ist Euch vielleicht schon einmal in den Sinn gekommen», erwiderte er gereizt, «dass ich Eure Hilfe gar nicht will?»

«Natürlich. Der große Hauptmann Greverode braucht ja keine Unterstützung, ich vergaß.» Sie schoss einen wütenden Blick auf ihn ab. «Allerdings frage ich mich dann, weshalb Ihr Euch nicht gleich irgendwo verkrochen habt, um zu krepieren, sondern Euch an Eure Schwester gewandt habt. Frau Adelina tut alles für Euch, aber sie führt eine Apotheke, sie hat kleine Kinder und einen Haushalt, der ihre Aufmerksamkeit verlangt. Auch der Magister kann sich nicht zerteilen. Als städtischer Medicus hat er immer eine Menge zu tun. Wie, wenn nicht mit weiterer tatkräftiger Hilfe, wollt Ihr jemals wieder aus dem Schlamassel herauskommen, in den Ihr Euch hineinkatapultiert habt?»

«Ich habe mich hineinkatapultiert?»

«Sicher, wer sonst?» Sie stach geradezu mit ihrem Löffel in den Brei und schob sich eine Portion in den Mund. Nachdem sie den Bissen hinuntergeschluckt hatte, sprach sie weiter. «Eure Nachforschungen haben doch wohl dazu geführt, dass man van Dalen ermordet hat – und Euch beinahe ebenfalls.»

Er musterte sie ernst. «Also seid Ihr der Ansicht, wir hätten uns heraushalten und die Augen vor dem Unrecht verschließen sollen, das Ailff van Wesel begangen hat?»

Mira hob den Kopf und erwiderte seinen Blick so überraschend offen, dass es ihm für einen Moment den Atem verschlug. «Nein, auf gar keinen Fall. Als Mann von Ehre dürft Ihr ihm seine Untaten nicht einfach durchgehen lassen. Ich sage nur, dass Eure Vorgehensweise Euch in die jetzige Bedrängnis gebracht hat – und dass Ihr ohne Hilfe nicht mehr herauskommt.»

«Ohne Eure Hilfe, meint Ihr?»

«Ohne unser aller Hilfe, Hauptmann Greverode.» Wieder tauchte sie ihren Löffel in den Hirsebrei. «Esst, der Brei schmeckt sehr gut.»

Ihm blieb nicht viel anderes übrig, als ihrem Rat zu folgen. Während er schweigend aß, beobachtete er die junge Apothekengesellin unauffällig aus dem Augenwinkel. Im Grunde hatte Mira recht, er musste dankbar sein, dass man ihn nicht nur aufgenommen hatte und pflegte, sondern darüber hinaus auch alle Mitglieder der Familie seiner Schwester ihr Bestes taten, seinen Namen reinzuwaschen. Mira reizte ihn jedoch mit ihrer offenen Frechheit, die sie seines Wissens nur ihm gegenüber so eifrig an den Tag legte. Hier ging es um einen unterschwelligen Machtkampf, den er, so musste er sich eingestehen, nicht gewinnen konnte. So vehement er auch darauf bestand, dass sich eine Frau dem Manne unterzuordnen habe und ihm nicht zuwider handeln dürfe, so genau wusste er auch, dass eine Mira von Raderberg diese beiden Tugenden niemals besitzen würde.

Er hatte im Grunde nichts gegen Frauen, die ihren eigenen Kopf besaßen, weil meist mehr darin steckte als Stroh. Dass Mira klug war, stand außer Frage. Darüber hinaus hatte sie Mut und ein großes Herz. Er schätzte sie mehr, als sie sich vermutlich vorstellte. Allerdings besaß sie auch mehr Stacheln als ein Igel, die sie in seiner Gegenwart allein aus reiner Gewohnheit aufstellte. Es war nicht einfach, sie aus ihrer Deckung hervorzulocken, und er war sich nicht sicher, wie er sich – sollte er es wirklich einmal schaffen – dann verhalten sollte.

Seine missliche Lage derzeit machte ihm in dieser Hinsicht zusätzlich einen Strich durch die Rechnung. Er hasste es, hilflos wie ein Kind auf das Wohlwollen anderer Leute angewiesen zu sein, auch wenn es sich um seine Familie handelte. Schwäche hatte es für ihn bisher noch niemals gegeben, er ertrug es nur schwer, sie ausgerechnet in Miras Gegenwart zeigen zu müssen. Er wollte ihr als vollwertiger, gesunder und starker Mann gegenübertreten.

«Mögt Ihr mir nun verraten, welches Mitglied des Stadtrats Ihr verdächtigt, van Wesel zu helfen, oder starrt Ihr mich lieber noch eine Weile so unhöflich an, Hauptmann Greverode?», zerschnitt Miras spöttische Stimme die Stille.

Irritiert riss er seinen Blick von ihr los, nicht ohne den rötlichen Hauch auf ihren Wangen und das ungewöhnlich heftige Heben und Senken ihrer Brust zu bemerken.

Seine eigene Reaktion auf diesen Anblick erschreckte ihn.

Verflucht. Ja, er musste verflucht sein.

Reiß dich zusammen, schalt sich Mira innerlich und bemühte sich, ihre Atmung wieder unter Kontrolle zu bringen. Der intensive und merkwürdig nachdenkliche Blick, mit dem Greverode sie angestarrt hatte, setzte ihr noch immer zu, obgleich er sich längst wieder seinem Teller gewidmet hatte. Unter gar keinen Umständen wollte sie ihm auch nur den geringsten Anlass zum Spott bieten. Lieber teilte sie selbst aus, damit war sie auf der sicheren Seite, so hoffte sie zumindest. Wenn sie jemals das Recht gehabt haben sollte, eine freundliche Reaktion auf ihre Person von Tilmann Greverode zu erhalten, so hatte sie es mittlerweile auf die unrühmlichste Weise verspielt. Das musste sie sich immer wieder vor Augen führen, damit sie nicht in Versuchung geriet, das Schild, das sie sich gegen ihn zugelegt hatte, auch nur für einen Moment sinken zu lassen. Sie verdiente seine Geringschätzung, auch wenn er nicht wusste, weshalb. Es auch nie erfahren durfte. Doch selbst wenn die Dummheit, die sie einst begangen hatte, ihr die Aussicht auf ein Leben genommen hatte, das ihr inzwischen weniger unangenehm als vielmehr erstrebenswert erschien – vermochte sie doch nicht den Mann, den sie abgewiesen hatte, seinem Schicksal zu überlassen. Auch wenn er nach wie vor nur schwer zu ertragen war. Seine ungnädige Art ihr gegenüber stellte ihre Geduld auf eine harte Probe. Nicht zum ersten Mal hatte sie den Eindruck, es bereite ihm Freude, sie zu provozieren. Sie wusste sich nicht anders zu helfen, als so oft wie möglich selbst den Köder für ein neues Gefecht auszuwerfen. Angriff, so glaubte sie, war gegen Tilmann Greverode die beste Verteidigung.

«Ich verdächtige den Rentmeister.»

Überrascht hob Mira den Kopf und blickte geradewegs in Greverodes Augen, die wachsam funkelten.

«Thönnes Overstolz? Ihr glaubt, er ist mit dem Grafen van Wesel im Bunde?»

«Er hat mir den Zugriff auf die Aufzeichnungen über die Waffen im Zeughaus entzogen und die eindeutigen Ungereimtheiten, die Clais und ich entdeckt haben, im Rat vom Tisch gewischt.»

«Könnt Ihr das beweisen?»

In seinen Blick trat wieder eine Spur des gewohnten Spotts.

«Nein. Was ich beweisen könnte, wenn diese verfluchten Papiere nicht verschwunden wären, ist etwas anderes.»

«Und zwar?» Gespannt sah sie ihn an.

«Thönnes' Schwager, Evert Palm, müsste derjenige sein, der die Briefe an van Wesel verfasst hat. Zumindest ähnelt seine Handschrift recht deutlich der auf den Nachrichten, die an den Grafen geschickt wurden.»

«Evert Palm, der Ratsherr?» Erschrocken sprang Mira auf und hätte dabei fast ihren Teller zu Boden geworfen. Rasch stellte sie ihn im Regal ab. «Seid Ihr sicher?»

«Ganz sicher kann ich nicht sein, solange ich Palm und Overstolz nicht damit konfrontiert habe. Und das geht nicht, da mir, wie gesagt, die Beweise fehlen», brummte er gereizt.

«Wusstet Ihr, dass Christine van Dalen gegen Eure Nachforschungen war?»

Er hielt inne und nickte dann. «Sie hat Clais die Hölle heißgemacht. Kein Wunder, denn immerhin ist sie mit dem Grafen verwandt – ebenso wie Ihr, Jungfer Mira.»

Erschrocken hob Mira den Kopf. «Nicht blutsverwandt!», rief sie. «Mein Stiefvater ist ein entfernter Cousin des Grafen.» Sie stockte und spürte, wie sie rot wurde. «Ihr glaubt doch hoffentlich nicht, dass ... Ich meine, die beiden sind zwar befreundet, aber ...»

«Ihr glaubt, ich verdächtige Euren Stiefvater?» Tilmann stellte den Teller neben der Matratze auf dem Boden ab. «Seid Ihr deshalb so empfindlich?»

«Ich bin empfindlich?»

«Ihr braucht Euch keine Sorgen zu machen. Arnold hat nichts mit dem Verrat zu tun. Im Gegenteil – er war es, der uns ursprünglich überhaupt auf die Machenschaften van Wesels hingewiesen hat.»

Verblüfft starrte Mira ihn an. «Ihr meint ... ich dachte ...»

«Mira, Euer Stiefvater ist nicht solch ein schlechter Kerl, wie Ihr glaubt.»

Sie errötete noch mehr. «Natürlich nicht.» Verlegen senkte sie den Blick. «Es ist nur ...»

«Ihr könnt ihn nicht ausstehen, ich weiß. Wenn man die Sache von Eurer Warte aus betrachtet, ist das durchaus nachvollziehbar.» Sie hörte an seiner Stimme, dass er zu lächeln schien, traute sich aber nicht, ihm ins Gesicht zu schauen. «Wenn man auch annehmen sollte, dass Euch in den Jahren, bevor Ihr von Adelina aufgenommen wurdet, mehr Demut eingebläut worden wäre. Ganz zu schweigen davon, dass Ihr einen Kopf besitzt, der nicht nur hübsch zum Ansehen ist, sondern den Ihr, wie ich sehr wohl weiß, auch zum Denken benutzt.»

Nun hob sie doch den Kopf wieder – zu überrascht war sie über seine Worte.

Seine Miene war ernst, aber freundlich. «Ihr seid dazu geboren und erzogen worden, entweder den Schleier zu nehmen oder durch eine Ehe eine für Eure Familie politisch sinnvolle Allianz zu schließen.»

«Das weiß ich», fauchte sie aggressiver, als sie vorgehabt hatte. Seine Worte brachten sie auf, nicht, weil sie von ihm kamen, sondern weil sie ihr schlechtes Gewissen spürte.

«Es war nicht leicht, Arnold davon zu überzeugen, Euch nicht den Hals umzudrehen, als Ihr Euch weigertet, mein Weib zu werden.»

«Warum habt Ihr es dennoch getan?» Die Frage war ihr herausgerutscht, noch bevor sie es verhindern konnte. Sie hatte sich das in den vergangenen drei Jahren schon oft gefragt.

Um Greverodes Mundwinkel zuckte es kurz, doch seine Miene blieb ernst. «Weil ich ungehobelter Greis keinen Sinn darin sah, mit einem aufmüpfigen Weib, wie Ihr es seid, meinen Hausfrieden zu stören.»

Mira wusste nicht, was sie sagen sollte.

«Abgesehen davon liegt mir nichts daran, eine Frau zu zwingen, mir zu Willen zu sein.» Sein Blick bohrte sich in den ihren. «Mag sein, dass Euer Stiefvater in dieser Hinsicht weniger Skrupel hat. Wenn ich mich recht entsinne, hat er Euch unter Androhung von Gewalt zu zwingen versucht, Euer Einverständnis zu geben.»

Beklommen nickte sie.

«Ich habe ihm zu verstehen gegeben, dass eine Ehe, die auf solch einer Basis geschlossen wird, kaum einen guten Verlauf nehmen wird.»

«Aber ...»

«Ihr habt geglaubt, ich wolle um jeden Preis eine Frau von Adel ehelichen. Natürlich lag eine solche Verbindung in meiner Absicht, weil sie meine Stellung hier in Köln gefestigt hätte. Aber im Unterschied zu Arnold halte ich Zwang in bestimmten Situationen für das denkbar ungeeignetste Mittel, ein Ziel zu erreichen. Vor allem bei einer Frau, von der man befürchten muss, dass sie einem aus Hass eines Nachts im Schlaf ein Messer zwischen die Rippen jagt.»

«Wie bitte?»

Nun lächelte er sie zum ersten Mal offen an. Der milde Spott in seinem Blick verursachte Mira unversehens eine Gänsehaut. «Glaubt nicht, dass ich Euch unterschätze, edle Jungfer. Das Zusammenleben mit Euch dürfte dem Ritt auf einem Pulverfass ähneln. Mag sein, dass ich um einige Jahre älter bin als Ihr, Mira, aber deshalb bin ich noch lange nicht lebensmüde.»

Für einen langen Moment erwiderte sie seinen intensiven Blick, obgleich das einen heftigen Aufruhr in ihr auslöste.

«Ich hasse Euch nicht. – Nicht mehr.»

«Das freut mich zu hören.» Das Lächeln auf seinen Lippen vertiefte sich.

Fahrig knetete sie ihren Rock. «Ich hätte Euch niemals einen Greis nennen dürfen, dafür entschuldige ich mich.» Sie atmete tief durch. «Aber das andere nehme ich nicht zurück.»

«Das andere?» Fragend hob er die Augenbrauen.

«Ihr seid mir nie anders als ungehobelt begegnet, Hauptmann Greverode. Deshalb sehe ich keinen Anlass, meine diesbezügliche Einschätzung Eures Charakters zu ändern.»

«Ihr würdet sie aber ändern, wenn ich Euch freundlicher begegnete?» Gespannt musterte er sie.

Mira erkannte die Falle sofort. Bewusst langsam verschränkte sie die Arme vor dem Leib und bemühte sich, ihrer Stimme einen kühlen, gleichmütigen Klang zu geben.

«Ihr wollt mich doch nicht enttäuschen, Hauptmann Greverode? Ich hatte mich gerade an Euer liebliches Wesen gewöhnt. Zerstört jetzt nicht alles, indem Ihr in einem Anflug geistiger Umnachtung weich werdet.»

Greverode starrte sie einen Moment lang sprachlos an, dann lachte er unvermittelt schallend auf. Ächzend hielt er eine Hand gegen die Wunde an seiner Seite gepresst, konnte seinen Heiterkeitsausbruch jedoch kaum bremsen.

Mira musste sehr an sich halten, ernst zu bleiben. Dass dieser Mann lachte, war extrem selten, aber wenn er es tat, wirkte es einfach ansteckend. Schließlich erlaubte sie sich zumindest ein Lächeln.

«Sollen wir uns jetzt nicht allmählich wieder den dringlichen Themen zuwenden?»

Greverode rang nach Atem und wischte sich eine Lachträne aus dem Augenwinkel. «Das sollten wir, edle Jungfer, das sollten wir in der Tat.»

16. Kapitel

Adelina wusste, dass es alles andere als höflich war, ein fremdes Gespräch zu belauschen, aber sie hatte ihren Bruder und Mira auch nicht unterbrechen wollen. Natürlich war da auch dieses gemeine Zwicken der Neugier – seit ihrem Gespräch mit Neklas fragte sie sich, ob in ihrem Hause tatsächlich Dinge vorgingen, die sich bislang ihrer Kenntnis entzogen hatten. Nun war sie sich dessen vollkommen sicher.

Absichtlich geräuschvoll stieg sie die Stufen in das Kellergelass hinab und tat, als habe sie das Geplänkel zwischen den beiden nicht mitbekommen.

«Tilmann, wir müssen uns unterhalten», beschied sie ihm. «Warum hast du uns nicht gleich gesagt, dass du dich heimlich unter van Wesels Männer gemischt hast?»

Als Tilmann seine Schwester erblickte, wurde seine Miene wurde unvermittelt ernst.

«Ach, Adelina.» Er griff nach dem Trinkbecher, der neben seinem Lager am Boden stand, und fand ihn leer. Ehe er etwas sagen konnte, hatte Mira das Gefäß bereits an sich genommen und mit frischem Wein gefüllt.

Schweigend hielt sie ihm das Getränk hin, mit einem knappen Nicken nahm er es entgegen. «Ich hatte noch keine Gelegenheit, euch jeden unserer Schritte in dieser Angelegenheit darzulegen. Möglicherweise habe ich auch gezögert, alles preiszugeben, weil ich nicht wusste, wem ich vertrauen kann und wem nicht.»

Adelina erstarrte. «Mir – uns hier im Hause – kannst du vertrauen. Ich dachte, das wüsstest du.»

Er seufzte, nun wieder leicht gereizt. «Hör zu, Adelina, ich liege hier mit zwei Löchern im Leib, die mich beinahe das Leben gekostet hätten. Da ist es wohl nur verständlich, wenn ich mit dem, was ich äußere, vorsichtig bin.» Ehe sie etwas darauf erwidern konnte, hob er beschwichtigend beide Hände. «Ich will mich nicht mit dir anlegen, Schwester. *Eine* Konfrontation mit einem kratzbürstigen Weib sollte für den Tag ausreichen.» Er warf Mira einen kurzen Seitenblick zu. Sie gab einen zischenden Laut von sich, erwiderte jedoch nichts.

Adelina musterte die beiden eingehend, entschied sich jedoch, nicht weiter darauf einzugehen. Stattdessen wandte sie sich an ihre Gesellin. «Habt Ihr schon über Frau Christine gesprochen?»

«Sie hat sich aufgeregt, als Clais und ich anfingen, van Wesel und seine Machenschaften auszukundschaften», antwortete Tilmann, noch bevor Mira Luft holen konnte.

Adelina nickte ihm ernst zu. «Hältst du es für möglich, dass sie etwas mit den Anschlägen auf dich und Clais zu tun hat?»

«Christine?» Tilmanns Augen weiteten sich. Ungläubig starrte er sie an. «Wie kommst du denn darauf?

«Ludmilla sagt, sie habe eine von Christines Mägden dabei beobachtet, wie sie Verbandmaterial und Wundarzneien in großer Menge besorgt hat.» Abwartend musterte sie ihn.

Er runzelte sichtlich irritiert die Stirn. «Christine van Dalen ist keine Verräterin. Wundarzneien, sagst du?»

«So hat es uns Ludmilla berichtet.»

«Das kann ich nicht glauben.»

«Nach allem, was uns Beede Palm über Frau Christine erzählt hat», setzte Mira an, doch er unterbrach sie sogleich.

«Beede Palm? Was hat sie mit der ganzen Angelegenheit zu tun?»

«Nun, zunächst einmal ist sie die Gemahlin eines Verdächtigen», erklärte Adelina. «Das wussten wir freilich noch nicht, als sie uns aufgesucht hat.»

«Beede war hier im Haus?» Er verzog das Gesicht.

Adelina legte den Kopf schräg. «Warum überrascht dich das so?»

Tilmann winkte ab. «Es überrascht mich weniger als es mich ärgert. Beede Palm ist ein dummes Huhn.»

Plötzlich erinnerte sich Adelina an etwas, das er vor einiger Zeit gesagt hatte. «Wart ihr nicht einst verlobt?»

«Gott behüte!» Er stieß ein verächtliches Schnauben aus. «Aber ihre Familie, besonders ihr Bruder Thönnes, wollte, dass ich sie heirate.»

«Doch du wolltest nicht?»

«Auf keinen Fall. Es gibt nämlich etwas, das noch schlimmer ist als ein aufmüpfiges Weib» – er warf Mira einen bezeichnenden Seitenblick zu – «und zwar ein strohdummes.»

Mira erwiderte seinen Blick halb überrascht, halb amüsiert. Adelina zog die Stirn kraus. «So furchtbar dumm kam sie mir aber nicht vor. Ein bisschen weltfremd vielleicht.»

«Möglicherweise hat sie mit den Jahren gelernt, es besser zu verbergen», knurrte er.

«Ihr seid der erste Mann, der mir beggenet – nun ja, mal abgesehen von Magister Burka und vielleicht noch Meister Jupp –, der behauptet, eine kluge Frau sei ihm lieber als eine dumme», kam es etwas gepresst von Mira. «Im Allgemeinen hört man immer das Gegenteil.»

Adelina musterte sie überrascht, konnte sich ein Schmunzeln jedoch nicht verkneifen. Ihr waren gerade ähnliche Gedanken durch den Kopf gegangen. Erwartungsvoll blickte sie zu ihrem Bruder.

Tilmann winkte ab. «Es wird viel geredet, wenn der Tag lang ist. Aber glaubt mir, ich kenne nicht einen klugen Mann, der sich mit Absicht eine dumme Frau nehmen würde.» Er hielt kurz inne und lächelte dann leicht. «Obgleich auch ein scharfer Verstand zuweilen eine Last sein kann – nicht wahr, Schwester?», fuhr er fort und zwinkerte Adelina zu. «Ich habe jedenfalls bei Beede dankend abgewunken, und das nimmt mir Thönnes noch heute krumm.»

«Krumm genug, um Euch Schaden zufügen zu wollen?», fragte Mira.

«Schwer zu sagen. Wir waren auch vorher nicht die besten Freunde.»

«Weshalb wollte er dann, dass du seine Schwester heiratest? Und warum sollte er dir und noch dazu Clais etwas antun wollen? Frau Beede hat doch immerhin einen sehr angesehenen

Gatten gefunden. Evert Palm ist Kaufmann und Ratsherr. Was will Beede mehr?»

«Den edlen Recken hoch zu Ross.» Tilmanns Stimme troff vor Spott.

Adelina und Mira starrten ihn beide verblüfft an.

Achselzuckend winkte er ab. «Die Flausen eines jungen Mädchens, mehr nicht.»

«Wollt Ihr damit sagen, Beede hatte sich Euch in den Kopf gesetzt und ihr Bruder hat sie dabei noch unterstützt?» Mira schüttelte ungläubig den Kopf.

Tilmann grinste. «Irritierend, nicht wahr? Aber ich sagte ja schon, dass Beede nicht die Hellste ist. Dafür war sie allerdings ein liebreizendes Ding mit der Gabe, beinahe jeden Mann durch ein paar Wimpernschläge um den Finger wickeln zu können.»

«Euch auch?»

Sein Grinsen verschwand, er zögerte.

«Aha!» Mira merkte sichtlich auf.

«Nichts aha, Jungfer Mira.» Zwischen Tilmanns Augen hatte sich unversehens eine steile Falte gebildet. «Ich habe nie behauptet, nicht aus Fleisch und Blut zu sein. Natürlich war auch ich zunächst recht angetan von Beedes liebreizendem Äußeren. Allerdings habe ich schnell herausgefunden, dass der schöne Schein trügt. Mehr als einiger Gespräche mit ihr hat es nicht bedurft.»

Adelina räusperte sich vernehmlich. «Du hältst sie also für ...»

«Dumm», vollendete er ihren Satz mit einem Nicken. «Sagte ich das nicht eben?»

«Sie war es allerdings, die uns darauf aufmerksam gemacht hat, dass Christine nicht mit Euren Nachforschungen einverstanden war.» Mira füllte ungefragt weiteren Wein in seinen Becher. «Zwar sagte sie, sie sei eine Freundin von Christine, aber mir kommt es so vor, als hege sie einen Verdacht gegen sie, den sie nur nicht laut aussprechen möchte.»

«Den Eindruck hatte ich auch», bestätigte Adelina. «Beede hat angeboten, uns zu helfen, wobei ich jedoch zugeben muss, dass der Wunsch größer zu sein scheint als das tatsächliche Vermögen.»

«Dann wisst ihr ja, was ich meine.» Tilmann nippte an dem Wein und stellte den Becher dann beiseite. «Unterschätzen sollten wir die Situation jedoch nicht», fuhr er fort. «Denn Evert Palm ist in der Tat einer unserer Hauptverdächtigen. Es besteht immerhin die Möglichkeit, dass Beede euch auf eine falsche Fährte setzen wollte, um von ihrem Mann abzulenken. Und dabei ist es unwichtig, ob sie selbst darauf gekommen ist oder er sie dazu angestiftet hat. Das Ergebnis bleibt das gleiche.»

«Du glaubst also nicht, dass Christine in die Sache verstrickt sein könnte?», hakte Adelina noch einmal nach.

Tilmann zögerte, hob dann die Schultern. «Ich kann es mir beim besten Willen nicht vorstellen. Sie und Clais waren ... nun, sie waren verheiratet.»

«Das klingt nicht nach einem überzeugenden Argument», befand Mira.

Er nickte ihr knapp zu. «Es war eine gute Ehe. Ich kenne Clais schon sehr lange, und er hat immer mit Achtung von Christine gesprochen.»

«Dennoch wissen wir, dass sie euer Vorgehen gegen Ailff van Wesel nicht gutgeheißen hat», wandte Adelina nachdenklich ein. «Und sie hat uns gedroht.»

«Gedroht?», echote Tilmann überrascht.

Adelina nickte. «Als wir sie auf die Zusammenhänge angesprochen haben, drohte sie uns, es werde uns leidtun, wenn wir in dieser Richtung weiterforschen. Es schien ihr alles andere als recht zu sein, dass wir von ihrer Verbindung zum Grafen wissen.»

«Ihr habt ihr also auf den Kopf zugesagt, dass ihr sie verdächtigt?» Wieder fuhr sich Tilmann mit gespreizten Fingern durch die Haare.

Mira schüttelte den Kopf. «Nicht direkt. Wir haben nur –»

«Schlafende Hunde geweckt», grollte er.

«Frau Adelina, ich muss mit Euch sprechen!», sagte Georg Reese, noch bevor er ganz die Apotheke betreten hatte.

Adelina war gerade dabei, gemeinsam mit Mira und Griet das Konfekt, das die beiden unter ihrer Anleitung zubereitet hatten, mit einem Überzug aus teurem Zucker zu verzieren. Sie hatten die Zutaten und Utensilien dazu auf dem breiten Tresen verteilt. Zwar zog Adelina die Küche für solche Arbeiten vor, aber dort hielten sich Magda, Franziska und die Kinder auf. Es regnete schon seit dem frühen Morgen in Strömen, gleichzeitig war es so kalt, dass baldiger Schneefall zu befürchten war. Deshalb musste man, wenn man sich nicht den Tod holen wollte, wohl oder übel im Haus bleiben. Franziska und Magda versuchten, die Kinder mit Essensvorbereitungen in der Küche zu beschäftigen, und Moses hoffte offenbar, dass dabei der eine oder andere Leckerbissen für ihn abfiel. Sein fröhliches Kläffen mischte sich mit hellem Kinderlachen. Vitus war trotz des schlechten Wetters mit Ludowig losgezogen, um eine Ladung Brennholz vom Holzhändler abzuholen. Fine, der der Lärm in der Küche wohl zu viel geworden war, saß hinter dem Tresen im Regal zwischen zwei bauchigen Krügen und putzte sich hingebungsvoll. Alles in allem war ihr Haushalt damit in einem angenehm friedlichen Zustand, den Adelina sehr zu schätzen gelernt hatte.

Vorsichtig legte sie die schmale Zange, mit der sie das Konfekt aufnahm, um es in die Glasur zu tauchen, beiseite und wischte sich die Hände an ihrer Schürze sauber.

«Ich grüße Euch, Herr Reese! Was gibt es denn, Ihr seht so besorgt aus?»

Der Gewaltrichter trat an den Tresen und warf einen neugierigen Blick auf die teuren Süßigkeiten, riss sich jedoch sogleich wieder davon los.

«Es ist etwas geschehen ...», setzte er an, schüttelte den Kopf und begann erneut: «Ich werde Euch nicht mehr helfen können, was den Fall Eures Bruders angeht.»

«Und weshalb nicht?» Alarmiert hob Adelina den Kopf, und auch Mira und Griet hielten in ihren Tätigkeiten inne.

Reese verschränkte die Hände vor dem Bauch, löste sie jedoch gleich wieder und gestikulierte erregt. «Der Vogt hat Beschwerde gegen mich beim Rat eingelegt!»

«Beschwerde? Weswegen denn?»

«Wegen meiner Freundschaft zu Euch, Frau Adelina.» Reese ließ die Arme sinken und seufzte resigniert. «Ich hatte so etwas bereits befürchtet. Man hat mir die richterlichen Befugnisse in dieser Sache bis auf weiteres entzogen, weil ich als befangen gelte. Ihr wisst, dass dies nicht zum ersten Mal geschieht.»

«O nein.» Adelina schlug bestürzt die Hände vor den Mund. «Man hat Euch des Amtes enthoben?»

«Nein, so schlimm ist es nicht», beschwichtigte er sie rasch. «Nur in dieser Angelegenheit darf ich nicht weiter ermitteln. Die Schöffen werden übergangsweise einen Ersatzgewaltrichter bestellen. Derweil darf ich mich anderen Vorfällen in der Stadt widmen.» In seiner Stimme klang ein bitterer Ton mit. «Es tut mir leid, Frau Adelina.»

«Wer soll Euch denn vertreten?», wollte sie wissen. «Oder übernimmt der Vogt nun selbst die Aufklärung?»

«Wohl kaum», antwortete Reese sichtlich verärgert. «Haich ist mit anderen Dingen beschäftigt. Hauptsächlich damit, dem Erzbischof um den Bart zu gehen. Er wird sich nur einmischen, wenn es sich nicht vermeiden lässt.»

«Also jemand aus dem Rat?»

«Thönnes Overstolz.»

«Der Rentmeister?» Adelina runzelte die Stirn. «Darf er das so einfach? Wenn ich nicht irre, steht er doch selbst auf der Liste der Verdächtigen.»

«Auf Eurer Liste vielleicht – oder vielmehr der von Greverode», bestätigte Reese grimmig. «Aber nicht auf der der Schöffen. Im Rat kann ich nicht einmal über den Verdacht gegen Overstolz sprechen, weil ich sonst preisgeben müsste, dass ich mit Greverode in Kontakt stehe.»

Betroffen senkte Adelina den Blick. «Herr Reese, wenn Ihr Euch gezwungen sehen solltet ... Ich könnte verstehen, dass Ihr ... ach je, wir hätten Euch nicht in diese prekäre Lage bringen dürfen.»

«Beruhigt Euch, Frau Adelina.» Reese hob beschwichtigend eine Hand. «Solange ich es für vertretbar halte, werde ich über die Anwesenheit Eures Bruders hier im Haus schweigen. Macht Euch bitte keine Vorwürfe – Greverode hat sich schließlich selbst dazu entschieden, sich mir zu zeigen. Ihr hattet keine Gelegenheit, ihn daran zu hindern.»

«Aber es ist mein Haus ...» Verzagt zuckte Adelina mit den Schultern. «Hat man schon etwas Neues über den toten Mann in Erfahrung gebracht? Oder vielleicht sogar diesen Harro aufgespürt?»

«Leider nichts dergleichen», antwortete Reese. «Es hätte mich auch gewundert. In einer so großen Stadt wie Köln verschwinden ständig Menschen – es war schon ein großer Zufall, dass wir die Leiche überhaupt entdeckt haben.»

Adelina nickte. «Wahrscheinlich habt Ihr recht.» Seufzend griff sie erneut nach der Zange, spielte damit herum. «Ausgerechnet Overstolz. Wie ist man auf ihn verfallen?»

«Einige Ratsherren haben ihn vorgeschlagen», erklärte Reese. «Allen voran Evert Palm.»

Adelina und Mira merkten auf. Die Gesellin trat ein paar Schritte näher. «Auch er ist einer unserer Verdächtigen.»

Der Gewaltrichter legte den Kopf schräg. «Sieh an, und ich dachte, er habe lediglich seinen Schwager protegiert. Was macht den guten Evert denn in dieser Sache verdächtig, wenn ich fragen darf?»

Adelina hob die Schultern. «Tilmann sagt, Palm stehe wahrscheinlich in Briefkontakt mit van Wesel.»

«Was er aber vermutlich nicht beweisen kann.»

«Nein, kann er nicht. Alles Beweismaterial, das er und Clais gesammelt hatten, ist verschwunden, wie Ihr wisst.»

«Ärgerlich», konstatierte Reese. «Höchst ärgerlich. Wir drehen uns im Kreis, Frau Adelina. Lange halten wir das nicht mehr durch.»

«Ganz zu schweigen davon, dass Ihr Euch jetzt gar nicht mehr mit der Sache befassen dürft», fügte Mira hinzu.

Reese nickte ihr nachdenklich zu. «So ist es, werte Jungfer.»

«Und was tun wir jetzt?» Adelina nahm nun doch eines der Konfektstücke auf, legte es jedoch wieder auf die Unterlage, als sie bemerkte, dass der Zuckerguss bereits zu hart war, um auf dem Konfekt verteilt zu werden. Sie gab Mira ein stummes Zeichen, die daraufhin die Schale mit dem Zuckergemisch nahm und in die Küche trug, um sie erneut zu erwärmen. «Können wir die Verschwörer nicht irgendwie aus dem Schatten hervorlocken, in dem sie sich verbergen?»

«Das mag gefährlich sein», gab Reese zu bedenken.

Adelina warf ihm einen gereizten Blick zu. «Vermutlich ist es das – aber uns läuft die Zeit davon!»

«Mutter, darf ich dir eine Frage stellen?» Griet ging neben Adelina her über den Fischmarkt. Am Arm trug sie einen Korb, in dem sich bereits einige Einkäufe vom Heumarkt befanden, hauptsächlich Käse und Speckseiten. Auch Adelina trug einen Korb, der mit Lachs und eingelegten Heringen gefüllt werden sollte. Hinter ihnen ging Franziska, die kleine Katharina auf der Hüfte und ebenfalls einen Korb in der freien Hand.

Bei Griets Worten wurde Adelina neugierig – würde ihre Stieftochter nun vielleicht von selbst darauf zu sprechen kommen, was sie in den vergangenen Tagen heimlich in die Kellergewölbe getrieben hatte?

«Aber natürlich», antwortete sie. «Du darfst mich immer fragen, Griet.»

Das Mädchen nickte ernst, schien dabei nach den rechten Worten zu suchen.

«Glaubst du ...» Griet biss sich sichtlich verlegen auf die Unterlippe. «Kann es sein, dass Mira verliebt ist?»

«Was?» Verblüfft blieb Adelina stehen, sodass Franziska sie beinahe angerempelt hätte.

Griet knabberte erneut an ihrer Unterlippe. «Ich dachte nur, weil ...»

«Verliebt?», mischte sich Franziska ungefragt ein. «Du liebe Zeit, in wen denn bloß?»

«In Hauptmann Greverode.»

Franziska stieß einen ungläubigen Laut aus. Adelina hingegen runzelte nachdenklich die Stirn. «Wie kommst du darauf? Hat sie mir dir darüber gesprochen?»

«Nein.» Griet schüttelte den Kopf. «Eben nicht. Sonst erzählt sie mir alles – oder, na ja, fast alles. Sogar damals die Sache mit ... oh.» Sie stockte und wurde rot. «Darüber darf ich nicht sprechen, ich hab's ihr hoch und heilig versprochen.»

Adelina schmunzelte. Die beiden Mädchen – oder besser die beiden jungen Frauen, denn das waren sie ja mittlerweile – waren gute Freundinnen und teilen gewiss mehr als ein Geheimnis miteinander. Obgleich sie im Alter der beiden keine solch enge

Freundin gehabt hatte, konnte sie gut nachfühlen, wie wichtig die beiden einander waren.

«Schon gut, Griet», beschwichtigte sie ihre Stieftochter deshalb. «Ich will nicht wissen, worum es geht. Aber was bringt dich auf den Gedanken, Mira könnte in deinen Onkel verliebt sein?»

«Meinen Onkel ...» Griet zuckte zusammen. Sie schien Tilmann Greverode nach wie vor nicht als Verwandten anzusehen.

«Die beiden zanken sich doch bloß tagaus tagein», warf Franziska erneut ein.

«Dir und Ludowig nicht unähnlich», erwiderte Adelina mit einem bezeichnenden Seitenblick auf die Magd.

«Ähm ... ja.» Franziska lächelte verlegen.

Adelina wandte sich wieder Griet zu. «Also – was bringt dich auf diesen Gedanken?»

«Mira verhält sich merkwürdig ...»

«Tut sie das nicht schon, seit sie bei uns eingezogen ist?»

«... und sie weint im Schlaf.»

«Sie weint?»

Griet nickte bekräftigend. «Neulich abends haben wir lange in ihrer Kammer zusammengesessen, und irgendwann sind wir dann auf ihrem Bett eingeschlafen. Als ich nach einer Weile wieder aufwachte, hat sie im Traum vor sich hingemurmelt und geweint. Ich hab mich aber nicht getraut, sie darauf anzusprechen.» Sie zögerte. «Alles habe ich nicht verstehen können, und ich will auch nichts ausplaudern oder ... aber es klang irgendwie, als streite sie sich sogar im Traum mit dem Hauptmann.»

«Und daraus schließt du, dass sie ihn liebt?» Adelina zog die Augenbrauen hoch.

Griet hob den Korb auf den anderen Arm. «Sie streitet sich im Allgemeinen nur mit Menschen, die ihr besonders am Herzen liegen. Mit dir, mit Vater, mit mir ... Das hat mich stutzig gemacht. Ich dachte immer, die zwei können einander nicht ausstehen. Wie Franziska eben gesagt hat – sie zanken andauernd. Aber weshalb muss sie deshalb weinen? Mira weint nie! Und hast du nicht bemerkt, wie entschlossen sie ist, ihm zu helfen? Weshalb tut sie das, wenn sie ihn nicht leiden kann? Sein Schicksal könnte ihr doch gleichgültig sein.»

Adelina dachte über Griets Worte so lange nach, bis sie den Stand eines Fischers erreicht hatten, der aus großen Fässern eingelegte Heringe feilbot. Sie prüfte die Fische eingehend, ließ sich auch welche von weiter unten im Fass zeigen, um sicherzugehen, dass sie wirklich einwandfreie Ware erhielt. Erst als sie zu einer Schrage weitergingen, an der fangfrischer Lachs verkauft wurde, nahm sie den Faden wieder auf. «Würde es dir Sorgen bereiten, wenn Mira eine Zuneigung zu Tilmann gefasst hätte?»

Sichtlich überrascht hob Griet den Kopf, wollte schon antworten, zögerte dann aber. «Ich weiß nicht, Mutter ... Es kommt mir nur seltsam vor. Damals, als er sie heiraten wollte, hat sie sich wie verrückt dagegen gewehrt. So unverschämt, wie sie sich ihm gegenüber aufgeführt hat, habe ich immer befürchtet, er würde ihr irgendwann einmal ... Nun ja.» Verlegen senkte das Mädchen den Blick. «Ich glaube zwar nicht, dass er ihr etwas ... ähm, also, er ist ja nicht gewalttätig oder so. Obwohl er schon Männer blutig geprügelt hat und noch Schlimmeres.»

«Und noch Schlimmeres», bestätigte Adelina. «Fürchtest du dich vor ihm, Griet?»

«Nein.» Als ihre Stieftochter den Kopf wieder hob, konnte Adelina sehen, dass sie die Wahrheit sprach. Ein Umstand, der sie zugleich verwunderte und freute. «Nein, ich habe keine Angst vor ihm. Nicht mehr. Aber er ist so ... Er wirkt immer wie eine Mensch gewordene Gewitterwolke. Selbst wenn er guter Dinge ist, weiß man nie, wann und wie rasch seine Stimmung ins Gegenteil umschlagen kann.»

«Du hältst ihn für launisch?» Amüsiert sah Adelina Griet von der Seite an. Da sie bei dem Fischweib mit dem Lachs angekommen waren, widmete sie sich eingehend der Untersuchung der hier dargebotenen Fische. Mit Argusaugen betrachtete sie jeden einzelnen, rümpfte dann die Nase.

«Der Lachs soll von heute sein?», fragte sie.

Das Fischweib nickte eifrig. «Ganz frisch, gute Frau, ganz frisch.»

«Hmm.» Adelina tippte einen der Fische vorsichtig an, rieb dann Daumen und Zeigefinger aneinander und verzog die Lippen. «Schmierig. Und er glänzt auch nicht. Dieser Fisch ist bestenfalls von gestern.»

«Was? Wollt Ihr etwa behaupten, ich verkaufe alten Fisch?», zeterte das Weib hinter dem Stand sogleich los.

Adelina zuckte die Achseln. «Das muss ich nicht behaupten, das sehe ich. Komm, Griet, gehen wir weiter.» Sie gab dem Mädchen ein Zeichen und wanderte in Richtung des nächsten Standes, das erboste Gezeter des Fischweibes ignorierend.

«Launisch würde ich ihn nicht nennen», griff Griet das Gespräch wieder auf. «Jähzornig, das schon eher. Glaubst du, er würde sie jetzt noch nehmen? Ich meine, er schien doch am Ende sogar froh zu sein, dass sie sich ihm widersetzt hat. Und so, wie er immer mit ihr redet, kann ich mir nicht vorstellen, dass er sie auch nur ein bisschen leiden kann.»

Adelina schmunzelte, als sie an das Gespräch zurückdachte, dessen Zeugin sie am Vortag geworden war. «In einem stimme ich dir zu, Griet, er kann sie gerade nicht gut leiden. Aber allmählich kommt mir der Verdacht, dass wir den Grund dafür vollkommen missverstanden haben.»

«Was meinst du damit?», fragte Griet überrascht.

Adelina hob die Schultern. «Ich glaube, ich muss einmal ein ernstes Wörtchen mit Tilmann reden.» Suchend blickte sie sich um. «Wir sollten allmählich nach Hause gehen. Wo ist Franziska?»

17. Kapitel

Auch Griet blickte sich nach allen Seiten um. «Ich weiß nicht. Eben war sie doch noch hinter uns.»

In Adelina stieg ein ungutes Gefühl auf. Franziska hatte Katharina bei sich. Sie konnten doch nicht beide von einem Moment auf den anderen verschwinden!

«Komm, lass uns den Weg zurückgehen, den wir gekommen sind. Vielleicht hat sie nur eine Bekannte getroffen ...»

«Nein, schau mal dort drüben!» Griet fasste Adelina am Arm und deutete aufgeregt in Richtung des Heringsstandes. Ein Stück von der Verkaufsschrage entfernt stand Franziska und wehrte sich vehement gegen einen vierschrötigen Kerl, der sie an der Schulter festhielt. Ein Reiter auf einem kräftigen Fuchswallach stand dabei und ließ das Tier hin und her tänzeln.

«Du liebe Zeit, was soll das denn?», rief Adelina erschrocken und verärgert zugleich aus. Sie drückte Griet ihren Korb in die Hand und eilte mit gerafften Röcken auf ihre Magd zu.

«Was tut Ihr da?», rief sie schon von weitem. Einige Passanten, die bereits neugierig stehen geblieben waren, wichen ihr aus. Weitere Gaffer schlossen sich ihnen an, als Adelina außer Atem stehenblieb. Katharina klammerte sich sichtlich verängstigt an Franziska und weinte.

«Herr Vogt!» Adelina stemmte die Hände in die Seiten. «Sagt Eurem Mann sofort, er soll meine Magd loslassen! Was fällt Euch ein?» Sie nahm Franziska das schreiende Kind ab und drückte es an sich.

«Herrin, so ein Glück!» Erleichtert drängte sich Franziska hinter Adelinas Rücken. Sanft strich diese ihrer Tochter über den Kopf und den Rücken. Die Kleine beruhigte sich jedoch nur wenig.

«Meisterin Burka, genau nach Euch haben wir gesucht», sagte Gerlach Haich und blickte mit einem öligen Lächeln auf sie herab.

«Ach ja?» Wütend funkelte Adelina ihn an. «Und deshalb belästigt Ihr meine Magd?»

«Von belästigen kann keine Rede sein. Das Weib hat sich geweigert, mir Rede und Antwort zu stehen.»

«Das ist nicht wahr!», rief Franziska. «Ich habe nur gesagt, Ihr sollt meine Herrin in Ruhe lassen. Sie hat schon genug Probleme, ohne dass Ihr –»

«Schweig, du unverschämtes Ding!», herrschte der Vogt sie an. Dann wandte er sich wieder an Adelina. «Ihr solltet darauf achten, dass sich Euer Gesinde ein bisschen zurückhält. Die Kleine hier weiß offensichtlich nicht, wo ihr Platz ist. Eine Tracht Prügel täte ihr wahrlich gut.»

«Wagt es ja nicht.» Adelina schoss zornige Blicke auf den Vogt ab. «Nun sagt endlich, was Ihr von mir wollt.»

Haich kräuselte die Lippen. «Ihr seid eine Lügnerin, Meisterin Burka.»

«Wie bitte?» Adelina starrte ihn an.

«Ihr habt mich schon verstanden. Glaubt Ihr im Ernst, ich nähme Euch ab, dass Ihr nach wie vor nicht wisst, wo sich Euer Bruder aufhält? Seit Tagen lauft Ihr und Euer Gemahl umher und steckt Eure Nasen in van Dalens Angelegenheiten. Und nicht nur Ihr, sondern auch Euer Nachbar, dieser Baderchirurg, ebenso wie dieses freche Gör, dass sich Eure Gesellin nennt. Glaubt Ihr, das hätte ich nicht bemerkt?»

«Nein, das glaube ich nicht», erwiderte Adelina giftig. «Denn schließlich lasst Ihr meine Apotheke beobachten, nicht wahr? Allerdings war mir nicht bewusst, dass es mir verboten ist, selbst

Nachforschungen anzustellen. Eure Leute sind dazu ja offenbar nicht in der Lage. Und da Ihr den Gewaltrichter nun auch noch von der Sache abgezogen habt ...»

«Das war nur rechtens. Wo kommen wir denn hin, wenn der Gewaltrichter für den Angeklagten Partei ergreift?»

«Also ist Tilmann jetzt schon der Angeklagte!» Zornig trat Adelina einen Schritt auf das große Pferd zu, obgleich sie dadurch den Kopf noch weiter heben musste, um dem Vogt ins Gesicht sehen zu können. «Herr Reese hat nicht Partei ergriffen, sondern sich bemüht, Licht in diese Angelegenheit zu bringen. Könnt Ihr das auch von Euch behaupten, Herr Haich? Ihr stolziert umher und behauptet, mein Bruder habe einen Mann ermordet – dabei gibt es dafür weder Beweise noch Zeugen.»

«Greverode hatte guten Grund, van Dalen zu ermorden, Meisterin Burka», konterte der Vogt kühl. «Da Ihr auf solch freundschaftlichem Fuß mit Georg Reese steht, dürfte Euch inzwischen bekannt sein, dass Greverode heimlich mit dem Grafen van Wesel im Bunde steht.»

«Das ist nicht wahr!» Adelina schüttelte heftig den Kopf. «Er und Clais haben gemeinsam gegen den Grafen ermittelt.»

«Ach?» Haich blickte spöttisch auf sie herab. «Woher wisst Ihr das auf einmal so genau?»

Adelina erschrak, riss sich aber zusammen. «Tilmann ist mein Bruder. Ich kenne ihn. Abgesehen davon haben wir entsprechende Aufzeichnungen in seinem Haus gefunden und –»

«Christine van Dalen kann es Euch bestätigen», kam unerwartet Griets Stimme von schräg hinter Adelina. «Sie weiß ebenfalls von den Nachforschungen der beiden.»

«Hmm.» Der Vogt nickte ihr grimmig zu. «Zufällig liegt mir eine Beschwerde ebenjener Witwe des Hauptmanns van Dalen gegen Euch vor, Meisterin Burka.»

«Eine Beschwerde?», echote Adelina verblüfft.

«Allerdings. Sie ließ mir mitteilen, dass sie eine Klage gegen Euch einreichen wird, wenn Ihr nicht aufhört, sie zu verunglimpfen und sie zu beschuldigen, etwas mit dem Tod ihres Gemahls zu tun zu haben.»

«Das ist ja ...» Adelina wurde blass.

«Unerhört, ganz meine Meinung, Meisterin Burka. Ihr könnt nicht einfach wild irgendwelche Leute beschuldigen. Ganz abgesehen davon, dass Ihr eigentlich vor Eurer eigenen Tür zu kehren habt. Wo ist Hauptmann Greverode? Wenn Ihr es mir nicht sagt, werde ich dafür sorgen, dass man Euch dazu zwingt.» Die Stimme des Vogtes war unvermittelt scharf geworden. Er warf einen bezeichnenden Blick auf Katharina. «Ihr wisst wohl, dass wir über Mittel und Wege verfügen, Euch zum Reden zu bringen.»

Mittlerweile hatte sich ringsum eine regelrechte Menschentraube gebildet. Rufe und Gemurmel waren zu vernehmen, die Drohung des Vogtes löste deutlich hörbaren Unmut aus.

Adelinas Herz verkrampfte sich, und sie drückte ihre Tochter noch fester an sich. Gleichzeitig spürte sie Griets Hand auf ihrem Arm. Ein kurzer Seitenblick auf das Mädchen zeigte ihr, dass Griet nicht etwa Schutz bei ihr suchte, sondern sie offenbar ermutigen wollte.

Sie holte tief Luft. «Sagt, Herr Vogt, haltet Ihr es für rechtens, eine angesehene Meisterin der Gaffel Himmelreich öffentlich der Lüge und – Gott bewahre – einer Verschwörung zu bezichtigen?» Sie funkelte ihn abermals an und hoffte, er möge ihr die Unsicherheit nicht anmerken. «Wollt Ihr mich vielleicht in Ketten legen lassen, weil ich versuche, der Wahrheit auf den Grund zu gehen und den Namen meines Bruders reinzuwaschen? Oder wollt Ihr Euch gar an meinen Kindern vergreifen? Werft lieber einen Blick auf das Geschacher, das im Stadtrat vor sich geht. Glaubt Ihr vielleicht, es ist ein Zufall, dass ausgerechnet der

Rentmeister Georg Reeses Posten übernehmen soll? Ist er vielleicht unparteiisch?»

Der Vogt runzelte irritiert die Stirn.» Was wollt Ihr damit sagen, Meisterin?»

Adelina straffte die Schultern. «Nur, dass Ihr Euch einmal überlegen solltet, ob ein Mann, der einen Groll gegen meinen Bruder hegt, sorgfältiger ermitteln und gerechter gegen ihn urteilen wird als Georg Reese, der bislang immer im Sinne der Stadt Köln und ihrer Bürger gerichtet hat.» Sie wandte sich ab. «Kommt Griet und Franziska. Wir gehen heim.» Über die Schulter warf sie dem Vogt noch einen vernichtenden Blick zu. «Und wagt es nicht noch einmal, mein Gesinde zu bedrohen und damit meine Tochter in Gefahr zu bringen, Herr Haich. So grob, wie Euer Scherge mit Franziska umgegangen ist, hätte das Kind zu Boden fallen und sich schwer verletzen können. Ich bin sicher, dass Ihr diese Schuld nicht auf Euch laden möchtet.» Sie drehte sich endgültig um und marschierte davon.

«Die Angelegenheit ist noch nicht beendet!», rief Haich ihr nach. «Ihr könnt Greverode nicht ewig verborgen halten. Wenn ich einen Beweis finde, dass Ihr mit ihm unter einer Decke steckt, wird es Euch noch leidtun!»

Adelina schob trotzig das Kinn vor. «Das tut es jetzt schon», murmelte sie und beschleunigte ihren Schritt.

«Du hättest ihn nicht so stehen lassen dürfen», befand Neklas später am Tag, als er von dem Zwischenfall auf dem Fischmarkt erfuhr. «Wenn wir uns den Vogt zum Feind machen, können wir nichts gewinnen.»

«Neklas hat recht», pflichtete Tilmann seinem Schwager bei. «Das war nicht sehr geschickt.» Da es ihm stündlich besserging, hatte er sich auch heute von seinem Lager erhoben und war hinauf in die Küche gekommen. Zwar bewegte er sich nach wie vor äußerst vorsichtig, doch allmählich schienen seine Kräfte zurückzukehren. Er hatte sich am Morgen zum ersten Mal rasiert und von Magda einen großen Bottich mit heißem Wasser füllen lassen, um sich darin mit Unmengen von Seife zu waschen. Auch frische Kleider hatte er angelegt, allerdings trug er nach wie vor nur eine leichte Hose und ein Hemd lose über den Verbänden. Sein dunkles Haar glänzte noch vor Nässe, doch er hatte es inzwischen wieder mit einem Lederriemen im Nacken zusammengebunden.

«Gerlach Haich ist ein ehrgeiziger Mann – und empfindlich. Ich weiß nicht, wie er reagiert, wenn man ihm zu heftig auf die Füße tritt.»

«Hätte ich etwa ruhig hinnehmen sollen, dass er uns auf offener Straße droht?», empörte sich Adelina.

«Nein, natürlich nicht», beruhigte Neklas sie und legte ihr eine Hand auf den Arm. «Aber wir können uns einen weiteren Feind einfach nicht leisten. Warten wir ab, wie sich die Angelegenheit entwickelt, jetzt, da Overstolz mit der Aufklärung betraut wurde.»

«Mit etwas Glück hält sich Haich aus der Sache heraus», fügte Tilmann hinzu. «Zumindest, solange wir ihm keinen Anlass für das Gegenteil geben.»

Empört machte sich Adelina von Neklas los. «Sieht es etwa so aus, als hielte er sich heraus? Neklas, er hat mir offen und vor allen Leuten gedroht! Dabei hat er sogar nicht ausgeschlossen, unsere Kinder als Druckmittel zu benutzen. Wir dürfen sie nicht dieser Gefahr aussetzen! Der Allmächtige allein weiß, was Haich vorhat. Was, wenn er Colin und Katharina einsperren lässt, nur um –»

«Adelina, beruhige dich», unterbrach Tilmann sie. «Haich wird nichts dergleichen tun.»

«Ach nein? Wie kannst du dir da so sicher sein? Es wäre nicht das erste Mal, dass man Kinder einsperrt, um ihre Eltern zu einem Geständnis zu zwingen.»

«Nicht hier in Köln», widersprach er.

«Eines ist jedenfalls sicher», konstatierte Neklas und ergriff erneut Adelinas Arm, ohne auf ihre Gegenwehr zu achten. «Der Vogt hat genau das erreicht, was er vermutlich wollte: Er hat Zwietracht zwischen euch gesät, indem er euch – uns – gegeneinander ausspielt. Die Frage wird sein: Lassen wir das zu? Adelina, würdest du deinen Bruder verraten, um unsere Familie zu schützen?»

Adelina starrte ihn lange wortlos an, dann senkte sie den Blick. «Das ist eine gemeine Falle. Ich kann mich doch nicht zwischen meinem Bruder und meinen Kindern entscheiden! Tilmann ist ebenso meine Familie wie du und Katharina und Colin und Griet und ...» Sie seufzte resigniert. «Bedeutet das, wir dürfen jetzt bezüglich Christine keine kritischen Fragen mehr stellen?»

«Nein.» Tilmann schüttelte vehement den Kopf. «Wenn sie tatsächlich etwas mit dem Mord an Clais zu tun hat, will ich der Erste sein, der sie dafür zur Rechenschaft zieht. Wir müssen lediglich vorsichtiger vorgehen und sollten zunächst mit niemandem mehr über unseren Verdacht sprechen.»

«Das wird es uns nicht leichtmachen, überhaupt noch etwas herauszufinden», gab Adelina zu bedenken.

«Uns wird schon etwas einfallen», sagte Neklas ruhig, aber bestimmt. «Wir müssen uns nur genau überlegen, was ...» Er stockte, als die Tür aufging und Vitus und Colin hereingestürmt kamen. Beide trugen Eimer, die randvoll mit Holzscheiten gefüllt waren.

«Guck, Lina, wir haben mit Ludowig Holz gehackt!», rief Vitus fröhlich. «Und jetzt haben wir Hunger.»

«Ja, wirklich», betätigte Colin. «Ich könnte einen ganzen Schinken verdr...» Als er Tilmann sah, brach er ab und machte große Augen. Dann stieß er einen Freudenschrei aus. «Onkel Tilmann!» In seine Augen trat ein Strahlen. «Bist du wieder gesund?» Mit wenigen Schritten war er bei seinem Onkel und hätte ihn umarmt, wenn Tilmann ihn nicht freundlich, aber bestimmt abgewehrt hätte.

«Guten Tag, Colin», antwortete er lächelnd. «Wie ich sehe, hilfst du dem Knecht fleißig. Das ist gut.» Er strich dem Jungen über den schwarzen Haarschopf. «Du darfst niemandem sagen, dass ich hier bin.»

Colins breites Grinsen verflüchtigte sich. Mit ernster Miene nickte er. «Klar, Onkel Tilmann. Ich sag niemandem etwas. Sonst stecken sie dich ins Gefängnis, nicht wahr? Das will ich nicht. Du hast doch nichts Böses getan.» Der Junge blickte kurz zu Adelina. «Mama und Papa haben das gesagt. Warum wollen sie dich trotzdem einsperren?»

Tilmann hob die Schultern. «Weil es im Augenblick leider für alle anderen so aussieht, als hätte ich etwas Schlimmes getan. Solange wir nicht das Gegenteil beweisen können, muss ich mich versteckt halten.»

«Von mir erfährt keiner was», wiederholte Colin.

«Von mir auch nicht», bekräftigte Vitus. «Lina, kann ich einen Apfel haben? Ich habe solchen Hunger!»

Adelina nickte ihrem jüngeren Bruder zu. «Ja, nimm dir einen Apfel und auch ein Stück Brot aus dem Korb im Regal, wenn du möchtest.»

Vitus Miene hellte sich auf. Er schnappte sich Apfel und Brot und verzog sich auf die Ofenbank, wo ihm sogleich Fine und Moses Gesellschaft leisteten, die einen Anteil am Essen erhofften.

«Aber du bist wenigstens wieder gesund», hakte Colin noch einmal nach und musterte seinen Onkel eingehend.

«Nun ja, auf einen Zweikampf möchte ich es derzeit lieber

noch nicht ankommen lassen», antwortete Tilmann. «Es geht mir etwas besser, aber die Wunden werden noch ein Weilchen brauchen, ehe sie ganz verheilt sind.»

«Wer ist das gewesen, Onkel Tilmann? Wer wollte dir etwas antun?»

«Wenn wir das nur wüssten», erwiderte Adelina an Stelle ihres Bruders.

Tilmann nickte ihr zu. «Wir sollten zunächst herausfinden, was es mit den Verbänden und der Wundarznei auf sich hat, die Christine offenbar hat besorgen lassen.»

«Eben hast du noch gesagt, wir müssen uns von ihr fernhalten», warf Adelina ein.

«Das stimmt», bestätigte er. «Eine Anklage ihrerseits dürfen wir nicht riskieren. Das wirbelt zu viel Staub auf. Ich dachte vielmehr daran, dass wir uns dort einmal unauffällig umsehen.»

«Wir?» Adelina hob die Brauen. «*Du* ganz sicher nicht, dazu ist es noch viel zu früh. Außerdem –»

«Schon gut, schon gut.» Tilmann funkelte sie gereizt an. «Ich werde keinen Fuß vor die Tür setzen. Zufrieden? Aber jemand muss es tun.»

«Kann ich euch helfen?», fragte Colin dazwischen.

«Nein, Colin, auf keinen Fall», setzte Adelina erschrocken an. «Das ist viel zu –»

«Eine ausgezeichnete Idee», fiel Tilmann ihr ins Wort.

«Wie bitte?» Sie starrte ihn empört an.

Er lächelte schmal und wandte sich dem Jungen zu. «Du kannst mir – vielmehr uns – helfen, indem du aufpasst, dass hier im Haus alles seinen gewohnten, ordentlichen Gang geht.»

Colin nickte ernst. «Das mache ich.»

«Sehr gut. Und noch etwas kannst du tun.»

«Was denn?» In den Augen des Jungen funkelte es erwartungsvoll.

Tilmann legte ihm eine Hand auf die Schulter. «Halt immer die Augen offen, und wenn du jemanden bemerkst, der dir verdächtig vorkommt, sagst du es mir oder deinen Eltern sofort. Zum Beispiel, wenn du jemanden siehst, der um das Haus herumschleicht.»

«Tilmann ...» Adelina schüttelte halb ratlos, halb amüsiert den Kopf.

«Was denn?» Er zwinkerte ihr zu, ohne dass Colin es sehen konnte. «Dein Sohn hat uns seine Hilfe angeboten, das sollten wir nicht in den Wind schlagen. Momentan sind wir auf jede Unterstützung angewiesen.» Er wandte sich wieder an Colin. «Noch etwas.»

«Ja, Onkel Tilmann?»

«Pass gut auf Vitus auf, ja?» Tilmann hatte seine Stimme gesenkt und blickte ihm verschwörerisch in die Augen. «Du weißt, dass er nicht ganz einfach ist, und wir wollen doch nicht, dass er uns versehentlich verrät.»

«Ja, natürlich.» Wieder nickte Colin mit ernster Miene. «Ich pass auf, dass er sich nicht verplappert.»

«Guter Junge.» Noch einmal wuschelte Tilmann Colin durchs Haar. «Und nun geht am besten beide wieder hinaus und holt noch mehr Holz.»

«In Ordnung, Onkel Tilmann!» Colin wirbelte um seine Achse. «Komm, Vitus, wir müssen weitermachen.»

«Komme schon.» Vitus kaute noch auf dem Rest des Brotes herum, stand aber sogleich auf und folgte Colin nach draußen.

Adelina sah den beiden nachdenklich hinterher, dann musterte sie Tilmann eingehend. In Momenten wie diesen verstand sie besonders gut, weshalb man ihn zum Hauptmann der Stadtsoldaten gemacht hatte und – zumindest bis zu den jüngsten Ereignissen – so sehr geschätzt hatte. Er verstand sich auf das Führen von Menschen. Eine Tatsache, die ihr erst jetzt schlagartig bewusst wurde und unvermittelt einen unerhörten Gedanken in ihr weckte.

«Nanu, Adelina, du siehst aus, als habest du einen Geist gesehen», sprach Tilmann sie an. «Stimmt etwas nicht?»

Sie schluckte und riss sich zusammen. Jetzt war nicht der richtige Zeitpunkt, ihrem Verdacht nachzugehen. Aber sie würde es tun, sobald sie ihren Bruder einmal allein erwischte.

«Schon gut, Tilmann, ich habe nur nachgedacht.» Sie kräuselte die Lippen. «Du meinst also, wir sollten bei Christine herumschnüffeln.»

Tilmann schmunzelte. «Nun ja, so habe ich mich zwar nicht ausgedrückt …»

«Das hättest du aber, wenn der Vorschlag von mir gekommen wäre», schnappte sie, erwiderte sein Lächeln jedoch. «Vielleicht kann Ludmilla uns dabei noch einmal helfen.» Sie hielt kurz inne. «Was mir Sorgen bereitet, ist, dass wir noch immer nicht wissen, wo sich Christines Knecht Harro aufhält. Wir müssen davon ausgehen, dass er sich noch immer irgendwo herumtreibt.»

«Falls ihn nicht das gleiche Schicksal wie seinen Freund ereilt hat», gab Neklas zu bedenken.

«Genau deshalb habe ich Colin gebeten, die Augen offenzuhalten», erklärte Tilmann. «Das gilt für uns alle. Wir wissen nicht, was van Wesels Leute im Schilde führen und wer noch in die Angelegenheit verstrickt ist.»

Adelina nickte zustimmend und runzelte dann unwillkürlich die Stirn. «Mir fällt gerade ein, dass Reese erzählt hat, zwei von Clais' Männern hätten gegen dich ausgesagt. Sie haben zu Protokoll gegeben, dass sie dich in der Gesellschaft von van Wesels Männern sahen.»

Tilmann hob ruckartig den Kopf. «Weißt du ihre Namen?»

Adelina dachte angestrengt nach. «Der eine hieß Veit Liesborn, der andere … Hartmann von … von …»

«Hartmann vom Winkel?» Tilmann starrte sie entgeistert an.

«Ja, das ist der zweite Name», bestätigte Adelina. «Kennst du die beiden?»

«Kennen? Wir dienen schon seit vielen Jahren gemeinsam in der Stadtgarde. Beide sind beritten und gehören zu Clais' Gleven, Veit ist sogar mit ihm verwandt. Er hat eine von Christines Schwestern geheiratet. Verdammt!» Er schlug sich mit der Faust in die flache Hand. «Wenn ich doch nur selbst mit ihnen sprechen könnte! Ich kann nicht glauben, dass sie ... Nein, sie sind keine Verräter! Das ist unmöglich.»

«Unmöglich erscheint mir im Augenblick nichts mehr zu sein», gab Neklas zu bedenken. «Wie es aussieht, stochern wir in einem Hornissennest herum, von dessen Ausmaßen wir noch keine Ahnung haben.»

Tilmann sah seinen Schwager für einen langen Moment schweigend an, dann senkte er den Kopf, stützte seine Ellbogen auf dem Küchentisch ab und legte den Kopf in die Handflächen.

Adelina blickte ratlos zu Neklas, der jedoch nur die Schultern hob. Ehe sie etwas sagen konnte, öffnete sich erneut die Küchentür.

«Hauptmann Greverode, Ihr müsst Euch sofort verstecken!» Mira trat aufgeregt ein. «Da kommen Männer der Stadtgarde über den Alter Markt. Der Vogt führt sie an. Wenn er ...»

In diesem Moment schallte bereits ein lautes Pochen von der Haustür her.

«O mein Gott, komm, schnell!» Adelina sprang auf und fasste Tilmann am Arm. Auch Neklas half seinem Schwager aufzustehen. Gemeinsam führten sie ihn zur Kellertreppe.

«Los, geh zur Tür und halte sie hin», forderte Neklas Adelina auf. «Mira, du hilfst mir unten mit der Falltür. Wo ist Griet? Auch sie könnte –»

«Griet ist nicht da», unterbrach Mira ihn hastig.

«Nicht da? Was soll das heißen?» Neklas hob irritiert den Kopf, entschied sich jedoch dafür, das Thema im Moment fallenzulassen. «Los, kommt, wir müssen nach unten.»

Adelina eilte indes hinüber in die Apotheke. Bevor sie die Tür öffnete, straffte sie die Schultern und atmete einmal tief durch. Hinter sich hörte sie die polternden Schritte, die die Holzschuhe ihres Knechtes verursachten. «Herrin, was wollen die Männer des Vogtes hier?», fragte Ludowig. «Braucht Ihr Hilfe?»

«Das werden wir gleich sehen», antwortete sie und öffnete die Tür.

«Meisterin Burka.» Gerlach Haich lächelte ihr zu. «Ihr gestattet, dass wir uns noch einmal bei Euch umsehen?»

Adelina blieb mitten in der Tür stehen. «Weshalb sollte ich Euch das schon wieder erlauben, Herr Vogt?», fragte sie mit kalter Stimme, von der sie hoffte, dass sie entschlossener klang, als sie sich fühlte. Sie hörte Ludowig nähertreten und war froh über seine Anwesenheit. Seine hünenhafte Gestalt wirkte imposant und einschüchternd.

Haich ließ seinen Blick zwischen ihr und Ludowig hin und her wandern und schien zu überlegen, ob sich Gewaltanwendung lohnen würde. «Weil Ihr sicher jeglichen Verdacht, der auf Euch fallen könnte, im Keim ersticken wollt, nicht wahr?», antwortete er schließlich.

«Was für ein Verdacht, Herr Vogt? Allmählich muss ich darüber nachdenken, meinerseits eine Klage wegen übler Nachrede bei den Schöffen einzureichen», konterte sie. Von Ferne vernahm sie ein leises Schaben und Scharren – vermutlich die schwere Holzkiste, die Neklas und Mira über die Falltür schoben. Hoffentlich wurde der Vogt nicht darauf aufmerksam! Ludowig trat hinter ihr ungeduldig von einem Bein aufs andere. Seine Holzschuhe klapperten, er räusperte sich vernehmlich, sodass die Geräusche aus dem Haus kurz übertönt wurden.

«Die üble Nachrede habt Ihr Euch selbst zuzuschreiben, Meisterin Burka», konterte der Vogt sichtlich verärgert. «Ihr behindert die Wahrheitsfindung, indem Ihr einen flüchtigen Mörder deckt.»

Adelina schnappte nach Luft. «Das ist unerhört, Herr Haich! Tilmann ist kein Mörder – vielmehr war er einem Verrat an der Stadt Köln auf der Spur. Gemeinsam mit Clais van Dalen hat er Nachforschungen angestellt. Wer immer Clais getötet hat – ich bin sicher, er hatte es auch auf Tilmann abgesehen. Mein Bruder hat seit Jahren seinen Dienst als Hauptmann der Stadtsoldaten höchst ehrenvoll verrichtet. Er verdient es nicht, dass Ihr seinen Ruf derart in den Schmutz zieht, noch dazu ohne stichhaltige Beweise. Fast muss ich annehmen, Ihr wolltet ihn selbst mit allen Mitteln loswerden, so erpicht scheint Ihr zu sein, ihn auf dem Richtblock zu sehen.» Adelina hatte die Arme vor dem Leib verschränkt und starrte den Vogt feindselig an.

Gerlach Haich blickte finster zurück. «Ihr wisst wohl nicht, mit wem Ihr es zu tun habt. Ich werde –»

«Gar nichts werdet Ihr, Herr Vogt», unterbrach ihn in diesem Moment eine männliche Stimme. Ein mittelgroßer, sehr kräftiger Mann mit rotblondem Haar und Kinnbärtchen trat auf die Apothekentür zu. Seine grauen Augen funkelten beinahe vergnügt, als der Vogt zu ihm herumfuhr. «Wenn ich mich recht entsinne, wolltet Ihr Abstand von den Ermittlungen nehmen, nachdem man mich dazu eingesetzt hat. Ihr kennt doch den Spruch vom Brei, der von vielen Köchen nur verdorben werden kann. Nun, diesen Brei hier habt Ihr ja beinahe anbrennen lassen, wenn ich mir das aufgebrachte Gesicht der Meisterin Burka ansehe. Ich möchte Euch deshalb mit aller Hochachtung bitten, die Befragung dieser Zeugin von nun an mir zu überlassen. Es tut nicht gut, noch mehr Unfrieden unter den Kölner Bürgern zu stiften. Ihr schürt damit nur den Unmut, der sowieso schon allerorten herrscht, weil jemand es geschafft hat, einen unserer Hauptmänner zu ermorden, ohne dafür längst am Galgen zu baumeln.»

«Herr Overstolz!» Adelina musterte den Rentmeister verblüfft.

«Meisterin Burka.» Er verneigte sich knapp und lächelte ihr freundlich zu. In Richtung des Vogtes schoss er einen scharfen Blick, den dieser giftig erwiderte. Jedoch zog sich Haich zu Adelinas größter Überraschung zurück.

«Also gut, waltet Eures Amtes», knurrte er. «Aber denkt daran, dass der Erzbischof als oberster Hirte der Stadt alsbald die Aufklärung dieser Angelegenheit wünscht.» Er schielte zu Adelina hinüber. «Und erinnert Euch des Weiteren daran, was er von Lügnerinnen hält. Wer einen Mörder deckt, macht sich mitschuldig.»

«Ja, ja, Haich, nun haltet mal die Luft an.» Der Rentmeister machte eine wegwerfende Geste. «Auch der Erzbischof wird nicht wollen, dass ein Mann auf dem Neumarkt hingerichtet wird, bevor nicht seine Schuld zweifelsfrei bewiesen ist. Also geht und streicht Friedrich von Saarwerden noch ein bisschen um den Bart. Ich kümmere mich indes um die Familie Burka.»

Es sah aus, als wolle der Vogt noch etwas erwidern, entscheide sich dann jedoch dagegen. Er gab seinen Männern einen Wink, und Augenblicke später entfernten sie sich von der Apotheke.

Thönnes Overstolz nickte zufrieden. «Die wären wir vorerst los. Und nun, Meisterin Burka, führt mich bitte zu Hauptmann Greverode.»

«Das ...» Adelina sog scharf die Luft ein. «Das kann ich nicht.»

«Ihr meint, das wollt Ihr nicht.» Er lächelte. «Was ich gut verstehen kann. Nun, dann schlage ich vor, Ihr lasst mich zumindest kurz ins Haus, denn die Angelegenheiten, die ich mit Euch besprechen möchte, gehören sicherlich nicht auf dem Marktplatz ausgebreitet.»

Zögernd warf Adelina einen Blick über die Schulter auf Ludowig, dann gab sie die Tür frei und ließ den Rentmeister eintreten. Er sah sich neugierig und sehr eingehend in der Apotheke um, musterte die Regale, in denen Kisten, Kästen, Dosen, Gläser und Beutel mit unzähligen Arzneien und Ingredienzien aufgereiht waren. Dann wanderte sein Blick über den saubergewischten Verkaufstresen und die Waage mit den verschieden großen Gewichten.

«Wie ich schon mehrfach hörte, verkauft Ihr neben den üblichen Arzneien auch ein sündhaft gutes Konfekt», begann er in neutralem Ton. «Kandierte Früchte, Zuckerzeug und Marzipan?»

Adelina nickte vorsichtig. «Das ist richtig. Konfekt wird in dieser Apotheke schon seit Generationen verkauft – nach altem Geheimrezept. Das Marzipan stellt jedoch meine Gesellin Mira her. Sie hat es auf diesem Gebiet bereits zu großer Kunstfertigkeit gebracht.»

«Mira von Raderberg, nicht wahr? Ihr wisst, dass sie über ihren Stiefvater mit dem Grafen Ailff van Wesel verwandt ist?»

Erschrocken starrte Adelina ihn an. «Was wollt Ihr damit andeuten?»

«Andeuten? Nichts.» Overstolz lächelte. «Ich habe lediglich eine Tatsache festgestellt. Und zwar eine, auf die sich der Vogt als Nächstes stürzen wird, sobald er davon Wind bekommt.»

«Aber warum denn in aller Welt?»

Er wurde wieder ernst. «Weil, liebe Meisterin Burka, Euer Bruder ebenjene entfernte Verwandte van Wesels vor einigen Jahren zu heiraten beabsichtigte. Schaut nicht so entgeistert, Frau Adelina. Solche Dinge bleiben in Köln selten ein Geheimnis.»

«Glaubt Ihr etwa, dass Tilmann Mira nur heiraten wollte, um sich über ihre Familie mit van Wesel zu verbünden?»

«Glaubt Ihr das denn?», gab er mit hochgezogenen Augenbrauen zurück.

Sie schüttelte vehement den Kopf. «Nein. Es ist wahr, mein Bruder wollte Mira heiraten, aber das hatte nichts mit van Wesel zu tun. Soweit ich weiß, war es zudem Arnold von Raderberg, der ihn und Clais auf die Machenschaften des Grafen aufmerksam gemacht hat.»

«So, so.» Der Rentmeister nickte vor sich hin. «Also gut, richtet Greverode bitte aus, dass er sich mit mir in Verbindung setzen soll. Ohne seine Hilfe kann ich diese Sache nicht aufklären.»

«Ausrichten?» Adelina legte den Kopf schräg.

Overstolz lächelte wieder. «Ich bin sicher, dass Ihr wisst, wo er sich aufhält. Meiner Meinung nach versteckt er sich sogar hier im Haus – auch wenn mir schleierhaft ist, wie er den Bütteln entschlüpfen konnte. Besitzt Ihr irgendwelche geheimen Nischen oder doppelte Wände in diesem Gebäude?» Sein Lächeln verbreiterte sich. «Nein, antwortet mir nicht darauf. Vielleicht ist es ganz gut, dass ich nicht über alles Bescheid weiß. Umso weniger Gefahr besteht, dass mir das gleiche Schicksal widerfährt wie Georg Reese.»

Adelina runzelte die Stirn. «Herr Overstolz, gestattet mir eine Frage.»

«Aber bitte, Meisterin Burka, ich bin ganz Ohr.»

«Was wollt Ihr hier und wie kommt Ihr darauf, dass ich Euch vertrauen könnte?»

«Das sind genau genommen zwei Fragen», erwiderte er abermals in diesem gutgelaunten Ton, den sie nicht einzuordnen vermochte. «Aber ich beantworte sie Euch gern: Ich bin hier, um Euch dabei zu helfen, den Leumund von Tilmann Greverode wiederherzustellen. Und Ihr werdet mir vertrauen müssen, denn so, wie die Dinge derzeit stehen, bin ich der Einzige, der Euch gegenüber dem Rat und den Schöffen in Schutz nehmen kann, wenn es nötig werden sollte.» Seine Miene wurde ernst. «Ich weiß, dass Greverode nicht allzu gut auf mich zu sprechen ist.»

Adelina trat hinter den Tresen und schob die Waage ein wenig hin und her, um ihre zunehmende Nervosität zu überspielen. «Soweit mir bekannt ist, sagt er das Gleiche über Euch, Herr Overstolz.» Sie hob den Kopf und blickte ihn herausfordernd an. «Ihr wart es, der ihm Eure Schwester angeboten hat. Nachdem er abgelehnt hatte, so erzählte er mir, war es mit Eurer Freundlichkeit ihm gegenüber nicht mehr weit her.»

«So könnte man sagen, ja», gab Overstolz zu ihrer Überraschung unumwunden zu.

«Ihr habt ihm Steine in den Weg gelegt, als er begann, gegen unlautere Vorgänge im Stadtrat zu ermitteln. Er sagte, Ihr versucht, die falschen Abrechnungen über Solde und Waffen totzuschweigen.»

«Auch da hat er nicht unrecht.» Overstolz nickte, hob aber sogleich beide Hände, um ihren nächsten Einwand zu unterbinden. «Allerdings muss ich zu meiner Ehrenrettung hinzufügen, dass ich es nicht tat, um jemanden im Rat – mich eingeschlossen – zu schützen. Vielmehr wollte ich verhindern, dass die falschen Männer erfahren, wie dicht wir ihnen auf den Fersen sind.»

Adelina stutzte. «Wir?»

«Nun, zumindest Greverode und van Dalen.»

«Das ist schwer zu glauben», erwiderte sie skeptisch.

«Ich weiß.» Zögernd strich er mit der rechten Hand über den Tresen, ließ sie jedoch gleich wieder sinken. «Die Sache mit Beede und Tilmann ist schon lange her. Weit über zehn Jahre …» Er hielt kurz inne. «Dreizehn Jahre, um genau zu sein. Ich war ihm recht gram, dass er sie ablehnte, das gebe ich zu. Beede war immer meine Lieblingsschwester, und ich wollte für sie die bestmögliche Verbindung. Greverode erschien mir damals genau der

Richtige zu sein. Er war zwar nur ein Soldat, aber ehrgeizig und klug. Ich wusste, dass er es zu etwas bringen würde. Darüber hinaus war meine Schwester sehr in ihn verliebt. Nun ja, was man bei einem jungen Mädchen eben so nennt, nicht wahr? Sie schwärmte in einem fort von ihm. Vielleicht könnt Ihr verstehen, dass ich ihr ihren größten Wunsch gern erfüllt hätte.» Er räusperte sich. «Natürlich hat er abgelehnt. Aus heutiger Sicht begreife ich nur zu gut, warum er sie nicht wollte. So gern ich sie auch habe, Beede ist ein wenig ... nun ja, naiv. Sie belastet ihren hübschen Kopf selten mit tiefschürfenden Gedanken. Früher fand ich das besonders reizend, weil sie immer so frisch und fröhlich daherkam. Heute weiß ich, dass sie vermutlich gar nicht anders kann. Der Herr verteilt die Klugheit unter seinen Schäfchen recht ungleichmäßig – Beede hat leider gerade genug davon abbekommen, dass sie eine leidlich gute Ehefrau abgibt. Liebevoll, gehorsam ... Einem Mann wie Greverode, dessen scharfer Verstand dem ihren so sehr überlegen ist, hätte das niemals gereicht. Nicht einmal die Frau, die er später geehelicht hat, konnte mit ihm mithalten, und sie war alles andere als dumm. Natürlich wollte ich das anfangs nicht einsehen, Frau Adelina. Ich war beleidigt – wegen der mir entgangenen familiären Verbindung einerseits und andererseits, weil ich mit meiner Schwester fühlte. Sie war sehr enttäuscht, dass er ihr die kalte Schulter gezeigt hat.» Der Anflug eines Lächelns kehrte in Overstolz' Gesicht zurück. «Glücklicherweise hielt die Trauer nicht lange an. Schon ein knappes halbes Jahr später feierte meine Schwester glücklich Hochzeit mit Evert Palm. Und wenn ich glücklich sage, dann meine ich das wörtlich. Selten habe ich eine beglücktere, fröhlichere Braut gesehen als Beede.»

«Dennoch habt Ihr Euch nicht mit Tilmann ausgesöhnt», stellte Adelina fest. Sie wusste nicht recht, was sie von dem Mann halten sollte, der nun vor dem Tresen auf und ab ging. Weshalb erzählte er ihr das alles? Wollte er wirklich ihr Vertrauen erringen, oder war das Ganze eine Finte, um sie in eine Falle zu locken? Innerlich schüttelte sie den Kopf über sich. Allmählich argwöhnte sie schon an jeder Ecke Verschwörer. Doch mit allem hatte sie gerechnet – nur nicht damit, dass der Rentmeister möglicherwiese auf ihrer Seite stehen könnte.

«Nein, das habe ich nicht», bestätigte Overstolz und rieb sich verlegen über den Kinnbart. «Ich war ebenso ehrgeizig wie Greverode, nicht umsonst bin ich einer der jüngsten Rentmeister, die die Räte der Stadt Köln je ins Amt gewählt haben. Mir war klar, dass auch Greverode in den Rat drängen würde, und ein gewisser Konkurrenzkampf kam mir gelegen.» Er blieb stehen und blickte Adelina geradewegs in die Augen. «Mag sein, dass ich über das Ziel hinausgeschossen bin. Doch das ändert nichts an der Tatsache, dass ich Euren Bruder sehr schätze. Er ist ein ausgezeichneter Hauptmann, und meiner Meinung nach hätte er das Amt des Stimmeisters vollauf verdient. Nicht dass das nicht auch auf van Dalen zugetroffen hätte.» Er hob die Schultern. «Greverode versteht sich einfach noch besser darauf, die Menschen anzuleiten und wichtige Angelegenheiten effizient durchzusetzen.» Overstolz stieß heftig die Luft aus. «Frau Adelina, ich singe hier das Lob Eures Bruders nicht ohne Grund. Ich weiß, dass er van Wesel auf der Spur war, und bei Gott, wenn der Graf Clais ermordet hat und dies möglicherweise nun Greverode anhängen will, werde ich höchstpersönlich dafür Sorge tragen, dass das seine letzte Untat gewesen ist. Nachdem Euer Bruder die ersten Verdachtsmomente gegenüber dem Rat und den Schöffen geäußert hatte, begann ich ebenfalls, Nachforschungen anzustellen. Erschreckendes ist dabei zutage getreten – sowohl für die Stadt Köln als auch für mich persönlich. Ich bitte Euch deshalb, Meisterin Burka ...» Er trat nahe an den Tresen heran und ergriff unvermittelt Adelinas Hand. «Wenn Ihr in Kontakt mit Eurem Bruder steht, teilt ihm mit, dass wir reden müssen, und zwar so rasch wie möglich.» Abrupt ließ er sie wieder los. «Ich verabschiede mich nun. Ihr findet mich in den nächsten Tagen vormittags im Rathaus. Nachmittags könnt Ihr mich am ehesten in meinem Kontor antreffen.» Er nickte ihr noch einmal zu. «Gehabt Euch wohl, Meisterin Burka.»

Kaum hatte er die Apotheke verlassen, als sich die Tür zum Hinterzimmer öffnete und Neklas eintrat.

«Nun», sagte er mit gerunzelter Stirn, «wenn das mal kein aufschlussreicher Auftritt war.»

Adelina rieb sich ratlos über die Stirn. «Glaubst du ihm?»

Neklas schaute erst sie an, dann richtete er seinen Blick zur Decke. Ein grimmiges Lächeln umspielte seine Lippen. «Ich denke, viel wichtiger ist die Frage, ob Tilmann ihm diese Geschichte abnimmt.»

18. Kapitel

«Thönnes Overstolz behauptet, er will mir helfen?» Erregt ging Tilmann vor seinem Krankenlager auf und ab.

Adelina und Neklas hatten ihm von dem denkwürdigen Besuch des Rentmeisters erzählt, auch Mira hatte sich dazugesellt. Gemeinsam versuchten sie sich einen Reim auf Overstolz' Verhalten zu machen.

«Kann das eine Finte sein, um Euch aus Eurem Versteck zu locken?» Mira stellte die Frage, die alle beschäftigte.

Tilmann blieb stehen. «Wenn es so sein sollte, dann gnade ihm Gott!», grollte er.

«Seine Worte klangen aufrichtig», wandte Adelina vorsichtig

ein. «Was er gesagt hat, ergibt durchaus Sinn. Und würde er wirklich auf derart hinterlistige Weise gegen dich vorgehen? Was hätte er davon?»

«Er ist mit Evert Palm verwandt», rief Mira in Erinnerung. «Wenn die beiden gemeinsame Sache machen, können sie zwei Fliegen mit einer Klappe schlagen. Sie hätten einen Schuldigen an dem Mord und zugleich einen Mitverschwörer van Wesels. Damit würden sie von sich selbst ablenken.»

«Nur über meine Leiche!», stieß Tilmann zwischen zusammengebissenen Zähnen hervor.

«Das haben sie ja schon einmal versucht», sagte Mira trocken.

Er fuhr zu ihr herum und musterte sie verärgert. «Beim nächsten Mal bezahlen sie selbst mit dem Leben.»

«Haltet Ihr es für sinnvoll, solche Drohungen auszustoßen?», konterte sie. «Ihr seid kein Stück besser als sie, wenn Ihr Euer Verhalten an dem ihren ausrichtet. Aber vielleicht denkt Ihr wieder klarer, wenn Ihr Euch hinlegt und ein wenig ausruht.»

Adelina und Neklas warfen einander erstaunte Blicke zu.

Zwischen Tilmanns Augen erschien die typische steile Falte. «Wie bitte?»

Mira hob die Schultern, verschränkte die Arme vor dem Körper. «Ihr strengt Euch zu sehr an, Hauptmann. Wenn Ihr so weitermacht, werden Eure Wunden nicht verheilen. Wie wollt Ihr Euch dann gegen Eure Gegner zur Wehr setzen?»

«Soll ich hier herumsitzen und Däumchen drehen?», schnauzte er sie an.

Adelina wollte schon eingreifen, doch Neklas hielt sie am Arm zurück. Interessiert beobachtete er, was sich zwischen der jungen Gesellin und seinem Schwager abspielte.

«Davon war keine Rede», fauchte Mira. «Aber so, wie ich es sehe, gibt es eine regelrechte Verschwörung gegen Euch, die vom

Stadtrat ausgeht. Wir sollten also niemandem vertrauen, der dem Rat angehört oder ein städtisches Amt bekleidet. Auch dem Rentmeister nicht.»

«Er ist ein Ehrenmann.»

«Ach?»

«Ich habe niemals behauptet, dass es nicht so ist. Wir haben unsere Differenzen, und seine Idee, mich mit seiner Schwester zu verheiraten, war nicht die klügste. Aber das ist lange her.»

«Ihr habt ihn kürzlich noch selbst verdächtigt, die Vorgänge im Zeughaus vertuschen zu wollen, und gerade eben habt Ihr gedroht, Euch an ihm zu rächen, sollte er Euch hintergehen. Das ist es, was ich meinte – Ihr denkt nicht klar.» Sie trat auf ihn zu und funkelte ihn herausfordernd an.

«Ich denke klarer, als Ihr glaubt, Jungfer Mira», schoss er zurück. «Und ich stehe zu dem, was ich gesagt habe. Thönnes Overstolz besitzt Ehre, zumindest kenne ich ihn nicht anders, das hat mit unseren Querelen nichts zu tun. Wenn er diese Ehre jedoch verraten haben sollte, werde ich nicht zögern, ihn die Konsequenzen spüren zu lassen.»

«Also traut Ihr ihm nun oder nicht?», fragte Mira irritiert.

Tilmann lächelte grimmig. «Wenn er sagt, er habe Gründe für sein Handeln gehabt, die mir wohlgemerkt durchaus einleuchten, dann sehe ich keinen Grund, ihm nicht zu glauben.»

Einen Moment lang starrte Mira ihn sprachlos an, dann schnaubte sie wütend. «Nein, natürlich nicht. Die Zweifel werden Euch kommen, wenn Ihr auf dem Richtplatz steht und man Euch die Schlinge um den Hals legt.» Kurz hatte Adelina den Eindruck, dass Miras Stimme schwankte, doch die junge Frau hatte sich sogleich wieder im Griff. «Ist Euch schon aufgefallen, dass Ihr Eure Schwester und ihre Familie mit in den Abgrund zieht, sobald Ihr Euch dem Rentmeister stellt?»

Nun trat Tilmann auf Mira zu, bis die beiden sich direkt gegenüberstanden. Sie starrten einander wütend an. Adelina bildete sich ein, die Funken, die zwischen den beiden stoben, sehen zu können.

«Glaubt mir, Jungfer Mira, ich denke an kaum etwas anderes», schoss er nach einer Atempause zurück. «Und ja, ich weiß auch, dass Ihr ebenfalls zu den Personen gehört, die in Gefahr stehen, mitangeklagt zu werden.»

«Von mir ist hier nicht die Rede», zischte Mira. «Tut bloß nicht so, als kümmere Euch mein Schicksal auch nur einen Deut. Ich verlange das auch gar nicht von Euch.»

«Nicht?»

«Nein, denn meine Hilfe habe ich Euch aus freien Stücken angeboten.»

Tilmann merkte auf. «So sagt denn an, edle Jungfer, worauf wollt Ihr hinaus?»

Für einen weiteren langen Moment verhakten sich die Blicke der beiden ineinander.

«Müssen wir uns Sorgen machen, dass die Strohmatratze gleich Feuer fängt?», murmelte Neklas in Adelinas Richtung. Gegen ihren Willen gluckste sie, enthielt sich jedoch einer Antwort, als Mira weitersprach.

«Ihr solltet bleiben, wo Ihr seid, Hauptmann, und Eure Kräfte schonen.» Mira sprach jetzt etwas ruhiger, trat dabei einen Schritt zurück, wie um Raum zum Atmen zu gewinnen. Adelina verstand sie nur zu gut. Die Luft in dem kleinen Kellerverlies hatte sich aufgeladen und schien zum Schneiden dick.

«Lasst *mich* herausfinden, was der Rentmeister im Schilde führt.»

«Euch?» Seine Augen weiteten sich. «Und wie wollt Ihr das anstellen, wenn ich fragen darf?»

Mira zögerte, sog hörbar die Luft ein. «Ich spreche mit dem jüngeren Sohn von Overstolz.»

«Mit Dietmar?» Irritiert runzelte Tilmann sie Stirn. «Was habt Ihr mit ihm zu schaffen?»

«Nichts.» Ihre Antwort war viel zu schnell gekommen. Adelina sah, dass Mira mit sich kämpfte. «Ich kenne ihn von ... früher.» Sie schüttelte den Kopf. «Das tut jetzt nichts zur Sache. Er wird mir schon sagen, ob sein Vater es ernst meint, wenn ...»

«Wenn?» Tilmanns Stimme klang neugierig und ungehalten zugleich.

«Wenn ich es richtig anstelle.»

«Mira!» Entsetzt starrte Adelina ihre Gesellin an. «Was soll das bedeuten?»

Mira zuckte zusammen. Es schien, als habe sie ganz vergessen, dass noch weitere Personen anwesend waren. «Nichts», wiederholte sie rasch. «Ich weiß einfach, wie man mit ihm reden muss.»

«Woher kennt ihr euch denn überhaupt?», hakte Adelina nach.

Mira rang erneut sichtlich mit sich. «Wir sind uns vor zweieinhalb Jahren auf einem Schützenfest auf dem Neumarkt begegnet», gab sie schließlich zu. «Es war nichts ... Wichtiges, aber wir haben uns, nun ja, angefreundet. Er ist ein guter Kerl, wir sind fast gleich alt, wisst Ihr. Ich glaube, wenn ich mit ihm spreche, kann ich wirklich herausfinden, ob sein Vater es ehrlich meint oder dem Hauptmann nur eine Falle stellen will.»

«Das glaubt Ihr also.» Tilmann klang, als würde er ihr am liebsten den Hals umdrehen. Zu Adelinas Überraschung lächelte er plötzlich grimmig. «Also gut, tut es.»

«Tilmann ...», begann Neklas, doch er kam nicht dazu, weiterzusprechen.

«Nein, wirklich. Lassen wir der Jungfer ihren Willen.» Tilmann nickte bekräftigend. «Vielleicht glückt ihr Plan, vielleicht auch nicht. Etwas Besseres fällt mir leider gerade nicht ein. Euch etwa?» Fragend blickte er Adelina, dann Neklas an.

«Also gut, ich werde gleich morgen früh mit ihm sprechen.» Mira löste ihre noch immer starr verschränkten Arme und deutete auf das Krankenlager. «Unter der Bedingung, dass Ihr Euch niederlegt und ausruht. Wozu sind all unsere Bemühungen gut, wenn Ihr Euch mit Eurer Lauferei und der ganzen Aufregung am Ende selbst umbringt?»

«So schnell bringt mich nichts um, Jungfer», brummte Tilmann. «Mit Ausnahme vielleicht von Eurer impertinenten Art.»

«Was war das?» Entrüstet stemmte sie die Hände in die Hüften.

«Ihr habt mich schon verstanden, Mira. Ihr geht mir auf die Nerven, und zwar gehörig.»

«Ich bin lediglich in Sorge um Eure Gesundheit.»

«Mit meiner Gesundheit ist alles in bester Ordnung», erwiderte er wütend und machte einen raschen Schritt auf sie zu. Die halbe Drehung, die er dabei vollführte, ließ ihn heftig zusammenzucken. Zischend stieß er die Luft aus und presste eine Hand auf die Dolchwunde.

«Ja, natürlich, das sehe ich.» Mira war mit einem Schritt bei ihm und fasste ihn am Arm. «Legt Euch endlich hin und ruht Euch aus!»

Adelina eilte an Tilmanns andere Seite, und gemeinsam halfen sie ihm, sich auf der Matratze auszustrecken.

«Seid Ihr nun zufrieden?», keuchte er, sichtlich darum bemüht, sich die Schmerzen, die ihn quälten, nicht anmerken zu lassen.

Mira blickte giftig auf ihn hinab. «Kein bisschen», zischte sie. «Und damit ich Euch nicht noch weiter auf die Nerven gehe, überlasse ich Euch jetzt Eurer schlechten Laune. Meisterin, ich gehe hoch in die Apotheke und bereite neues Marzipan zu. Unsere Vorräte sind schon fast aufgebraucht, und um diese Jahreszeit kommen doch immer so viele Nachfragen aus den Klöstern.»

Ohne einen weiteren Blick zurück rauschte sie mit gerafften Röcken die Stiege hinauf. Verblüfft blickte Adelina ihr hinterher.

Tilmann seufzte unterdrückt. «Verflucht», hörte sie ihn murmeln.

Als Adelina die verkniffene Miene ihres Bruders sah, merkte sie, wie sich unvermittelt ihr Herz für ihn öffnete und ein tiefes Gefühl der Zuneigung in ihr aufstieg. Neklas räusperte sich. Ehe er etwas sagen konnte, ergriff Adelina das Wort.

«Wenn es dir nichts ausmacht, Neklas, würde ich gern mit Tilmann unter vier Augen reden.»

«Oha.» Neklas grinste. «Sei gnädig mit dem Mann. Er leidet.»

Adelina lächelte schmal zurück. «Wenn dem so ist, hat er es sich selbst zuzuschreiben.»

«Mag sein.» Neklas wandte sich ebenfalls zur Stiege um. «Lass trotzdem noch etwas von ihm übrig.»

«Wir werden sehen», antwortete Adelina grimmig. Sie erkannte am Zucken von Neklas' Schultern, dass er in sich hineinlachte. Als er verschwunden war, drehte sie sich zu ihrem Bruder um, der inzwischen die Augen halb geschlossen hatte.

«So», sagte sie und straffte den Rücken.

Träge hoben sich seine Lider wieder. Als er ihre entschlossene Miene sah, stieß er einen genervten Laut aus. «Was? Willst du mir jetzt etwa noch auf die Nerven gehen, Adelina?»

«Wenn es sein muss.» Obgleich ihr Herz weiterhin vor Zuneigung überfloss, behielt sie ihren stoischen Gesichtsausdruck bei. Mit zu viel Freundlichkeit würde sie bei diesem Mann nichts erreichen.

«Ich dachte, ich soll mich ausruhen. War das nicht euer Wunsch?»

«Nein, dieser Wunsch entspringt einzig und allein Miras Sorge um dich.» Sie sah etwas in seinen Augen aufflackern und sprach entschlossen weiter: «Wenn du mich fragst, würde ich sagen, du bist schon beinahe wieder der Alte. Nun ja, ein wenig achtgeben solltest du noch, aber du wirst deine Grenzen kennen, nicht wahr?»

Tilmann verdrehte die Augen. «Was willst du also von mir?»

«Eine Erklärung.»

«Wofür?» Verwundert hob er den Kopf.

Sie lächelte fein. «Sag mir, weshalb du damals nicht auf der Ehe mit Mira bestanden hast. Warum hast du ihren Stiefvater davon überzeugt, sie bei mir in der Lehre zu lassen, damit sie ihre Gesellenprüfung ablegen kann?»

Er runzelte verwirrt die Stirn. «Das weißt du doch.»

«Ach ja?»

«Sie verabscheut mich, Adelina. Das hat sie mehr als einmal deutlich gemacht. Was soll ich mit einer Ehefrau, die von mir abgestoßen ist? Hältst du mich für verrückt? Ihre Zunge ist schärfer als Damaszener Stahl, ganz zu schweigen von ihrem Temperament. Wenn ich sie gezwungen hätte, wäre ich eines Nachts mit einem Messer zwischen den Rippen aufgewacht. Und glaube mir» – er deutete vage an sich hinab – «das ist kein Zuckerschlecken.»

«Aha.» Adelina entspannte sich etwas und zog den Hocker heran. Sie ließ sich umständlich darauf nieder, um etwas Zeit zu gewinnen und ihre Gedanken zu ordnen. «Und du bist sicher, dass dies der einzige Grund ist?»

Zwischen Tilmanns Augen erschien wieder die steile Falte. Mit einem ungeduldigen Ächzen setzte er sich auf und lehnte sich gegen die Wand.

«Worauf willst du hinaus?», fragte er argwöhnisch.

Adelina freute sich, dass sie offenbar auf dem richtigen Weg war, und antwortete: «Mir scheint, dass ihr euch inzwischen weit besser versteht als damals. Wenn ihr euch nicht gerade ankeift, scheint ihr euch gegenseitig wertzuschätzen.»

«Ankeift?»

Der Argwohn war immer deutlicher aus seinem Tonfall herauszuhören und reizte Adelina zum Lachen. Sie riss sich zusammen. «Und da frage ich mich, ob hinter deinem Rückzug vor drei Jahren nicht vielleicht ein Funken Kalkül steckte.»

Tilmann schwieg. Seine Miene hatte sich schlagartig verfinstert. Wenn Adelina ihn nicht inzwischen besser gekannt hätte, wäre sie bei dem zornigen Blick, der sie nun traf, aus dem Keller geflüchtet. Stattdessen strich sie beiläufig ihr Kleid glatt und faltete dann die Hände im Schoß.

«Und worauf genau sollte ich es wohl deiner Meinung nach abgesehen haben?», fragte er schließlich bemüht kühl.

Sie erlaubte sich erneut ein kleines Lächeln. «Vielleicht darauf, dass Mira mit der Zeit zur Vernunft kommt?» Ehe er aufbrausen konnte, fügte sie rasch hinzu: «Weißt du, dieser Verdacht ist mir erst kürzlich gekommen. Du verstehst es, mit Menschen umzugehen, sie anzuleiten und dazu zu bringen, das zu tun, was du von ihnen erwartest.»

«Was bei dir besonders gut funktioniert», schnappte er.

Ihr Lächeln vertiefte sich. «Das ist etwas anderes. Ich bin deine Schwester und habe schon allein deshalb eine gewisse Verpflichtung, dir zu widerstehen. Auch wenn ich das lange Zeit nicht gewusst habe ...» Sie hielt kurz inne. «Im Ernst, Tilmann, du verfügst über die Gabe, Menschen zu führen, sie mit klugen Worten dazu zu bringen, sich deinem Willen zu fügen. Mag sein, dass das bei mir nicht immer funktioniert. Und auch Mira dürfte sich als harte Nuss erwiesen haben.» Sie legte den Kopf schräg. «Doch wie sehr sie dich auch gereizt und provoziert hat – du hast es ihr immer durchgehen lassen.»

Er verengte die Augen zu schmalen Schlitzen. «Habe ich das?»

«Aber ja!» Nun musste sie doch auflachen. «Tilmann, wir alle kennen dich nun schon seit Jahren und sind wohlvertraut mit deinem aufbrausenden Gemüt. Ich habe selbst gesehen, wozu du fähig bist und dass du im Allgemeinen nicht zögerst, deinen Unmut kundzutun oder Gehorsam notfalls auch mit Gewalt zu erzwingen.»

«Ich vergreife mich nicht an Frauen, wenn du das meinst», knurrte er.

«Nein, das meine ich nicht, obgleich es mich sehr beruhigt, dies aus deinem Mund zu hören. Du hättest Mira auch ohne körperliche Gewalt in ihre Schranken weisen können. Sie hat sich dir gegenüber mehr als einmal höchst ungebührlich verhalten.»

«Sie ist eine Adelige», konterte er verärgert. «Steht im Rang über mir. Glaubst du, ich lege mich ernsthaft mit ihr an?»

«Ach, komm schon.» Tadelnd schüttelte Adelina den Kopf. «Du weißt so gut wie ich, dass das Unsinn ist. Abgesehen davon – was wäre deine Entschuldigung in meinem Falle? Ich bin nicht von Adel, oder?»

«Du bist meine Schwester, wie du schon gesagt hast.»

«Es freut mich, dass ich nur durch diese Verwandtschaft der drohenden Gefahr entfliehen kann.»

«Welche drohende Gefahr?» Verwirrt musterte Tilmann sie. «Mir erschließt sich der Sinn deiner Worte nicht ganz, Adelina.»

«Nicht?» Sie schmunzelte. «Ich glaube, du weißt sehr wohl, worauf ich hinauswill. Du lässt Mira ihre Grillen durchgehen – nein, lass es mich anders formulieren. Du scheinst Gefallen daran gefunden zu haben, dich mit ihr zu streiten und sie herauszufordern. Tatsächlich ist sie eine kluge junge Frau, schlagfertig noch dazu, und was ihre spitze Zunge angeht ... nun ja, die wetzt sie mittlerweile mit Vorliebe in Disputen mit dir. Wofür ich dir eigentlich dankbar sein müsste, denn seither bekommen wir anderen immer weniger davon zu spüren.» Adelina schwieg kurz und wappnete sich innerlich für das Folgende. «Hast du mit Arnold von Raderberg irgendeine Abmachung hinsichtlich Mira getroffen?»

«Was?» Sichtlich erstaunt starrte Tilmann sie an. «Wie kommst du denn darauf?»

«Also weiß auch er nichts von deinem Plan, Mira mit der Zeit doch noch umzustimmen.»

«Das ist ganz und gar nicht mein Plan!», fuhr er sie verärgert an.

«Ach nein? Dann muss ich mich aber sehr getäuscht haben, mein lieber Bruder. Aber gut, wenn du es sagst. Graf Arnold wird ja auch bestimmt schon längst einen neuen Bräutigam für Mira ins Auge gefasst haben. Wir erwarten beinahe täglich eine Nachricht in dieser Hinsicht. Nicht, dass es Mira gefallen würde, aber wie du neulich bemerkt hast – sie wurde dazu geboren und erzogen, eine politisch vorteilhafte Ehe einzugehen. Damit wird sie sich abfinden müssen.»

«Den Teufel wird er tun!», zischte Tilmann. In seinen Augen loderte Zorn auf.

Adelina spürte Freude in sich aufsteigen, blieb jedoch so neutral, wie sie nur konnte. «Ich dachte, Miras Schicksal sei dir gleichgültig.»

Er funkelte sie an. «Das habe ich nie gesagt, Adelina.»

«Nicht? Also, was genau hast du denn gesagt?»

«Ich ...» Er stockte, fuhr sich sichtlich frustriert mit den Fingern durchs Haar. «Sie wird jedenfalls nicht mit irgendeinem Mistkerl zwangsverheiratet.»

«Hmm.» Adelina lächelte. «Ich nehme an, weil du gern hättest, dass sie dich Mistkerl freiwillig nähme.»

«Was?» Sein Kopf ruckte hoch, und er starrte sie dermaßen entgeistert an, dass sie ihre Erheiterung nicht unterdrücken konnte.

«Nachdem ich euch beide nun einige Zeit unter meinem Dach beobachten durfte, konnte ich nur zu diesem Schluss kommen», erklärte sie. «Das Einzige, was mir noch ein wenig Sorge und Kopfzerbrechen bereitet, ist die Frage, welche Beweggründe dich tatsächlich antreiben.»

Tilmann starrte sie zornig und zugleich erkennbar verunsichert an. «Was geht dich das alles überhaupt an, Adelina?», wich er mit einer Gegenfrage aus. Doch sie ließ es ihm nicht durchgehen.

«Tilmann, es geht mich sehr wohl etwas an, wenn du Mira den Hof machen willst. Denn sie ist meine Gesellin und wohnt unter meinem Dach – und du bist mein Bruder. Ich denke, da habe ich schon der Schicklichkeit halber jedes Recht, mich einzumischen.»

«Ich ihr den Hof machen?», stieß er erstickt hervor.

Sie grinste. «Nun, wie auch immer man das nennen soll, was da zwischen euch vorgeht.»

«Da geht gar nichts vor. Ich will bloß ...»

«Ja?» Sie beugte sich ein wenig vor und versuchte, seinen verzweifelten Blick aufzufangen. Sie sah ihm an, dass er nach Ausflüchten suchte, jedoch auf die Schnelle keine fand. Seufzend erhob sie sich und setzte sich neben ihn auf die Matratze. Obgleich er sich sofort versteifte, legte sie ihm sanft eine Hand auf den Arm. «Tilmann, sieh mich an!»

Er zögerte, bevor er den Kopf hob und ihrem Blick begegnete.

«Das hätte nicht passieren dürfen», murmelte er mehr zu sich selbst als zu ihr.

«Was hätte nicht passieren dürfen?», fragte sie leise.

«Sie ist eine verfluchte Plage.»

«Und du liebst sie, nicht wahr?»

Sie hörte ihn scharf einatmen, sein Blick wurde derart finster, dass sie befürchtete, er würde im nächsten Moment auf sie losgehen. Doch er stieß nur einen undefinierbaren Laut aus und drehte den Kopf zur Seite.

Als sie ihn so vor sich sah, klopfte ihr Herz freudig und floss vor schwesterlicher Zuneigung beinahe über. Sie drückte seinen Arm leicht, um seine Aufmerksamkeit wieder auf sich zu lenken. «Wann hat das angefangen?»

Er schwieg lange – so lange, dass sie dachte, er würde gar nicht antworten. Doch dann vernahm sie seine Stimme, leise und stockend. «Damals in dem Mausoleum.»

«Wie bitte?» Verblüfft zog die die Augenbrauen zusammen.

Er hob kurz die Schultern. «Sie hat diesen falschen Priester niedergeschlagen und sich dann mit dessen Gehilfen angelegt, weißt du noch?»

Adelina nickte seufzend. «Das werde ich mein Leben lang nicht vergessen. Sie hat mit diesem Michel gekämpft wie eine Löwin.»

«Das stimmt.» Um seine Mundwinkel zuckte es leicht, doch ein Lächeln wurde nicht daraus. Stattdessen wirkte er nun sichtlich verlegen. «Vielleicht wusste ich schon vorher, dass ... da etwas ist.» Er schluckte. «Aber als ich sie mit diesem Schweinehund kämpfen sah ... Sie hat nicht aufgegeben, obgleich sie ihm kräftemäßig weit unterlegen war.»

«So wie dir gegenüber?»

Er erstarrte. «Ich würde sie niemals ...»

«Das meinte ich nicht, Tilmann.» Adelina lächelte. «Mira hat einen starken Willen.»

«Ich bin verflucht.»

«Was?» Halb verblüfft, halb amüsiert legte Adelina den Kopf schräg.

Tilmann gestikulierte mit der linken Hand. «Verflucht bin ich! Oder weshalb sonst gerate ich immer wieder an unerträglich aufmüpfige, rechthaberische Weiber?»

Adelina gluckste unterdrückt. Sein zorniger Blick traf sie, was sie jedoch nur noch mehr erheiterte.

«Erst deine Schwester, jetzt Mira ...» Sie lachte herzlich. «Tilmann, ist dir vielleicht schon mal der Gedanke gekommen, dass du es nicht besser verdient hast?»

«Mach dich nur lustig. Geschieht mir vermutlich wirklich recht», brummelte er beleidigt.

Da sie ihn nicht gegen sich aufbringen wollte, riss sich Adelina zusammen und drückte erneut seinen Arm. «Warum sagst du es ihr nicht endlich?»

«Bist du verrückt?» Seine Augen weiteten sich. «Sie lässt keine Gelegenheit aus, mir klarzumachen, was sie von mir hält.»

«Und das wäre?»

«Sie ...» Er zögerte, runzelte die Stirn.

«Weißt du, ich kenne Mira nun schon viele Jahre», sagte Adelina nachdenklich. «Auch mir gegenüber war sie anfangs recht widerspenstig, doch inzwischen ist sie so etwas wie meine jüngere Schwester geworden – oder eine Pflegetochter.» Sie hielt kurz inne und lächelte ihrem Bruder dann zu. «Wenn sie dich verabscheuen würde, was du offensichtlich noch immer befürchtest – weshalb sollte sie sich dann so große Mühe geben, dir beizustehen?»

«Ich habe keinen blassen Schimmer, was in ihrem Kopf vorgeht», gab er zu.

«Soweit ich mich erinnere, hat sie gesagt, sie will dir helfen, weil du mein Bruder bist und damit gewissermaßen zu ihrer Wahlfamilie gehörst, nicht wahr?»

«Hm, so etwas in der Art», murmelte er.

«Siehst du, und ich frage mich, ob das wirklich der einzige Grund ist», fuhr Adelina fort. Sie dachte an Griets Worte über Miras Gemütszustand, wollte diese aber lieber nicht vor ihrem Bruder ausbreiten. Besser wäre es, er käme selbst darauf.

«Und welchen anderen Grund gäbe es deiner Meinung nach noch?» In seinen Augen blitzte es interessiert.

«Bist du nicht schon selbst auf den Gedanken gekommen, Tilmann?», fragte sie schmunzelnd. «Warum redest du nicht einmal ganz offen mit ihr, anstatt dich immer wieder hinter Wortduellen und oberflächlichem Geplänkel zu verstecken?»

«Ich verstecke mich nicht!», protestierte er, doch es klang wenig überzeugend.

«Doch, das tust du, das tut ihr beide. Ihr schleicht wie die Diebe um den heißen Brei herum. Geh hinauf zu ihr und sag ihr auf den Kopf zu, was du für sie empfindest.»

«Jetzt?» Entsetzt starrte er sie an.

Adelina nickte. «Worauf willst du noch warten? Verschaff dir endlich Klarheit!»

«Aber ausgerechnet jetzt, in meiner prekären Lage ...»

«Tilmann, das sind doch nur Ausflüchte.» Adelina erhob sich und baute sich mit in die Hüften gestemmten Händen vor ihm auf. «Eine richtige Gelegenheit für so etwas gibt es nicht. Glaub mir, ich weiß, wovon ich spreche. Ich hätte Neklas vor Jahren beinahe verloren, nur weil ich so stur war und mir nicht eingestehen wollte, wie viel er mir bedeutet. Mach diesen Fehler nicht. Geh hinauf in die Apotheke und sprich mit ihr!»

19. Kapitel

Äußerst zufrieden mit sich stieg Adelina die Stufen ins Erdgeschoss hinauf. Sie hatte Tilmann ordentlich etwas zum Kauen gegeben und war sicher, er würde sich ihren Rat früher oder später zu Herzen nehmen. Allmählich wurde es Zeit, dass sie sich wieder ihrem Haushalt und der Apotheke widmete – und sich überlegte, welche weiteren Schritte am besten einzuleiten waren, um ihren Bruder von dem Mordverdacht reinzuwaschen.

Sie hatte gerade die letzte Stufe erklommen, als sie von der Tür zum Hinterhof her erregte Stimmen vernahm.

«Du musst es ihnen sagen, Griet!», hörte sie Marie eindringlich sprechen. «Was sollen sie denken, wenn wir ein solches Geheimnis vor ihnen verbergen? Ganz zu schweigen davon, dass es bestimmt nicht gut ist, wenn ... Oh, Adelina, da bist du ja.» Marie verstummte.

«Mutter!» Griet stieß einen erstickten Laut aus. Ihre Augen waren gerötet, auf ihren Wangen waren Tränenspuren zu erkennen.

«Bei allen Heiligen, Kind!» Erschrocken stürzte Adelina zu ihr und zog sie an sich. «Geht es dir nicht gut? Ist etwas passiert?»

«Ja ... nein. Ich meine, doch.» Griet schniefte und rang sichtlich mit sich.

«Hast du etwa geweint?» Adelina schob das Mädchen ein wenig von sich. Wenn Griet weinte, musste es sich um etwas wirklich Schlimmes handeln. Auch wenn sie es kürzlich über Mira gesagt hatte, traf diese Eigenschaft doch vor allem auf Griet zu: Sie weinte so gut wie nie. Zu viel Leid hatte sie als Kind erlebt, ohne die Gelegenheit gehabt zu haben, eine Träne darüber zu vergießen.

«Komm, wir setzen uns in die Küche, dann erzählst du mir alles.» Sie schob Griet vor sich her und brachte sie dazu, sich auf die Ofenbank zu setzen.

Marie folgte ihnen und ließ sich am Tisch nieder. Griets unsicherer Blick traf sie, woraufhin sie ihr ermutigend zunickte. «Hab keine Angst, Griet, so schlimm ist es nun auch wieder nicht.» Sie wandte sich an Adelina. «Ich habe Griet zufällig in der

Judengasse getroffen, als sie sich aus dem Hof geschlichen hat, in dem sich der Ausgang eures Geheimgangs befindet.»

«Was sagst du da?» Erschrocken blickte Adelina von Marie zu Griet und wieder zurück. «Warst du etwa allein unterwegs? Weißt du, wie gefährlich das ist? Warum hast du überhaupt den Geheimgang benutzt?»

«Immer mit der Ruhe, Adelina», versuchte Marie zu vermitteln. «Es ist nichts Schlimmes passiert. Zum Glück habe ich Griet aufhalten können, bevor sie allein loslaufen konnte.»

«Loslaufen? Wohin?»

«Zu Ludmilla», antwortete Griet kaum hörbar.

«Warum wolltest du zu Ludmilla? Sie kommt doch morgen oder übermorgen sowieso wieder her. Hat das nicht warten können?» Ratlos musterte Adelina ihre Stieftochter, die die Augen beschämt zu Boden gerichtet hatte und jetzt heftig den Kopf schüttelte. «Dann ist es vielleicht schon zu spät.»

«Zu spät, wofür?

«Vielleicht stirbt sie, wenn Ludmilla ihr nicht hilft!»

Adelina spürte eine Gänsehaut über ihren Rücken kriechen. «Wer stirbt vielleicht?» Sie fasste Griet sanft, aber bestimmt am Kinn und brachte sie dazu, den Kopf zu heben. «Griet, sag mir um Himmels willen, was los ist! Bist du krank oder in Schwierigkeiten?»

Das Mädchen blinzelte zweimal heftig. «Nein, nicht ich. Clara.»

«Wer ist Clara?»

Griet zögerte. «Clara van Oeche. Sie ist ... ähm, eine Freundin.»

Irritiert runzelte Adelina die Stirn. «Den Namen habe ich noch nie gehört.»

«Sie ist kürzlich aus Aachen hergekommen», erklärte Marie. «Leider ohne Geld und Gut, deshalb ... Schau mich nicht so an,

Adelina. Ich weiß auch nur, was deine Tochter mir eben erzählt hat. Griet?»

Das Mädchen nickte. «Clara ist von ... von da, wo sie gewohnt hat, weggelaufen.»

«Sie ist ihrer Familie davongelaufen?» Erschrocken hob Adelina den Kopf. «Und woher kennst du sie?»

«Sie war neulich ... Du weißt doch noch, dass ich einer Bettlerin etwas zu essen gegeben habe?»

Adelina nickte, sie erinnerte sich vage daran.

Griet hob die Schultern. «Das war Clara. Sie hat mir so leidgetan, weil ... sie schwanger ist.»

«Was sagst du da?» Bestürzt fasste sich Adelina an die Stirn. «Sie ist ihrem Ehemann davongelaufen, obwohl sie ein Kind erwartet?»

«Nein, nicht ihrem Ehemann.» Griet verzog schmerzlich das Gesicht. «Sie ist nicht verheiratet.»

«Liebe Zeit!» Adelina starrte Griet entsetzt an. «Kind, in welche Geschichte bist du da geraten?»

«In gar keine!», rief Griet sichtlich verzweifelt. «Clara hat nichts Schlimmes getan. Sie ist nur ...»

«Schwanger.»

«Ja.» Griet senkte den Kopf, hob ihn jedoch sogleich wieder. «Mutter, wir müssen ihr helfen. Sie hat Wehen, dabei soll das Kind erst in zwei oder drei Monaten kommen. Ich war bei ihr, um ihr wieder etwas zu essen zu bringen, da hat es angefangen. Sie hat große Angst und Schmerzen und –»

«Wo ist sie denn jetzt überhaupt?», unterbrach Adelina sie.

«Unten in dem großen Raum, du weißt schon, in dieser Ruine, in der damals das Gesindel gehaust hat.»

«Du hast sie in die Unterwelt gebracht?» Verblüfft und verärgert zugleich blickte Adelina das Mädchen an.

Griet nickte. «Ich wusste nicht, wohin mit ihr. Dort unten ist es wenigstens ein bisschen geschützt, und das Gesindel ist doch schon lange fort. Außerdem muss sie sich verstecken, weil sie Angst hat, dass man sie finden könnte.»

Argwöhnisch hob Adelina die Brauen. «Sie wird gesucht? Von wem?»

«Von ihrem Vater vermutlich.»

«Sein gutes Recht!»

«Nein, Mutter, du verstehst das nicht.» Griet sprang auf, ging mehrmals erregt auf und ab und blieb dann direkt vor Adelina stehen, umfasste ihre rechte Hand. «Ihr Vater darf sie nicht finden, weil er sie dann sofort wieder zurückbringt.»

«Zurück wohin? Ist sie etwa aus dem Kloster weggelaufen?»

«Nein. Er hat sie an ein Hurenhaus verpfändet.»

«Wie bitte?» Entgeistert riss Adelina die Augen auf.

Marie räusperte sich. «So, wie ich es verstanden habe, hat Claras Vater immense Schulden und deshalb seine Frau und seine Tochter auf ein Jahr in das Hurenhaus geschickt. Dort sollten sie ihm helfen, das nötige Geld aufzubringen, um die Schulden zu begleichen.»

«Das ist ja …» Adelina fehlten die Worte.

Marie nickte bekümmert. «Ich weiß, ich war auch entsetzt. Aber ich habe schon gehört, dass es Männer gibt, die so etwas tun, wenn sie Schulden haben. Es ist einfach grausam. Claras Mutter ist krank geworden und gestorben, deshalb sollte Clara nun noch länger für den Hurenwirt arbeiten. Doch dann wurde sie schwanger und ist davongelaufen.»

Betroffen rieb sich Adelina über die Arme und seufzte dann aus tiefstem Herzen. Warum nur passierten immer ihrer Familie solche Dinge? Sie schienen nicht nur Mordanklagen und Verwicklungen in diverse Verschwörungen wie magisch anzuziehen, sondern auch Menschen, die auf die eine oder andere Weise ihrer Hilfe bedurften.

Nun also diese Clara. Adelina schalt sich innerlich viel zu weichherzig, doch das Gebot der Nächstenliebe besagte nun einmal, dass sie einen Menschen in Not nicht einfach sich selbst überlassen durfte. Sie hoffte nur, dass sie sich damit nicht noch mehr Ärger einhandelte.

«Also, du sagst, bei dem Mädchen haben die Wehen vorzeitig eingesetzt?», wandte sie sich an Griet, die sie ängstlich beobachtet hatte.

Das Mädchen atmete hörbar auf. «Ja, Mutter. Sie kamen vorhin noch in großen Abständen, aber ich glaube, Clara hat auch ein bisschen geblutet. Wenn sie das Kind verliert, kann sie doch sterben, nicht wahr?»

Adelina nickte. «Die Gefahr besteht immer.» Sie blickte zu Marie. «Würdest du Jupp bitten, hinaus zu Ludmilla zu reiten und sie herzubringen? Er soll eines unserer Pferde nehmen. Griet, hol saubere Tücher. Wo steckt Magda?»

«Sie ist draußen bei den Hühnern.»

«Na gut, dann bereite ich einen Eimer mit heißem Wasser vor und stelle ein paar Kräuter aus der Apotheke zusammen. Wir gehen gemeinsam zu Clara und schauen, ob wir ihr helfen können.»

«Danke, Mutter!»

«Ja, ja, nun lauf schon zu!» Adelina wedelte ungeduldig mit der Hand. Sie war bereits dabei, Wasser aus dem Vorratsbehälter in einen Kessel umzufüllen, schürte das Feuer unter dem Dreifuß und hängte den Kessel darüber auf. Dann eilte sie in die Apotheke, wo Mira gerade konzentriert Mandeln in einem Mörser zerstieß. Es roch leicht nach dem Rosenwasser, das sie der Mischung nach und nach beifügte. Die Gesellin arbeitete mit finsterer Miene und achtete nicht darauf, was um sie herum geschah. Adelina ließ sie in Frieden. Sie wusste, dass man nicht unbedingt mit Mira sprechen sollte, wenn sie in dieser Stimmung war. Stattdessen packte sie ein paar Arzneien und Kräuter in einen Korb. Nach kurzem Zögern legte sie auch die getrocknete Mistel dazu. Ein Trank daraus konnte die Wehen verstärken und ein Kind vorzeitig aus dem Leib treiben. Einige Hebammen, die bei ihr Kundinnen waren, benutzten diese Arznei in seltenen Fällen. Adelina glaubte nicht, dass sie sich trauen würde, die Mistel wirklich anzuwenden, denn sie kannte sich damit nicht gut aus. Aber vielleicht würde Ludmilla sie brauchen.

Zurück in der Küche, überprüfte sie das Wasser, entschied, dass es noch ein wenig heißer werden musste, und packte rasch Brot, Käse, ein paar Äpfel und einen Krug Apfelmost in den Korb.

In diesem Moment kehrte Griet mit einem Stapel sauberer Leinentücher zurück. Ihr auf den Fersen war Neklas, der offenbar gerade von einem Krankenbesuch zurückgekommen war.

«Was habt ihr denn vor?» Mit hochgezogenen Brauen musterte er die Tücher und den vollgepackten Korb.

«Wir gehen in die Unterwelt», erklärte Adelina. «Griet hat dort in der Höhle hinter dem Beinhaus ein junges, schwangeres Mädchen versteckt, das unserer Hilfe bedarf.»

«Was?» Verblüfft hob er den Kopf.

Adelina hob die Schultern. «Ich erkläre es dir später, Neklas. Bleib du bitte hier im Haus, falls der Rentmeister zurückkehrt oder der Vogt ... oder wer auch immer.»

«Aber ...»

«Bitte, Neklas.» Eindringlich sah sie ihm in die Augen. «Wir haben es eilig und –»

«Ich habe Jupp Bescheid gegeben», kam in diesem Moment von der Küchentür her Maries Stimme. Auch sie trug einen Korb am Arm, in dem sich neben einem Weinkrug und einem halben Brot auch eine Schüssel befand, die vermutlich Grütze oder Eintopf enthielt.

«Er reitet los, sobald Ludwig ihm ein Pferd gesattelt hat.»

«Gut, dann lasst uns gehen.» Adelina sah ihre Freundin und Griet auffordernd an und ging an dem noch immer verwunderten Neklas vorbei in den Keller. Unten im Laboratorium stieß sie beinahe mit Tilmann zusammen, der offenbar gerade auf dem Weg nach oben war.

«Was habt ihr denn vor?», wollte er nach einem Blick auf die Körbe, den vollen Wassereimer und die Leinentücher wissen.

Mit wenigen Worten schilderte Adelina ihm die Situation.

«Ich begleite euch», beschloss er sogleich.

Adelina konnte nicht umhin zu vermuten, dass er darin eine gute Gelegenheit sah, das Gespräch mit Mira noch ein wenig aufzuschieben. Für einen solchen Feigling hätte sie ihren Bruder nicht gehalten. Sie hatten jedoch keine Zeit für lange Debatten.

«Also gut, wie du meinst. Aber bleib ein wenig zurück. Das Mädchen ist vermutlich sehr verängstigt, und in ihrem Zustand wird sie keinen Mann um sich haben wollen. Das ziemt sich zudem nicht.»

«Schon gut. Ich will nur dafür sorgen, das ihr dort sicher seid, das ist alles.»

«Danke, Tilmann.» Adelina lächelte ihm zu und bemerkte jetzt erst, dass er andere Kleider trug. Sie hatte ihm ein paar Hosen und Hemden von Jupp gebracht, da die beiden Männer etwa gleich groß waren. Auch seine Stiefel hatte Tilmann angezogen, ebenso wie den Schwertgürtel. Das Schwert schien ihm Kraft und Selbstbewusstsein zu geben, denn er hielt sich so aufrecht wie eh und je. Hätte sie nicht von den schweren Wunden gewusst, wäre sie nicht auf die Idee gekommen, er könnte geschwächt sein.

Sie benötigten nur wenige Minuten bis zu der großen Höhle, die einst als Herberge für Diebesgesindel gedient hatte. Adelina gab ihrem Bruder ein Zeichen, sich zurückzuhalten, und bedeutete Griet, voranzugehen.

Der unterirdische Raum, ehemals wohl ein Tempel oder Palast

der römischen Bewohner von Köln, wurde nur in einer Ecke von einem flackernden Kienspan erleuchtet. Dort lagen alte Kleider und Decken aufgehäuft, zwischen denen ein menschlicher Kopf auszumachen war.

«Clara?» Griet stellte den Eimer ab und lief auf den Kleiderberg zu. Sie legte die Leinentücher achtlos beiseite und wühlte sich durch mehrere Lagen Stoff.

«Clara, geht es dir gut?»

Adelina blieb in einiger Entfernung stehen und wartete ab. Sie vernahm ein leises Murmeln.

Griet blickte sich zu ihr um. «Mutter, Marie, kommt schnell! Ich glaube, Clara hat Fieber bekommen.»

Die beiden Frauen sahen einander vielsagend an und näherten sich langsam dem Lager.

Etwas bewegte sich unter den Kleidern und Decken. Griet half dem Mädchen, sich ein wenig aufzurichten.

«Keine Angst, Clara. Ich habe Hilfe geholt, wie versprochen. Das sind meine Mutter, die Meisterin Adelina Burka, und unsere Nachbarin Marie. Und Meister Jupp ist losgeritten, um Ludmilla zu holen. Es wird alles wieder gut.»

«Ich ... hab ... aber ... Angst.» Die Stimme des Mädchens war kaum zu verstehen, so leise sprach sie. Ihre Zähne schlugen immer wieder aufeinander, offenbar vom Schüttelfrost. Adelina stellte ihren Korb ab und ging neben ihrer Tochter auf die Knie, zog ein paar weitere Lumpen beiseite, um das Häuflein Mensch besser in Augenschein nehmen zu können.

Clara war von kleiner, jedoch durchaus kräftiger Statur. Man sah ihr an, dass sie viel körperlich gearbeitet haben musste. Sie besaß ein recht hübsches, herzförmiges Gesicht und Grübchen neben den Mundwinkeln, die sicher ganz entzückend aussahen, wenn sie lachte. Das Lachen war ihr aber wohl schon lange vergangen. Ihre Gesichtsfarbe war unnatürlich blass, auf den Wangen sah man erste rote Fieberflecken. Ihr glattes, braunes Haar hatte sich aus dem Zopf fast vollständig gelöst und hing ihr wirr in die Stirn.

Bange blickte sie von Adelina zu Marie, die ebenfalls in die Hocke gegangen war und gerade die Schüssel und einen Trinkbecher aus ihrem Korb hervorholte.

«Hier ist etwas zu essen für dich», sagte sie und hielt Clara die Schüssel hin. «Der Eintopf ist noch warm, weil unsere Dorthe ihn den ganzen Tag über dem Feuer simmern lässt.» Sie reichte dem Mädchen auch noch einen Löffel.

Clara sah sie mit großen Augen an. «Danke», hauchte sie, krümmte sich jedoch im nächsten Moment zusammen und hätte die Schüssel beinahe umgeworfen, wenn Adelina sie nicht geistesgegenwärtig aufgefangen hätte. Rasch stellte sie sie beiseite.

«Ganz ruhig, mein Kind», sagte sie und ergriff die linke Hand des Mädchens. «Atme ganz langsam ein und aus, bis der Schmerz nachlässt.»

Clara gehorchte, so gut es ihr möglich war. Schließlich entspannte sie sich wieder. «Es kommt.» Ihr traten Tränen in die Augen. «Das Kind kommt, aber es ist doch noch viel zu früh. Muss ich jetzt sterben?»

«Das liegt allein in der Hand des Allmächtigen», antwortete Marie sanft. «Aber du bist jung und kräftig. Hab keine Angst, es wird alles gut werden. Wie alt bist du, Clara?»

«Fünfzehn.»

«Lass mich dich einmal untersuchen», bat Adelina. «Ich habe von der Hebamme Ludmilla ein paar Handgriffe gelernt. Vielleicht kann ich dir ja helfen. Manchmal lassen sich frühzeitige Wehen nämlich auch aufhalten.»

Clara schluckte ängstlich, nickte dann aber. Während Griet ihre Hand nahm, öffnete Adelina vorsichtig die Verschnürung an Claras Kleid. Gemeinsam halfen sie dem Mädchen, sich aus-

zuziehen. Dann tastete Adelina den gewölbten Leib der Schwangeren ab, runzelte die Stirn, legte ein Ohr an Claras Bauch und tastete erneut. Anschließend hob sie den Kopf und suchte den Blick des Mädchens. «Hat sich das Kind in letzter Zeit bewegt?»
«Ich ... ich weiß nicht.» Clara wirkte ratlos.

Adelina nagte an ihrer Unterlippe, erhob sich und bedeutete Marie, mit ihr ein paar Schritte beiseitezugehen.

«Stimmt etwas nicht?», fragte Marie leise.

«Ich bin mir nicht sicher.» Adelina senkte ebenfalls die Stimme. «Es ist kein Herzschlag zu hören und auch nichts dergleichen zu spüren.»

«Glaubst du, das Kind ist tot?»

«Wenn es so ist, wird es den Körper der Mutter vergiften, dann stirbt sie ebenfalls.»

«Was schlägst du also vor?»

«Wenn doch nur Ludmilla schon hier wäre!» Unsicher rieb sich Adelina über die Oberarme. «Falls das Kind tot ist, muss es so schnell wie möglich geboren werden. Ich habe zwar ein Mittel dabei, das helfen kann, die Wehen zu verstärken, aber es ist sehr gefährlich. Falsch dosiert kann es auch der Mutter den Tod bringen – oder sie in den Wahnsinn treiben.»

«Heilige Muttergottes!» Marie bekreuzigte sich. «Und wenn wir auf Ludmilla warten?»

Adelina schüttelte den Kopf. «Clara fiebert schon. Wenn wir noch länger warten, wird sie es ganz sicher nicht überstehen. Wir wissen ja nicht, wie lange sich das Kind schon nicht mehr geregt hat.»

«Dann ...» Marie runzelte die Stirn. «Dann tu es. Gib ihr von dieser Medizin.»

«Ich bin keine Hebamme!»

«Aber du hast selbst schon zwei Kindern das Leben geschenkt. Du weißt, was zu tun ist.»

«Mutter?» Griet hatte sich zu ihnen gesellt und griff nach Adelinas Arm. «Was ist? Kannst du Clara helfen?»

«Das weiß ich nicht, Griet.» Adelina seufzte. «Ich fürchte, das Kind in Claras Leib lebt nicht mehr. Wenn dem so ist, müssen wir es ganz schnell holen, aber das wird auch Claras Leben gefährden.»

«Oh.» Griet wurde blass. «Bist du sicher?»

«Ganz sicher kann man nie sein, aber wenn wir warten und das Kind vergiftet Claras Körper, wird sie ganz gewiss sterben.»

Griet presste die Lippen zusammen. Dann wandte sie sich um und ließ sich erneut neben der Schwangeren nieder. Sie redete leise auf Clara ein. Adelina konnte sehen, dass die Kleine vor Schreck und Angst ganz weiß im Gesicht wurde. Doch schließlich nickte sie zögernd.

Griet erhob sich wieder und wandte sich Adelina zu. «Clara sagt, du sollst es versuchen. Oder können wir noch auf Ludmilla warten?»

«Ich fürchte, nein.»

«Bitte.» Clara setzte sich auf und blickte verzweifelt zu Adelina hoch. «Bitte helft mir, gute Frau. Wenn … wenn ich sterben sollte … Ich habe sowieso niemanden, der sich um mich schert. Mein Vater wird mich umbringen, wenn er mich findet. Oder er schickt mich zurück ins …» Sie verkrampfte sich wieder und stieß einen erstickten Schmerzensschrei aus. «Bitte!» Tränen rannen ihr über die Wangen.

Adelina wechselte einen kurzen Blick mit Marie. «Hast du Wein mitgebracht?»

«Würzwein, aber stark verdünnt.»

«Gut, das reicht. Er nimmt dem Trank die Bitternis. Griet, reich mir den Mörser aus meinem Korb und den Beutel mit dem schwarzen Band. Er enthält die getrocknete Mistel.»

Während Adelina den Trank vorbereitete, versuchte sie sich

an alles zu erinnern, was Ludmilla ihr einst über die Verwendung des Krauts erzählt hatte. Es war schon so lange her – damals war Adelina in höchster Not zu der weisen Frau gegangen, um das Kind, das sie unter dem Herzen trug, vorzeitig loszuwerden. Ludmilla hatte sie danach für eine Weile in ihrer Waldhütte beherbergt und gepflegt und einiges Wissen mit ihr geteilt. Nie wäre Adelina auf den Gedanken gekommen, dass sie dies einmal würde anwenden müssen.

«Hier, trink das, aber nicht zu hastig.» Sie reichte Clara den Krug mit dem Kräuter-Wein-Gemisch. Nachdem das Mädchen beherzt alles hinuntergeschluckt hatte, faltete Adelina die Hände im Schoß. «Jetzt müssen wir abwarten. Aber es wird nicht lange dauern.»

20. Kapitel

«Bist du von allen guten Geistern verlassen? Das hätte auch schiefgehen können.» Tilmann musterte Adelina zornig, während er neben ihr durch die Gänge zurück zum Keller der Apotheke ging.

Adelina erwiderte seinen Blick gereizt. «Glaubst du, das weiß ich nicht?», fauchte sie. Sie war mit den Nerven am Ende. Die Mistel hatte ihre Wirkung sehr schnell entfaltet, und es hatte kaum eine Stunde gedauert, bis Clara einen winzigen toten Jungen geboren hatte. Adelina hatte das Kindchen auf den Namen Gotteskind notgetauft, nur für den Fall, dass es doch noch gelebt hatte. Danach hatte sie das junge Mädchen so gut wie möglich versorgt. Sie hoffe, dass Ludmilla bald da war, um sich weiter um Clara zu kümmern. Die Kleine war geschwächt, schien aber alles recht gut überstanden zu haben. Wenn jedoch das Fieber schlimmer wurde, würde auch die weise Frau ihr kaum mehr helfen können. «Natürlich war es ein großes Risiko, aber was hätte ich denn tun sollen?» Sie warf einen Blick über ihre Schulter. Marie und Griet folgten ihnen in einiger Entfernung. «Ich konnte Clara doch nicht einfach ihrem Schicksal überlassen.»

Tilmann knirschte hörbar mit den Zähnen, dann seufzte er genervt. «Nein, vermutlich nicht. Aber was willst du denn jetzt mit ihr anstellen? Wenn sie wirklich eine entlaufene Hure ist, gehört sie zu den Unehrlichen, Adelina.»

Sie schoss einen wütenden Blick auf ihn ab. «Ihr eigener Vater hat sie dazu gezwungen, Tilmann!» Sie dachte an Griet, die ein ähnliches Schicksal erlitten hatte, allerdings noch weit jünger gewesen war als Clara. Doch davon wollte sie ihrem Bruder jetzt nichts erzählen. Er kannte Griets Vorgeschichte noch nicht, und sie war sich auch nicht sicher, ob es im Sinne ihrer Stieftochter war, wenn noch jemand davon erfuhr. «Sie konnte sich nicht wehren, außer durch Flucht. Wenn sie wieder gesund wird, werden wir schon eine Lösung finden.»

«Ja, wenn. Und was machst du, wenn sie stirbt? Wie willst du ihre Anwesenheit hier erklären?»

«Darüber will ich jetzt nicht nachdenken.» Adelina richtete ihren Blick starr geradeaus, während sie das alte Beinhaus durchquerten. An der Tür warteten sie, bis Marie und Griet zu ihnen aufgeholt hatten. Adelina schloss die Tür ab und schob den Schlüssel in den Ärmel ihres Kleides. Den kurzen Rest des Weges legten sie schweigend zurück.

«Du hast das Richtige getan, Adelina», befand am folgenden Morgen Ludmilla, die sich dem Morgenmahl der Familie angeschlossen hatte. Meister Jupp hatte sie noch am vergangenen Abend hergebracht, und sie war nach Adelinas kurzem Bericht sofort hinab in die Unterwelt gestiegen, um nach Clara zu sehen.

«Die Kleine fiebert zwar noch etwas, aber es sieht so aus, als würde sie es überstehen.» Ludmilla kicherte in ihrer typischen, krächzenden Art. «Warst ja ganz schön mutig, die Mistel anzuwenden. Aber anders hättest du das Kind wahrscheinlich nicht schnell genug herausbekommen. So junge Mädchen tun sich meistens schwer beim Gebären.» Sie hielt inne und wandte sich dann an Griet. «Was hast du dir nur dabei gedacht, die Kleine aufzunehmen? Bisher dachte ich immer, nur deine Mutter hätte das Talent, sich Ärger einzuhandeln. Was glaubst du, machen sie mit Clara, wenn sie sie finden sollten?»

Griet senkte beschämt den Kopf. «Sie schicken sie zurück ins …»

«Ins Dirnenhaus, jawohl.» Ludmilla nickte. «Wenn sie dort einen Vertrag hat, ist es das Recht des Hurenwirts, sie zurückzuholen. Das habe ich dir schon vor Tagen gesagt.»

«Aber ihr Vater hat sie gegen ihren Willen dorthin verpfändet!», begehrte Griet auf. «Das ist nicht rechtens, weil alle Dirnen freiwillig ihre Arbeit tun müssen.» In ihren Augen glitzerten Zorn und Hilflosigkeit. Ich weiß, wie …» Sie brach ab und blickte erschrocken auf Tilmann. «Ich kann mir vorstellen, wie sie sich fühlen muss.»

Ludmilla schnalzte mit der Zunge. Im Gegensatz zum Hauptmann wusste sie um Griets Vergangenheit.

«Ist ja gut, Kind. Uns wird etwas einfallen. Möglicherweise könnte sie eine Weile bei mir unterschlüpfen, bis wir wissen, ob sie tatsächlich gesucht wird. Aachen ist weit weg. Mit etwas Glück kommt niemand darauf, dass sie hier in Köln ist.»

Griet atmete hörbar auf. «Das würdest du tun?»

Ludmilla lächelte großmütterlich. «Kindchen, du bist nicht die Einzige, die sich vorstellen kann, wie es ist, zu einem bestimmten Leben gezwungen zu werden. Wenngleich es ein nicht unerheblicher Unterschied ist, ob man aus einem Kloster oder einem Hurenhaus flieht. Wir werden sehen. Zunächst einmal muss Clara wieder gesund werden.»

Für eine kurze Weile herrschte Schweigen, weil sich alle Anwesenden ihren Schüsseln mit Hirsebrei zuwandten. Doch dann ergriff die alte Frau wieder das Wort. «Ich habe mich übrigens inzwischen ein wenig umgehört und auch bei van Dalens Anwesen umgesehen. Tatsächlich war ich noch gar nicht lange wieder in meiner Hütte, als Jupp mich holen kam.»

Adelina merkte sogleich auf. «Hast du etwas herausfinden können?»

«Wie man's nimmt.» Die Alte zuckte die Achseln. «Was ich gesehen habe, ist ein junger Knecht, dessen linker Oberschenkel bis zum Knie hinunter verbunden ist. Ich habe ein bisschen arglos herumgefragt und erfahren, dass er wohl beim Holzhacken mit dem Beil abgerutscht ist und sich schwer verletzt hat.»

Adelina kräuselte überrascht die Lippen. «Deswegen also die Wundarzneien und das Verbandszeug?»

«Es hat den Anschein, ja.»

Erneut herrschte ringsum Schweigen, bis sich Neklas vernehmlich räusperte. «Also streichen wir Christine van Dalen vorerst von unserer Liste der Verdächtigen – zumindest, bis wir neue Anhaltspunkte gewonnen haben. Hast du sonst noch etwas aufgeschnappt, Ludmilla?»

«Nichts von Bedeutung. Die Gerüchteküche brodelt, aber es scheint, als habet Ihr den Großteil der Kölner Bürgerschaft hinter Euch, Hauptmann Greverode. Selten, dass ich Stimmen vernommen hätte, die Euch als schuldig bezeichnen. Das wird Euch gewiss freuen, wenn es auch dem Vogt vollkommen gleich sein dürfte.»

«Irgendetwas Neues über Harro?», fragte Adelina.

Ludmilla schüttelte den Kopf. «Der scheint wie vom Erdboden verschluckt zu sein – übrigens ebenso wie einige von van Dalens Männern. Man sagt, sie seien losgezogen, den wahren Mörder zu finden und Euch, Hauptmann, ebenfalls aufzutreiben. Sind sie noch nicht hier aufgetaucht? Das wundert mich, denn ich hätte vermutet, dass sie als Erstes Adelina befragen. Nun ja, vielleicht geschieht das noch. Dem Vogt und seinen Methoden scheint in Köln niemand rechte Begeisterung entgegenzubringen – und Vertrauen schon gar nicht.»

«Es war bisher noch niemand hier», sagte Neklas, «außer dem Rentmeister.»

«Overstolz?» Ludmilla zog die Augenbrauen hoch. «Sieh einer an. Kam er im Guten oder um zu stänkern?»

«Im Guten, zumindest behauptete er das.»

«Nehmt ihr ihm das ab?»

«Wir sind uns noch nicht einig», brummte Tilmann und warf einen Seitenblick auf Mira, die heute ungewöhnlich still war.

Doch nun hob sie den Kopf. «Ich werde es herausfinden, das habe ich doch gesagt!» Ihr Tonfall verriet, dass sie noch immer wütend auf ihn war. «Gleich nachdem ich mich um das frische Marzipan von gestern gekümmert habe, breche ich auf.»

«Allein?» Er hob die Brauen.

Sie bedachte ihn mit einem gereizten Blick. «Das wäre wohl kaum sehr schicklich, nicht wahr? Ich nehme Vitus mit.»

«Vitus?», echote er verblüfft.

«Warum nicht? Er hat mich schon früher auf Botengängen begleitet. Nicht wahr, Vitus?» Sie warf dem jungen Mann ein freundliches Lächeln zu.

Vitus nickte begeistert. «Klar, Mira, ich geh mit dir und pass auf, dass dir keiner was tut. Wohin wollen wir denn?»

«In die Rheingasse, zum Kontor von Thönnes Overstolz.»

Er war verrückt. Ganz eindeutig verrückt. Weshalb nur hörte er auf Adelina? War sein Verstand mittlerweile zu Brei verkommen durch das lange Liegen und die Untätigkeit, zu der er hier im Hause verdammt war? Tilmann fuhr sich mit gespreizten Fingern ordnend durch sein dunkles, schulterlanges Haar und band es dann wieder mit einem Lederriemen im Nacken zusammen. Kurz tastete er über sein Kinn. Die letzte Rasur lag bereits einen Tag zurück, aber – verdammt – er war schließlich kein alberner Geck.

Wenigstens seine Kleider waren wieder einigermaßen standesgemäß. Gern hätte er zwar etwas von seinen eigenen Sachen getragen, aber solange er sich hier versteckte, war es zu riskant, jemanden in sein Haus zu schicken, um Kleider zu holen. Der Vogt ließ die Apotheke nach wie vor beobachten, und selbst wenn sie den Geheimgang benutzten, waren sie vor einer Entdeckung nicht sicher.

Zumindest sein Schwertgürtel samt der wertvollen Waffe war vorhanden. Er hatte ihn umgeschnallt, weil er sich damit sicherer fühlte. Die Schmerzen, die das Gewicht an seinen Wunden verursachte, ignorierte er. Tilmann Greverode, Hauptmann der Stadtsoldaten. Er brauchte sich wahrlich nicht zu verstecken, auch wenn kein adeliges Blut in seinen Adern floss. Durch harte Arbeit und einen klugen Kopf hatte er es zu etwas gebracht – und das Ende seiner Laufbahn gewiss noch nicht erreicht. Zumindest nicht, wenn sie diesen vermaledeiten Mord endlich aufklärten. Keine Frau, die noch alle Sinne beisammen hatte, würde ihn abweisen – oder, nun ja, zum zweiten Mal abweisen.

Kopfschüttelnd blickte er sich in dem kleinen Kellergelass um. Er versuchte, sich selbst zu überzeugen, sich Mut zu machen, und das ärgerte ihn. Hatte er das wirklich nötig?

Mit einem wütenden Schnauben riss er sich von der Betrachtung der Kammer los und stieg entschlossen die Stiege hinauf. Adelina war mit Griet und Ludmilla in die Unterwelt gegangen, um nach dieser Clara zu sehen. Neklas war zu einem Kranken gerufen worden, und Franziska brachte gemeinsam mit Magda den kleinen Colin zu seinem Unterricht. Katharina hatten sie auch mitgenommen. Die Gelegenheit war also günstig, das Haus so gut wie verlassen, sah man einmal von Moses und Fine ab, die sich in der Küche unter der Ofenbank zusammengerollt hatten und einträchtig ihr Vormittagsschläfchen hielten. Von Ferne war Ludowig zu vernehmen, der im Hof Holz aufstapelte und dabei vor sich hin pfiff, und auch Vitus, der dem Knecht irgendetwas erzählte.

Tilmann zögerte, als er sich der Apotheke näherte. Im Hinterzimmer blieb er stehen. Auf dem quadratischen Holztisch neben der Destille stand eine offene Holzkiste, die ordentlich gestapelte kleine Päckchen aus Wachspapier enthielt. Offenbar das Marzipan. Mira schien mit dem Einpacken der wertvollen Leckereien beschäftigt zu sein. Die Kiste enthielt jetzt schon ein kleines Vermögen. Aus dem vorderen Raum vernahm er leises Rumoren und zögerte, schalt sich jedoch sogleich einen elenden Hasenfuß. Bevor er es sich noch einmal anders überlegen konnte, öffnete er die Tür und betrat die Apotheke.

Mira stand am Tresen und wog gerade eine etwa daumengroße Menge des frischen Marzipans ab. Neben der Waage lag ein passend zugeschnittenes Stück Wachspapier. Sie wirkte sehr konzentriert, während sie mit den winzigen Gewichten hantierte. Ihr hellblondes Haar war zu einem dicken Zopf geflochten, der bis zur Mitte ihres Rückens reichte und einen reizvollen Kontrast zur dunkelblauen Farbe ihres Kleides bildete. Jenes Kleides, dass Arnold von Raderberg seiner Stieftochter zusammen mit einigen weiteren Kleidungsstücken einst geschenkt hatte, um sie für ihren zukünftigen Bräutigam herauszuputzen. Eine Strähne hatte sich aus dem Zopf gelöst und umspielte ihre Wange. Sichtlich ungeduldig strich sie sie hinters Ohr.

Einen Moment lang sah Tilmann sie nur an, so wie er es – heimlich allerdings – schon oft getan hatte. In seiner Magengrube regte sich etwas, das sich wie ein Flattern anfühlte. Er bemühte sich, es zu ignorieren, denn einen solchen Unsinn konnte er sich nicht leisten. Dass sich sein Herzschlag ein wenig beschleunigte, war jedoch nicht zu verhindern.

«Wollt Ihr etwas Bestimmtes, Hauptmann Greverode, oder seid Ihr gekommen, um mich anzustarren?» Miras Stimme troff vor Sarkasmus. Sie blickte nicht von ihrer Arbeit auf, während sie sprach.

Sein erster Impuls war, ihr eine ihrem hochnäsigen Ton entsprechende schroffe Antwort zu geben, doch er beherrschte sich. «Ersteres trifft zu, Jungfer Mira. Ich möchte mit Euch sprechen.»

«Dann tut es», antwortete sie, während sie das Marzipan geschickt in das Papier wickelte und gleich darauf eine neue Portion abwog. «Ich wüsste allerdings nicht, was wir noch miteinander zu bereden hätten, da ich Euch ja, wie Ihr mir deutlich gemacht habt, mit allem, was ich tue oder sage, auf die Nerven gehe. Es liegt mir fern, Euch Eures Seelenfriedens berauben zu wollen.» Sie verpackte auch dieses Marzipanstück und legte den Rest zurück in einen Steinguttopf, den sie mit einem passenden Deckel dicht verschloss. Die abgepackten Süßigkeiten brachte sie nicht ins Hinterzimmer zu den anderen, sondern legte sie in ein kleines Kästchen unter dem Tresen.

«Ach? Das ist ja etwas Neues», entfuhr es ihm. «Ich hatte angenommen, das sei von Beginn unserer Bekanntschaft an Euer erklärtes Ziel gewesen.»

Nun hob sie doch den Kopf und maß ihn mit einem abschätzenden Blick. «Offenbar war ich erfolgreich. Da ich somit diese, wie Ihr es nennt, erklärte Aufgabe ausgeführt habe, möchte ich mich gern anderen Dingen widmen. Wie Ihr seht, bin ich beschäftigt. Wenn Ihr mich also bitte in Ruhe meine Arbeit tun lassen würdet ...»

«Nein.»

«Nein?» Ihr Kopf ruckte hoch, in ihren Augen blitzte es angriffslustig.

Einen Moment lang spürte er dem erneuten Ziehen nach, das sich von seiner Magengrube aus weiter nach oben ausbreitete.

Mira runzelte die Stirn. «Was nun – hat es Euch die Sprache verschlagen?»

Tilmann riss sich zusammen. «Verzeiht, edle Jungfer. Was ich sagen wollte, ist, dass Eure Arbeit sicherlich für ein Weilchen ruhen kann, während Ihr anhört, was ich Euch zu sagen habe.»

Er sah, wie sich ihre Miene von gereizt zu argwöhnisch veränderte, und meinte auch einen leichten Anflug von Röte auf ihren Wangen wahrzunehmen. Sie schien zu überlegen, knabberte an ihrer Unterlippe und antwortete schließlich: «Was auch immer Ihr mir zu sagen habt, Hauptmann Greverode, ich möchte es nicht hören. Mag sein, dass ich mich zu oft ungezogen Euch gegenüber benommen habe. Zu behaupten, es täte mir leid, würde zu weit gehen, aber ich sehe ein, dass solch anmaßendes und ungebührliches Verhalten Euch –»

«Das ist es nicht, was ich –», versuchte er sie zu unterbrechen, doch sie hob die rechte Hand, um ihm ihrerseits Einhalt zu gewähren.

«... dass solch anmaßendes und ungebührliches Verhalten Euch gegenüber in der derzeitigen Situation fehl am Platze war. Ich werde auch weiterhin zu meinem Wort stehen und mich bemühen, Euch und Eurer Familie zu helfen, aber ich denke, es ist besser, wenn wir einander fortan aus dem Weg gehen. Ich möchte nicht der Auslöser für Unfrieden in diesem Hause sein.

Schon gar nicht, weil ich nicht sicher weiß, wie lange ich noch hier sein und die Gesellschaft der mir lieb gewordenen Familie Burka werde genießen können.»

Verblüfft hob er den Kopf. «Was soll das heißen?»

«Das, was ich gesagt habe.» Sie verschränkte die Arme vor dem Bauch, schob dabei die Hände in die Ärmel ihres Kleides. «Ihr habt nämlich recht, auch wenn es Euch verwundern wird, dass ich dies zugebe. Ich wurde dazu erzogen, irgendwann meine Pflicht hinsichtlich des Fortbestands und der politischen wie wirtschaftlichen Situation meiner Familie zu erfüllen. Dies werde ich tun – auf die eine oder andere Weise.»

«Die eine oder andere Weise?», echote er irritiert.

Sie nickte vage. Die Röte auf ihren Wangen schwand und machte einer geisterhaften Blässe Platz, die ihm ganz und gar nicht gefiel. Ihr Gesichtsausdruck blieb jedoch gefasst. «Es wird sich noch herausstellen, wie genau ich meiner Pflicht werde nachkommen können. Bis es so weit ist, möchte ich gern in Frieden mein Leben an der Seite der Menschen verbringen, die mir mehr zur Familie geworden sind, als es meine Blutsverwandten jemals waren. Das versteht Ihr sicher. Auf keinen Fall will ich Anlass zu Streit oder Zwistigkeiten geben, nur weil ich zugegebenermaßen nicht sehr gut darin bin, meinen Mund zu halten, wenn mir etwas gegen den Strich geht.» Unvermittelt löste sie die Arme wieder, ging mit schnellen Schritten an ihm vorbei zum Hinterzimmer und rief nach Vitus. Es dauerte nur Augenblicke, bis dieser den Kopf zur Tür hereinstreckte. «Was ist denn, Mira? Soll ich was für dich tun?»

«Ja, Vitus, bitte zieh deine guten Stiefel und deinen warmen Mantel an. Ich möchte zur Rheingasse aufbrechen. Warte draußen am Tor auf mich.»

«Ja, mach ich. Bin gleich so weit.» Der junge Mann verschwand wieder, und Mira griff nach ihrem Mantel, der, wie Tilmann jetzt erst bemerkte, an der Ecke eines der Regale hing. Sie warf ihn sich über und verschloss ihn sorgfältig mit den silbernen Spangen.

«Ihr wollt mich also nicht ausreden lassen?», fragte er.

Mira hielt kurz inne, dann seufzte sie. «Wir enden nur wieder im Streit, Hauptmann Greverode. Ich habe Euch gesagt, was ich denke, und werde es nicht zurücknehmen – noch werde ich Euch dafür um Verzeihung bitten, dass ich eine eigene Meinung habe. Wenn Ihr mich entschuldigen wollt, ich muss mich jetzt auf den Weg –»

«Verdammtes, stures Weib!», fluchte er und packte sie am Arm, als sie an ihm vorbei zur Haustür rauschen wollte. Mit einem Ruck drehte er sie zu sich herum, sodass sie strauchelte und gegen ihn prallte. Schmerzen durchzuckten ihn, er sog scharf die Luft ein. Mira fuhr erschrocken zurück und starrte ihn mit weit aufgerissenen Augen an.

Für einen kurzen Moment flohen alle zusammenhängenden Gedanken aus seinem Kopf. Es dauerte einen weiteren Atemzug, bis er sich wieder gefasst hatte und den Griff um ihren Arm lockerte.

«Ich hatte nicht vor, Euch irgendetwas vorzuwerfen. Schon gar nicht, dass Ihr einen Kopf besitzt, der zu mehr taugt, als nur Kämme und Hauben zur Schau zu tragen. Ich meine mich zu erinnern, dass ich dies schon einmal erwähnt habe.»

«Und doch werft Ihr mir genau das immer wieder vor.»

«Nein, edle Jungfer. Ich fordere Euch heraus, das ist etwas anderes.» Noch immer hielt er ihren Oberarm locker umfasst. Da sie sich nicht dagegen wehrte, ließ er seine Hand, wo sie war. Sein Blick wanderte über ihr ovales, ebenmäßiges Gesicht und blieb kurz an ihren Lippen hängen. Gleich darauf sah er ihr wieder in die Augen.

«Sagt an, Jungfer Mira, was genau habt Ihr mit Dietmar Overstolz zu schaffen?»

In Miras Augen flackerte für einen Moment so etwas wie Panik auf, bevor sie sich wieder fasste und eine gleichmütige Miene aufsetzte. «Was, wenn ich Euch antwortete, dass Euch das nichts angeht?»

Unwillkürlich verstärkte er seinen Griff wieder. «Dann sollte es Euch nicht wundern, wenn ich dagegenhielte, dass es mich sehr wohl etwas angeht, wenn Ihr mit einem möglichen Verschwörer konspiriert.»

Mira erstarrte. «Lasst mich los.»

«Erst wenn Ihr mir meine Frage beantwortet habt.» Er trat näher an sie heran und sah wieder etwas in ihren Augen aufflackern. «Mira ...»

«Hört auf damit!», fuhr sie ihn mit unnatürlich erstickter Stimme an. Sie riss sich los, so ruckartig, dass sie beinahe erneut gestrauchelt wäre. Bevor er auch nur Luft holen konnte, war sie um die eigene Achse gewirbelt und hinausgerannt. Die Haustür flog krachend hinter ihr ins Schloss.

«Verdammt!» Frustriert strich er sich durch die Haare und zuckte zusammen, als er hinter sich ein ersticktes Lachen vernahm.

«Na, das hat ja hervorragend funktioniert», befand Adelina trocken. «Wenn du so weitermachst, wird sie dir wirklich alsbald ein Messer zwischen die Rippen jagen.»

«Mach dich gefälligst nicht lustig», blaffte er sie an. «Ich hatte nicht vor, sie gegen mich aufzubringen.»

«Nein, vermutlich nicht.» Adelinas Miene wurde wieder ernst. «Aber trotzdem hast du es getan.»

«Ich weiß nicht, was mit ihr los ist», gab er resigniert zu. «Sie lässt mich nicht einmal mehr aussprechen. Es ist, als ob sie ...»

«Ja?» Erwartungsvoll blickte sie ihn an.

Er zuckte die Achseln. «Ich weiß es nicht.»

«Tilmann.» Kopfschüttelnd trat Adelina auf ihn zu. «Du siehst es wirklich nicht, oder?»

Erstaunt runzelte er die Stirn. «Was sehe ich nicht?»

«Mira hat Angst.»

«Vor mir?»

Adelina gluckste erheitert. «Nun tu nicht so, als wüsstest du nicht, wie furchteinflößend du wirken kannst.»

«Ich wollte nicht ...»

«Ich weiß.» Sie trat näher und legte ihm sanft eine Hand auf den Arm. Merkwürdigerweise machte ihm diese vertrauliche Geste seiner Schwester gar nichts mehr aus. Im Gegenteil – er empfand sie als tröstlich. Anscheinend wurde er wirklich allmählich zu einem Weichling.

Adelina lächelte ihm zu. «Ich kann nicht genau sagen, was in Mira vorgeht, aber ich sehe, wenn jemand Angst hat. Und das ist bei ihr der Fall. Sie fürchtet sich vor etwas – oder jemandem.»

«Und nun?» Er fühlte sich ratlos wie nie zuvor.

«Du wirst nicht umhinkommen, ihr diese Angst zu nehmen», antwortete Adelina mit einem Schulterzucken.

«Wie soll ich das machen, wenn ich noch nicht einmal weiß, worum es überhaupt geht?»

Adelina nahm sich Zeit mit ihrer Antwort – so lange, dass er beinahe ungeduldig wurde.

«Warte auf die rechte Gelegenheit, Tilmann», riet sie schließlich. «Du bist doch ein guter Soldat, kennst dich mit Kriegsmanövern und Taktiken aus, nicht wahr?»

Befremdet blickte er sie an. «Wir befinden uns doch nicht in einem Krieg!»

«Nein, aber entwaffnen musst du Mira dennoch irgendwie, denn sonst kannst du deine Zukunftspläne vergessen.»

21. Kapitel

Adelina legte einen Kanten Brot in den Korb neben die Schüssel mit Hirsebrei und packte auch noch einen Krug mit honiggesüßter Dickmilch dazu. Sie hatte Clara bei der Geburt des Kindes geholfen, und nun fühlte sie sich verantwortlich für das Mädchen. In Gedanken war sie schon verschiedene Möglichkeiten durchgegangen, wie sie Clara helfen konnte, wenn diese wieder ganz genesen war. Es ging ihr jetzt schon stündlich besser, das Fieber war verschwunden. Ludmillas Vorschlag, die Kleine für eine Weile bei sich aufzunehmen, kam wie gerufen, auch wenn noch nicht sicher war, ob Clara damit einverstanden sein würde. Inzwischen hatte Adelina erfahren, dass das Mädchen die Tochter eines durchaus angesehenen Kürschners war. Misswirtschaft und der Hang zum Würfelspiel hatten ihn um sein Geld und beinahe sogar um seine Werkstatt gebracht. Als seine Schulden immer erdrückender wurden, verpfändete er seine Frau und Tochter an das Hurenhaus. Es wollte Adelina nicht in den Kopf gehen, wie ein Mann seiner Familie so etwas zumuten konnte. Fest stand, dass Clara um keinen Preis mehr nach Aachen zurückkehren wollte, und das war wohl mehr als verständlich.

Mittlerweile hatte auch Neklas den Gast in dem unterirdischen Gewölbe begrüßt. Zunächst war er wenig begeistert von der zusätzlichen Belastung gewesen, doch nachdem er Clara kennengelernt hatte, sprach er sich ebenfalls dafür aus, ihr zu helfen. Griets Schicksal hatte ihn damals sehr erschüttert, deshalb regte sich bei ihm nun Mitleid für dieses Mädchen, dem es ähnlich wie seiner Tochter ergangen war. Auch er war dafür, dass Clara erst einmal bei Ludmilla Unterschlupf finden sollte, bis man möglicherweise etwas anderes für sie fand.

Kurz warf Adelina einen Blick in die Apotheke, doch der Verkaufsraum war leer, die Haustür verschlossen. Griet war unten bei Clara und Mira noch nicht von ihrem Gang zu Dietmar Overstolz zurück. Was die Gesellin mit dem Sohn des Rentmeisters verband, wollte Adelina nicht recht einleuchten. Sie hatte gar nicht gewusst, dass die beiden einander kannten. Vielleicht war es ratsam, nach Miras Rückkehr zunächst einmal mit ihr zu sprechen. Nicht nur wegen Dietmar, sondern auch, um Miras Verhalten Tilmann gegenüber auf den Grund zu gehen.

Adelina hatte auch diesmal eher unfreiwillig dem Gespräch der beiden gelauscht. Zumindest hätte sie sich sofort wieder zurückgezogen, wenn zwischen den beiden etwas geschehen wäre, das nicht für die Augen Dritter gedacht war. Doch wie die Dinge standen, hatte ihr Bruder wohl noch eine Menge Überzeugungsarbeit zu leisten, bis es dazu kam. Es war für Adelina zwar offensichtlich, dass es nicht Abneigung war, die Mira veranlasste, sich gegen den Gedanken einer Verbindung mit Tilmann zu sträuben. Als Frau hatte Adelina Miras Reaktionen deutlich wahrgenommen und bestimmt auch richtig interpretiert. Doch etwas hielt Mira zurück, eine deutlich sichtbare Furcht. Wovor, das vermochte Adelina beim besten Willen nicht zu sagen.

Zwar gab es durchaus Mädchen und junge Frauen, dich sich grundsätzlich vor der Ehe – oder vielmehr vor den Pflichten einer Ehefrau – ängstigten, aber Mira zählte sicher nicht zu dieser Sorte Jungfern. Dazu war sie zu temperamentvoll, abgesehen davon, dass sie von Tilmann in dieser Hinsicht nichts Schlimmes zu befürchten hatte. Er mochte ein harter, jähzorniger Mann sein, doch Frauen gegenüber verhielt er sich respektvoll und durchaus ritterlich, obgleich er diesem Stand nicht angehörte.

Adelina unterdrückte ein Schmunzeln, als sie darüber nachdachte, dass Tilmann gewiss ein angenehmer Ehegespons war, zumindest wenn es um jene ehelichen Pflichten ging. Eine Augenweide war er darüber hinaus auch mit seinem schlanken, muskulösen Körper. Was sein aufbrausendes Gemüt anging, so war Mira zwar nicht unbedingt eine Frau, die darauf ausgleichend zu wirken vermochte, andererseits war sie jedoch willensstark genug, um es mit ihm auszuhalten. Wenn sie ihn denn wollte. Ja, vielleicht war es wirklich angebracht, überlegte Adelina, sich bald einmal unter vier Augen mit Mira zu unterhalten.

Zunächst galt es jedoch, das Naheliegende zu tun. Sie ergriff den Korb mit den Lebensmitteln und stieg hinab in die Unterwelt.

«Ich danke Euch, Frau Adelina.» Mit leuchtenden Augen nahm Clara die Schüssel mit dem Hirsebrei entgegen. «Ihr seid so gut zu mir. Ich weiß gar nicht, womit ich das verdient habe.»

«Hier, nimm auch noch von der Dickmilch. Ich habe sie mit Honig gesüßt.» Adelina reichte ihr den Krug und sah zu, wie das Mädchen zu essen begann. Dann wandte sie sich an Ludmilla, die seitlich neben Clara auf einem Stapel alter Kleider saß und gerade dabei war, Kräuter in einem Mörser zu Brei zu zerstoßen.

«Hast du schon mit Clara gesprochen? Ich meine, wegen der Möglichkeit, dass sie eine Zeitlang bei dir wohnt.»

«Aber sicher!» Die weise Frau nickte lächelnd. «Das ist alles schon abgesprochen. Clara kommt zu mir und hilft mir eine Weile, bis wir wissen, wie es mit ihr weitergehen soll.»

Das Mädchen ließ den Löffel sinken. «Wir müssen abwarten, ob Vater mich vielleicht doch noch suchen kommt. Er ist zwar noch nie nach Köln gefahren, aber ich will auf keinen Fall das Risiko eingehen, dass er mich findet.»

«Wie lange bist du denn schon fort?», wollte Adelina wissen.

Clara rechnete nach. «Fast drei Monate.»

Ludmilla stieß ein Schnauben aus. «Dann glaube ich nicht, dass jetzt noch jemand nach dir sucht. Die werden annehmen, du bist irgendwo unter die Räder geraten. Lassen wir sie in dem Glauben. Abgesehen davon liegt meine Hütte so abgelegen – da kommt kaum einmal jemand hin. Außer natürlich, man benötigt meine Hilfe.» In den letzten Worten schwang unterschwelliger Spott mit. «Wenn du willst, kann ich dir einiges beibringen. Und falls du dich gelehrig anstellst, könntest du später einmal dein Geld als Hebamme verdienen.»

«Als Hebamme?» Clara machte große Augen.

«Aber ja, nicht der schlechteste Beruf», bestätigte Ludmilla. «Wenn erst einmal Gras über deine Vergangenheit gewachsen ist, kannst du vielleicht sogar beim Stadtrat eine Lizenz einholen. Ich habe darauf nie viel Wert gelegt, aber bei mir ist das auch etwas anderes. Als ich in deinem Alter war, musste ich mich vor weit schlimmeren Jägern fürchten als einem Stiefvater und einem Hurenwirt.»

«Wie das?» Inzwischen schien Clara den Hirsebrei völlig vergessen zu haben. Gespannt blickte sie zu der alten Frau.

Ludmilla lachte krächzend. «Mädchen, hat man dir noch nicht erzählt, dass ich eine entflohene Nonne bin?» Sie winkte ab. «Aber lassen wir das. Diese Geschichte liegt schon ewig hinter mir. Heute kräht kein Hahn mehr danach. Nun ja, abgesehen vielleicht von meinem herzlieben Bruder Thomasius, doch der befindet sich derzeit mit dem Erzbischof auf einer Rundreise durch das Kurfürstentum. Somit ist er uns für eine Weile aus den Füßen, nicht wahr, Adelina?»

«Stimmt.» Adelina nickte. «Ich habe ihn schon seit gut zwei Jahren nicht mehr gesehen. Wird er noch lange fortbleiben?»

Ludmilla lachte erneut. «Das wollen wir hoffen! Soll er anderswo den Leuten Verdruss bringen.»

«Zuletzt hat er uns aber doch geholfen», warf Griet leise ein. «Es war zwar gemein, was er mit Vater gemacht hat, aber am Ende war er auf unserer Seite.»

«Mag sein», gab Adelina widerwillig zu. «Dennoch lege ich wenig Wert auf seine Anwesenheit in Köln.»

«Womit wir uns einig wären», ergänzte Ludmilla zufrieden. «Der Allmächtige muss einen schlechten Tag gehabt haben, als er Thomas nach seinem Abbilde schuf.»

«Ludmilla!» Adelina starrte die weise Frau entsetzt an, musste jedoch an sich halten, um nicht laut aufzulachen.

«Was denn, ist es nicht so?» Die Alte zwinkerte ihr vergnügt zu.

«Lass das bloß niemanden außer uns hören», antwortete Adelina kopfschüttelnd. «Ich bin eh nur von Ketzern und Freidenkern umgeben.»

«Nun sag bloß, du zählst dich selbst nicht auch zu dieser Gruppe.» Herausfordernd fing Ludmilla ihren Blick auf.

Adelina spürte, wie sie errötete. «Ist es denn ein Wunder, dass es auf mich abfärbt? Dennoch sollten wir uns bedeckt halten, denn mir reicht es, dass Neklas und ich bereits einige Tage im Gefängnis zugebracht haben. Auf eine Wiederholung bin ich nicht erpicht.»

«Ihr wart schon einmal im Gefängnis, Frau Adelina?» Verblüfft starrte Clara sie an.

«Ja, ähm ...»

«Das sind Geschichten, die noch ein wenig warten müssen», warf Ludmilla ein. «Nur so viel, mein Kind: Du hattest großes Glück, ausgerechnet von der Familie Burka aufgelesen zu werden.» Einen Moment lang hielt sie inne, dann wechselte sie unvermittelt das Thema. «Adelina, als ich gestern in der Stadt unterwegs war, ist mir aufgefallen, dass jetzt schon zwei Büttel vor deiner Apotheke herumlungern. Tilmanns Haus ist ebenfalls unter Beobachtung. Ich habe mich daraufhin von hinten angeschlichen, um mit seinen Männern zu reden. Man hat sein Haus nun schon zweimal durchsucht. Der Knecht Rigo war sehr besorgt um seinen Herrn, aber ich habe ihm vorsichtshalber nicht verraten, dass sich der Hauptmann hier aufhält.» Sie warf Clara einen prüfenden Blick zu, doch diese hatte sich wieder ihrem Essen zugewandt und tat, als höre sie nicht hin. «Er hat mir allerdings berichtet, dass er und die Männer aus Tilmanns Gleven vom Rentmeister befragt worden sind und dass auch Clais' Männer vorgeladen wurden.»

«Konnte Rigo dir irgendetwas Neues sagen?» Adelina musterte die alte Frau erwartungsvoll.

Ludmilla hob die Schultern. «Er sagt, Veit Liesborn, Clais' Schwager, sei verschwunden.»

«Verschwunden?» Adelina hob den Kopf. «Ich dachte, er und dieser Hartmann vom Winkel seien auf der Suche nach Tilmann.»

«Das dachten anscheinend alle», bestätigte die Alte. «Aber dann kam vom Winkel vor einigen Tagen allein von seiner Suche zurück. Laut seiner Aussage war er nicht mit Liesborn unterwegs und weiß auch nicht, wo der sich aufhält.»

Adelina kräuselte die Lippen. «Ist das nicht verdächtig?»

«Das will ich meinen», bestätigte Ludmilla. «Vor allem, wenn man bedenkt, dass Liesborn durch die Ehe mit Christine van Dalens Schwester eine verwandtschaftliche Bindung zu Ailff van Wesel eingegangen ist.»

«Das wird Tilmann nicht gefallen. Er ist von Liesborns Treue überzeugt.»

«Ob es ihm nun gefällt oder nicht, vermutlich haben wir in Liesborn einen der Verschwörer gefunden. Die Frage ist nur, ob man ihm das nachweisen kann – falls er sich wieder einfindet.»

«Veit Liesborn, sagt Ihr?», mischte sich Clara unvermittelt in das Gespräch ein.

Überrascht wandten sich die beiden Frauen dem Mädchen zu. Auch Griet starrte sie an. «Kennst du ihn etwa?»

Claras Wangen färbten sich dunkelrot. Sichtlich verlegen stellte sie die nunmehr leere Schüssel neben sich auf dem Boden ab. «Ich ... na ja, ich kenne einen Mann dieses Namens. Er war schon mehrmals in dem Haus zu Besuch, in dem ich ...»

«Er war in Aachen?», rief Adelina verblüfft aus. «Wann?»

«Wie ich schon sagte, ein paar Mal im vergangenen Jahr. Er ist immer mit einem hohen Herrn und dessen Männern gekommen. Mit dem Grafen Ailff van Wesel.»

Adelina und Ludmilla sahen einander bedeutsam an.

«Bist du ganz sicher?», hakte Griet nach. «Weißt du zufällig, worüber sie gesprochen haben?»

«Nein.» Bedauernd schüttelte Clara den Kopf. «Aber ich habe sie auch nie ... bedient.» Ihre Stimme wurde noch leiser als üblich. «Ich war ihnen zu dünn und zu, ähm ...»

«Brav?», half Ludmilla aus.

Clara errötete noch mehr und nickte mit gesenktem Blick. «Sie sind immer mit mehreren Frauen und Männern gemeinsam in eine der Kammern gegangen. Da wollte ich nicht mitmachen, und der Wirt durfte mich nicht dazu zwingen ...»

«Schon gut.» Griet legte ihr beruhigend eine Hand auf den Arm und rückte näher an sie heran. «Die Zeiten sind für immer vorbei. Du brauchst dich nicht zu ängstigen.»

«Ich schäme mich», gab Clara sichtlich bedrückt zu.

«Auch dazu besteht kein Anlass», mischte sich Ludmilla ein. «Scham sollte dein Vater empfinden, dass er dir und deiner seligen Mutter ein solches Leben zugemutet hat. Aber sei's drum. Vergangen ist vergangen.» Sie klatschte in die Hände. «Adelina, ich denke, du solltest diese neuen Informationen deinem Bruder kundtun.»

Mit einem zustimmenden Nicken erhob sich Adelina von dem

Deckenlager und strich ihr Kleid glatt. «Das mache ich, Ludmilla, und zwar sofort.»

22. KAPITEL

«Es ist also Veit!» Aufgebracht ging Tilmann in Adelinas Küche auf und ab. «Dieser treulose Hund, das wird ihm nicht gut bekommen!»

Adelina, die die Kinder und das Gesinde hinausgeschickt hatte, um mit Tilmann und Neklas über die neuesten Erkenntnisse zu sprechen, beschäftigte ihre Hände mit dem Kneten eines Brotteigs. Ihre Arme waren bis zu den Ellbogen mit Mehl bestäubt. Mit dem Zeigefinger der rechten Hand schob sie vorsichtig eine Haarnadel zurück an ihren Platz, wobei sie sich bemühte, ihre zartgelbe Haube nicht mit Teigresten zu verunzieren.

«Wenn Veit Liesborn tatsächlich zu den Verschwörern gehören sollte, wird es wahrscheinlich nicht leicht, seiner habhaft zu werden», gab sie zu bedenken. «Im Moment gilt er als spurlos verschwunden.»

«Er hat aber Frau und Kinder hier in Köln», widersprach Neklas. «Das Mindeste, was die Schöffen tun sollten, ist, sie unter Arrest zu stellen. Liesborn wird dann früher oder später hierher zurückkehren.»

«Arrest.» Adelina schauderte. Zu genau erinnerte sie sich noch daran, wie es war, im eigenen Hause gefangen gehalten zu werden. «Selbst wenn er zurückkehrt, heißt das nicht, dass sich ihm etwas beweisen lässt. Dass Clara seinen Namen kannte, war reiner Zufall, und sie wird gewiss nicht als Zeugin zugelassen.»

«Als Zeugin?» Tilmann blieb stehen und warf Adelina einen bezeichnenden Blick zu. «Ganz sicher nicht.»

Adelina funkelte ihn an – mehr aus Gewohnheit, denn weil sie gereizt war. «Selbst wenn, würde sie nicht aussagen wollen. Sie hat viel zu viel Angst, dass ihr Vater oder der Hurenwirt aus Aachen sie finden könnten.»

«Du hättest sie nicht aufnehmen sollen», befand Tilmann kopfschüttelnd. «So etwas nimmt selten ein gutes Ende.»

«Selten bedeutet nicht niemals», antwortete Adelina milde. «Clara wird bei Ludmilla gut aufgehoben sein.»

«Bei der alten Krähe?», Tilmann lachte spöttisch. «Da wird sie schon das Rechte lernen.»

«Vergiss nicht, dass die alte Krähe dir das Leben gerettet hat!»

Er zog die Brauen zusammen und musterte Adelina eingehend. Sie erwiderte seinen Blick herausfordernd. Nach einem langen Moment entspannte er sich und winkte ab.

«Schon gut, Schwester, fahr die Krallen wieder ein. Ich hab ja gar nichts gegen das Weib. Solange sie mir nicht zu nahe kommt.»

Ehe Adelina etwas erwidern konnte, hob Neklas die Hand. «Ich höre etwas», sagte er.

Schon Augenblicke später öffnete sich die Küchentür, und Mira trat ein, gefolgt von Griet und Thönnes Overstolz. Zuletzt erschien auch Georg Reese.

Tilmann erstarrte. Adelina sah seine Hand an den Griff seines Schwertes wandern. Erschreckt wollte sie nach seinem Arm greifen, um ihn zurückzuhalten, doch da hatte er die Klinge bereits gezogen. Die Besucher blieben wie angewurzelt stehen.

Mira blickte mit weit aufgerissenen Augen zu Tilmann, der den Rentmeister schweigend fixierte. Als er einen Schritt vorwärts machte, schob sie sich zwischen ihn und die Besucher.

«Mira!» Adelina versuchte, die junge Frau aufzuhalten, doch

diese beachtete sie gar nicht, sondern trat auf Tilmann zu und legte ihre Hand auf seinen Schwertarm.

«Haltet ein, Hauptmann Greverode!»

Zunächst reagierte Tilmann nicht, doch als Mira weder zurückwich noch seinen Arm losließ, blickte er sie wütend an. Einen langen Moment starrten die beiden einander in die Augen, dann ließ Tilmann den Arm sinken und schob das Schwert zurück in die Scheide.

Adelina atmete auf.

«Guten Tag miteinander», grüßte Overstolz, nachdem die Gefahr nun gebannt war, mit einer Stimme, die auf beste Laune schließen ließ. In Tilmanns Richtung verbeugte er sich knapp. «Hauptmann Greverode, wie ich sehe, seid Ihr bester Gesundheit. Das freut mich, vor allem, wenn man bedenkt, was Clais van Dalen widerfahren ist.»

«Bester Gesundheit?» Tilmanns Stimme nahm das für ihn typische Donnergrollen an. «Die habe ich besessen, bevor man versuchte, mich in Schlachtabfälle für die Kotzbank zu verwandeln.» Er wandte sich Mira zu. «Was fällt Euch ein, ihn mit hierherzubringen?»

Bevor Mira antworten konnte, sprach Overstolz erneut. «Macht der edlen Jungfer keine Vorwürfe, Greverode. Ich habe sie gewissermaßen genötigt, mich zu Euch zu führen. Und glaubt mir, das war nicht so einfach, wie es klingt. Die Notwendigkeit bestand jedoch, denn wenn wir nicht alsbald Licht in diese Angelegenheit bringen, werden alle Spuren verwischt sein und Ihr notgedrungen als Bauernopfer herhalten müssen, Hauptmann.»

«Diese Angelegenheit?» Misstrauisch maß Tilmann den Rentmeister von Kopf bis Fuß.

«Ihr könnt ihm vertrauen», meldete sich Mira nun doch zu Wort. «Ich habe mich lange mit Dietmar unterhalten, und er hat bestätigt, was Herr Overstolz zu Frau Adelina gesagt hat. Allerdings kam der Rentmeister früher ins Kontor zurück, als ich dachte, und ...»

«Und da habe ich die Gelegenheit beim Schopfe gepackt», ergänzte Overstolz lächelnd. «Mir war nämlich sofort klar, welche Bewandtnis der Besuch der edlen Jungfer in meinem Hause haben musste.»

Mira nickte. Eine leichte Röte hatte sich auf ihre Wangen gestohlen. Tilmann musterte sie für einen langen Moment schweigend und mit gerunzelter Stirn, dann wandte er sich an Overstolz und den Gewaltrichter. «Ich soll Euch also vertrauen.»

«Das müsst Ihr, denn anders kommen wir auf keinen grünen Zweig», bestätigte der Rentmeister.

Reese räusperte sich. «Es wäre zu Eurem und unser aller Besten, wenn wir uns gleich den dringlichen Themen widmen würden. Der Rentmeister hat mich gebeten, ihm in dieser Angelegenheit Rat zu geben, da er mit dem Amt des Gewaltrichters nicht vertraut ist.»

«Ich dachte, Ihr dürft Euch nicht einmischen», wunderte sich Adelina.

Reese nickte vage. «Offiziell darf ich das nicht, das ist richtig. Aber unter den gegebenen Umständen ist wohl allen Seiten daran gelegen, für rasche Aufklärung zu sorgen. Deshalb hat mich Thönnes als Ratgeber bestellt, das kann ihm auch der Stadtrat nicht verbieten.»

«Also gut.» Neklas machte eine einladende Geste, und die Männer setzten sich an den Tisch. Adelina legte den Brotteig in eine große Schüssel und beeilte sich, den Tisch von den Mehlresten zu säubern. Derweil holte Mira Becher und Krüge mit Bier und Wein herbei.

Griet setzte sich ebenfalls dazu, da sie, wie sie Adelina versicherte, die Apotheke vorsichtshalber abgeschlossen hatte. Adelina ließ sich neben Neklas nieder und ihren Blick über die versammelten Menschen gleiten. Dieses Treffen kam schon einer Geheimversammlung gleich. Sehr wohl fühlte sie sich bei dem Gedanken nicht, hatte aber keine Zeit, länger darüber nachzudenken, da der Rentmeister schon wieder das Wort ergriff.

«Nach allem, was ich inzwischen von Georg und der jungen Maid hier erfahren habe, scheinen wir es mit einer großangelegten Verschwörung gegen die Stadt Köln zu tun zu haben.» Er blickte bedeutsam in die Runde.

«Das ist ja reizend.» Tilmann schoss einen zornigen Blick auf Mira ab, den diese gefasst erwiderte. «Ihr tragt also nicht nur die Kunde über meinen Aufenthaltsort in die Welt hinaus, sondern breitet auch meine übrigen Angelegenheiten vor Fremden aus.»

Mira fuhr auf. «Das tue ich ganz und gar nicht! Ich habe erst davon erzählt, als ich sicher sein konnte, dass der Rentmeister auf unserer Seite ist.»

«Auf unserer Seite? Und das habt Ihr herausgefunden, indem Ihr Euch mit dem Grünschnabel Dietmar *unterhalten habt*?» Die letzten beiden Worte betonte er besonders spöttisch.

Overstolz hüstelte und zog damit Tilmanns Aufmerksamkeit auf sich. «Tut ihr kein Unrecht, Hauptmann. Sie hat mir mehr Fragen gestellt, als dem Vogt in seinem ganzen Leben einfallen würden, bevor sie überhaupt bereit war, mit mir zu sprechen. Und das war, nachdem sie bereits von meinem Sohn erfahren hatte, dass ich mitnichten gegen Euch intrigiere.» Er zwinkerte Mira zu, woraufhin sie sichtlich verlegen den Blick auf ihre Hände senkte. Dann fuhr er in aufgeräumtem Ton fort: «Wie ich schon gegenüber Frau Adelina erklärt habe, ist auch in mir seit längerer Zeit der Verdacht gewachsen, dass wir es mit einer Verschwörung zu tun haben. Ich habe mich in der Angelegenheit lange bedeckt gehalten – und vielleicht mag es auf Euch, Hauptmann, wie ein Vertuschungsversuch gewirkt haben –, aber es geschah einzig aus Vorsicht und um mögliche Mitverschwörer im

Rat nicht aufzurütteln. Ich beobachte die Aktivitäten des Grafen Ailff van Wesel schon seit fast einem Jahr. Ihr, Greverode, seid mehr als einmal in seiner Gesellschaft gesehen worden. Ich weiß, dass Ihr geschäftliche Beziehungen mit ihm gepflegt habt, und gehe davon aus, dass Ihr diese für Eure Bemühungen nutztet.»

Tilmann kräuselte die Lippen, zögerte, dann nickte er. «Mein Vorgehen war mit Clais abgesprochen. Wir haben ursprünglich durch Arnold von Raderberg einen Hinweis auf van Wesels Machenschaften erhalten.»

«Raderberg, ja?» Wieder lächelte Overstolz breit und warf Mira einen neugierigen Blick zu. «Ich nehme an, Ihr wart erfolgreich mit Euren Ermittlungen, andernfalls hätte man Euch nicht im Zeughaus angegriffen.»

«Wir hatten genügend Beweise gesammelt, um wenigstens einen Mitverschwörer anzeigen zu können.»

«Lasst mich raten – es handelt sich dabei um meinen Schwager Evert Palm.»

Tilmanns Kopf ruckte hoch. «Die Beweise gegen ihn und van Wesel sind an jenem Abend im Zeughaus abhandengekommen.»

«Was ein unglaubliches Ärgernis ist.» Der Rentmeister seufzte. «Ich muss gestehen, dass ich Evert auch schon länger im Verdacht habe. Allerdings weiß ich nicht, wie und über wen er mit dem Grafen konspiriert.»

«Veit Liesborn», mischte sich Adelina ein. «Wir haben guten Grund zu der Annahme, dass er mit van Wesel im Bunde steht. Die beiden wurden mehrfach zusammen in Aachen gesehen und –»

«Liesborn?», unterbrach Reese sie. «Ich dachte, er habe sich auf die Suche nach dem Hauptmann begeben. Und hat er nicht auch eine Aussage vor dem Vogt gemacht?»

«Veit Liesborn ist seit einigen Tagen verschwunden», erklärte Neklas.

Overstolz rieb sich nachdenklich übers Kinn. «Da soll mich doch ... Jetzt begreife ich erst! Als ich davon erfuhr, habe ich mir zuerst nichts weiter dabei gedacht, aber jetzt –»

«Ihr sprecht in Rätseln, Herr Overstolz», unterbrach Adelina ihn.

Der Rentmeister hob den Kopf. «Verzeiht, das war nicht meine Absicht. Mir fällt nur gerade ein, dass nicht Liesborn seine Aussage vor dem Vogt gemacht hat, sondern seine Frau Fygen. Sie überbrachte dem Vogt eine schriftliche und gesiegelte Aussage ihres Gemahls. Nicht ungewöhnlich im Grunde, doch falls er tatsächlich in die Verschwörung verstrickt ist, war das vielleicht nur eine Finte, um von sich abzulenken.»

«Wahrscheinlich war er zu dem Zeitpunkt schon längst über die Stadtgrenze hinaus und hat sich im Schutz des Grafen verborgen», ergänzte Tilmann verärgert.

«Das steht zu befürchten», pflichtete der Rentmeister ihm bei. «Stellt sich nun noch die Frage, welche Personen noch in den Verrat verstrickt sind.»

Adelina, Neklas und Tilmann wechselten mehrere Blicke miteinander, dann ergriff Adelina wieder das Wort. «Christine van Dalen hat sich verdächtig verhalten. Zwar hat sich für einige ihrer Handlungen mittlerweile eine plausible Erklärung gefunden, dennoch steht weiterhin im Raum, dass sie mit van Wesel verwandt ist und darüber hinaus nicht mit den Ermittlungen ihres Gemahls einverstanden war.»

«Christine van Dalen?» Overstolz verzog überrascht das Gesicht. Fragend blickte er zu Reese, der sich daraufhin unbehaglich räusperte.

«Ich fürchte, hier muss ich einiges aufklären. Wie ich kürzlich erfahren habe, scheint sich mein Vetter Heinrich um Frau Christine zu bemühen. Dass er dies so kurz nach Clais' Tod tut, kam mir sehr pietätlos vor, also habe ich ihn mir diesbezüglich zur

Brust genommen.» Er hielt inne und wischte sich mit dem Ärmel ein paar Schweißtropfen von der Stirn. «Eine äußerst delikate Angelegenheit eröffnete sich mir daraufhin, bei der ich gern verhindern möchte, dass sie öffentlich wird. Ganz auszuschließen ist der Skandal zwar nicht, denn die Leute werden zwei und zwei zusammenzählen, aber dennoch ...» Wieder brach er ab.

Adelina goss Wein in seinen Becher und nickte ihm aufmunternd zu. «Was hat er Euch erzählt?» Sie ahnte bereits, was nun kommen würde, war jedoch trotzdem erschüttert, als Reese ihren Verdacht bestätigte.

«Heinrich hat vor, Christine so schnell wie möglich zu heiraten, damit nicht bekannt wird, dass er ... dass sie ...» Der Gewaltrichter verhaspelte sich. Ihm schien die Sache außerordentlich peinlich zu sein.

Neklas hüstelte. «Darf ich raten? Frau Christine ist schwanger, und zwar nicht von ihrem Gatten.»

Reese verschluckte sich beinahe an seinem Wein, nickte dann aber. «Es scheint, als pflegten die beiden schon seit Jahren eine heimliche Liebschaft. Tatsächlich könnte es sogar sein, dass mindestens eines, wenn nicht gar zwei oder – Gott bewahre! – alle Kinder, die Christine innerhalb ihrer Ehe empfangen hat, in Wahrheit dieser Beziehung entsprungen sind.»

«Um Gottes willen!» Entsetzt starrte Mira ihn an.

Auch Adelina fehlten die Worte. Sie dachte daran, wie Heinrich Reese vor einigen Jahren dreist mit der Schwester von Neklas' Mutter hatte anbandeln wollen. Und einen solchen Mann wollte Christine van Dalen nun ehelichen?

«Seht Ihr, das alles wirft ein grauenhaftes Licht auf unsere Familie, erklärt aber möglicherweise Christines merkwürdiges Verhalten», fuhr Reese fort. Er holte tief Luft und entspannte sich dann etwas. «Heinrich hält es jedoch für ausgeschlossen, dass Christine etwas mit Clais' Tod zu tun hat. Wenn ich es recht bedenke, ergibt das auch keinen Sinn. Wäre Clais nicht zu Tode gekommen, hätten weder Heinrich noch Christine jemals ihre Liebschaft öffentlich gemacht. Christine war wohlversorgt, ihre Kinder ebenfalls. Und dass sie mit den Ermittlungen gegen ihren entfernten Verwandten nicht einverstanden war, ist wohl eher verwandtschaftlicher Treue also politischem Kalkül zuzuordnen.»

Für eine geraume Weile herrschte Schweigen in der Küche. Schließlich räusperte sich Overstolz betont und sagte: «So unerfreulich diese Geschehnisse sind, deuten sie doch darauf hin, dass wir uns verstärkt Veit Liesborn und meinem Schwager Evert Palm zuwenden sollten. Welche Beweise hattet Ihr gegen ihn gesammelt?» Fragend blickte er Tilmann an, der daraufhin noch einmal erläuterte, welcher Art die Schriftstücke gewesen waren, die er und Clais in mühsamer Arbeit zusammengetragen hatten.

«Clais van Dalen trug diese Schriften an jenem Abend im Zeughaus ganz sicher bei sich?», hakte der Rentmeister nach.

Tilmann nickte, zuckte aber fast gleichzeitig die Achseln. «Davon muss ich ausgehen. Die Schriften sind seit dem Abend verschwunden. Es war ausgemacht, dass er sie mit ins Zeughaus bringt.»

«Wusste jemand außer Euch beiden davon?»

«Nein.» Tilmann seufzte resigniert. «Zumindest ging ich davon aus, dass niemand davon erfahren hatte. Ich kann mir auch nicht vorstellen, dass Clais jemanden eingeweiht hat. Dazu war die Angelegenheit zu heikel.»

«Dennoch muss jemand davon Wind bekommen haben», schloss Neklas. «Sonst hätte man euch nicht überfallen.»

Eine Stunde später verabschiedeten sich Reese und Overstolz. Einer Lösung des Problems waren sie nicht nähergekommen, doch würden der Rentmeister und Georg Reese ihre Bemühungen verstärken, Evert Palm zu überführen. Auch wollte Overstolz einen Trupp Männer auf die Suche nach Veit Liesborn senden.

Adelina spürte indes nach wie vor die gespannte Stimmung zwischen Tilmann und Mira. Sie wusste, wenn sie nicht einschritt, würde sich Tilmann die Gesellin bei nächster Gelegenheit vorknöpfen – und es stand zu befürchten, dass dies der möglichen Verbindung der beiden nicht zuträglich war. Deshalb wartete sie lediglich, bis die Ratsherren die Küche verlassen hatten, bevor sie die junge Frau ansprach. «Mira, wärest du wohl so gut, mit mir nach oben zu kommen? Ich möchte dir gern etwas zeigen.»

«Zeigen?» Verblüfft blickte Mira sie an. «Was denn?»

«Das wirst du schon sehen.» Adelina warf Tilmann einen bezeichnenden Blick zu. «Bei der Gelegenheit möchte ich mich auch gern einmal mit dir unterhalten.»

«Aber ich wollte eigentlich –»

«Was immer du wolltest, es hat sicher ein paar Minuten Zeit», unterbrach Adelina sie und gab ihrer Stimme absichtlich einen gereizten Ton.

«Adelina, es wäre besser, wenn du –», setzte Tilmann verärgert ein, doch sie ließ auch ihn nicht zu Wort kommen.

«Bruder, du warst heute schon sehr lange auf den Beinen. Es wäre ratsam, wenn du nach unten gingest und dich ausruhtest.»

«Ich bin kein verdammter Greis», fuhr er sie an.

«Das hat auch niemand behauptet», gab sie ungerührt zurück. «Aber du bist gereizt und unausstehlich. Verständlich in deiner derzeitigen Situation. Ich schlage vor, du kühlst dein Mütchen erst einmal ab. Wir können später miteinander sprechen.»

«Ich will nicht mit dir sprechen, sondern –»

«Bis später, Tilmann.» Adelina fasste Mira an der Schulter und schob sie nachdrücklich aus der Küche.

Erst als sie die Kammer der Gesellin erreicht und die Tür hinter sich geschlossen hatte, sprach sie sie wieder an.

«Das war knapp.»

«Knapp? Was meint Ihr damit?» Überrascht drehte sich Mira zu ihr um.

«Na, komm schon!» Adelina musterte sie spöttisch. «Als wüsstest du das nicht ganz genau. Eine Minute länger, und ihr beiden wäret euch wieder gegenseitig an die Kehle gegangen. Und zwar nicht in der angenehmen Weise, die euch meiner Meinung nach beiden besser bekommen würde.»

«Wie bitte?» Nun spiegelte sich neben Verblüffung auch noch leichtes Entsetzen in Miras Blick.

Adelina hatte Mühe, ein Lachen zu unterdrücken. «Mira, wird es nicht allmählich Zeit, die Unschuldsmiene abzulegen?»

«Ich weiß nicht, was Ihr meint.» Die junge Frau verschränkte die Arme vor dem Bauch und machte ein bockiges Gesicht.

Seufzend wies Adelina auf das schmale Bett. «Setzen wir uns. Ich habe ein ernstes Wörtchen mit dir zu reden.»

«Wenn es darum geht, dass ich dem Rentmeister von Eurem Bruder erzählt habe – ich habe es wirklich erst getan, nachdem ich absolut sicher war, dass er uns nicht –»

«Mira, halt den Schnabel!», fuhr Adelina sie absichtlich grob an. «Hier geht es nicht um den Rentmeister und auch nicht darum, wie du dazu kommst, dessen Sohn auszuquetschen. Obgleich mich nicht wenig interessieren würde, was du mit Dietmar zu schaffen hast. Ich will aber in erster Linie von dir wissen – und wag es ja nicht, es abzustreiten! –, weshalb du Tilmann abgewiesen hast, obwohl du in ihn verliebt bist.»

«Ich ... Was?» Alles Blut wich aus Miras Gesicht, um Augenblicke später mit Macht wieder zurückzuschießen. Ihre Wangen färbten sich dunkelrot.

Um ihren Worten die Schärfe zu nehmen, legte Adelina ihrer Gesellin eine Hand auf die Schulter. «Tilmann ist ein ehrenwerter Mann. Glaubst du, dass er dieses Possenspiel verdient hat?»

Mira presste die Lippen fest zusammen, ihr Kinn zuckte leicht. «Ich ...» Ihre Stimme wankte. «Ich bin nicht in ihn verliebt.»

«Mira!»

«Nein, wirklich nicht. Es ist ... ich ...» Sie brach ab und senkte den Kopf. Adelina musterte sie aufmerksam und biss sich auf die Unterlippe, als sie die einzelne Träne erblickte, die über Miras Wange rollte.

«So schlimm ist es also?», fragte sie, diesmal in sehr behutsamem Tonfall. «Mira, sieh mich an.»

Die Gesellin hob zögernd den Kopf. Eine weitere Träne hing an ihren Wimpern. Sie versuchte, sie fortzublinzeln.

«Ich ...» Sie holte tief Luft und setzte erneut an. «Ich habe kein Recht, ihn zu ... zu ...»

«Zu lieben? Warum in aller Welt nicht?»

Mit einem Ruck machte sich Mira von Adelina los und sprang auf. Sichtlich erregt lief sie in der kleinen Kammer umher und nestelte dabei an ihren Rockfalten. «Weil ... weil ich seiner nicht würdig bin.»

«Wie kommst du denn darauf?» Verblüfft starrte Adelina sie an. «Mira, du lässt keine Gelegenheit aus, ihm deinen überlegenen Stand und deine adelige Abstammung unter die Nase zu reiben. War nicht sein Streben nach einer Verbindung mit ebenjenem Stand einer der Gründe, weshalb du damals so wütend auf ihn warst?»

«Das meine ich nicht.» Mira klang derart niedergeschlagen, dass sich in Adelina höchste Besorgnis regte. Sie erhob sich ebenfalls und trat auf die junge Frau zu, fasste sie bei den Händen und suchte ihren Blick.

«Was ist es dann, das dich zu diesem Katz-und-Maus-Spiel veranlasst?»

«Das ist kein Spiel! Ich ... Er soll bloß nicht ...»

«Was?» Adelina zog Mira zurück auf zum Bett und setzte sich neben sie. «Was ist geschehen? Wovor hast du Angst?»

Nervös entzog Mira ihr eine Hand und zupfte erneut an ihrem Rock herum. «Ich habe versucht, mich von ihm fernzuhalten, Meisterin. Ich dachte, wenn ich ihm ordentlich frech daherkomme, geht er mir aus dem Weg. Das hat ja schließlich schon einmal funktioniert.»

«So könnte man sagen.» Nachdenklich runzelte Adelina die Stirn. «Aber ich begreife nicht, weshalb dir so sehr daran gelegen ist, ihn von dir fernzuhalten, wenn du ihn in Wahrheit liebst.»

«Er wird niemals jemanden wie mich lieben können.»

Überrascht hob Adelina die Brauen. «Wenn du dich da mal nicht täuschst.»

«Nein, Meisterin, Ihr versteht nicht! Selbst wenn ...» Mira sog scharf die Luft ein. «Selbst wenn er mich leiden könnte, würde er doch niemals ... Er würde mich hassen.»

«Und zwar, weil?»

Miras Blick heftete sich auf ihren Schoß. «Weil ich etwas getan habe ... etwas Unverzeihliches.»

Die beiden Frauen schwiegen für eine Weile. Schließlich ergriff Adelina wieder das Wort.

«Willst du mir nicht sagen, was passiert ist? Möglicherweise kann ich dir helfen, und vielleicht ist die Sache weniger schlimm, als du glaubst.»

«Nein, Meisterin.» Mira schüttelte heftig den Kopf. «Ich kann Euch das nicht sagen. Na ja, Griet habe ich es erzählt, aber sie hat versprochen, es niemals zu verraten.»

«Also gut.» Zögernd nickte Adelina. «Wenn du es mir nicht sagen willst, werde ich dich nicht dazu zwingen können. Aber hältst du es für richtig, Tilmann im Ungewissen zu lassen?»

«Weshalb sollte ich es ihm sagen?» Entsetzt starrte Mira sie an. «Er kann mich nicht ausstehen, aber das ist nichts Neues.

Außerdem hat er mich damals freigegeben und ganz bestimmt nicht die Absicht, seine Meinung diesbezüglich zu ändern.»

«Ach?» Adelina schmunzelte. «Sieh an, und ich hatte doch glatt den Eindruck, dass die Funken, die zwischen euch so oft stieben, nicht einzig und allein durch Zorn entfacht werden.» Ehe Mira protestieren konnte, fuhr sie fort: «Da ich nicht weiß, was dich bewegt, kann ich nicht einschätzen, ob deine Entscheidung, ihn aufzugeben, richtig ist. Wenn du deine Entscheidung jedoch endgültig gefällt hast, solltest du ihm dies kundtun. Das ewige Hin und Her und Geplänkel zwischen euch ist der Sache in keiner Weise förderlich. Ich bin sicher, das weißt du selbst. Also halte ich es für angebracht, ihm die Wahrheit zu sagen – oder zumindest so viel davon, wie nötig ist, um die Fronten zu klären und eure Stellung zueinander ein und für alle Mal zu klären.»

«Ich will nicht, dass er mich hasst und verabscheut.» Mira rang die Hände. «Mit seiner ungnädigen Art kann ich umgehen, und auch mit dem Spott und Sarkasmus, den er so gern über mir ausschüttet. Aber ich könnte es nicht ertragen, wenn er –»

«Mira, hör zu», unterbrach Adelina sie. «So, wie ich die Angelegenheit einschätze, kannst du nur eines von beidem haben. Glaubst du, du kannst ein Leben lang mit einer Lüge – oder einer verschwiegenen Wahrheit – zurechtkommen?» Sie stand auf und strich ihr Kleid glatt. «Denk einmal darüber nach.»

Ohne ein weiteres Wort ließ Adelina ihre Gesellin in der Kammer zurück und begab sich in die Küche, wo sich Magda mittlerweile dem vergessenen Brotteig gewidmet hatte. Kurz überlegte sie, ob sie in den Keller gehen und mit Tilmann reden sollte. Sie entschied sich jedoch dagegen. Sie hatte sich bereits weit mehr eingemischt, als ihrem Bruder lieb sein konnte. Nun lag es allein an ihm und Mira, wie es weitergehen würde.

23. Kapitel

Den Kopf an die kalte Wand gelehnt, die Augen geschlossen, so saß er bereits seit einer halben Stunde auf seinem Schlaflager und versuchte, Ordnung in seine Gedanken zu bringen. Fast noch mehr als die Untätigkeit, zu der er verdonnert war, ärgerte ihn die Tatsache, dass Adelina recht gehabt hatte. Die Anstrengungen des Tages hatten ihm zugesetzt. Die Dolchwunde schmerzte wieder, deshalb hatte er den Schwertgürtel schweren Herzens abgeschnallt. Es würde wohl noch eine Weile dauern, bis er sich vollständig erholt hatte.

Nach dem gemeinsamen Abendbrot mit der Familie hatte er sich hierher verzogen, um in Ruhe nachdenken zu können. Er musste einen Plan schmieden, wie Liesborn, dieser vermaledeite Verräter, und Evert Palm dingfest gemacht werden konnten. Doch dummerweise schoben sich immer wieder ungebeten Gedanken ganz anderer Art zwischen seine Überlegungen.

Mira war der Abendmahlzeit heute ferngeblieben. Adelina hatte sich nicht dazu geäußert, doch aus den Blicken, die sie ihm immer wieder zugeworfen hatte, schloss er, dass Miras Abwesenheit etwas mit dem Gespräch zu tun haben musste, dass die beiden Frauen miteinander geführt hatten.

Im Nachhinein war Tilmann dankbar, dass Adelina ihn daran gehindert hatte, sich die Jungfer gleich nach dem Besuch des Rentmeisters vorzuknöpfen. Vermutlich hätte er die Geduld – und seinen Kopf – verloren, und das war sicher nicht förderlich für seine Pläne.

Er schnaubte spöttisch. Musste Adelina eigentlich immerzu recht haben?

Ein Rascheln aus Richtung der Stiege ließ ihn aufmerken. Als er die Augen öffnete, setzte sein Herzschlag für einen Moment aus, um dann in erhöhter Geschwindigkeit weiterzurasen. Er ließ sich seine Überraschung jedoch nicht anmerken.

«Edle Jungfer, sieh an. Hat Euch jemand mit diesem Krug Wein herabgeschickt oder entspringt der Wunsch, mir einen Trank zu bringen, Eurer Sorge um mein Wohlergehen?»

Er erkannte, dass sie etwas erwidern wollte, sich dann jedoch offenbar dagegen entschied. Schweigend goss sie von dem frischen Wein in seinen Becher, den er auf dem Hocker neben dem Bett abgestellt hatte, und verstaute den Krug danach im Regal.

Tilmann beobachtete jede ihrer anmutigen Bewegungen. Sie trug noch immer das hübsche blaue Kleid – eine Farbe, die ihr sehr gut zu Gesicht stand und für die ihr Stiefvater gewiss einen ordentlichen Batzen Geld ausgegeben hatte. Ihr blondes Haar schimmerte im Licht der Öllampen, die er im Raum verteilt hatte. Seit dem Nachmittag hatten sich weitere Haarsträhnen aus ihrem Zopf gelöst, die ihr Gesicht umspielten und es sanfter wirken ließen.

Er fragte sich gerade, ob sie überhaupt ein Wort mit ihm sprechen würde, als sie sich abrupt zu ihm umdrehte. «Hauptmann Greverode, ich habe Euch etwas zu sagen.» Ihre Stimme klang neutral, doch er bildete sich ein, eine leichte Unsicherheit schwinge darin mit.

«Nun denn, sagt, was Ihr zu sagen habt», forderte er sie auf und beobachtete, wie sie unruhig auf und ab ging, die Hände ineinander verschränkte.

«Ich möchte Euch davon in Kenntnis setzen, dass ich nun weiß, wie ich dem Wunsch meines Vaters, mich politisch und wirtschaftlich sinnvoll zu vermählen, entsprechen kann.» Sie holte hörbar Luft. «Ich werde Dietmar Overstolz heiraten.»

«Wie bitte?» Tilmann war so rasch auf den Beinen, dass Mira sichtlich erschrocken zurückwich. «Was sagt Ihr da?»

«Ich werde Dietmar Overstolz heiraten. Bestimmt wird sein Vater dieser Verbindung sehr wohlwollend gegenüberstehen. Aus dem, was er heute Vormittag zu mir gesagt –»

«Seid Ihr jetzt vollends übergeschnappt?» Tilmann trat auf sie zu und umfasste ihren linken Oberarm. «Was soll dieser Unsinn?»

Mira erstarrte. Ihre Wangen röteten sich leicht, und er nahm sehr deutlich wahr, wie heftig sich ihr Brustkorb hob und senkte. «Lasst mich los, Hauptmann Greverode.»

«Kommt nicht in Frage.» Er versuchte, ihren Blick einzufangen. «Ihr sagt mir sofort, was in Euch gefahren ist.»

Mira versuchte zurückzuweichen, gab den Versuch jedoch auf, als sie merkte, dass er nicht lockerließ.

«Ich tue lediglich, was man von mir erwartet. Ihr selbst habt mich auf meine Pflichten in dieser Hinsicht mehr als einmal aufmerksam gemacht. Dietmar ist ein ehrenwerter Mann und wird mit seinem älteren Bruder einmal gemeinsam das Kontor seines Vaters übernehmen. Ich bin sicher, dass eine solche Verbindung seinem wie auch meinem Vater sehr will-»

«Dietmar ist nichts weiter als ein alberner Grünschnabel!», unterbrach Tilmann sie aufgebracht. «Nicht einmal trocken hinter den Ohren. Was in aller Welt habt Ihr mit ihm zu schaffen, Mira?»

Er sah, wie sich die Röte auf ihren Wangen noch vertiefte und sie hart schluckte. Seinem Blick wich sie aus.

«Dietmar ist ein guter Mann», beharrte sie. «Und er ist der Einzige, den ich heiraten kann, ohne ...» Sie brach ab und schluckte erneut. «Er ist der einzige Mann, der für mich in Frage kommt.»

Einen Moment lang war Tilmann sprachlos. In Miras letzten

Worten hatte Trotz mitgeschwunden, jedoch auch etwas, das er für Niedergeschlagenheit hielt. Wieder versuchte sie, sich von ihm loszumachen, und diesmal gestattete er es ihr. Sie wich ein paar Schritte zurück und drehte ihm den Rücken zu. «Ich dachte, es würde Euch freuen, meine Entscheidung zu vernehmen», sagte sie gepresst.

Tilmann starrte auf ihren Rücken und ihre hochgezogenen Schultern.

«Freuen?», echote er. «Ich soll mich darüber freuen?»

Miras Haltung versteifte sich noch mehr. «Es muss Euch doch Genugtuung verschaffen, dass ich am Ende Eurem Rat entspreche.»

Er konnte ihre erstickte Stimme kaum ertragen. In ihm regte sich etwas mit Macht, und ehe er wusste, was er tat, war er bereits dicht hinter sie getreten.

«Ich habe nie von Euch verlangt, Euch dem Nächstbesten an den Hals zu werfen, Mira. Was soll dieser Unsinn plötzlich?»

Ruckartig drehte sie sich zu ihm um und blickte ihn mit einer Mischung aus Zorn und Entschlossenheit an, die ihm für einen Moment den Atem nahm.

«Das ist kein Unsinn, Hauptmann Greverode», antwortete sie. Nun klang ihre Stimme scharf und zugleich zerbrechlich wie Glas. «Ich habe Euch über meine Heiratspläne in Kenntnis gesetzt, damit ...»

«Damit was?»

Wieder wich sie seinem Blick aus. «Damit ... das aufhört.»

Er musterte sie neugierig. «Was soll aufhören?»

Mira schluckte erneut, deutete vage erst auf ihn, dann auf sich. «Das alles.» Für einen kurzen Moment hob sie den Kopf, und ihre Blicke trafen sich. Er sah Panik in ihren Augen aufflackern und noch etwas, das ihm erneut den Atem verschlug.

Hastig wandte sich Mira ab. «Mehr ist dazu nicht zu sagen.»

Sie wollte an ihm vorbei zur Stiege laufen, doch er bekam ihren Arm gerade noch zu fassen. Mit einem heftigen Ruck hielt er sie zurück und drehte sie zu sich herum, sodass sie gegen ihn prallte.

Er sog zischend den Atem ein, denn der Zusammenprall tat seinen Wunden nicht gut. Der Schmerz war jedoch in dem Moment vergessen, da er in ihre vor Schreck weit aufgerissenen Augen blickte.

«Lasst ... mich los», stammelte sie und versuchte, sich ihm zu entziehen.

«O nein, diesmal nicht», knurrte er. «Ihr habt zu dieser Angelegenheit vielleicht nichts weiter zu sagen, Jungfer Mira. Ich jedoch sehr wohl.»

«Bitte!» An ihrem Hals konnte er ihren heftigen Pulsschlag erkennen. Ihre Augen waren groß und dunkel. «Ich kann nicht ... Ihr solltet –»

«Ich sollte das tun, was ich die ganze Zeit schon tun wollte», unterbrach er sie mit rauer Stimme. «Vielleicht hört Ihr dann endlich auf, solchen Mumpitz zu verzapfen.»

Ehe sie noch einmal protestieren konnte, zog er sie mit seinem rechten Arm so fest an sich, wie es seine Verletzungen zuließen. Mit der linken Hand umfasste er ihre Wange, spürte ihre zarte Haut unter seinen Fingerspitzen.

«Nicht! Hauptm...» Bevor sie weitersprechen konnte, verschloss er ihre Lippen mit seinem Mund.

Für einen langen Moment verharrten sie so. Dann merkte er, dass sie sich erneut zur Wehr zu setzen begann, und verstärkte den Druck seiner Lippen. Er ließ seinen Mund über ihren wandern und spürte, wie er von den ungewohnten und heftigen Gefühlen, die die Berührung in ihm auslöste, überwältigt zu werden drohte. Sein Herzschlag hatte seine Geschwindigkeit verdreifacht, das Blut brauste durch seine Adern. Der volle, süße Geschmack von Miras Lippen ließ ihn beinahe die Beherrschung verlieren.

Mira hatte sich in seinen Armen versteift, doch er widerstand vehement ihren Fluchtversuchen. Schließlich erlahmte ihre Gegenwehr. In seiner Magengrube breitete sich ein merkwürdiges Ziehen aus. Als Mira nach Atem rang, schoss das Gefühl gleichzeitig hinauf in sein Herz und hinab in seine Lenden.

Bevor er wusste, was er tat, vertiefte er den Kuss, drang mit der Zunge vor und ließ Mira keine Gelegenheit zum Rückzug. Ein hilfloser und zugleich betörender Laut drang aus ihrer Kehle, als sich ihre Zungen trafen.

Tilmann spürte, wie sie endgültig nachgab, ihm entgegenkam, den Kuss erwiderte. Einer Flamme gleich flackerte die Hitze zwischen ihnen auf. Seine linke Hand grub sich fest in ihr Haar. Miras Finger krallten sich in seine Schultern, als fürchte sie, den Halt zu verlieren. Ihr schlanker Körper presste sich an den seinen und brachte ihn fast um den Verstand. Der Drang, sie auf das Bett zu stoßen und sie hier und jetzt zu nehmen, wurde nur gebremst von der Gewissheit, dass solche Eskapaden aufgrund seiner Verletzungen noch nicht möglich waren. Doch er gestattete sich, seine rechte Hand von ihrem Rücken über ihre Seite bis hinab zu den Hüften gleiten zu lassen. Ihre Reaktion auf diese Berührung, ein kehliges Stöhnen, brachte selbst die letzten zusammenhängenden Gedanken in seinem Kopf dazu, sich zu verflüchtigen.

Als Mira erneut nach Luft rang, löste sich Tilmann widerstrebend von ihren Lippen. Auch sein Atem ging in heftigen Stößen, und er kämpfte mühsam die überschäumenden Reaktionen seines Körpers nieder.

Miras Augen waren geschlossen, ihre Wangen gerötet. Tilmann betrachtete ihr Gesicht abwartend, bis sich die Lider flatternd hoben. Ihr Blick war verschleiert, so als sei sie ihrer Sinne noch nicht wieder Herr. Doch von einer Sekunde zur nächsten klarten sich die Augen auf, und er sah neben der Leidenschaft wieder eine Spur Entsetzen und Panik darin aufflackern.

«Das ...» Ihre Stimme gehorchte ihr nicht. Sie schluckte und setzte erneut an: «Das hätte nicht ...» Hastig versuchte sie, sich von ihm loszumachen. «Ich kann das nicht.»

Er hielt sie jedoch mühelos weiterhin an sich gepresst. Zu lange hatte er sich danach gesehnt, sie zu berühren, um sie jetzt so schnell freizugeben.

«Ach nein?» Ein Lächeln stahl sich auf seine Lippen, obgleich er sich bemühte, ernst zu bleiben. «Wenn mich nicht alles täuscht, tut Ihr es bereits.»

«Nein, ich meine ...» Sie suchte offensichtlich nach Worten. Tilmann konnte sich an ihrem Gesicht kaum sattsehen. Sie schien von innen heraus zu glühen, und die wild pochende Ader an ihrem Hals verriet ihre Erregung nur allzu deutlich. Sanft ließ er seinen Daumen darüber gleiten und spürte, wie sie erschauerte. «Bitte, hört auf damit. Das darf nicht ... Ihr wollt mich nicht –»

«Mira!», unterbrach er sie ruhig, aber bestimmt. «Wirke ich auf dich wie ein Mann, der nicht weiß, was er will? Welche Art Beweise brauchst du noch?»

Mira starrte ihn für einen langen Augenblick an, dann drehte sie den Kopf zur Seite. «Ihr versteht nicht. Wenn ...» Sie stockte kurz. «Wenn Ihr erfahrt, was ich getan habe, werdet Ihr ... Ihr werdet ...»

«Was werde ich?» Er fuhr fort, ihren Hals mit seinen Fingerspitzen zu liebkosen, und genoss die köstlichen Empfindungen, die ihre unwillkürliche Reaktion darauf in ihm auslöste. Gleichwohl beobachtete er ihr Gesicht mit großer Aufmerksamkeit. Er erkannte genau, dass das, was Mira bewegte, keine Kleinigkeit war und ihm vermutlich nicht gefallen würde. Dennoch weigerte er sich nach wie vor, sie freizugeben.

«Ihr werdet mich hassen, zu Recht!», stieß sie wütend hervor. «Es wird Euch leidtun ... das hier ...»

«Ganz sicher nicht.»
«Und Ihr werdet mich dafür verabscheuen.»
«Mira ...»
«Also hört bitte sofort auf damit, Hauptm...»

Sie verstummte, als er sie erneut küsste. Er hatte der Versuchung einfach nicht wiederstehen können. Zwar schalt er sich einen liebestollen Dummkopf, doch Mira so nahe zu sein, ihren Körper an seinem zu spüren, stellte seine Selbstbeherrschung auf eine harte Probe. Ein wenig musste er seinem Verlangen nachgeben, um zu vermeiden, dass er verrückt wurde.

Der überraschte Laut, den Mira ausstieß, als er sich abermals hungrig über ihre Lippen hermachte, ging in ein hilfloses Seufzen über. Sein Herz hämmerte im wilden Galopp gegen seine Rippen. Gott, er wollte diese Frau! Wie lange schon, darüber mochte er gar nicht nachdenken. Sie hatte ihn in den vergangenen drei Jahren unzählige Male zur Weißglut getrieben, und er war sich bewusst, dass sie es auch zukünftig immer wieder tun würde. Doch so widerspenstig, rechthaberisch und eigensinnig sie auch war, es spielte keine Rolle, wenn er ihr nur nahe sein durfte. Ihr Temperament war so gefährlich wie ihre spitze Zunge, doch zu erleben, wie sie nun in seinen Armen schwach wurde, sich an ihn drängte und unvermittelt ihre Finger in seinen Haaren vergrub, überzeugte ihn davon, dass sie wie für ihn geschaffen war.

Ihre Lippen und Zungen rangen miteinander. Er wusste, wenn er nicht achtgab, würden sie – Verletzungen hin oder her – mehr tun, als zu diesem Zeitpunkt angebracht und schicklich war. Deshalb nahm er sich, auch wenn es ihm schwerfiel, ein wenig zurück, verringerte den Druck seiner Lippen und ließ sie stattdessen ganz leicht von ihrem Mund über ihre Wange und wieder zurück streichen. Behutsam umfasste er ihr Gesicht mit beiden Händen und wartete, bis sie die Augen öffnete. «Ist dieser Punkt nun ein für alle Mal geklärt?»

Mira erwiderte seinen Blick, antwortete jedoch nicht gleich. Er sah, dass sich verschiedene Emotionen in ihren Augen widerspiegelten – nicht alle konnte er identifizieren. Die letzte jedoch, die sich schließlich über ihr gesamtes Gesicht ausbreitete, gefiel ihm überhaupt nicht. Es war Bedauern.

Mira löste entschlossen seine Hände von ihren Wangen und trat einen Schritt zurück. «Es tut mir leid. Ich kann nicht ... es wäre nicht recht.»

«Mira ...»

Sie ließ ihn nicht zu Wort kommen. «Ich wollte es Euch nicht sagen, denn mit Eurer Missbilligung kann ich leben, nicht aber mit Eurer Verachtung.»

«Aber ich ver–»

«Doch es geht wohl nicht anders.» Sie senkte den Blick, hob ihn jedoch schon im nächsten Moment wieder. «Ihr täuscht Euch in mir, Hauptmann Greverode. Ich weiß, Ihr seht die freche, scharfzüngige Edeljungfer in mir, aber ...» Sie holte tief Luft. «Das bin ich nicht.»

Verblüfft legte er den Kopf schräg. «Was genau nicht? Scharfzüngig oder frech?»

In ihre Augen trat ein merkwürdig resignierter Ausdruck. «Nein. Eine Jungfer.» Sie trat noch einen Schritt zurück. «Ich bin nicht mehr unberührt. Ich habe ...» Ihre Stimme brach, doch sie sprach weiter. «Ich habe mich bereits einmal einem Mann hingegeben. Nicht ... nicht aus Liebe, sondern aus purer Berechnung. Und damit bin ich sogar noch schlimmer als die arme Clara. Sie wurde dazu gezwungen. Ich habe es freiwillig getan, um ...» Sie brach erneut ab um drehte ihm den Rücken zu. Ihre Schultern zuckten heftig.

Tilmann starrte sie verdutzt und ratlos an. Er hatte keine Ahnung, wie er auf ihr Geständnis reagieren sollte. Ärger stieg in ihm auf und noch etwas, das ihn kalt erwischte: Eifersucht.

Er bemühte sich, ruhig zu bleiben, ballte jedoch die Hände zu Fäusten.

«Dietmar?»

Sie antwortete nicht, doch an der Art, wie sie beim Klang des Namens zusammenzuckte, erkannte er die Wahrheit.

«Warum?» Er sah, wie auch sie die Fäuste ballte. Ruckartig drehte sie sich zu ihm um. In ihren Augen flackerten Zorn und Scham und rangen um die Vorherrschaft. «Weil ich von Euch loskommen wollte.»

Er runzelte die Stirn. «Wie bitte?»

«Ich wollte von Euch loskommen, seit Ihr damals ... Ich konnte nur noch an Euch denken, aber Ihr hattet mich freigegeben, und ich wusste, dass Ihr mich nicht leiden könnt und nur wegen meiner adeligen Geburt hattet heiraten wollen. Ich musste Euch irgendwie aus dem Kopf bekommen, also ...» Sie hob hilflos die Hände und verschränkte sie danach vor dem Bauch. «Ich weiß, dass es eine irrsinnige Idee war, aber ich wusste mir keinen anderen Ausweg. Außerdem habe ich mir eingeredet, dass ich auf diese Weise niemals würde heiraten müssen. Denn wer will schon angebrochene Ware? Kein Mann, der etwas auf sich hält, tut sich so etwas an. Ich habe meinen Wert damit verspielt. Der Einzige, der mich jetzt noch nehmen wird, ist Dietmar. Er wollte mich damals schon heiraten, nachdem wir ...» Sie biss sich auf die Unterlippe. «Er ist wirklich ein ehrenwerter Mann. Schaut mich nicht so an! Es stimmt. Wenn ich nicht derart entschlossen gewesen wäre, hätte er niemals von sich aus ... Er hat mich gleich danach um meine Hand gebeten, aber ich habe ihn hingehalten und ihm gesagt, dass er das nicht tun muss. Außerdem ist er wenig später mit seinem Onkel auf Reisen gegangen und war über ein Jahr fort. Danach haben wir uns nicht mehr gesehen – ich bin ihm aus dem Weg gegangen, und er hat nicht nachgefragt. Aber jetzt ...»

«Jetzt bist du wieder zu ihm gegangen – wegen mir.» Tilmann fluchte innerlich. «Hast du den Rentmeister etwa mit dem Angebot einer Eheschließung zwischen dir und Dietmar bestochen?»

Erschrocken riss Mira die Augen auf. «Nein! Nein, das habe ich nicht getan. Ich habe wirklich nur mit Dietmar gesprochen. Dass sein Vater dazukam, war nicht geplant.»

«Aha. Aber ihr habt bereits eine Übereinkunft getroffen.»

«Ja. Nein.» Mira zögerte. «Wir sind nicht verlobt, aber ich weiß, dass Dietmar mich noch immer will. Und sein Vater wäre einer Verbindung natürlich auch nicht abgeneigt. Er hat bereits Andeutungen in dieser Hinsicht gemacht.»

«Das kann ich mir denken. Weiß Thönnes von dieser Sache zwischen dir und Dietmar?»

«Nein.» Mira schüttelte den Kopf. «Dietmar hätte es ihm niemals erzählt.»

«Bist du sicher?»

«Ja, er wollte von Anfang an nicht, dass jemand auch nur etwas ahnt.»

«So, so.» Tilmann war sich nicht sicher, ob er Miras Einschätzung teilen sollte. Noch immer kämpften in seinem Herzen Wut und Eifersucht miteinander um die Oberhand. Doch ein anderes, weit stärkeres Gefühl schaffte es mit Leichtigkeit, die Vormachtstellung zu ergreifen, als er es zuließ. Diese Tatsache empfand er als höchst besorgniserregend. Er verschränkte die Arme vor der Brust und funkelte Mira herausfordernd an.

«Was erwartest du nun von mir?»

«Nichts. Gar nichts.» Miras Stimme klang aufgewühlt und niedergeschlagen zugleich. «Ihr tragt keine Schuld an meinem Verhalten, auch wenn Ihr vielleicht der Auslöser dafür wart. Ich allein habe die Konsequenzen zu tragen. Natürlich weiß ich, dass mein Handeln unschicklich und sündhaft war und dass Ihr mich nun dafür verachten werdet. Bitte glaubt nicht, dass das eben ...

auch nur Berechnung war. Ich bin für einen Moment schwach geworden, das wird nicht wieder geschehen. Wenn ich erst verheiratet bin, werden wir uns sowieso nicht mehr sehen. Ich will nur nicht, dass Ihr glaubt, ich habe Euch absichtlich täuschen wollen, um Euch in die Falle zu locken.» Sie schluckte hart. «Ihr hättet mir nicht so nahe kommen dürfen. Es tut mir leid. Ich wollte Euch ja davon abhalten, aber Ihr habt mir nicht zugehört.»

«Ich habe Euch nicht zugehört?»

«Nein. Ihr habt mich einfach geküsst, und da konnte ich nicht anders, als ... Verzeiht mir. Ich gehe jetzt. Bitte seid so gut und schweigt über diese Sache vor Eurer Schwester und ihrer Familie. Ich will nicht, dass sie schlecht über mich denken. Sie hätten das Recht dazu, aber es sind die einzigen Menschen, an denen mir wirklich etwas liegt. Ohne sie bin ich ... nichts.» Wieder brach ihre Stimme. Hastig drehte sich Mira um und eilte mit gerafften Röcken die Stiege hinauf.

Tilmann sah ihr schweigend hinterher, nicht fähig, einen klaren Gedanken zu fassen.

«Ei, ei, was für ein Dummchen!», ertönte in diesem Moment Ludmillas Stimme hinter ihm. Ein krächzendes Lachen folgte.

Erschrocken fuhr er zu ihr herum. «Wo kommst du denn her?»

Vage deutete Ludmilla hinter sich in den Gang, der in die Unterwelt führte. «Ich war bei Clara, wo sonst? Nun ja, zumindest bis vor einer Weile.» Sie runzelte die Stirn. «Wenn Ihr Mira wirklich zur Frau haben wollt, müsst Ihr sie wohl in Ketten vor die Kirchenpforte schleifen. Wenn Ihr mich fragt, tut es schnell, bevor sie die Gelegenheit ergreift und eine weitere Dummheit begeht.»

Tilmann zog verärgert die Augenbrauen zusammen. «Hast du uns etwa belauscht?»

«Nur ein bisschen, Hauptmann. Und Ihr solltet froh darüber sein. Andernfalls würde Euch vielleicht niemand glauben, dass

Mira Euch tatsächlich freiwillig zum Mann nehmen könnte.» Ihr heiteres Lachen ließ ihn noch düsterer dreinblicken. «Zumindest wirkte sie auf mich alles andere als abgeneigt, nicht wahr?»

Er stieß resigniert die Luft aus. «Du hast doch wohl gehört, dass sie vorhat, einen anderen zu ehelichen.»

«Ach was, papperlapapp.» Ludmilla winkte ab. «Nichts dergleichen wird sie tun. Das heißt, wenn Ihr das nächste Mal daran denkt, sie zu fragen.»

Verblüfft hob er den Kopf. «Sie was zu fragen?»

«Du liebe Zeit!» Die Alte schüttelte den Kopf. «Ob sie Euch heiraten will, natürlich! Für einen ach so klugen Hauptmann und zukünftigen Stimmeister – so Gott will – steht Ihr Euch aber ausgesprochen ungünstig selbst im Weg.»

«Ich fürchte, so einfach ist die Sache nicht.»

«O doch, Hauptmann.» Ludmilla trat auf ihn zu und tippte ihm mit dem Zeigefinger gegen die Brust. «Die Sache ist sogar ausgesprochen klar und einfach. Ihr solltet bloß keine Zeit verlieren.»

24. Kapitel

Am folgenden Morgen war Adelina schon vor allen anderen auf den Beinen. Sie hatte schlecht geschlafen, denn ihre Gedanken kreisten unablässig um Tilmanns prekäre Lage und die offensichtliche Ohnmacht des Rates und der Schöffen, den Mord an Clais van Dalen aufzuklären. Je mehr Zeit verstrich, desto mehr würden die Spuren sich verwischen.

Während sie das Herdfeuer in der Küche anheizte und die Zutaten für den Morgenbrei zusammenstellte, überlegte sie, wer außer Veit Liesborn und Evert Palm noch ein Interesse an Clais' und Tilmanns Tod haben könnte. Wer waren die Männer gewesen, die den beiden im Zunfthaus aufgelauert hatten? Wenn es stimmte, dass Clais seinen Mörder gekannt hatte – weshalb hatte dann Tilmann die Angreifer nicht erkannt? Er und Clais waren gute Freunde gewesen, sie verkehrten in den gleichen Kreisen, kannten also auch dieselben Leute. Je länger sie darüber nachdachte, desto sicherer schien es ihr, dass sie einen wichtigen Punkt übersehen hatten.

Als Adelina feststellte, dass der Hirsesack in der Speisekammer bis auf einen kleinen Rest leer war, ging sie hinaus, um aus der Remise einen neuen Sack zu holen. Dabei stellte sie überrascht fest, dass die Hintertür nicht verschlossen war. Der Riegel war zurückgeschoben. War also doch noch jemand vor ihr aufgestanden und hatte das Haus verlassen? Sie hatte die Hintertür am Vorabend doch selbst verschlossen!

Die Frage wurde ihr beantwortet, als sie in die eisige Morgenluft hinaustrat. Ihr Bruder Tilmann stand hinten am Brunnen, nackt, wie Gott ihn erschaffen hatte. Das Licht des Kienspans, den er gegen den Brunnenrand gelehnt hatte, ließ seinen sehnigen Körper durchaus ansehnlich erschienen. Adelina blieb stehen und beobachtete ihn einen Moment lang dabei, wie er sich trotz des frostigen Wetters ausgiebig wusch.

«Kann man nicht einmal so früh am Tag seine Ruhe haben?», knurrte er in ihre Richtung. Ohne die geringste Scham trocknete er sich seelenruhig ab, bevor er wieder in seine Hose stieg. «Hast du genug gesehen, Schwester?»

Adelina schmunzelte. «Durchaus genug, um der Frau, die das Glück haben wird, sich dein Eheweib nennen zu dürfen, von Herzen zu gratulieren.» Sie trat auf ihn zu und musterte die Verbände. «Was machen die Verletzungen? Wie ich sehe, kannst du dich schon wieder recht gut bewegen.»

«Unkraut vergeht nicht.»

«Worüber ich ausgesprochen glücklich bin.» Aus ihrem Schmunzeln wurde ein richtiges Lächeln. «Ich bin froh, dass es dir wieder gutgeht, Tilmann.»

Er musterte sie überrascht. «Nun, gut ist vielleicht übertrieben, aber es war schon schlimmer.» Für einen Moment zögerte er, bevor er weitersprach. «Danke, Adelina.» Er griff nach seinem Hemd, das über dem Brunnenrand hing, und streifte es sich über.

Adelina entdeckte eine für ihn ungewöhnliche Verlegenheit in seiner Miene. Ehe sie etwas sagen konnte, fuhr er fort: «Ich weiß, ich bin nicht gerade der ideale Bruder, und ganz sicher habe ich dir in der Vergangenheit mehr als einmal Unrecht getan.»

«Tilmann –»

«Nein, lass mich ausreden.» Er hob die rechte Hand in einer abwehrenden Geste. «Die Wahrheit ist, ich habe dich fast die ganze Zeit meines Lebens beneidet und mir eingeredet, dich zu verabscheuen.»

«Aber das war doch nur, weil ...»

«Es war ein Unrecht», sprach er unbeirrt weiter. «Du hättest allen Grund der Welt, mich dafür zu verdammen.»

«Aber ...»

«Aber offenbar tust du es nicht.» Seufzend fuhr er sich mit der ihm typischen, ungeduldigen Bewegung durchs Haar. «Du hättest mir nicht helfen müssen, Adelina. Die meisten anderen Menschen hätten sich abgewandt und mich dem Vogt ausgeliefert.»

«Du bist mein Bruder, Tilmann! Wie hätte ich dich im Stich lassen können?» Adelina trat noch näher an ihn heran und legte ihm eine Hand auf den Arm.

Er zuckte nicht zurück, wie er es früher oft getan hatte. Stattdessen legte er seine Linke über ihre Hand und drückte sie leicht. «Das ist es, worauf ich gebaut habe, Adelina. Ich hatte niemanden sonst, an den ich mich hätte wenden können. Auch jetzt noch ... Es ist gefährlich für dich, mich hier zu beherbergen, solange ich unter Mordverdacht stehe. Das hätte ich nicht von dir verlangen dürfen.»

«So ein Unsinn.» Adelina schüttelte milde den Kopf. «Wer, wenn nicht deine Familie, sollte für dich da sein? Dass unsere Mutter dich nicht gewollt hat ... Ich verstehe es nicht, werde es wohl nie begreifen. Doch das bedeutet nicht, dass du mir – uns – nicht willkommen bist.» Sie lächelte erneut. «Auch wenn wir sicher nicht immer einer Meinung sein werden.»

Er legte den Kopf schräg, und in seine Augen trat der altbekannte spöttische Ausdruck. «Waren wir das jemals?»

Sie lachte leise. «Ich erinnere mich nicht.» Sanft entzog sie ihm ihre Hand und räusperte sich. «Hast du dir schon überlegt, wann du mit Mira sprechen willst?»

Die Veränderung in seiner Haltung kam so abrupt, dass sie überrascht einen Schritt rückwärts machte. Er versteifte sich, seine Miene verfinsterte sich schlagartig, und in seine Augen trat ein verschlossener Ausdruck. «Das habe ich bereits getan.»

Da seine Stimme nicht wütend, sondern eher resigniert klang, hakte sie nach: «Ach ja? Das ist gut. Aber wann ... Ach, ist ja egal. Was hat sie gesagt?»

Einen Moment lang blickte er sie schweigend an. Sein Blick erinnerte sie plötzlich an ein waidwundes Tier. Sie erschrak. «Tilmann?»

Er bückte sich und nahm den brennenden Kienspan an sich. «Sie wird Dietmar Overstolz heiraten.»

«Was wird sie?» Ehe er sich abwenden konnte, hatte Adelina ihn am Arm gefasst und hielt ihn auf.

«Dietmar. Sie hat sich in den Kopf gesetzt, ihn zu heiraten.»

«Aber ...» Adelina starrte ihn verständnislos an. «Sie liebt dich, das kann ein Blinder erkennen.»

«Sie hat ihre Gründe.»

«Gründe?», echote sie aufgebracht. «Und das lässt du ihr durchgehen?»

«Ich kann sie nicht zwingen, mich zu heiraten.»

«Könntest du schon.» Sie ließ ihn los und verschränkte die Arme.

Tilmann runzelte halb überrascht, halb spöttisch die Stirn. «Ich zwinge sie aber nicht.»

«Nein.» Adelina löste ihre Arme wieder. «Nein, das tust du nicht. Sie hat wirklich Glück.»

«Tatsächlich?»

«Und wie. Also lass ihr das nicht durchgehen, Bruder.» Sie wandte sich ab und ging hinüber zur Remise, um endlich den Hirsesack zu holen.

Als sie wenig später die Küche betrat, war Magda bereits dabei, das Wasser für den Brei aufzusetzen. Gemeinsam machten sie sich daran, die Morgenmahlzeit für die Familie zuzubereiten.

«Wenn wir jetzt noch irgendetwas erreichen wollen, müssen wir uns aufteilen», beschied Neklas, als er am späteren Vormittag mit Adelina, Tilmann, Jupp, Marie sowie Mira und Griet beisammensaß, um das weitere Vorgehen zu besprechen. Auch Ludmilla hatte sich der Runde angeschlossen, nachdem sie zuvor Clara besucht hatte. Der jungen Frau ging es inzwischen wieder so gut, dass ihrer Übersiedlung in Ludmillas Hütte in den kommenden Tagen nichts entgegenstand.

«Ich schlage vor, dass Jupp und ich uns mit der Familie Liesborn befassen und auch Hartmann vom Winkel einen Besuch abstatten. Er gehörte wie Liesborn zu van Dalens Gleve, kann uns also vielleicht weiterhelfen.»

«Eine gute Idee», stimmte Jupp zu. «Allerdings fände ich es besser, wenn Adelina und Marie Liesborns Familie – oder vielmehr seine Frau – übernähmen. Man weiß nicht, wie sie reagiert, wenn zwei fremde Männer vor ihrer Tür auftauchen. Frauen gegenüber spricht sie vielleicht offener.»

Marie lächelte ihm zu. «Das wollte ich auch gerade vorschlagen. Was meinst du, Adelina?»

«Ich bin einverstanden.» Adelina blickte zu Griet. «Du musst in der Zwischenzeit die Apotheke betreuen. Mira kann –»

«Ich werde mit Christine van Dalen sprechen», unterbrach Mira sie.

«Wozu soll das gut sein?», fragte Tilmann sie mit gerunzelter Stirn. «Wenn wir nicht achtgeben, wird sie beim Vogt Anzeige gegen dich oder Adelina erstatten. Angedroht hat sie es ja bereits.»

«Und das kommt Euch nicht merkwürdig vor?», erwiderte Mira gereizt. «Wir wissen, dass sie hinter dem Rücken ihres Mannes eine Liebschaft gepflegt hat. Auch wenn Herr Reese ausschließt, dass sie ihren Mann umgebracht hat, können wir doch nicht sicher wissen, wie weit sie in die Sache verstrickt ist. Überlegt doch mal! Jahrelang hat sie ihn getäuscht und –»

«Und aufgrund deines reichen Erfahrungsschatzes kannst du deshalb beurteilen, ob sie eine Mörderin ist oder nicht?»

Mira riss die Augen weit auf und starrte ihn erst erschrocken, dann zornig an. «Das eine hat mit dem anderen nichts zu tun, Hauptmann Greverode. Ich wollte lediglich zum Ausdruck bringen, dass wir sie nicht ohne weiteres von der Liste der Verdächtigen streichen sollten. So, wie ich es sehe, hat sie doch wohl einige Übung im Lügen und Vertuschen von Tatsachen.»

«Also durchaus ein Gebiet, auf dem du nicht ganz unbewandert bist.»

«Wovon reden die beiden da?», raunte Neklas Adelina verwundert zu.

Sie hob die Schultern. «Ich habe keine Ahnung.»

Mira verschränkte die Arme vor der Brust. «Ach ja? Und was ist mit Euch? Habt Ihr etwa immer die Wahrheit gesagt? Mir scheint, auch Ihr habt Euch bereits der Unwahrheit bedient, und zwar durchaus mit Fleiß.»

Nun beugte sich auch Jupp zu Adelina und Neklas hinüber. «Habe ich jetzt den Faden verloren? Ich dachte, wir sprechen über den Mordfall.»

Adelina seufzte. «Mir scheint, wir haben ein kleines familiäres Problem.»

«Ich habe mich lediglich nach deinen Wünschen gerichtet», schnappte Tilmann in diesem Moment.

Mira funkelte ihn an. «Ach ja? Ihr habt mich nicht einmal gefragt!»

«Dazu bestand kein Anlass mehr, Mira, das weißt du selbst. Du hast deutlich genug kundgetan, was du von mir hältst.»

«Das hattet Ihr Euch selbst zuzuschreiben. Ich konnte doch nicht wissen, dass Ihr ...» Mira brach ab und drehte den Kopf fort.

«Familiäres Problem? Das scheint mir allerdings auch so», befand Neklas mit einem halben Grinsen. «Was hast du da nur angerichtet, Lina? Ich dachte, du wolltest die beiden dazu bringen, offen miteinander zu sprechen.»

«Das haben sie ja auch getan. Zumindest glaube ich, dass sie miteinander geredet haben», antwortete Adelina leise.

«Nun, ‹reden› würde ich es vielleicht nicht nennen», warf Ludmilla ein. «Zumindest für eine Zeit sind sie dazu nicht gekommen.»

Fünf überraschte Augenpaare richteten sich auf die alte Frau, die daraufhin nur vielsagend lächelte.

Tilmann und Mira achteten derweil nicht auf die übrigen Anwesenden. Er erwiderte ihren Blick aufgebracht. «Dass ich was? Verrückt genug sein könnte, einem widerspenstigen Weib seinen

Willen zu lassen und zu hoffen, du würdest vielleicht doch noch zur Vernunft kommen? Wie hätte ich denn ahnen sollen, dass du in deinem Trotz gleich ...» Diesmal brach Tilmann mitten im Satz ab und schüttelte resigniert den Kopf.

«Du liebe Zeit, jetzt ist es noch schlimmer als zuvor.» Neklas seufzte tief.

«Ach was, das gibt sich wieder.» Erneut lächelte Ludmilla. «Nach allem, was ich gesehen habe, solltet ihr euch über das bisschen Gezanke keine Gedanken machen. Seht lieber zu, dass ihr die Feierlichkeiten so rasch wie möglich über die Bühne bringt.»

«Welche Feierlichkeiten?», fragte Griet verwundert.

Ludmilla warf ihr einen Blick zu. «Die Hochzeitsfeierlichkeiten, Liebchen. Andernfalls kann ich nicht garantieren, dass ihr es nicht demnächst auch noch mit einem Fall von Unzucht zu tun bekommt.»

Griet räusperte sich verlegen.

«Ludmilla!» Erschrocken starrte Adelina die alte Frau an, die daraufhin gackernd lachte.

«Komm schon, Adelina. Tu bloß nicht so entsetzt. Ich könnte mir vorstellen, dass es dir und Neklas auch nicht gerade leichtgefallen sein dürfte, bis zur Hochzeitsnacht zu warten. Falls euch das überhaupt geglückt ist. Habe ich recht?»

Adelina spürte, wie sich ihre Wangen erhitzten.

Ludmilla grinste. «Siehst du, Kindchen. Also überlegt euch schon mal ein Datum. Möglichst bald, würde ich sagen.»

«Du willst also mit Christine reden», kam Tilmann schließlich doch wieder auf den Ausgangspunkt des Streites zurück. «Worüber, wenn ich fragen darf? Und wie kommst du darauf, dass sie ausgerechnet dir Rede und Antwort stehen wird?»

«Weil ...» Mira richtete sich auf und beugte sich ein wenig vor. «Christine und ich gewissermaßen miteinander verwandt sind, weil sie eine Cousine des Grafen Ailff van Wesel ist, und er wiederum ist ein Vetter meines Stiefvaters.»

«Du glaubst, das macht sie gesprächig?» Skeptisch runzelte Adelina die Stirn.

«Einen Versuch ist es jedenfalls wert», befand Mira und schielte zu Tilmann, der sie mit düsterer Miene ansah.

Er brummelte etwas Unverständliches und hob die Schultern. «Also bitte, meinetwegen. Schaden kann es nicht. Es sei denn, Christine zeigt dich an.»

«Das tut sie nicht.»

«Ach nein? Wie willst du sie daran hindern?»

«Das werdet Ihr schon sehen.»

«Bitte ...» Adelina hob rasch die Hände in einer abwehrenden Geste. «Keinen weiteren Streit. Wir sollten uns auf unseren Plan konzentrieren. Ihr könnt euch später gegenseitig die Augen auskratzen.» Sie warf erst Tilmann, dann Mira warnende Blicke zu, woraufhin beide beleidigt schwiegen. Fast hätte Adelina laut gelacht, als sie die Mienen der beiden sah.

«Wie füreinander geschaffen», raunte Neklas ihr ins Ohr.

Sie kicherte unterdrückt, bemühte sich aber, ruhig weiterzusprechen. «Ich schlage vor, wir machen uns gleich auf den Weg. Franziska und Ludowig sage ich sofort Bescheid, damit sie sich um die Kinder und Vitus kümmern. Griet, du kümmerst –»

«Mutter, soll ich nicht Mira begleiten?», unterbrach das Mädchen sie hastig. «Sie kann doch nicht allein losziehen, wenn du und Marie zu ihrer Schwester geht.»

«Sie hat recht», stimmte Mira rasch zu.

Adelina blickte zwischen den beiden hin und her. «Tja, also gut, wenn ihr meint. Dann müssen wir die Apotheke eben für ein paar Stunden schließen.»

«Es regnet sowieso wie aus Eimern», stellte Neklas fest. «Da werden kaum Kunden herkommen.»

«Ich wünschte, ich könnte auch etwas tun», knurrte Tilmann gereizt. «Wie kann ich verlangen, dass ihr die ganze Arbeit erledigt, während ich hier herumsitze und Däumchen drehe?»

Neklas erhob sich und trat neben ihn. Freundschaftlich legte er ihm eine Hand auf die Schulter. «Das wirst du aushalten müssen, Schwager. Noch giltst du ja leider als Verdächtiger. Wir können nicht riskieren, dass du dich öffentlich zeigst. Du würdest nicht nur dich, sondern auch uns in Gefahr bringen. Ganz zu schweigen von Reese und Overstolz.»

«Das weiß ich selbst. Mein Verstand hat immerhin nicht gelitten.»

«Außerdem bist du noch nicht ganz auf der Höhe. Wir wissen nicht, ob dir jemand auflauert, wenn du hinausgehst», fuhr Neklas unbeirrt fort. «Einem Zweikampf oder gar Überfall mehrerer Männer wärest du noch nicht gewachsen.»

Tilmann verdrehte missmutig die Augen. «Nun macht euch schon auf den Weg.»

25. KAPITEL

«Du hast es ihm gesagt, oder?» Griet sah Mira von der Seite an, während sie nebeneinander her durch die Stadt zum Anwesen der Christine van Dalen gingen.

Mira war gerade dabei, die Kapuze über ihrem Kopf fester zusammenzuziehen und die Gugel, die sie darunter trug, um Hals und Ohren vor der ungemütlichen Kälte zu schützen, zurechtzuzupfen. Abrupt blieb sie stehen und starrte ihre Freundin an. «Was meinst du?»

Griet, die ebenfalls an ihrer Kapuze nestelte, warf ihr einen bezeichnenden Blick zu. «Hauptmann Greverode. Du hast ihm gesagt, dass du und Dietmar ...»

«Pst!» Erschrocken blickte sich Mira um, ob auch niemand ihrem Gespräch lauschte. Doch bei dem ungemütlichen Wetter waren die Straßen und Gassen wie leer gefegt. Nur wenige Handwerker und Knechte waren unterwegs. Hier und da kreuzte eine Magd mit Einkaufskorb oder ein Bauer mit Handkarren ihren Weg, als sie den Alter Markt überquert hatten und sich Richtung Marspforten hielten. Die meisten Menschen hatten sich in ihre Behausungen zurückgezogen und warteten, dass der Regen, der mal heftig, mal als feiner Niesel vom Himmel fiel, sich endlich verzog.

«Ich hatte keine andere Wahl.» Langsam setzte sich Mira wieder in Bewegung. Griet blieb an ihrer Seite.

«Warum?» Sie griff nach Miras Hand. «So, wie er dich vorhin angeschaut hat, könnte ich mir gut vorstellen, dass er dich ...»

«Ich werde Dietmar heiraten, Griet.» Mira schloss für einen kurzen Moment die Augen und atmete tief durch.

«Wie bitte? Spinnst du?» Griet blieb erneut stehen, und da sie Miras Hand fest in der ihren hielt, musste auch diese notgedrungen anhalten. «Das kannst du nicht machen! Du hast immer gesagt, dass das damals ein Fehler war und du ihn eigentlich gar nicht willst.»

«Er ist ein guter Mann, Griet. Und der Einzige, der mich überhaupt noch nehmen würde. Immerhin bin ich ja keine ... du weißt schon.»

«Aber hättest du nicht einfach darüber schweigen können?»

Mira verzog spöttisch die Lippen. «Meinst du nicht, dass das herauskommen würde? Spätestens in der Hochzeitsnacht? Du müsstest doch am besten wissen, was –»

«Ja, schon», unterbrach Griet sie hastig. «Aber glaubst du, es wäre wirklich so schlimm? Ich meine, du hast doch nur einmal ... Wenn es um mich ginge, wäre es etwas anderes. Mich will ganz sicher kein Mann jemals haben.» Sie errötete und senkte den Blick. «Und das ist auch besser so. Ich glaube nicht, dass ich ertragen könnte, wenn ein Mann mich ...» Sie brach ab.

Mira blickte ihre Freundin betroffen an und zog sie dann in ihre Arme. «Es tut mir leid, Griet. Wir müssen nicht darüber sprechen. Ich weiß ja, was dir widerfahren ist. Oder vielmehr – ich glaube es zu wissen.»

Griet erwiderte die Umarmung kurz und löste sich dann von ihr. Mira sah in ihren Augen den tiefen Schmerz widergespiegelt, den man Griet zugefügt hatte, als sie noch ein kleines Mädchen gewesen war. «Niemand weiß das wirklich, Mira. Und glaub mir, das ist auch besser so. Außerdem ist das lange vorbei. Niemand wird mir so etwas je wieder antun – eher gehe ich ins Kloster.»

«Das ist doch nicht dein Ernst, oder?»

Griet hob die Schultern. «Nein, im Grunde nicht. Aber ich muss mir natürlich überlegen, was aus mir werden soll. Ich kann nicht bis in alle Ewigkeit bei Vater und Mutter leben. Vielleicht finde ich ja einen Platz in einem Beginenhof. Mutter hat zu einigen von ihnen sehr gute Beziehungen.»

«Du eine Begine?» Mira musterte sie eingehend. «Na ja, warum nicht? Aber du könntest auch als Gesellin in einer anderen Apotheke arbeiten. Obwohl ich sicher bin, dass deine Eltern dich gar nicht gehen lassen würden. Sie lieben dich doch.»

«Ich weiß, und genau deshalb will ich ihnen ja auch nicht zur Last fallen. Stell dir mal vor, ich bleibe für immer unverheiratet, und meine Eltern müssen für mich aufkommen.» Energisch schüttelte sie den Kopf. «Nein, auf keinen Fall.» Dann stockte sie. «Sag mal, hast du eigentlich ...» Ihre Wangen färbten sich rot, und sie blickte hastig fort.

Mira hakte sich bei ihr ein und zog sie weiter. «Was?»

«Na ja ...» Griet zögerte sichtlich. «Hast du ... ich meine habt ihr ... Ludmilla hat so seltsame Andeutungen gemacht.»

«Welche Andeutungen?» Mira starrte sie erschrocken an.

«Sie sagt, sie hätte euch gesehen, dich und den Hauptmann.»

«O mein Gott!» Vor Schreck wurde Mira blass.

«Was genau hat sie denn gesehen?», fragte Griet neugierig.

Mira schluckte und spürte, wie sich allein bei der Erinnerung an den gestrigen Vorfall ihr Herzschlag beschleunigte. Kurz meinte sie, den Nachhall der leidenschaftlichen Gefühle in sich zu spüren, die sie in Tilmanns Armen empfunden hatte.

«Mira?» Abwartend blickte Griet sie von der Seite an.

«Wir haben ... Er hat mich geküsst.»

«Ach.» Griets Augen wurden kugelrund. «Und du?»

«Ich habe den Kuss erwidert.» Sie seufzte unwillkürlich.

«Liebst du ihn?»

Mira erwiderte den Blick ihrer Freundin nur zögernd. «Ja, Griet. Ich liebe ihn.» Als sie die Worte endlich ausgesprochen hatte, schien es ihr, als löse sich eine eiserne Kralle, die seit drei Jahren ihr Herz umklammert hielt.

«Und du willst trotzdem Dietmar heiraten?»

«Ja. Nein.» Mira stieß einen verzweifelten Laut aus. «Gott, ich weiß es nicht. Tilmann verachtet mich ganz sicher für das, was ich getan habe. Es ist sein gutes Recht, mich zu hassen. Ich bin nicht besser als eine Hure ... Verzeih, Griet!», unterbrach sie sich erschrocken. «Ich meine, ich habe es nicht getan, weil ich gezwungen wurde oder weil ich Geld verdienen musste oder ... Ich tat es aus Trotz und Berechnung.» Ihr traten Tränen in die Augen. «Ich schäme mich so! Mit dieser ... Sache habe ich alles zerstört. Ich wollte erreichen, dass mich niemand jemals würde zwingen können, einen Mann zu heiraten, den ich nicht will. Aber damit habe ich auch verhindert, dass ich den einzigen

Mann, den ich jemals lieben werde, haben kann. Wir konnte ich nur so dumm sein! Und jetzt ist es zu spät.»

«Ach, Mira.» Nun war es an Griet, die Freundin in die Arme zu nehmen. «Ich glaube nicht, dass es zu spät ist.»

«Doch, so ist es.»

«Selbst Ludmilla hat gesagt, dass sie glaubt, ihr beide würdet ganz bald heiraten.»

«Was weiß die Alte schon», schniefte Mira und rieb sich mit dem Ärmel ihres Mantels über Augen und Nase.

«Bisher hat sie noch immer mit allem recht behalten», gab Griet zu bedenken. «Sie kennt sich mit Menschen aus.»

«Mag sein, aber in diesem Fall täuscht sie sich bestimmt. Kein Mann von Ehre will mich noch haben.»

«Ist Dietmar kein Mann von Ehre?»

Mira schnaubte. «Das ist etwas anderes. Er war es ja, der mit mir ... du weißt schon.»

Mira sah aus den Augenwinkeln, wie Griet darüber den Kopf schüttelte und dann zu einer Frage ansetzte, es sich jedoch offenbar wieder anders überlegte.

«Griet? Ist etwas?»

«Nein. Oder doch. Ich frage mich nur, warum der Hauptmann? Ich dachte, du hasst ihn. Jahrelang habt ihr euch angegiftet, wenn ihr euch bloß im selben Raum aufgehalten habt.»

Sie blieben stehen, als vor ihnen an der Kreuzung zur Hohen Straße ein schweres Ochsenfuhrwerk vorbeizog, das mit Kornsäcken beladen war. Mira dachte über die Frage ihrer Freundin eine Weile lang nach, dann hob sie die Schultern. «Ganz ehrlich, ich weiß es nicht. Er hat etwas an sich, dass ... Ich kann es nicht beschreiben. Wenn er mir zu nahe kommt, habe ich das Gefühl, keine Luft mehr zu bekommen. Aber trotzdem halte ich es kaum aus, wenn er nicht da ist.»

«Hast du keine Angst vor ihm?»

Sie überquerten die Kreuzung und bogen wenig später in die Schildergasse ein. Das Haus der van Dalens lag bereits in Sichtweite vor ihnen.

«Angst?», fragte Mira erstaunt. «Weshalb sollte ich?»

Griet errötete wieder. «Er ist doch ziemlich groß und stark, und du weißt selbst, wozu er fähig ist. Damals, bei der Geschichte mit Franziska, hat er diesen Soldaten fast totgeprügelt. Und er hat auch schon Männer im Kampf getötet und …»

«Nein, Griet.» Mira schüttelte entschieden den Kopf. «Ich habe keine Angst vor ihm.» Sie wollte noch weitersprechen, als sie jedoch aus dem Augenwinkel eine Bewegung wahrnahm. Sie drehte den Kopf ein wenig und sah einen großen, dunkelhaarigen Mann mit Bart im Hof des Anwesens der Familie van Dalen verschwinden.

«Warte mal, hast du das gesehen?»

Griet hob alarmiert den Kopf. «Was denn?»

«Den Mann, der da gerade in den Hof gegangen ist. Er sah aus wie der Kerl, den Magda uns beschrieben hat.»

«Du meinst den, der sie überfallen hat?» Entsetzt blickte Griet zum Hof der van Dalens hinüber. «Bist du sicher?»

«Ich weiß nicht. Ich kenne ihn ja nicht. Aber er war groß, dunkelhaarig und trug einen Bart.»

«Es gibt Hunderte Männer, die so aussehen.»

«Ja, aber …» Mira ging langsam auf das Anwesen zu. «Und wenn es dieser Harro ist?»

Griet biss sich auf die Unterlippe. «Sollten wir dann nicht jemanden verständigen? Hilfe holen? Was, wenn er uns sieht?»

«Er sieht uns schon nicht. Komm, wir schauen mal nach, ob er es wirklich ist.» Mira ging entschlossen auf das weit offenstehende Hoftor der van Dalens zu.

Griet folgte ihr, zupfte aber nervös an Miras Mantel. «Pass bloß auf!»

«Schon gut, ich will nur herausfinden, ob ...» Mira verstummte und blieb stehen. Vorsichtig lugte sie um den Torpfosten herum in den Hof. «Niemand zu sehen», stellte sie fest.

«Sollen wir nicht anklopfen und schauen, ob Frau Christine da ist? Wegen ihr sind wir doch hergekommen», fragte Griet unsicher.

«Das machen wir ja gleich. Ich will nur erst wissen, wohin der Mann verschwunden ist.» Mira betrat den Hof und sah sich neugierig um. Auf drei Seiten wurde der gepflasterte Platz von Gebäuden umgeben. Ein Durchgang führte hinten rechts in einen Garten. Weit und breit war niemand zu sehen. Es begann wieder stärker zu regnen. Die beiden jungen Frauen liefen schnell zu dem vorgezogenen Dach des Stalles und stellten sich unter.

«Kann ich Euch helfen?» Aus dem Stalleingang trat ein noch sehr junger Knecht mit roten Haaren und abstehenden Ohren.

Mira und Griet fuhren erschrocken zu ihm herum. Mira fing sich als Erste.

«Guten Tag. Ja, du kannst uns weiterhelfen. Verzeih, dass wir hier einfach eingedrungen sind, aber bei dem Regen haben wir einen Unterschlupf gesucht.» Sie setzte ihr reizendstes Lächeln auf, woraufhin der Knecht prompt errötete. «Wir sind auf dem Weg zu Frau Christine. Wenn du so freundlich wärest, uns zu melden?»

Der Knecht schüttelte den Kopf. «Tut mir leid, aber meine Herrin ist ausgegangen. Sie kommt erst in ein paar Stunden zurück, hat sie gesagt.»

«Ach, das ist aber schade. Weißt du, wohin sie wollte?»

Der Knecht hob nur die Schultern.

Wieder lächelte Mira. «Nun gut, dann müssen wir leider unverrichteter Dinge wieder gehen.» Sie blickte zum Himmel. «Komm, Griet, lass uns aufbrechen. Der Regen lässt nach.» Kurz nickte sie dem rothaarigen Jungen noch einmal zu. «Dank dir für die Auskunft.» Sie hakte sich bei Griet unter und zog die Freundin mit zur Straße.

«Und was jetzt?», raunte Griet.

«Wir gehen ...» Mira stockte. «Da ist er wieder!» Sie blieb stehen und deutete mit dem Kinn in Richtung eines dunkel gekleideten Mannes mit krausem, dunkelbraunem Haar, der eben aus einem Durchgang zwischen zwei Häusern trat, die Schildergasse überquerte und in einem anderen Gehöft verschwand. Mira und Griet sahen einander an.

«Müsste das nicht das Haus der Palms sein?», fragte Mira leise. «Vielleicht arbeitet dieser Harro – falls er es ist – für Evert Palm, den Ratsherrn. Der auch in die Verschwörung des Grafen verwickelt ist.»

«Meinst du? Aber würde er dann so offen hier herumlaufen?», gab Griet zu bedenken. «Er wird doch von den Bütteln und Stadtsoldaten gesucht.»

«Ich weiß es nicht.» Mira runzelte nachdenklich die Stirn. «Findest du es nicht merkwürdig, dass er hier herumschleicht? Ob es sich um Harro handelt oder nicht, dieser Kerl ist mir suspekt. Komm, wir schauen mal auf dem Hof da drüben nach.»

Griet seufzte und verdrehte die Augen, folgte Mira jedoch ohne Protest zu dem Anwesen, das sich schräg gegenüber dem der van Dalens befand.

«Es ist Palms Haus», stellte Mira fest und deutete auf ein mehrfarbiges Hauszeichen, das über den Eingang gemalt war. «Das Zeichen habe ich schon mal gesehen.»

«Und was machen wir jetzt hier?» Griet schauderte, als eine Windbö sie erfasste.

Auch Mira rieb sich über die Arme. «Ich wüsste zu gern ... Oh, komm schnell!» Sie fasste Griet bei der Hand und zog sie mit sich bis um die Hausecke.

«Was ist denn?» Beinahe wäre Griet gestrauchelt. Sie stützte sich gerade noch an der Hauswand ab.

«Schau!», raunte Mira und deutete zum Hofeingang.

Der bärtige Mann war wieder auf die Straße getreten. Begleitet wurde er von einer drallen Magd, die einen schweren Korb an einem Arm und ein unförmiges Bündel unter dem anderen trug.

«Wo die wohl hinwollen?»

«Was geht uns das an?» Griet zuckte die Achseln. «Wahrscheinlich verrichten sie bloß einen Botengang für Palm oder seine Frau.»

«Das ist aber nicht Palms Magd, sondern die von Frau Christine. Sie hat ihre Herrin begleitet, als sie bei uns war. Ich erkenne sie», erklärte Mira.

Griet machte große Augen. «Du meinst die, von der Ludmilla auch schon gesprochen hat?»

«Genau die», bestätigte Mira. «Dora heißt sie, glaube ich. Sie hat neulich Verbandszeug und Wundarzneien mit sich herumgetragen. Und was, glaubst du, ist in dem Korb und dem Bündel?» Ohne auf eine Antwort von Griet zu warten, ging sie los. «Komm, wir schauen mal, wohin die beiden wollen.»

26. Kapitel

Es tut mir leid, dass ich Euch so wenig hilfreich sein kann», sagte Hartmann vom Winkel zu Adelina. Sie und Marie hatten Clais' Waffengefährten vor dem Haus von Veit Liesborn getroffen. Wie die beiden Frauen hatte er vorgehabt, mit Fygen Liesborn zu sprechen, doch hatten sie sie nicht angetroffen. Sie sei von den Schöffen zu einer Befragung abgeholt worden, erklärte ihnen die Hausmagd.

Um nicht vollständig unverrichteter Dinge wieder heimgehen zu müssen, hatte Adelina die Gelegenheit beim Schopfe gepackt und den vierschrötigen Soldaten um eine Unterredung gebeten. Er hatte zugestimmt, und sie begaben sich in eine Taverne am Neumarkt, wo sie vor dem ungemütlichen Wetter geschützt waren.

Zwar hatte Hartmann vom Winkel Adelina alle Geschehnisse, an denen er in den vergangenen Tagen beteiligt gewesen war, noch einmal dargelegt, doch etwas Neues war dabei nicht herausgekommen.

Er hob die Hände in einer hilflosen Geste. «Ich wünschte, wir hätten den elenden Hundesohn, der Clais getötet hat, endlich gefasst! Ich würde ihm mit Vergnügen eigenhändig den Hals umdrehen. Und Veit – wenn er tatsächlich etwas mit dem Grafen van Wesel zu tun hat ... Ich konnte kaum glauben, was der Rentmeister mir erzählt hat.»

«Dass Liesborn einer der Verschwörer ist, scheint wohl so gut wie sicher zu sein. Allein die Beweise fehlen uns», bestätigte Adelina.

Vom Winkel nickte mit finsterer Miene. «Verfluchter Verräter! Hoffentlich werfen sie ihn in den tiefsten Kerker und lassen ihn dort verrotten! Clais hat das nicht verdient. Und Greverode auch nicht. Der Allmächtige gebe, dass wenigstens er wohlauf ist.» Er musterte Adelina aufmerksam. «Ich glaube keinen Augenblick, dass er Clais umgebracht hat. Die beiden waren hinter dem Grafen van Wesel her, das habe ich wohl mitbekommen. Aber sie haben ein großes Geheimnis daraus gemacht. Kann man verstehen, denn der Graf ist mächtig, und wenn es stimmt, was man munkelt, stecken wohl einige Ratsherrn mit in der Sache.» Er schüttelte verärgert den Kopf. «Es gibt heutzutage keine Ergebenheit mehr. Jeder ist nur noch auf seinen eigenen Vorteil aus.» Seufzend winkte er der Schankmagd und bedeutete ihr, ihm Bier nachzuschenken. «Kann ich Euch noch mit irgendetwas behilflich sein, Frau Adelina?»

«Augenscheinlich nicht.» Adelina hob die Schultern. «Ihr habt gesagt, dass Ihr Liesborns Spur verloren habt. Wisst Ihr denn vielleicht, ob es noch Hoffnung gibt, diesen Harro, den Knecht der van Dalens, aufzuspüren?»

«Falls er noch lebt, meint Ihr?» Er wiegte den Kopf bedächtig hin und her. «Schwer zu sagen. Ich begreife das alles nicht. Harro war immer ein absolut treuer Knecht. Clais hat ihm blind vertraut. Ich könnte mir zwar vorstellen, dass er wütend über den Tod seines Herrn ist, aber keinesfalls, dass er eine unschuldige Frau überfällt und bedroht. Schon gar nicht, dass er gegen Greverode hetzen würde. Er wusste wie jeder andere auch um die Freundschaft der beiden Hauptmänner. Mir ist absolut schleierhaft, was in ihn gefahren sein mag. Er dient Clais schon seit bestimmt zehn Jahren. Clais hat ihn angestellt, nachdem die Beede verheiratet wurde und –»

«Moment!» Adelina merkte auf. «Wieso Beede?»

«Ach, wisst Ihr das nicht? Harro war vorher Knecht bei Overstolz, genau wie sein Bruder und seine beiden Schwestern. Nachdem der alte Overstolz alle Kinder unter die Haube gebracht hatte, brauchte er nicht mehr so viel Gesinde und hat die Geschwister auf die Straße gesetzt. Clais hat Harro daraufhin eingestellt, dessen Bruder Hein hat sich den Bonner Söldnern angeschlossen. Die ältere Schwester, Mettel heißt sie, glaube ich, hat sich mit einem Handwerker verheiratet, und die Dora kam bei Christine van Dalen als Leibmagd unter.»

Adelina räusperte sich. «Das wussten wir in der Tat nicht.»

«Ihr sagt das in solch merkwürdigem Ton», bemerkte vom Winkel erstaunt. «Glaubt Ihr, es ist von Bedeutung?»

«Ich weiß es nicht», antwortete Adelina rasch. «Aber ich halte es für interessant.» Sie erhob sich. «Wir sollten uns jetzt nach Hause begeben.»

«Möchtet Ihr, dass ich Euch begleite?», bot vom Winkel zuvorkommend an.

Adelina nickte. «Das wäre sehr freundlich von Euch.»

«Harro war einst bei der Familie Overstolz angestellt?» Tilmann blickte Adelina überrascht an, als diese ihm wenig später von ihren neuen Erkenntnissen berichtete. «Das wusste ich nicht. Wie lange ist das her? Zehn Jahre? Damals kannte ich Clais noch nicht. Und wer achtet schon auf das Gesinde, wenn er verkuppelt werden soll?» Er hob die Schultern. «Ich erinnere mich jedenfalls nicht daran.»

«Aber hältst du das für einen Zufall?» Adelina ging unruhig in dem Kellergewölbe auf und ab. Neklas, der inzwischen auch wieder zurück war, saß auf dem Rand von Tilmanns Bettstatt und rieb sich nachdenklich das Kinn.

«Es könnte durchaus ein Zufall sein, Adelina. Aber wenn wir davon ausgehen, dass es das nicht ist – was würde es bedeuten? Glaubst du, Overstolz könnte über das ehemalige Gesinde doch in die Verschwörung verwickelt sein? Das klingt sehr weit hergeholt.»

«Tatsache ist aber, dass Harro Magda überfallen und uns damit bedroht hat», entgegnete Adelina. «Und seine Schwester Dora wurde dabei beobachtet, wie sie Arzneien und Wundverbände zu van Dalens Anwesen brachte.»

«Man hat dort nichts gefunden, schon gar keinen Verwundeten», gab Neklas zu bedenken.

«Vielleicht nicht, aber es könnte doch sein, dass sie die Sachen nur versteckt und später zu ihrem Bestimmungsort gebracht hat.»

«Der sich *wo* befinden soll?», fragte Tilmann skeptisch.

«Das weiß ich nicht. Aber möglich wäre es. Überlegt doch mal! Vielleicht hat sich Evert Palm der Hilfe Harros und dessen Schwester bedient, um seine Pläne auszuführen. Bestimmt wusste er genau, dass die beiden früher im Haushalt der Familie seiner Frau gearbeitet haben.»

«Aber weshalb sollten ausgerechnet sie ihm helfen?», hakte Neklas nach. «Sie gelten beide als treue, ergebene Bedienstete der van Dalens. Was hätte Evert Palm überhaupt mit ihnen zu schaffen gehabt?»

Adelina tippte sich nachdenklich mit dem Zeigefinger gegen die Lippen. Plötzlich hob sie den Kopf. Ihr war ein aberwitziger Gedanke gekommen. «Was, wenn nicht Palm die beiden dazu angestiftet hat, sondern seine Frau?»

Tilmann und Neklas starrten sie verblüfft an.

«Beede?» Tilmann schüttelte den Kopf. «Warum sollte sie das tun? Ich halte sie für viel zu einfältig, als dass sie auf eine solche Idee kommen könnte.»

«Sie mag einfältig sein, aber vielleicht hat sie sich die alten Bande zunutze gemacht, um ihren Gemahl in seinen Plänen zu unterstützen?»

Die drei sahen einander für einen langen Moment an. Dann erhob sich Neklas abrupt. «Wir sollten umgehend den Rentmeister und den Gewaltrichter informieren.»

Ehe sie den Keller verlassen konnten, hörten sie von oben Türenknallen, hastige Schritte und dann Griets aufgeregte Stimme.

«Mutter? Vater? Wo seid ihr? Hauptmann Greverode? Kommt schnell, wir haben etwas entdeckt!»

So leise wie nur möglich schlich sich Mira an das Fenster des alten, einstöckigen Wohnhauses im Filzengraben heran. Ihr Herz klopfte unstet vor Aufregung über ihre Entdeckung. Gemeinsam mit Griet war sie dem Knecht und der Magd bis zu einem Haus am Waidmarkt gefolgt. Zunächst war nichts Besonderes geschehen, doch dann war Beede Palm in einer Sänfte vor dem Haus eingetroffen. Durch ein undichtes Fenster hatten sie belauschen können, was die drei miteinander besprachen. Bei dem dunkelhaarigen Mann handelte es sich tatsächlich um Harro, und Dora war offenbar seine Schwester. Beede hatte die beiden nach einem weiteren Mann namens Hein gefragt, und Griet und Mira hatten schnell begriffen, dass es sich dabei um den verschollenen Angreifer aus dem Zeughaus handeln musste. Was Beede Palm genau mit den Verschwörern zu tun hatte, war den beiden jungen Frauen nicht klar, doch Mira hatte Griet gebeten, so schnell wie nur möglich nach Hause zu laufen und Greverode, Adelina und Neklas zu verständigen.

Zunächst hatte sich Griet geweigert, Mira allein zurückzulassen, hatte schließlich jedoch eingesehen, dass es besser war, wenn sie sich trennten. Mira wollte versuchen, von ihrem Beobachtungs- und Horchposten aus noch weitere Informationen zu sammeln.

Kaum war Griet jedoch fort gewesen, als sich Beede verabschiedete. Auch Harro und Dora waren aufgebrochen. Mira hatte sich entschieden, den beiden zu folgen, weil sie davon ausging, dass es leichter sein würde, Beede ausfindig zu machen als diese beiden. Bis in den unteren Filzengraben war sie ihnen gefolgt, wo sie nun in diesem alten Haus verschwunden waren. Es handelte sich offenbar um eine Gerberwerkstatt mit angeschlossenen Wohnräumen – in diesem Stadtteil waren die Gerber und Blaufärber angesiedelt. Aus den Bächen und Wassergräben ringsum stieg beißender Gestank auf, der sich niemals ganz verzog, denn die Gerber leiteten die Gerbflüssigkeiten direkt in die fließenden Gewässer ein.

Mira erschrak, als sie ganz in der Nähe ein Klappern und Knirschen vernahm. Sie drückte sich in eine Wandnische und blickte sich vorsichtig um. Es war jedoch weit und breit niemand zu sehen.

Sie fröstelte, denn ihr Mantel war mittlerweile klamm geworden und hing schwer um ihre Schultern. Der Wind nahm stetig an Stärke zu, und sie hatte den Eindruck, dass er kältere Luft mit sich brachte. Der Verdacht bestätigte sich kurz darauf, als sich in den leichten Regen immer mehr Schneeflocken mischten. Es wäre vernünftig gewesen, zur Apotheke zurückzugehen, denn es wusste ja niemand, wo sie sich jetzt aufhielt. Doch was, wenn Harro und Dora ihnen dann wieder entschlüpften? Das durfte auf keinen Fall geschehen.

Angestrengt lauschte sie, aber es war lediglich das Pfeifen des Windes und das leise Rauschen des Schneeregens zu hören. Wenn sie herausfinden wollte, was in der Gerberei vor sich ging, musste sie wieder zurück zum Fenster. Zwar waren die Läden zugezogen, jedoch nicht verriegelt. Auch war von innen keine Wachshaut oder Leder vor den Fensterrahmen gespannt, sodass die Stimmen im Haus zu vernehmen waren. Leider sprachen die Personen zu leise, als dass Mira dem Gespräch hätte folgen können. Durch die Ritzen des Fensterladens versuchte sie zu erkennen, was sich drinnen tat, mehr als ein paar Bewegungen konnte sie allerdings nicht ausmachen. Sie traute sich nicht, den Fensterladen weiter aufzuziehen, aus Sorge, man könnte sie bemerken.

Plötzlich knirschten hinter Mira leise Schritte auf dem unebenen, steinigen Untergrund. Bevor sie reagieren konnte, spürte sie, wie sich die Spitze eines Dolches in ihren Rücken bohrte.

«Ei, wen haben wir denn da?», fragte eine dunkle, männliche Stimme. «Ist das nicht die edle Jungfer aus der Apotheke? Ihr hättet uns nicht den ganzen Weg hierher folgen sollen. Wisst Ihr nicht, dass so was gefährlich sein kann?»

Mira erstarrte. Ihr Herzschlag schien für einen Moment auszusetzen. Die Dolchspitze drückte sich noch ein bisschen fester zwischen ihre Rippen, weshalb sie nicht einmal zu atmen wagte.

«Bewegt Euch», befahl Harro, denn nur um ihn konnte es sich handeln. «Wir werden uns im Haus überlegen, was wir mit Euch machen.»

«Nichts», berichtete Neklas, als er und Jupp einige Zeit später vom Waidmarkt zurückkehrten. «Das Haus, das Griet uns beschrieben hat, steht leer. Es ist wohl eine von Palms Besitzungen, das steht fest, aber Mira war nirgends zu sehen. Ebenso wenig Harro oder Dora und schon gar nicht Beede Palm.»

Adelina wurde blass, und auch Griet blickte die Männer erschrocken an. «Aber wo steckt Mira denn? Sie wollte doch dort aufpassen und warten, bis Hilfe kommt!»

Tilmann stieß einen erbosten Laut aus. «Vermutlich sind die Herrschaften aufgebrochen, und sie hatte nichts Besseres zu tun, als ihnen zu folgen.»

Adelina ließ sich auf die Ofenbank sinken. «Oje, glaubst du wirklich?» Sie seufzte. «Das sähe ihr ähnlich.»

«Dann bleibt uns wohl nur, abzuwarten, bis sie wieder hier auftaucht», sagte Jupp mit besorgter Miene.

«Und wenn sie sie entdeckt haben?», warf Griet ein. Fahrig strich sie über ihren Rock. «Was dann?»

Neklas kräuselte die Lippen. «Wir dürfen nicht gleich vom Schlimmsten ausgehen. Mira ist ein kluges Mädchen, sie wird schon auf sich achtgeben.»

«Eine kluge Frau» – Tilmann betonte die Worte auffällig – «hätte sich von diesen Gestalten ferngehalten.»

«Sie wollte bestimmt verhindern, dass uns Harro wieder entwischt», versuchte Griet, ihre Freundin zu verteidigen.

«Wunderbar. Und wo steckt sie jetzt?» Tilmann winkte ab. «Ihr habt recht, Meister Jupp. Warten wir, bis sie der Verfolgungsjagd überdrüssig wird. Bei dem Wetter sollte sie wohl bald wieder hier sein.»

Seine Stimme klang forsch, doch Adelina hatte den Eindruck, dass er sich nicht so sicher war, wie er vorgab. Sie konnte ihn gut verstehen. Eine junge Frau, die allein durch die Straßen von Köln streifte, war grundsätzlich einiger Gefahren ausgesetzt. Wenn sich diese Frau aber auch noch auf Verbrecherjagd begab, war mit dem Schlimmsten zu rechnen.

27. Kapitel

«Es tut mir leid, Mutter. Ich hätte sie nicht allein lassen sollen.» Griet kämpfte sichtlich mit den Tränen.

Adelina lief unruhig in der Küche auf und ab. Es war mittlerweile Abend geworden. Die Vesperglocke von Groß St. Martin hatte bereits vor einer guten Stunde geläutet. Jupp und Neklas waren am Nachmittag noch einmal zum Waidmarkt gegangen und hatten danach das Haus von Evert Palm aufgesucht, diesen jedoch nicht angetroffen. Seither warteten sie auf ein Lebenszeichen von Mira. Tilmann hatte einige Minuten zuvor den Raum verlassen und tauchte nun wieder in der Küchentür auf. Er trug seinen Schwertgürtel und einen von Neklas' Mänteln.

Adelina hob überrascht den Kopf und musterte ihn. «Was hast du vor?»

«Was schon?», antwortete er gereizt. «Ich mache mich auf die Suche nach dem verflixten Weib. Sollte Harro ihr auch nur ein Haar gekrümmt haben, dann gnade ihm Gott.»

«Aber Tilmann, du kannst doch nicht einfach hinausgehen! Was, wenn man dich erkennt und fasst?»

Er warf ihr einen kühlen Blick zu. «Das sollen sie erst einmal versuchen.»

«Du bist noch nicht wieder auf der Höhe. Außerdem stürmt und schneit es wie verrückt.»

«Soll ich Mira vielleicht ihrem Schicksal überlassen?», entgegnete er wütend.

«Nein, aber ... Geh wenigstens zusammen mit Jupp und Neklas.»

«Sie sind bereits dabei, die Pferde zu satteln», erklärte er. «Zum Glück hat Neklas daran gedacht, heute Nachmittag bei meinem Haus vorbeizugehen und mein Pferd herzuholen. Beritten kommen wir etwas schneller voran.»

«Aber wo wollt ihr denn suchen?», fragte Griet mit zitternder Stimme. Sie war noch immer ganz blass, Adelina sah ihr die Angst um die geliebte Freundin überdeutlich an. Sie konnte diese Furcht nur allzu gut nachempfinden. Mira war nun schon so lange fort, dass man annehmen musste, ihr sei etwas zugestoßen. Adelina hatte die vergangenen Stunden fast unablässig zur Muttergottes und zu den Heiligen gebetet.

In diesem Moment tauchte Neklas im Türrahmen auf. Offenbar hatte er Griets Frage vernommen, denn er antwortete an Tilmanns Stelle: «Wir reiten noch einmal zu Palms Haus. Irgendwann muss er ja wiederauftauchen. Wenn er etwas mit Miras Verschwinden zu tun hat, werden wir es von ihm erfahren.»

Adelina sah einen ähnlich entschlossenen Ausdruck wie bei Tilmann in der Miene ihres Mannes. Sie nickte ihm zu.

«Viel Glück», murmelte sie.

«Wir werden ihn schon zum Reden bringen», fügte Tilmann an und berührte sie kurz an der Schulter. «Los», forderte er anschließend Neklas auf. «Wir haben keine Zeit zu verlieren.»

Verzweifelt zerrte Mira an den Fesseln, mit denen Harro ihr die Hände auf dem Rücken verschnürt hatte. Der Knebel in ihrem Mund würgte sie und hatte sämtliche Feuchtigkeit aufgesogen. Ihr Hals kratzte fürchterlich. Sie lag auf dem eiskalten Steinboden eines winzigen Kellerraumes. Ein muffiger Geruch hing in der Luft.

Es war stockfinster um sie herum. Lediglich als Harro sie hierhergebracht hatte, war es ihr möglich gewesen, sich kurz umzusehen und zu erkennen, dass der Raum bis auf ein leeres Regal vollkommen kahl war.

Wie viel Zeit verstrichen war, wusste sie nicht genau, aber es mussten bereits mehrere Stunden sein. Sie war hungrig und durstig, von der Angst, die sie wie in Wellen immer wieder erfasste, ganz zu schweigen. Was würden Harro und seine Helfer mit ihr anstellen? Es wunderte sie ein wenig, dass er sie nicht gleich umgebracht hatte. Skrupel waren dafür sicher nicht der Grund, denn er hatte wahrscheinlich schon mehr als einen Menschen getötet. Wozu also hielten er und seine Spießgesellen sie hier gefangen?

Sie wusste, sie hätte vorsichtiger sein müssen. Wenn Greverode davon erfuhr, würde er vermutlich sehr wütend werden. Und Adelina und ihre Familie würden sich furchtbare Sorgen machen. Gewiss suchten sie bereits nach ihr, doch wie sollten sie sie hier finden? Kein Mensch wusste, dass sie sich in einer Gerberei am Filzengraben befand. Dieser Gedanke ließ erneut einen Anflug von Panik in ihr aufsteigen. Ihr Herz klopfte schmerzhaft in ihrer Brust. War sie zu weit gegangen?

Sie hatte nur einen Gedanken im Kopf gehabt: die Personen, die wohl für den Mord an Clais van Dalen verantwortlich waren, nicht mehr aus den Augen zu lassen. Sie wollte alles dafür tun, dass Greverodes Unschuld bewiesen wurde. Nicht nur, weil sie ihn liebte, sondern auch, weil sie es nicht ertragen konnte, dass Adelina und den Ihren durch diese Vorfälle Leid zugefügt wurde.

Lange Zeit hatte sie sich gegen ihr neues Leben bei der Familie Burka und als Lehrling in Adelinas Apotheke gesträubt. Wie oft sie sich über ihr schweres Los beschwert, wie häufig sie beleidigte Tiraden über ihre unstandesgemäße Unterbringung verbreitet hatte – sie mochte gar nicht darüber nachdenken. Irgendwann hatte sie jedoch erkannt, dass ihr das Apothekerhandwerk lag, dass sie Freude an den komplizierten Rezepturen hatte und darüber hinaus ein Talent für das Zusammenstellen von Duftessenzen, Konfekt und Marzipan besaß. Sie hatte hart für ihre Gesellenprüfung gearbeitet und träumte insgeheim davon, einmal als Meisterin eine eigene Apotheke zu führen. Oder vielleicht erst einmal einen eigenen Verkaufsplatz in Adelinas Apotheke zu haben, wo sie ausschließlich Essenzen, Duftöle, Ambrakugeln und eben Marzipan verkaufen konnte. Schon jetzt hatten sie einige gutbetuchte Kunden für diese Dinge, aber auch einige Klöster bestellten regelmäßig bei ihnen. Mit ein wenig Geduld und Anstrengung wäre es vielleicht sogar möglich, die in Köln ansässigen Adelshäuser anzulocken.

Mira schluckte krampfhaft und hustete, weil ihre Kehle so ausgetrocknet war. Ihre Augen begannen zu brennen, und sie spürte heiße Tränen aufsteigen. Was, wenn Harro es sich anders überlegte? Wenn er im nächsten Augenblick herunterkäme und sie tötete? Sie wollte nicht sterben! Nicht jetzt und nicht so.

Das Gespräch mit Griet kam ihr in den Sinn. Die Freundin war zu Recht entsetzt gewesen über Miras Entschluss, Dietmar zu heiraten. Mira wusste selbst, dass sie das vermutlich gar nicht fertigbringen würde. Nicht, weil sie Dietmar nicht mochte. Er war ein liebenswerter junger Mann. Klug, aber auch leicht beeinflussbar. Mira schämte sich zutiefst, wenn sie daran dachte, wie sie ihn mit bedeutsamen Augenaufschlägen, süßen Worten und verschämten Berührungen dazu gebracht hatte, mit ihr das Lager zu teilen. Sie hatte sich eingeredet, in ihn verliebt zu sein, und sie hatte gewusst, dass er ehrenwert genug war, über ihr kleines Abenteuer zu schweigen. Sie hatte sogar damit gerechnet, dass er ihr die Ehe antragen würde. Was sie nicht einkalkuliert hatte, waren ihre eigenen Gefühle, die sie daran hinderten, seinen Antrag anzunehmen. Sie hatte Dietmar gern, ohne Frage, und das war mehr, als sich viele Frauen ihres Standes und in ihrer Situation jemals für eine Ehe erhoffen konnten. Da Dietmar ein Mensch war, der sich leicht lenken ließ, würde sie ihn bestimmt auch dazu bringen können, ihr zu erlauben, das Apothekerhandwerk weiterhin auszuüben und vielleicht sogar die Meisterwürde zu erlangen.

Als sie ihn nach der langen Zeit wieder aufgesucht hatte, war seine Freude überdeutlich gewesen. Mira war sich nicht sicher, ob er sie wirklich liebte oder sich das nur einredete, doch in jedem Fall wusste sie, dass sie ihm nur ein winziges Zeichen würde geben müssen, damit er sie in spätestens sechs Wochen vor die Kirchenpforte führte. Weil es sich so gehörte. Er hatte, das spürte sie genau, über seine Zuneigung zu ihr hinaus ein schlechtes Gewissen, weil er ihr ohne die kirchlichen Sakramente beigelegen hatte. Dass er so ein grundanständiger Mann war, hatte sie ausgenutzt, ohne zu begreifen, dass sie damit Gefahr lief, ihr Lebensglück zu zerstören. Seit Mira dieser unnahbare, jähzornige und häufig missbilligende Hauptmann der Stadtsoldaten zum ersten Mal begegnet war, hatte kein anderer Mann mehr einen Platz in ihrem Herzen gefunden, und alles Wehren, alles Leugnen, all die Frechheiten und Streitereien hatten daran nichts ändern können.

Griets Optimismus, was Greverodes Einstellung zu ihrem Fehltritt anging, wagte sie nicht zu teilen. Ob sie ihn mit ihrem Geständnis verletzt hatte, konnte sie nicht sagen, doch mit Sicherheit hatte sie seinem Stolz und seiner Mannesehre einen schweren Schlag versetzt. Die Tugend einer adeligen Jungfer war ein hohes Gut, das höchste, wenn es darum ging, einen Mann dazu zu bewegen, ein Heiratsversprechen zu geben.

Sie wagte gar nicht darüber nachzudenken, was ihr Stiefvater tun würde, wenn er erfuhr, dass sie nicht mehr unberührt war. Gewiss hatte sie damals in ihrer Blindheit einzig darauf vertraut, dass er sie auf diese Weise nicht mit einem beliebigen seiner unerträglichen Freunde verkuppeln konnte. Sie hatte sich eingeredet, dass jede Strafe seinerseits – auch schlimmste körperliche Züchtigung – leichter zu ertragen wäre als eine Ehe mit einem Mann, den sie verabscheute. Was sie nicht geahnt hatte, war, dass die Strafe, die sie sich damit selbst auferlegte, unerträglich sein würde.

Zu hoffen, dass Greverode ihr verzeihen würde, brachte sie nicht fertig. Dies war zu vermessen, nach allem, was zwischen ihnen vorgefallen war.

Dennoch – ein winziger Funke glomm in ihrem Herzen, ließ einen Gedanken zu, der sich in ihrer Situation eigentlich verbot. Ihr Naturell hätte sie dazu zwingen müssen, um ihn zu kämpfen. Sie war ein Mensch, der niemals aufgab, ganz gleich, was sie sich vorgenommen hatte. Doch wie sollte sie ihm begreiflich machen, dass sie sich geirrt hatte? Dass sie nichts lieber sein wollte als seine Frau?

Heiße Tränen rannen Mira inzwischen über die Wangen. Ihr Herz und ihre Kehle krampften sich schmerzlich zusammen. Bei der Erinnerung daran, wie er sie am Tag zuvor angesehen, wie er sie an sich gezogen und sie geküsst hatte, durchfuhr sie jetzt noch ein heftiger Schauer. Niemals hätte sie erwartet, dass es so sein würde – dass *er* so sein würde. Oder doch? Schon lange hatte sie in seiner Nähe diese beinahe unkontrollierbare Anziehungskraft verspürt. Es war beängstigend gewesen – und aufregend, genau wie der Mann selbst.

Zitternd atmete Mira ein und aus und versuchte, sich zu beruhigen. Wenn sie ihn haben wollte, durfte sie sich jetzt auf keinen Fall umbringen lassen. Sie musste einen klaren Kopf behalten und sich einen Weg überlegen, wie sie aus dieser misslichen Lage herauskam.

Wieder zerrte sie energisch an ihren Fesseln, jedoch ohne Erfolg. Mit etwas Mühe setzte sie sich auf und merkte erst jetzt, wie durchgefroren sie war. Der klamme Mantel wärmte sie nur unzureichend, der Fußboden war eiskalt, ihre Knochen schmerzten vom langen Liegen. Fieberhaft versuchte sie sich die Räumlichkeiten ins Gedächtnis zu rufen. Schließlich kroch sie auf gut Glück in die Richtung, in der sie die Kellertreppe vermutete. Als sie die unterste Stufe erreicht hatte, spürte sie erleichtert, dass die Treppe aus Stein gehauen war. Entschlossen setzte sie sich mit dem Rücken zum Aufgang und schabte mit dem Strick, der ihre Hände gefesselt hielt, so fest sie konnte über die Kante der Stufe.

Sie wusste nicht, wie lange sie ihre Fesseln auf diese Weise würde bearbeiten müssen. Ihre Hände begannen schon bald zu schmerzen, da sie sich an mehreren Stellen die Haut aufgerissen hatte. Doch sie hörte nicht auf.

Just in dem Moment, als sie es geschafft hatte, den Strick zu durchtrennen, öffnete sich die Kellertür, und der unstete Lichtschein einer Fackel fiel auf die Treppe.

Während Neklas noch nach dem Zügel von Tilmanns Reittier griff, war dieser bereits zur Haustür des Palm'schen Wohnhauses gestürmt und pochte heftig mit der Faust dagegen. Es dauerte nicht lange, bis ein großer, dürrer Knecht öffnete. Offenbar erkannte dieser ihn, denn seine Augen wurden vor Schreck kugelrund.

«K-kann ich Euch helf–»

«Wo steckt er?», brüllte Tilmann ihn an. «Evert Palm, ich will ihn sofort sprechen.»

«J-ja, Herr, sehr wohl, sofort, Herr.» Der Knecht zog den Kopf ein und wollte sich gerade abwenden, um Palm herbeizuholen, als dieser bereits hinter ihm erschien.

«Nanu», sagte er, noch bevor er sah, wer vor der Tür stand, «wer macht denn da solch einen Lärm?»

Ehe Neklas oder Jupp ihn zurückhalten konnten, hatte Tilmann den Knecht bereits zur Seite gedrängt und sich vor Evert Palm aufgebaut. Wütend blickte er auf den wesentlich kleineren Mann hinab, dessen vorstehender Wanst und Hängebacken von einem Hang zu Völlerei und übermäßigem Weingenuss zeugten.

«Wo ist sie?», herrschte er den Ratsherrn an.

Dieser wurde blass und wich erschrocken zurück, als er erkannte, wen er vor sich hatte. «Hauptmann Greverode! Wo kommt Ihr denn ... Ich meine, was tut Ihr hier? Ihr werdet doch gesucht!»

«Ganz recht, und dafür darf ich mich unter anderem bei Euch bedanken, nicht wahr?» Allein mit seiner Präsenz brachte Tilmann sein Gegenüber dazu, noch weiter zurückzuweichen.

Neklas tauchte neben ihm auf und legte ihm eine Hand auf den Arm. «Ruhig, Schwager.»

Palms Augen wanderten sichtlich nervös von Tilmann zu Neklas und dann zu Jupp, der hinter den beiden das Haus betreten hatte. Auf seiner Stirn erschienen Schweißperlen. «Was ... Was wollt Ihr hier?»

«Sagt mir sofort, wo Mira von Raderberg ist!», fuhr Tilmann ihn erneut an. «Ich schwöre Euch, wenn Ihr sie auch nur mit einem Finger angerührt habt, werdet Ihr Euch wünschen, niemals geboren worden zu sein.»

«Mira von Raderberg?» Palm starrte ihn verblüfft an. «Wer ist das?» Fahrig kratzte er sich am Kopf, der von schütterem, braunem Haar bedeckt war. «Halt, ist das nicht dieses adelige Mädchen, das in der Apotheke Eurer Gattin arbeitet?», wandte er sich an Neklas. «Was ist mit ihr?»

«Das solltet Ihr uns verraten, und zwar rasch», blaffte Tilmann.

«Ich? Aber was in aller Welt habe ich mit ihr zu schaffen? Ich kenne sie ja nicht einmal.»

Neklas verstärkte den Druck auf Tilmanns Arm.

«Ihr kennt sie also nicht», sagte er bedeutend ruhiger, jedoch in nicht weniger drohendem Tonfall. «Vielleicht könnt Ihr uns dann stattdessen erklären, was der Knecht Harro, der, wie Euch bekannt sein dürfte, von Vogt und Schöffen wegen eines brutalen Überfalls gesucht wird, in Gesellschaft Eurer Gemahlin in Eurem Haus am Waidmarkt zu suchen hatte.»

«Wie bitte?» Der Ratsherr wurde nun aschfahl. «Was sagt Ihr da?»

«Nun tut nicht so!», schnauzte Tilmann ihn an. Er schäumte vor Zorn und hielt sich nur mit Mühe zurück, Palm an die Gurgel zu gehen. «Wollt Ihr etwa leugnen, dass Ihr Harro angestiftet habt, die Familie meiner Schwester zu bedrohen?»

«Aber ... das habe ich wirklich nicht getan», beteuerte Palm sichtlich verstört. «Weshalb sollte ich?»

«Weil Ihr wusstet, dass wir Euren Missetaten auf die Schliche gekommen sind», erklärte Tilmann und fixierte Palm mit stechendem Blick. «Ihr habt erfahren, dass Clais van Dalen und ich Beweise für Eure Beteiligung an der Verschwörung gegen den Rat gesammelt hatten, die Ailff van Wesel angezettelt hat. Daraufhin ließet Ihr Clais im Zeughaus überfallen und ermorden, und mich sollte das gleiche Schicksal ereilen. Zu dumm nur, dass ich den Angriff überlebt habe, nicht wahr? Deshalb musstet Ihr Euch etwas Neues einfallen lassen. Ihr habt Harro aufgehetzt, die Familie meiner Schwester zu bedrohen, damit sie meinen

Aufenthaltsort verrät. Es sollte so aussehen, als hätte ich Clais umgebracht, denn wenn ich schon nicht sein Schicksal teilte, so würdet Ihr wenigstens dafür sorgen, dass man mich wegen Mordes anklagt und verurteilt. Ist es nicht so?»

«Hauptmann Greverode ...» Palm japste erschrocken, als Tilmann ihn am Kragen seines Wamses packte und durchschüttelte.

Neklas und Jupp fassten Tilmann rasch an den Armen und zogen ihn von dem Ratsherrn fort, jedoch nur so weit, dass sich Palm wieder ein wenig fangen konnte.

«Ihr irrt Euch», keuchte Palm und zerrte fahrig an der Verschnürung seines Hemdes. «Nein, bitte», wehrte er hastig ab, als Tilmann erneut auf ihn losgehen wollte. «Ich ... ich wusste nicht ... wollte nicht ... Lieber Gott, ja, ich habe mit dem Grafen ein Geschäft abgeschlossen, aber dabei ging es nur um Geld, das müsst Ihr mir glauben. Mit dem Verschwinden dieses Mädchens habe ich nichts zu tun.»

Neklas und Jupp sahen einander kurz an und gaben Tilmann ein Zeichen, zurückzutreten.

«Ich schlage vor, wir setzen uns in Eure Stube, Herr Palm, und Ihr erzählt uns alles von Anfang an.» Neklas suchte den Blick des Ratsherrn, und dieser nickte nach kurzem Zögern. Er führte die drei Männer in einen kleinen, jedoch mit wertvollen Möbeln ausgestatteten Raum. Schweigend ließen sie sich an dem dunklen Eichentisch nieder.

Evert Palm fingerte noch immer nervös an seinem Hemd herum und schien nicht zu wissen, wie er beginnen sollte.

Tilmann musterte ihn mit deutlicher Abneigung.

«Nun, sprecht endlich! Was hat van Wesel Euch für Eure Betrügereien geboten?»

Palm räusperte sich. «Eine Beteiligung an den erbeuteten Geldern, natürlich. Er hat eine Räuberbande gedungen, all jenen

Reisenden aufzulauern, die aus Köln stammen und über sein Land kommen.»

«Weil er nicht auf die Einnahmen durch den Zoll verzichten wollte, der normalerweise beim Durchqueren seiner Ländereien fällig wird?», ergänzte Tilmann. «Als er Edelbürger von Köln wurde, hat er den Kölner Bürgern Zollfreiheit versprechen müssen.»

«Ja.» Wieder nickte Palm.

«Ihr wart aber nicht der einzige Helfer innerhalb der Stadtmauern.»

«Ähm ...» Der Ratsherr lief rot an und wand sich.

«Wer ist noch an der Verschwörung beteiligt?» Tilmanns Stimme wurde wieder eine Spur lauter.

«Ich kann nicht ...»

«Veit Liesborn?»

Die Augen des Ratsherrn weiteten sich.

«Wer noch?»

«M-Mats Thönen, d-der Gerichtsschreiber» stammelte Palm. «Aber das wisst Ihr nicht von mir. Wenn Graf Ailff erfährt, dass ich geredet habe, lässt er mich umbringen, ganz bestimmt.»

«So wie Clais, nachdem wir Euch auf die Schliche gekommen sind?»

«Nein! Der Graf hat Clais van Dalen nicht ermorden lassen.»

«Also steckt Ihr dahinter? Oder Liesborn?»

«Aber nein, mit dem Mord habe ich nichts zu tun. Ich schwöre es Euch, Hauptmann Greverode! Auch Veit war daran nicht beteiligt. Wir waren erschüttert, als wir vom Tod des Hauptmanns erfuhren.»

«Erschüttert, dass ich nicht lache!», blaffte Tilmann ihn wütend an. «Froh wart Ihr. Erleichtert, dass Clais nicht mehr gegen Euch agieren konnte. Und wenn ich den feigen Hinterhalt nicht überlebt hätte, würdet Ihr Euch jetzt in wohliger Ruhe sonnen, weil Ihr nicht nur alle Beweise vernichtet, sondern auch alle Zeugen ins Jenseits befördert habt.»

«Ihr irrt Euch!» Die Stimme Palms kippte, Panik stand ihm deutlich ins Gesicht geschrieben. «Weder ich noch Veit haben jemandem den Auftrag gegeben, van Dalen oder Euch zu überfallen. Wir wussten ja nicht einmal, dass Ihr Beweise gegen uns gesammelt hattet.»

«Ach nein?» Neklas beugte sich ein wenig vor. «Das ist aber erstaunlich, wenn man bedenkt, wie wenig überrascht Ihr von alldem seid.»

«Das ... kann ich erklären.»

«Es wird auch allmählich Zeit», knurrte Tilmann ungeduldig.

28. Kapitel

«Na so was. Ihr wart ja fleißig.» Unsanft packte Harro Mira am Oberarm und zog sie mit einem Ruck auf die Füße. Sie taumelte und stolperte hinter ihm her die Stufen hinauf. «Wird Euch aber nicht viel nutzen. Wenn wir mit Euch fertig sind, werdet Ihr keine Fesseln mehr benötigen.» Er lachte gehässig und stieß sie durch die Tür in die Gerberwerkstatt, die den vorderen Teil des Hauses einnahm.

Mira kniff die Augen zusammen, da das Licht der ringsum angebrachten Öllampen nach der Finsternis des Kellers sie blendete. Als sich ihre Augen an das Licht gewöhnt hatten, erkannte sie, dass die Gerberei schon lange verlassen sein musste. Der Raum war bis auf die Regale, die drei der Wände säumten, so gut wie leer. Lediglich ein kleiner Tisch und ein paar Hocker und Stühle standen herum. Rechts neben dem Eingang befand sich ein alter

Schabbaum, daneben lag ein umgekippter Falzblock, dessen Fuß abgebrochen war.

Harro stieß Mira zu einem einfachen Stuhl und zwang sie, sich zu setzen. Grob zerrte er an ihrem Knebel. Sie rang nach Atem und hustete, als ihr Mund endlich von dem dicken Stoff befreit war. Ruckartig hob sie den Kopf, als eine süffisante weibliche Stimme sie ansprach.

«So, so. Die Jungfer Mira von Raderberg. Und ich dachte, dass Meisterin Adelina hier auftauchen und uns Scherereien machen würde. Soweit ich weiß, war bisher immer sie es, die sich ungefragt in anderer Leute Angelegenheiten eingemischt hat. Es scheint, als sei diese Unart ansteckend. Ihr seid wohl schon zu lange unter ihrem Einfluss, wie?»

«Frau Beede.» Mira starrte die große, rotblonde Frau an, die auch heute wieder eine ausladende, über und über mit Stickereien verzierte Hörnerhaube auf dem Kopf trug, farblich auf ihr goldgelbes Kleid abgestimmt. Miras Stimme klang kratzig, sie räusperte sich und hoffte, es möge sich bald wieder ein wenig Feuchtigkeit in ihrem Mund bilden.

«Warum tut Ihr das? Habt Ihr und Euer Mann Euch mit dem Grafen Ailff van Wesel verbündet?»

«Mit wem?» Für einen Augenblick schien Beede irritiert, doch dann lachte sie hell auf. «Mit van Wesel? Wie kommt Ihr denn darauf? Mit dem habe ich nichts zu schaffen. Ach, Ihr meint, weil Clais und Tilmann hinter ihm her waren? Nein, nein, das war reiner Zufall. Ein passender, das muss ich zugeben. Nun ja, zumindest, bis Ihr und Eure vermaledeite Meisterin angefangen habt, Euch einzumischen. Und wäre Tilmann gestorben, wie es geplant war, hätte ich auf dieses Possenspiel gar nicht zurückzugreifen brauchen. Aber nicht einmal diesen Gefallen konnte er mir tun, nicht wahr? Er hat den Angriff überlebt, und Ihr habt ihn irgendwo im Apothekenhaus versteckt. Ich hasse ihn!»

Verständnislos blickte Mira zu Beede auf und versuchte, sich einen Reim auf deren Worte zu machen. «Ihr hasst Tilmann?»

«Aber ja doch, ja, und wie ich ihn hasse!» Beede funkelte sie erbost an. «Mein Leben hat er zerstört, indem er meine Liebe abwies! Damit zwang er mich nämlich, diesen Wicht von Evert zu heiraten, der noch weniger Rückgrat besitzt als ein Regenwurm. Einen richtigen Mann wollte ich! Einen starken Mann, keinen Waschlappen.» In ihre Augen trat ein unheimliches Glitzern. «Findet Ihr nicht, dass Tilmann der stärkste, der ansehnlichste Mann in Köln ist? Fast wäre er mein gewesen! Aber was tut er? Weist mich ab.» Sie fixierte Mira, nun wieder zornig. «Und wofür? Damit er dieses Biest Heidlind heiraten kann. Gott, wie hat sie sich damit gebrüstet! Und sie ist um ihn herum scharwenzelt und hat ihm jeden Wunsch von den Augen abgelesen. Dabei wäre das meine Aufgabe gewesen. Ich habe ihn geliebt, sie nicht. Aber dann ist sie ja zum Glück rasch gestorben. Leider war es da schon zu spät für mich, weil ich Evert bereits geheiratet hatte.» Sie trat ganz nahe an Mira heran und zog sie unvermittelt an den Haaren. «Könnt Ihr Euch vorstellen, wie wütend ich geworden bin, als man mir berichtete, Tilmann wolle sich nach all den Jahren nun doch wieder vermählen? Mit einer adeligen kleinen Schnepfe? Da wusste ich es – ich war ihm nicht gut genug gewesen. Dieser Mistkerl!

Dann habt Ihr Euch ihm allerdings verweigert. Selten habe ich dermaßen gelacht. Geschieht ihm recht, habe ich mir gesagt. Soll er am eigenen Leibe spüren, wie es ist, zurückgewiesen zu werden. Und wisst Ihr was?» Mira unterdrückte einen Aufschrei, als Beede noch fester an ihrem Zopf zog. «Das ist der einzige Grund, weshalb Ihr noch lebt, Jungfer Mira. Wenn Ihr ihn nämlich genommen hättet, müsste ich Euch jetzt ebenfalls hassen.» Abrupt ließ sie Mira los und entfernte sich ein paar Schritte.

Mira starrte sie entgeistert an. «Frau Beede, was habt Ihr getan? Wart Ihr es etwa, die ... Aber nein, das ist nicht möglich!»

«Was ist nicht möglich?» Beede lächelte kalt. «Dass ich Clais und Tilmann habe überfallen lassen? Das war nicht weiter schwierig. Mein lieber Harro» – sie ging zu dem bärtigen Knecht und tätschelte ihm gönnerhaft die Schulter – «arbeitet schon so lange als Knecht in Clais' Haushalt, dass er über jeden Schritt der Hauptmänner informiert war. Nun ja, über fast jeden Schritt. Jedenfalls hat es ausgereicht, um zu wissen, dass sich Clais und Tilmann an jenem Abend im Zeughaus treffen wollten. Harro und sein Bruder Hein, der bei den Bonner Söldnern dient, und zwei ihrer Freunde haben die Sache für mich in die Hand genommen. Sie sind mir treu ergeben, ebenso wie meine liebe Dora.» Beedes Augen verengten sich. «Vater hat sie allesamt auf die Straße gesetzt, nachdem er mich mit Evert verlobt hatte. Evert wollte so viel Gesinde nicht übernehmen, obwohl ich ihn inständig gebeten hatte. Aber nein, er meinte, das sei zu teuer. Als ob gutes, ergebenes Gesinde nicht Gold wert wäre! Zum Glück konnte ich Christine überreden, wenigstens Harro und Dora aufzunehmen. Sie ist ja so eine gute Freundin! Weiß Gott eine schlechte Ehefrau, aber eine gute Freundin. Nun ja, zuletzt nicht mehr. Sie dachte wohl, ich verdächtige sie, an dieser Verschwörung gegen die Stadt oder wie sie es nannte beteiligt zu sein. Vor allem, nachdem ich bei Euch in der Apotheke war. Kein Wunder, dass sie sich aufgeregt hat. Sie wollte nur immer ihre Ruhe haben, damit sie mit diesem Reese herumtändeln konnte.»

«Aber Ihr habt selbst gesagt, dass sie sich gegen die Ermittlungen ihres Gemahls gestellt hat», warf Mira ein.

Beede zuckte die Achseln. «Hättet Ihr Euch da nicht auch aufgeregt? Ich meine, solche guten Beziehungen zum Adel sollte man doch pflegen und nicht mit irgendwelchen dummen Haarspaltereien aufs Spiel setzen.»

«Haarspaltereien?», fuhr Mira auf. «Van Wesel betrügt die Stadt Köln und nimmt in Kauf, dass unschuldige, rechtschaffene Bürger dabei zu Schaden kommen.»

«Ach Gott, ja, wenn Ihr es so sehen wollt. Aber ein Graf ist ein Graf. Ich wäre auch böse geworden, wenn sich mein Evert in Dinge eingemischt hätte, die ihn nichts angehen.»

«Also ...» Mira schüttelte den Kopf. «Ist es Euch lieber, dass er mit dem Grafen gemeinsame Sache macht?»

«Was?» Beede lachte. «Mein Evert? Wie kommt Ihr denn darauf?»

Mira richtete sich ein wenig auf. «Ihr wisst es also nicht?»

«Was soll ich nicht wissen?» Arglos legte Beede den Kopf schräg.

Mira spürte, wie sich eine Gänsehaut auf ihrem Rücken ausbreitete. Vor ihr stand eine Frau, die nicht nur übergeschnappt war, sondern offenbar auch noch vollkommen unwissend. Wie konnte das sein?

«Sie ist dumm», klang Tilmanns Stimme in ihren Ohren. Ihr wurde eiskalt. Vielleicht war dumm nicht das richtige Wort, obgleich ihre geistigen Fähigkeiten sehr begrenzt zu sein schienen. Doch eines war Beede ganz gewiss – nämlich gefährlich.

Miras Blick wanderte weiter zu Harro, der seine Herrin mit treuherzigem Blick anstarrte. Wo war sie hier hineingeraten?

«Ihr wisst also nicht, dass Euer Gemahl mit Ailff van Wesel gemeinsame Sache macht?», wagte sie nun doch zu fragen, weil sie nicht glauben wollte, dass die Frau, die vor ihr stand, derart einfältig sein konnte.

«Was redet Ihr denn da? Evert und der Graf? Das ist ja lachhaft. Wie kommt Ihr nur darauf?»

«Tilmann ...» Mira stockte. «Hauptmann Greverode und Clais van Dalen hatten Beweise gegen Euren Mann gesammelt.»

«So, haben sie das?» Beedes Stimme hatte sich fast unmerklich verändert, doch Mira hatte es sofort gemerkt. «Schau an, das hätte ich meinem Waschlappen von Ehemann gar nicht zugetraut.» Mit zwei Schritten war Beede wieder bei Mira und zerrte erneut heftig an ihren Haaren. «Seit wann nennt Ihr meinen Tilmann denn beim Vornamen, Kindchen?»

Mira verdrehte die Augen und versuchte gleichzeitig, sich den Schmerz nicht anmerken zu lassen. «Er ist nicht Euer Tilmann.»

«Aber Eurer vielleicht?»

Mira schrie auf, als Beede noch fester am Zopf zog.

«Ich dachte, Ihr hättet ihn voller Abscheu abgelehnt. Aber es kam mir gleich verdächtig vor, dass Ihr Euch derart ins Zeug legt, ihm zu helfen. Habt Ihr Eure Meinung vielleicht inzwischen geändert? Eins verspreche ich Euch, Ihr bekommt ihn nicht. Eher schneide ich Euch eigenhändig die Kehle durch.» Sie kicherte und wandte sich an Harro. «Wäre das nicht interessant? Wir könnten es vor seinen Augen tun.»

Harro grinste zurück. «Wenn's sich einrichten lässt, Herrin. Alles, was Ihr wollt.»

«Mein guter Harro! Auf dich ist Verlass, nicht wahr?» Beede warf ihm einen irren Blick zu, der Mira einen Schauder über den Rücken jagte. Noch immer vermochte sie nicht einzuordnen, was hier wirklich vorging. War am Ende nicht nur Beede verrückt, sondern dieser Knecht ebenfalls? Und was war mit der Magd Dora?

Plötzlich begriff Mira, was Beede soeben gesagt hatte. Sie fuhr auf. «Was meint Ihr damit – vor seinen Augen?»

Beede kicherte wieder. «Kindchen, weshalb glaubt Ihr, haben wir Euch hier eingesperrt? Er wird Euch natürlich suchen kommen. Eigentlich wollte ich seine neunmalkluge Schwester haben. Ich dachte mir, dass ihm vermutlich an ihr am meisten liegen würde. Aber so ist es vielleicht noch besser. Könnte ja durchaus sein, dass ihr ihm noch immer ins Auge stecht. Aber selbst wenn nicht, wird er seiner Schwester den Gefallen tun und versuchen, Euch zu retten. Eurem Vater gegenüber dürfte er sich ebenfalls verpflichtet fühlen, nicht wahr, Mira? Soweit ich weiß, sind die beiden ja befreundet.»

«Ihr wollt ihn in die Falle locken?»

«So ist es.»

«Er wird nicht allein kommen», gab Mira zu bedenken.

«Nun ...» – Beede lächelte schmal – «wir sind ja auch nicht allein.»

In diesem Moment öffnete sich die Tür zu einem Hinterzimmer. Dora trat ein, in den Händen ein Leinentuch, an dem sie sich gerade die Hände abwischte.

«Ich hab Heins Beinwunde noch mal verbunden. Sieht ganz gut aus. Er wird noch ein bisschen humpeln, aber ansonsten ist er wieder ganz der Alte.»

Wie zur Bestätigung ihrer Worte trat hinter ihr ein hünenhafter blonder Kerl in zerknitterten Kleidern der Bonner Söldner ein. Er trug ein Schwert an der Hüfte und einen Dolch am Gürtel.

Beede ging zu ihm und strich ihm freundlich über die Schulter, bevor sie sich wieder an Mira wandte. «Seht Ihr, Hein ist wohlauf. Tilmann hatte ihn ganz schön zugerichtet, aber ich vermute, er selbst hat auch ordentliche Wunden abbekommen. Ach, hätte er nicht an seinen Verletzungen sterben können?» Sie rang kurz die Hände. «Aber nun gut. Nach der kurzen Zeit dürfte er noch nicht wieder ganz genesen sein, nicht wahr, Jungfer Mira? Und ein geschwächter Hauptmann ist ein leichter Gegner für einen Söldnerknecht, ebenso wie ein Medicus oder ein einfacher Baderchirurg.» Sie lächelte geziert. «Ihr seht, ich weiß genau über Euch und Eure Freunde Bescheid.»

Miras Blick wanderte von Harro zu Hein und dann zu Beede. Die beiden überaus großen und kräftigen Männer glichen einander bis auf die Haarfarbe so sehr, dass an ihrer nahen Verwandtschaft keinerlei Zweifel bestehen konnte. Auch Dora trug ähnliche Gesichtszüge.

Also hatte sich Beede mit diesen drei Geschwistern umgeben, die sie wohl seit ihrer Kindheit kannte und die ihr treu ergeben waren. Wie genau Beede diese Treue erlangt hatte, darüber wollte Mira lieber nicht nachdenken. Die beiläufigen Berührungen, die diese Frau so freigiebig verteilte, sprachen eine recht deutliche Sprache.

Mira schauderte und überlegte fieberhaft, was sie jetzt tun sollte. Natürlich würde man nach ihr suchen. Neklas und Meister Jupp auf jeden Fall, das stand fest. Und wenn sie ehrlich war, bestand auch keinerlei Zweifel daran, dass sich Tilmann auf die Suche nach ihr begeben würde. Ganz gleich, was zwischen ihnen vorgefallen war, er ließ sie nicht im Stich. Doch konnte genau das nun sein Tod sein. Ob er es in seinem Zustand gegen einen von diesen beiden Knechten aufnehmen konnte, wagte sie zu bezweifeln. Gegen beide zusammen würde er auf keinen Fall ankommen. Neklas und Meister Jupp waren zwar ebenfalls alles andere als schwach, doch sie trugen in der Regel keine Waffen bei sich und waren auch nicht im Kampf ausgebildet.

Was also war zu tun? Wie konnte sie eine Konfrontation verhindern? Mira beschloss, zunächst einmal so viel wie nur möglich über die Männer herauszufinden. Beede Palm sonnte sich in Selbstgefälligkeit und war entsprechend gesprächig. Das musste sie ausnutzen.

«Ich ... wir ... o Gott, ich weiß nicht, wie ich ...» Hektisch rieb sich Palm über die Stirn und wischte seine feuchten Finger an seiner Hose ab. «Seht Ihr, es war so ...» Er stockte und bemühte sich sichtlich um Ruhe. Seine Stimme schwankte jedoch weiterhin, als er fortfuhr: «Ich hätte nie gedacht, dass so etwas möglich ist. Sie war immer so fröhlich und brav und eine gute Ehefrau. Aber dann, im letzten Jahr, begann sie sich seltsam zu benehmen. Sie ging häufig aus, um Freundinnen zu besuchen, wie sie sagte, und kam erst spätabends wieder. Ihre Magd behauptete, sie sei wirklich bei dieser oder jener Bekannten gewesen, aber ich glaubte ihr nicht.» Er schnaufte. «Ich argwöhnte, sie habe einen heimlichen Geliebten.»

«Eure Gemahlin?», hakte Neklas erstaunt nach.

«O ja, Beede. Ich stellte sie sogar zur Rede, doch sie stritt alles ab und brach in Tränen aus. Fragte mich, wie ich jemals an ihrer Treue und Zuneigung zweifeln könne. Danach war alles wieder beim Alten, zumindest für eine Weile. Doch seit kurzem ist sie wieder so merkwürdig, häufig abwesend und mit Dingen beschäftigt, hinter die ich bis jetzt nicht gekommen bin. Ich wollte heute mit ihr darüber sprechen, doch sie ist irgendwann am Morgen ausgegangen, während ich im Rathaus war, und bis jetzt nicht wieder zurückgekehrt. Ihr könnt Euch meine Wut und Enttäuschung vorstellen. Ich durchsuchte also vorhin, just bevor Ihr hier eintraft, Beedes Truhen und Kleider. Dabei fand ich ...» – Palm erhob sich schwerfällig und ging zu einer Lade unter dem Fenster – «dies hier.» Er förderte eine lederne Umhängetasche zutage, die er Tilmann überreichte.

Tilmann öffnete sie und zog ein dickes Bündel Papiere und Pergamente daraus hervor. Verblüfft starrte er den Ratsherrn an.

«Clais' und meine Aufzeichnungen! Eure Briefe an den Grafen, die Aufstellungen der veruntreuten Ratsgelder.» Sein Blick wanderte zu Neklas und Jupp, die fassungslos auf den Stapel Schriftstücke schauten.

«Wie ist das möglich?», stellte Jupp schließlich die Frage, die unausgesprochen bereits im Raum hing. «Ist Beede ebenfalls mit van Wesel im Bunde?»

«Nein», antwortete Palm sehr bestimmt. «Beede steht in keinerlei Verbindung zu Ailff oder Veit Liesborn. Ich fürchte, sie ist aus einem anderen Grund im Besitz dieser Dokumente.» Mit leicht zitternder Hand griff er noch einmal in die Lade, legte den Gegenstand, den er daraus hervorholte, auf den Tisch und ließ sich erschöpft auf seinen Stuhl zurücksinken.

Neugierig griff Tilmann nach der bestickten Kissenhülle, denn um seine solche handelte es sich. Mit gerunzelter Stirn musterte er sie, und plötzlich weiteten sich seine Augen, als er erkannte, was Beede mit ihrer Stickerei verewigt hatte. Schweigend reichte er die Handarbeit an Neklas weiter.

Palm wischte sich erneut den Schweiß von der Stirn. «Beede war schon immer eine Künstlerin mit der Sticknadel.» Er hüstelte. «Das stilisierte G, das sich um das Schwert rankt, ist Euer Hauszeichen, nicht wahr, Hauptmann Greverode?»

Tilmann nickte betroffen. «Ja. Und das andere ist das Zeichen der Familie Overstolz.»

Neklas gab die Kissenhülle mit besorgter Miene an Jupp weiter. «Sie hat beide miteinander verwoben, wie man es oft bei der Aussteuer einer Braut sieht.»

Palm nickte verlegen. «Das ist leider ziemlich eindeutig, ganz zu schweigen von den beiden Figuren, die sie dargestellt hat.» Er brach ab und zog den Kopf ein.

Jupp hatte sich die Hülle ebenfalls angesehen und legte sie nun auf den Tisch zurück, sodass man nicht nur die gestickten, miteinander verwobenen Hauszeichen, sondern auch die zwei sehr geschickt dargestellten Personen erkennen konnte, die in inniger Umarmung inmitten eines Blütenmeeres standen. Allein an den Haarfarben und den Kleidern war deutlich abzulesen, dass es sich um Beede und Tilmann handeln sollte.

«Eine Künstlerin, fürwahr», knurrte Tilmann. «Wo steckt sie jetzt?»

Palm hob verzagt die Schultern. «Ich habe keine Ahnung, Hauptmann Greverode.»

«Habt Ihr noch weitere Besitzungen in der Stadt, außer dem Haus am Waidmarkt?», fragte Neklas. «Oder eine Idee, wo sich dieser Harro versteckt halten könnte?»

«Weder das eine noch das andere.» In einer bedauernden Geste hob Palm die Hände. «Ich weiß ja nicht einmal, wohin Beede heute Morgen gegangen ist. Sie hat keine Nachricht hinterlassen und auch den Mägden nicht Bescheid gegeben.»

Tilmann sprang von seinem Stuhl auf und ging aufgebracht im Raum auf und ab. Abrupt blieb er vor Palm stehen und fixierte ihn. «Ich warne Euch. Wenn ich herausfinde, dass Ihr auch nur den Schimmer einer Ahnung habt, wo sie stecken könnte, und es mir verschweigt, breche ich Euch das Kreuz.»

Der Ratsherr machte sich auf seinem Sitzplatz ganz klein. «Es tut mir leid, Hauptmann Greverode. Ich weiß wirklich nichts.»

«Und Euch ist bisher nicht aufgefallen, dass Eure Gemahlin übergeschnappt ist?», herrschte Tilmann ihn an.

Palm zuckte zusammen. «Sie war immer eine gute Ehefrau, das müsst Ihr mir glauben. Gehorsam, ergeben, zuvorkommend und liebreizend. Wie hätte ich je auf den Gedanken kommen sollen, dass sie ... Nein, ich habe es nicht gewusst.»

Neklas räusperte sich vernehmlich. «Tilmann, wir müssen sie finden. Wenn sie Mira in ihrer Gewalt haben sollte ...»

Tilmann nickte besorgt. «Du hast recht. Wenn sie herausfindet, dass Mira und ich ... dass wir ...»

«Sie könnte Mira etwas antun, um sich an dir zu rächen», ergänzte Neklas und stand ebenfalls auf.

Jupp tat es ihm gleich. «Wer könnte etwas über ihren Aufenthaltsort wissen?», fragte er. «Oder den von Harro und seinen Geschwistern?»

Palm erhob sich ebenfalls, wenn auch schwerfällig. Alle Kraft und jeglicher Widerstandswille schienen ihm abhandengekommen zu sein.

«Thönnes Overstolz», schlug er vor. «Immerhin ist Beede seine Schwester und der Knecht war früher einmal im Dienst seiner Familie.»

Die Männer sahen einander einen Moment lang schweigend an, dann nickten sie.

«Also gut, brechen wir auf», sagte Tilmann. «Ihr kommt mit», wandte er sich an den Ratsherrn. «Der Rentmeister soll Euch in Gewahrsam nehmen.»

Augenblicke später saßen er und Neklas bereits auf ihren Reittieren und trabten in Richtung Rheingasse. Jupp folgte mit Palm zu Fuß.

29. Kapitel

«Wie lange wollt Ihr eigentlich warten?», fragte Mira. Sie fühlte sich immer unwohler in Gegenwart von Beede und ihren Freunden. Soweit sie es einschätzen konnte, waren alle vier nicht ganz bei Trost. Überaus unangenehm war ihr auch, mitanzusehen, wie Beede mit den beiden Knechten umging, ihnen um den Bart strich und schmeichelte und sogar unschickliche Berührungen folgen ließ. Tilmann konnte sich glücklich schätzen, dass er diese Frau damals abgewiesen hatte. Nicht auszudenken, wie sie sich als seine Ehefrau gebärdet hätte!

Er war jedoch in großer Gefahr, zumindest, wenn er nicht mit einem ganzen Trupp Männer auf die Suche nach ihr ging. Fieberhaft überlegte Mira, wie sie verhindern konnte, dass Harro und Hein über ihn herfielen, sollte er allein oder nur in Gesellschaft von Neklas oder Jupp hier eintreffen. Falls sie sie überhaupt fänden. Die Zeit verging quälend langsam, doch Mira schätzte, dass sie nun schon fast zwei Stunden hier auf dem Stuhl ausharrte.

«So lange, wie es eben dauert», antwortete Beede spöttisch auf ihre Frage.

«Wisst Ihr, ich habe jetzt so lange auf eine Gelegenheit gewartet, mich an Tilmann zu rächen, da kommt es auf ein paar Stunden nicht mehr an. Zwar hätte es schon nach dem Abend im Zeughaus mit ihm vorbei sein sollen, aber so, wie es jetzt ist, gefällt mir alles noch viel besser.»

Mira schüttelte verständnislos den Kopf. «Wie könnt Ihr nur derart nachtragend sein, Frau Beede? Tilmann hat Euch doch niemals falsche Versprechungen gemacht, sondern lediglich kein Interesse an Euch gehabt. So etwas kommt vor, Ihr hättet es überwinden müssen.»

«So?» Beedes Miene verzerrte sich. «Wollt Ihr neunmalkluges Pflänzchen mir vielleicht Ratschläge erteilen? Wie würde es Euch gefallen, wenn der Mann, den Ihr über alles liebt, Euch eiskalt abwiese?»

Mira spürte abermals einen Schauer über ihr Rückgrat wandern, als ihr bewusst wurde, dass genau das durchaus noch geschehen konnte. Ganz zu schweigen davon, dass sie umgekehrt bereits Ähnliches getan hatte, wenn auch ohne zu ahnen, dass Tilmann mehr als nur ein materielles Interesse an ihr hegte. Sie hob den Kopf und blickte Beede herausfordernd an.

«Ich käme niemals auf den Gedanken, ihn dafür umbringen zu wollen! Ihr seid wahnsinnig, Frau Beede.»

«Und wenn schon.» Beede lachte bitter auf. «Meine Seele findet jedenfalls keine Ruhe, bevor ich ihm sein Verhalten mir gegenüber nicht vergolten habe.»

Mira schwieg. Ihr fiel darauf einfach keine passende Antwort ein. Für eine geraume Weile war es still in der Gerberei. Hein und Harro hatten sich neben dem Eingang auf zwei Hockern niedergelassen, Dora war damit beschäftigt, Heins zerknittertes Wams zu flicken.

Miras Blicke wanderten unstet durch den Raum, auf der Suche nach einer Fluchtmöglichkeit oder etwas, das ihr helfen könnte, den geplanten Überfall zu vereiteln. Durch die nur angelehnten Fensterläden war deutlich das Rauschen des Schneeregens zu vernehmen. Der Wind wehte noch immer kräftig und ließ einen der Läden ein wenig vor- und zurückschleifen. Offenbar klemmte er, denn sonst wäre er vermutlich weit heftiger hin und her geweht.

Sie wollte ihren Blick schon abwenden, als sie etwas wahrnahm. War da ein Lichtschein vor dem Fenster gewesen? Unauffällig reckte sie den Kopf ein wenig, doch nun war wieder alles dunkel hinter dem Fensterladen. Oder doch nicht? Etwas blitzte dort auf. Mit angehaltenem Atem sah sie, wie sich der linke Fensterladen sehr langsam einen Spalt weit öffnete.

Miras Herz überschlug sich fast. Sie wagte nicht, sich zu bewegen, damit niemand sonst aufmerksam wurde. Doch sie schielte krampfhaft zum Fensterladen hin, bis ihr die Augen weh taten. Wieder blitzte kurz ein Lichtschein auf, und dann erschien in dem kleinen Spalt, den der Laden nun offenstand, ein Auge und blinzelte ihr zu.

«Da drüben ist es.» Overstolz deutete auf das kleine Gebäude der Gerberei am Ende des Filzengrabens. Hinter den Fensterläden der vorderen Räumlichkeiten, die wohl die Werkstatt beherbergten, drang ein Lichtschein hervor.

«Dort müssen sie sich aufhalten. Die Gerberei steht leer, seit die Mettel im März mit ihrem Mann nach Bonn übergesiedelt ist.»

Tilmann blickte mit Ingrimm zu dem Gebäude hinüber. In ihm schwelten sowohl Hoffnung, dass Mira nichts geschehen war, als auch Zorn und Furcht, dass er doch zu spät gekommen sein mochte. Zu gern hätte er dem ersten Impuls nachgegeben, der ihn drängte, die Gerberei zu stürmen und mit dem Gelichter, das sich darin aufhielt, ein für alle Mal abzurechnen. Doch er wusste, dass er allein nicht viel auszurichten vermochte. Seine Verletzungen waren noch zu frisch, als dass er es hätte wagen können, sich einer unbekannten Anzahl von Männern entgegenzustellen. Harro allein wäre schon eine Gefahr für ihn – der Knecht war groß, kräftig und im Umgang mit Waffen geübt. Schließlich hatte er als Fußsoldat zu Clais' Gleve gehört.

Nein, er musste warten, bis Neklas mit Hilfe zurückkehrte. Tilmann hatte ihn nur Augenblicke zuvor losgeschickt, die Schöffen und Stadtsoldaten zu alarmieren. Bis diese hier eintrafen, würde es noch eine Weile dauern. Vielleicht zu lange.

«Ich pirsche mich an das Haus heran und schaue, ob ich etwas erkennen oder hören kann», erklärte Tilmann, an Overstolz gewandt.

«Haltet Ihr das für eine gute Idee? Was, wenn sie Euch entdecken?», gab der Rentmeister besorgt zu bedenken. Ihm war die Erschütterung darüber, was seine Schwester vermutlich angerichtet hatte, noch immer deutlich anzusehen.

«Das werden sie nicht. Ich habe ...» Tilmann brach ab, als er im Dunkeln eine Bewegung wahrnahm. Jemand näherte sich ihnen vom Haus her mit schnellen Schritten. Tilmann zog sein Schwert.

«Wer ist da?», raunte er und verfluchte nun seine Anordnung, die Kienspäne zu löschen, um kein Aufsehen zu erregen.

«Tilmann, Gott und allen Heiligen sei Dank!»

Er erstarrte und blickte ungläubig in das Gesicht seiner Schwester, das von einem kleinen Kienspan, den sie bei sich trug, erhellt wurde.

«Adelina? Was zur Hölle tust du hier?»

«Wonach sieht es denn aus?», erwiderte sie mit einem Achselzucken. «Marie und ich sind mit Jupps Gesellen zu Christine van Dalens Haus gegangen, kurz nachdem ihr in die Schildergasse aufgebrochen seid. Wir dachten, dass Clais' Witwe uns vielleicht etwas über ein mögliches Versteck von Harro sagen könnte. Wusstest du, dass Christines Magd Dora und Harro Geschwister sind?»

Tilmann nickte. «Palm hat es uns erzählt.»

Adelina blickte kurz über ihre Schulter und gestikulierte, woraufhin Marie sich ihnen näherte, gefolgt von Dithmar und Cristof, den beiden kräftigen Gesellen des Baderchirurgen. «Christine war nicht zu Hause. Eine ihrer Mägde meinte, sie hält sich vermutlich bei Heinrich Reese auf. Der hat ihr nämlich heute offiziell einen Heiratsantrag gemacht.»

Mit zusammengezogenen Brauen starrte Tilmann sie an.

Adelina seufzte. «Ich weiß, Clais ist nicht einmal ganz kalt in seinem Grab, und schon ...» Sie schüttelte den Kopf. «Jedenfalls meinte die Magd, dass Dora oft von dieser Gerberei hier im Filzengraben gesprochen habe. Die gehörte nämlich Doras Schwester und deren Mann, aber die beiden sind vor einer Weile von hier fortgegangen. Da dachten wir, das könnte Harros Versteck sein. Wir wollten euch sofort Bescheid geben, aber ihr hattet Palms Haus schon verlassen.»

«Und?» Tilmann warf einen Blick in Richtung der Gerberei und sah dann wieder Adelina an.

«Mira ist dort in dem Haus. Es scheint ihr gutzugehen. Beede Palm ist bei ihr, und Dora habe ich auch gesehen. Ob da noch mehr Leute sind, konnte ich nicht erkennen, aber ich gehe davon aus, dass mindestens Harro auch dort ist.» Sie hielt kurz inne. «Mira hat mich, glaube ich, bemerkt. Sie weiß also, dass wir hier sind, aber sie hat sich nichts anmerken lassen.»

«Gut. Wir holen sie da raus», brummte Tilmann. Die Erleichterung, dass Mira wohlauf war, gab ihm neue Kraft und Zuversicht.

«Tilmann?» Er spürte, wie Adelina ihm eine Hand auf den Arm legte. «Was hat Beede mit der Sache zu tun? Ist sie doch an der Verschwörung beteiligt?»

Er spürte, wie der Zorn wieder in ihm aufstieg, doch er kämpfte ihn nieder. «Nein, aber sie steckt hinter dem Anschlag auf mich», erklärte er kurz angebunden.

Adelina starrte ihn entsetzt an. «Beede Palm? Weshalb denn nur?» Dann schluckte sie. «O Gott! Sag mir nicht, dass sie das getan hat, weil du sie damals abgewiesen hast.»

Er warf ihr nur einen langen Blick zu, woraufhin sie die Hände vors Gesicht schlug. «Bei allen Heiligen, wie konnte sie nur? Sie muss verrückt geworden sein.»

«So ist es», bestätigte Overstolz mit unglücklicher Stimme. «Und genau deshalb, fürchte ich, dürfen wir keine Zeit mehr verlieren.»

Mira lauschte angestrengt, doch sie konnte von draußen nicht ein einziges Geräusch vernehmen. Auch der Lichtschein war verschwunden. Fast glaubte sie, sich alles nur eingebildet zu haben. Doch dann kratzte etwas sehr leise am Fensterrahmen. Sie schielte dorthin und sah wieder ein Auge am Spalt des Fensterladens. Diesmal jedoch nicht das von Adelina, sondern ein männliches. Ihr Herz machte einen Satz.

«Frau Beede?», sprach sie mit lauter Stimme, von der sie hoffte, dass sie draußen gehört wurde. «Was, wenn Tilmann mich nicht findet? Was wird dann aus Eurem Plan, ihm aufzulauern? Ihr könnt mich doch nicht ewig hier gefangen halten und Harro und Hein neben der Tür postieren.» Etwas zittrig atmete sie aus und hoffte, dass Beede keinen Verdacht schöpfte.

«Keine Sorge, er wird uns schon finden», antwortete Beede

lächelnd. «Er ist doch ein kluger Mann, nicht wahr? Früher oder später wird er herausfinden, dass die Gerberei meiner Schwester Mettel und ihrem Mann gehört hat, und zwei und zwei zusammenzählen.»

Mira atmete bewusst tief ein und aus, um ihre Nervosität niederzukämpfen. «Aber was, wenn er mit einem Trupp Männer herkommt? Dann wird er Eure beiden Knechte mit Leichtigkeit überwältigen, und Eure Rache ist dahin.»

«O nein, ist sie nicht.» Überraschend flink war Beede an Miras Seite und zog sie wieder grob an den Haaren. Mira stieß einen Schmerzenslaut aus, der ihr jedoch in der Kehle steckenblieb, als sie die Klinge des kleinen Dolches neben ihrem Gesicht aufblitzen sah.

Beede lächelte ihr süßlich zu. «Wisst Ihr, Mira, selbst wenn er meine beiden guten Knechte töten würde, was ich nicht glaube, würde er dennoch zu spät kommen, um Euch zu retten. Denn in dem Moment, da er oder seine Männer dieses Haus betreten, werdet Ihr sterben.»

Mira starrte auf die Klinge und schluckte krampfhaft. Damit hatte sie nicht gerechnet. Offenbar hatte sich Beede diese neue Taktik eben erst zurechtgelegt, und es war fraglich, ob sie sich davon ablenken lassen würde. Vermutlich war ihr klar, dass sie in der Falle saß und es mit großer Wahrscheinlichkeit keinen Ausweg für sie gab. Die einzige Möglichkeit für Beede und die Ihren, aus dieser Sache unbehelligt wieder herauszukommen, wäre, nicht nur sie – Mira –, sondern auch ihre Retter allesamt zu töten. Gebe Gott, dass Adelina und Tilmann genügend Verstärkung mitgebracht hatten, um das zu verhindern.

«Was ich nicht verstehe», setzte Mira erneut laut an, «warum habt Ihr auch Clais van Dalen umbringen lassen? Er hat Euch doch keinerlei Schaden zugefügt, oder etwa doch?»

Beede stieß zischend die Luft aus und senkte den Dolch eine

Winzigkeit. Dennoch war er Miras Hals noch immer gefährlich nahe. «Das hätte er aber, wenn Tilmann tot gewesen wäre.»

«Wie das?»

Trotzig schob Beede das Kinn vor. «Weil er dann Stimmeister geworden wäre.»

«Und was hat das mit Euch zu tun?» Mira runzelte irritiert die Stirn, doch dann begriff sie. «Du meine Güte! Wollt Ihr etwa andeuten ...»

Beede kräuselte die Lippen. «Dieser Posten hätte meinem Gemahl zugestanden. Das habe ich verdient, nicht wahr? Wenn ich schon mit einem Schwächling wie ihm gestraft bin, muss er wenigstens ein hohes städtisches Amt bekleiden. Die Gelegenheit war günstig, findet Ihr nicht? Clais hat nicht den geringsten Argwohn gegen Harro gehegt, als er ins Zeughaus kam. Warum auch, er hat seinem Knecht vertraut.» Beedes Lippen verzogen sich zu einem Lächeln. «Hein und sein Söldner-Freund sollten sich Tilmanns annehmen, denn Harro und Bodo mussten sich ja um Clais' Leiche kümmern.»

«Bodo?», fragte Mira überrascht. «Ist das der Mann, mit dem zusammen Harro unsere Magda überfallen hat?»

Beede nickte. «Ja, ja, das ... Nun ja, das war doch ein hübsches Ablenkungsmanöver, nicht wahr? Obwohl ich gleich nicht geglaubt habe, dass es Euch oder Adelina dazu verleiten würde, Tilmann zu verraten. Dummerweise wurde Bodo ein bisschen zu gierig. Er war nicht mit seiner Entlohnung zufrieden und wollte mehr. Da hat sich Harro um ihn gekümmert.» Ihr liebevoller Blick glitt zu dem Knecht, der sich daraufhin ergeben verbeugte.

Mira fühlte Übelkeit in sich aufsteigen, die sich noch verstärkte, als sie Beede weitersprechen hörte.

«Hätte Tilmann die Leiche entdeckt, wäre unser Plan natürlich sofort dahin gewesen. Aber Harro hat sie gut versteckt, sodass er keinen Verdacht schöpfen konnte. Zwei Fliegen mit einer

Klappe geschlagen. Nun ja, fast. Ich hatte nicht damit gerechnet, dass sich Tilmann tatsächlich gegen zwei Gegner durchsetzen würde. Aber das ist nun einerlei, denn bald wird mein Plan vollendet sein.»

«Tatsächlich?», drang wie aus dem Nichts plötzlich Adelinas Stimme in den Raum. Beede erschrak und blickte wild um sich, um herauszufinden, woher die Stimme gekommen war. Auch Dora war verschreckt aufgesprungen. Die beiden Knechte an der Tür gingen in Habtachtstellung und zogen ihre Schwerter.

Im nächsten Moment flogen die Fensterläden weit auf und ließen einen Schwall eisiger Luft und Schneeflocken herein. Beede fuhr mit erhobenem Dolch zum Fenster herum. Diesen Moment nutzte Mira aus, sprang auf und warf sich auf sie.

Die beiden Frauen stürzten. Beede schrie wutentbrannt auf, da ihr der Dolch entglitt und die Haube vom Kopf rutschte.

Mira versuchte, nach der Waffe zu greifen, erwischte sie jedoch nicht und rang verbissen mit ihrer Gegnerin.

Mit einem Ohr vernahm sie, wie gleichzeitig die Türen vorn und hinten aufflogen. Männer stürmten die Gerberei – wie viele, konnte Mira nicht ausmachen. Sie hörte gebrüllte Befehle und das Klirren von Schwertern, die aufeinandertrafen.

Verbissen kämpfte sie mit Beede, die erstaunliche Kräfte entwickelte und wie ein wildgewordenes Tier versuchte, Mira die Augen auszukratzen oder sie zu würgen. Sie gewann die Oberhand über Mira und setzte sich rittlings auf sie. Doch schon im nächsten Moment erschlaffte sie und brach zusammen.

Mira war für einen Moment verdutzt, bis sie über sich Adelina stehen sah, die ein altes, verrostetes Schabeisen in Händen hielt. Hastig kroch Mira unter der von Adelinas Schlag betäubten Beede hervor und konnte so gerade noch sehen, wie die beiden Badergesellen Hein überwältigten und zur Tür hinausstießen. Ein weiterer Mann hielt Dora in festem Griff.

Tilmann und Harro kreuzten ihre Schwertklingen. Mira erkannte, dass Tilmann Schmerzen litt, vermutlich durch die Wucht der Hiebe, die Harro auf ihn niederprasseln ließ. Konnte er das lange durchhalten? Als Harros Schwertklinge Tilmanns Oberarm traf und Mantel- sowie Hemdstoff zugleich durchtrennte, schrie Mira entsetzt auf. Sie sah Blut aus der Wunde quellen und zugleich Tilmanns verzerrte Miene. Doch er warf sich seinem Gegner verbissen entgegen, drängte ihn in eine Ecke zurück und stach dann so rasch und unvermittelt zu, dass weder Mira noch Harro es hatten kommen sehen. Tilmanns Schwert bohrte sich mit einem schmatzenden Geräusch tief in den Leib seines Kontrahenten. Dessen Augen wurden groß, sein Schwert fiel scheppernd zu Boden.

Mit einem heftigen Ruck zog Tilmann seine Klinge wieder zurück und beobachtete mit steinerner Miene, wie Harro tot zusammenbrach.

«Das war für Clais», sagte er mit einer Stimme, die eisiger nicht hätte sein können. Dann drehte er sich schwer atmend zu Mira um.

Bevor jemand etwas sagen konnte, zerriss ein schriller Schrei die unvermittelte Stille. Beede hatte sich aufgerappelt und stürzte sich, ihren Dolch in der rechten Hand, wie eine Furie auf Tilmann. Doch ehe er überhaupt reagieren konnte, setzte Mira ihr bereits nach und warf sich erneut mit ihrem ganzen Gewicht auf sie, riss sie an den Haaren, schlug auf sie ein. Beide Frauen gingen zu Boden. Mira bekam Beedes linken Arm zu fassen und drehte ihn ihr grob auf den Rücken.

Beede kreischte erneut und wand sich, konnte Mira jedoch nicht abschütteln. Tilmann bückte sich und nahm ihr den Dolch aus der Hand. Dabei traf sein Blick den von Mira und hielt ihn einen Moment lang gefangen.

Mira spürte, wie ihr Herz zu rasen begann. Im nächsten Moment betrat Thönnes Overstolz das Haus, gefolgt von drei Stadtsoldaten. Beede wurde in Gewahrsam genommen. Tilmann half Mira auf die Füße und zog sie im nächsten Moment fest an sich.

«Verfluchtes Weib», hörte sie ihn murmeln und spürte gleichzeitig seinen rasenden Herzschlag.

Für einen Augenblick verharrten sie so, dann hob sie den Kopf. «Dein Arm.» Mehr brachte sie nicht heraus, denn ihre Stimme zitterte zu sehr.

Er blickte auf die Wunde, schüttelte den Kopf. «Nur ein Kratzer.» Seine Miene verfinsterte sich. «Was zum Teufel hast du dir dabei gedacht, diesen Verrückten allein nachzuschleichen? Besitzt du denn nicht das geringste Fünkchen Verstand?»

Mira wollte ihm eine patzige Antwort geben, spürte jedoch, wie unversehens ein Zittern durch ihren Körper ging und ihre Kräfte sie zu verlassen drohten. Tränen schossen ihr in die Augen. Sie versuchte, sie zurückzudrängen, jedoch ohne Erfolg. Hastig wollte sie sich von Tilmann losmachen, doch er hielt sie eisern fest.

«Verfluchtes Weib», brummte er noch einmal und schlang seine Arme fest um sie. «Komm.» Sanft führte er sie hinaus zu seinem Pferd, das nicht weit von der Gerberei auf ihn wartete. Er schwang sich in den Sattel und reichte Mira schweigend seine Hand. Augenblicke später fand sie sich hinter ihm auf dem Pferderücken wieder.

«Halt dich fest, ich bringe dich nach Hause», sagte er ruhig.

Sie schlang die Arme um seine Mitte und lehnte den Kopf an seinen Rücken. Als sich das Pferd in Bewegung setzte, spürte sie, wie sich seine Hand fest über ihre legte.

30. Kapitel

Adelina zog sich die nasse Haube vom Kopf und übergab sie Franziska, die sie mit Katharina auf dem Arm in der Apotheke empfangen hatte und ihr auch gleich den Mantel abnahm.

«Danke», sagte Adelina und strich ihrer Tochter liebevoll über die Wange. «Hol mir bitte eine andere Haube aus meiner Schlafkammer, Franziska. Die Männer werden bald ebenfalls hereinkommen. Sie wollten gleich nach uns aufbrechen.»

«Natürlich, Herrin, sofort.»

Während Franziska die Apotheke verließ, trat Mira ein, die gemeinsam mit Adelina bei den Schöffen gewesen war, um ihre Aussage zu den Ereignissen des Vortags zu machen. Auch sie zog den vom Schneeregen durchnässten Mantel aus und hängte ihn an einen der Haken neben der Tür zum Hinterzimmer.

Adelina legte ihr lächelnd eine Hand auf die Schulter. «Komm, lass uns in die Küche gehen. Griet und Ludmilla werden schon ungeduldig auf uns warten. Hoffentlich hat Magda uns ordentlich viel Würzwein heiß gemacht.»

Griet und die weise Frau erwarteten sie tatsächlich bereits gespannt.

«Wie war es?», rief Griet und rückte auf der Bank zur Seite, um ihrer Stiefmutter Platz zu machen. Mira setzte sich ihr gegenüber und nahm dankbar den Becher mit heißem Wein entgegen, den Magda ihr reichte. Die Magd wandte sich sogleich wieder dem Eintopf zu, der in dem großen Topf über dem Dreifuß köchelte, doch auch sie blickte neugierig zu ihrer Herrin.

Adelina trank ebenfalls zunächst einen großen Schluck Wein und seufzte zufrieden auf.

«Sehr gut. Das habe ich jetzt gebraucht. Scheußliches Wetter!» Sie lächelte Griet zu.

«Wir haben natürlich unsere Aussagen vor dem Schöffenkolleg gemacht, und somit wird nun sowohl gegen Beede Palm als auch gegen Hein und Dora Anklage erhoben. Hein wird vermutlich wegen Mordes hingerichtet, Dora wegen Mithilfe zumindest ins Gefängnis kommen. Bei Beede bin ich mir nicht sicher. Sie war die Anstifterin, das ist ganz klar, und sie streitet es auch nicht ab. Doch sie hat ihren Verstand verloren, und da ist es fraglich, ob man sie hinrichten wird. Ins Gefängnis kommt sie ganz sicher.»

«Sie gehört in den Narrenturm», stellte Mira mit einem Schaudern fest.

«Da magst du recht haben», stimmte Adelina zu. «Warten wir ab, wie das Hohe Gericht entscheiden wird.»

«Wollte sie den Haupt...» Griet stockte und errötete leicht. «Wollte sie Onkel Tilmann wirklich nur umbringen, weil er sie damals nicht hat heiraten wollen?»

«Ja, so ist es wohl. In ihrem wirren Verstand macht sie ihn für ihr eingebildetes Unglück verantwortlich.» Sie zögerte. «Obwohl man ja durchaus sagen kann, dass mein Bruder das Talent hat, Frauen tief zu beeindrucken.» Sie warf Mira einen kurzen Seitenblick zu.

Mira zuckte zusammen und errötete nun ebenfalls. «Aber Meisterin, ich würde ihn doch niemals umbringen wollen.»

«Nein?» Amüsiert blinzelte Adelina. «Wenn man euch beiden so zuhört, könnte man aber schon auf den Gedanken kommen, dass ihr nicht selten kurz davor steht, euch gegenseitig den Garaus zu machen.»

«Das ... das ist was anderes.»

«Das will ich doch hoffen!»

«Beede war also die Anstifterin zu den Mordanschlägen», kam Ludmilla wieder auf das ursprüngliche Thema zu sprechen, «und hatte gar nichts mit der Verschwörung des Grafen van Wesel zu tun.»

Adelina nickte. «So ist es. Sie hat zwar versucht, die Verwirrung um diese Angelegenheit für sich auszunutzen, aber ganz offenbar hat das eine mit dem anderen rein gar nichts zu tun. Beede schwört, dass sie nicht einmal wusste, inwieweit ihr Gemahl in die Verschwörung verstrickt war.»

«Unglaublich», konstatierte Griet.

«Aber letztlich ein Glücksfall», erklärte Adelina. «Sie hat nämlich die Tasche mit den Beweisstücken, die Clais bei sich trug und die Harro nach dem Mord an sich genommen hatte, in ihrer Unwissenheit nicht vernichtet, sondern in ihrer Truhe versteckt.»

«Dumm», befand Ludmilla.

«Aber gut für Tilmann», ergänzte Adelina. «Nun kann er nämlich alle Beweise dem Rat vorlegen und dem Grafen und seinen Spießgesellen das Handwerk legen.»

«Was hiermit geschehen ist», erklang von der Küchentür her Tilmanns Stimme. Dicht gefolgt von Neklas betrat er den Raum und steuerte sogleich die warme Ofenbank an. Magda eilte herbei, um ihnen die nassen Mäntel abzunehmen, und hängte die triefenden Kleidungsstücke neben dem Ofen zum Trocknen auf. Adelina schenkte derweil Würzwein für alle ein.

«Evert Palm zwitschert wie ein Vogel im Frühling», fuhr Tilmann sichtlich zufrieden fort. «Seinen Posten im Stadtrat ist er natürlich los, und er wird auch sicher eine harte Strafe zu erwarten haben.»

«Gefängnis?», fragte Adelina.

«Möglich», antwortete Neklas. «Aber ich glaube eher, dass er für immer aus der Stadt verbannt wird.»

Tilmann nickte zustimmend. «Davon ist auszugehen. Ailff van Wesel dürfte seine Edelbürgerschaft los sein. Der Rat wird Wiedergutmachung von ihm verlangen und eine Fehde androhen, falls er sich weigert.»

«Ein Krieg?» Mira starrte ihn erschrocken an.

Tilmann hob die Schultern. «Im schlimmsten Fall, ja. Aber ich denke, das wird sich van Wesel zweimal überlegen. Gegen eine Übermacht der Kölner Stadtsoldaten zu bestehen, dürfte ihm schwerfallen. Er wird versuchen, sich herauszuwinden, die gestohlenen Gelder zurückzahlen und mit der Schmach leben, die ihm nun anhängt. Der Bann wird ihn ebenfalls treffen, also werden all seine geschäftlichen Beziehungen zu Köln für eine ganze Weile verhindert.»

«Hartmann vom Winkel ist uns übrigens auch im Gerichtssaal begegnet», warf Neklas ein. «Er berichtete, dass er Veit Liesborn aufgestöbert hat. Wie wir vermutet hatten, verbarg er sich auf des Grafen Land. Ihn werden ebenfalls Gefängnis oder Bann treffen – oder beides. Den Gerichtsschreiber Mats Thönen, der laut Palm ebenfalls in die Sache verstrickt ist, sucht man derzeit noch. Es ist anzunehmen, dass auch er der Stadt verwiesen wird.»

«Das sind aber sehr milde Strafen für Verräter», befand Griet sichtlich überrascht.

Neklas schüttelte den Kopf. «Mag sein, dass es so wirkt, aber bedenke, dass eine lebenslange Verbannung aus Köln bedeutet, alle Verbindungen hierher, also auch zu Familie und Freunden abbrechen zu müssen. Es kann auch durchaus sein, dass vom Gericht zusätzliche Strafen wie Gefängnis oder Geldzahlungen verhängt werden. Da allerdings die Morde nicht auf das Konto der Verschwörer gehen, sind härtere Strafen in den Augen der Richter wahrscheinlich nicht angebracht.»

Griet nickte nachdenklich. «Stimmt, für die Morde sind sie

nicht verantwortlich. Ich begreife nicht, wie Frau Beede so etwas Schreckliches tun konnte. Noch weniger, wie es sein kann, dass dieser Harro und seine Geschwister ihr dabei geholfen haben.»

Tilmann stand von der Ofenbank auf und setzte sich zu den anderen an den Tisch. «Beede wusste, wie sie die drei um den Finger wickeln konnte. Offenbar waren sie ihr schon seit Jugendtagen regelrecht hörig.»

«Sie beten diese Frau an», bestätigte Mira. «Ich habe gesehen, wie sie ...» Sie schüttelte sich. «Sie ist vor allem mit den beiden Männern in äußerst unschicklicher Weise umgegangen.»

«Es scheint, als habe sie die wenigen Talente, die sie besitzt, zu ihrem Vorteil eingesetzt», übernahm Tilmann wieder das Wort. «Inwiefern ihr verwirrter Geist auf die anderen abgefärbt hat, kann man nicht genau sagen, aber Beede ist offensichtlich wahnsinnig. Ihr Bruder wird sich zumindest für eine Unterbringung in einer bezahlten Einzelgefängniszelle starkmachen.»

«Es muss ein furchtbarer Schlag für ihn und seine Familie sein», sagte Adelina. «Für ihn tut es mir leid.»

Tilmann nickte zustimmend. «Noch mehr, nachdem Beede heute Nacht versucht hat, sich mit dem Betttuch in ihrer Zelle zu erdrosseln.»

«Heilige Muttergottes!», rief Adelina entsetzt und bekreuzigte sich. Alle übrigen Anwesenden taten es ihr gleich. «Wie furchtbar!»

«Es ist ihr nicht gelungen», fuhr Tilmann grimmig fort, «weil der Wächter sie rechtzeitig davon abhalten konnte. Fortan wird sie – und ich fürchte für immer – angekettet werden.»

Betretenes Schweigen folgte seinen Worten.

Schließlich räusperte er sich und warf Mira einen seiner typischen, gewittrigen Blicke zu.

«Bleibt noch eines.» Als sie den Kopf hob und ihn sichtlich nervös ansah, fuhr er fort: «Nämlich herauszustellen, dass sich in diesem Raum zwei Frauen befinden, denen für ihren Leichtsinn und ihre entsetzliche Neugier der Hintern versohlt gehört.»

«Was?» Adelina riss überrascht die Augen auf.

Mira fuhr ebenfalls hoch. «Wie bitte? Ich höre wohl nicht recht! Wenn Frau Adelina und ich nicht gewesen wären, würdest du jetzt in einer Kerkerzelle in der Kunibertstorburg verrotten!»

Tilmann zog die Augenbrauen leicht zusammen. «Mag sein, aber das ändert nichts daran, dass du dich verdammt noch mal in Lebensgefahr begeben hast, indem du diesen Schurken allein nachgeschlichen bist.»

«Doch nur, um dir zu helfen!»

«Ganz zu schweigen von Adelinas Idee, nachts durch Köln zu geistern, um nach dir zu suchen. Aber sie hatte wenigstens genügend Verstand, sich zwei kräftige Kerle zur Verstärkung mitzunehmen.»

«Mir blieb doch gar keine Gelegenheit, jemanden zu holen», verteidigte sich Mira und funkelte ihn wütend an. «Deshalb habe ich doch Griet geschickt, oder etwa nicht? Wie hätte ich denn wissen sollen, dass sich Beede und Harro nicht lange in dem Haus am Waidmarkt aufhalten würden? Ich bin ihnen gefolgt, damit sie uns nicht wieder entwischen.»

«Und auf den Gedanken, dass sie dich entdecken könnten, bist du gar nicht gekommen, wie? Was wäre gewesen, wenn wir dich nicht gefunden hätten?» Tilmanns Stimme schwankte leicht, und das schien ihn noch mehr aufzubringen.

Adelina blickte atemlos zwischen den beiden Streithähnen hin und her. Neklas, der neben ihr saß, beugte sich zu ihr und raunte: «Adelina, tu etwas. Wenn die beiden so weitermachen, gibt es am Ende doch noch Tote.»

Adelina spürte ein Kichern in sich aufsteigen. Sie schüttelte leicht den Kopf und senkte ihre Stimme ebenfalls zum Flüstern. «Lass sie, das ist gut.»

«Gut?» Neklas starrte sie an. «Die beiden werden sich um Kopf und Kragen streiten!»

«Werden sie nicht», widersprach Adelina.

«Dein Wort in Gottes Ohr.»

«Dieses irre Weib hätte dich beinahe umgebracht!», wütete Tilmann gerade.

Mira war nicht weniger aufgebracht. «Hätte sie nicht. Ich bin mit ihr fertiggeworden.»

«Ja, weil Adelina ihr eins mit diesem Schabeisen übergezogen hat.»

«Ich hätte es auch allein geschafft.»

«Und was, wenn nicht?» Tilmann sprang auf und beugte sich weit zu ihr vor, die Hände auf der Tischplatte abgestützt. «Wenn sie dich getötet hätte? Was hätte ich dann getan?»

Mira hatte bereits Luft geholt, um eine zornige Antwort zu geben, doch dann bemerkte sie, wie alle Übrigen im Raum, Tilmanns Gesichtsausdruck und blieb stumm. Ihre Wangen färbten sich tiefrot. Unvermittelt sprang sie auf und eilte hastig aus dem Raum. Die Küchentür fiel krachend hinter ihr ins Schloss.

Einen Moment lang herrschte Schweigen, das schließlich von Ludmillas Kichern durchbrochen wurde.

«Na, was ist denn, Hauptmann Greverode? Ihr nach!»

Tilmann schoss einen zornigen Blick auf die Alte ab, befolgte ihren Ratschlag jedoch. Einen Augenblick später fiel die Tür erneut geräuschvoll zu.

Wie er vermutet hatte, fand er Mira in der Apotheke. Als er den Verkaufsraum betrat, hatte sie ihm den Rücken zugewandt und wühlte fahrig und offensichtlich ziellos in einem der Regale herum. Während er sie einen Moment lang beobachtete, breitete sich dieses heftige Ziehen wieder in ihm aus und strahlte von seiner Magengrube pfeilgerade bis hinauf zu seinem Herzen.

Sein Herzschlag beschleunigte sich, als er hinter sie tat und ihre Schultern umfasste.

«Adelina dürfte wenig begeistert sein, dass du derartige Unordnung in ihre Arzneien bringst», sagte er leise. Seine Stimme war weniger fest, als er gehofft hatte.

Mira versteifte sich unter seiner Berührung. «Du bist böse auf mich.»

Ein Lächeln stahl sich auf seine Lippen. «Aber ja, immerzu.»

Er hörte sie hart schlucken und dann mehrmals ein- und ausatmen. Sanft dreht er sie zu sich herum und sah nun auch, wie sich ihre Brust hob und senkte. Sie hielt ihren Blick zu Boden gerichtet, deshalb berührte er sie sachte am Kinn und hob ihren Kopf an, bis sie einander in die Augen blicken konnten.

«Was, wenn sie dir etwas angetan hätte?», wiederholte er eine Frage von vorhin.

Mira schluckte wieder krampfhaft. «Hat sie aber nicht.»

«Ich hätte damit nicht leben können, Mira.» Tilmann hielt inne und versuchte, den Aufruhr in seinem Inneren unter Kontrolle zu bringen. Er war es nicht gewohnt, seine Gefühle in Worte zu fassen, wusste aber, dass es sein musste, wenn er die Frau, die vor ihm stand, überzeugen wollte.

Miras Augen weiteten sich. «Ich habe mich nicht absichtlich in Gefahr gebracht.»

Er atmete hörbar aus. «Das weiß ich.» Vorsichtig zog er sie ein wenig näher zu sich heran. «Du hast Mut bewiesen, nicht zum ersten Mal übrigens, als du dich dieser Verrückten entgegengestellt hast. Und Klugheit, als du Beede in ein Gespräch verwickeltest, um sie abzulenken und uns gleichzeitig über die Situation in der Gerberei zu informieren.»

Mira rang sichtlich nach Atem. «War das etwa ein Kompliment, Hauptmann Greverode?»

Lächelnd ging er auf ihren gestelzten Tonfall ein. «Könnte

sein. Gewöhnt Euch aber lieber nicht daran, Mira. Ihr seid bei weitem zu ungezogen, um dauerhaft Lob meinerseits beanspruchen zu dürfen. In diesem Fall jedoch steht es Euch ohne Frage zu. Ihr habt Euch gut geschlagen gegen dieses Weib. Manch ein Mann hätte weniger Mut und Geistesgegenwart besessen.»

Mira schlug die Augen nieder und versuchte, sich ein wenig von ihm zurückzuziehen, doch er gestattete es ihr nicht.

«Ihr seid zu gnädig mit mir, Hauptmann Greverode.»

«Schön, dass wir in dieser Hinsicht einer Meinung sind, edle Jungfer.»

Mira hob den Kopf wieder. Diesmal sah er Tränen in ihren Augen und spürte einen schmerzhaften Stich in den Eingeweiden.

«Ich bin keine Jungfer, Hauptmann Greverode, noch habe ich die Bezeichnung ‹edel› verdient.»

Obgleich sie sich sträubte, zog er sie ganz in seine Arme und suchte ihren Blick. «Siehst du, in dieser Hinsicht irrst du dich, Mira. Ich kenne keine Frau, auf die diese Bezeichnung besser zutreffen würde als auf dich.»

Sie biss sich auf die Unterlippe und schien nach Worten zu suchen. «Du verzeihst mir?»

Er gestattete dem Lächeln, das bisher nur seine Lippen umspielt hatte, sich bis zu seinen Augen auszubreiten.

«Wenn du mir eine Gelegenheit gegeben hättest, zu Wort zu kommen, hätte ich dir schon vorgestern sagen können, dass dazu keinerlei Veranlassung besteht, da ich gar nicht vorhatte, dich für dein Tun zu verurteilen.»

Mira blickte ihn verblüfft an. «Aber ...»

«Mira, was hätte es für einen Sinn, dir deinen Fehler nachzutragen?» Er hob erneut die Hand und berührte zärtlich ihre Wange. «Damit mache ich ihn nicht ungeschehen, oder? Natürlich gefällt mir der Gedanke nicht, dass du und dieser Dietmar ...»

Seine Brauen zogen sich kurz zusammen, und er spürte, wie die

Eifersucht ihn wieder stach. «Er läuft mir besser in nächster Zeit nicht über den Weg.» Nach einer kurzen Atempause fuhr er fort: «Aber ich habe dir auch gesagt, dass ich genau weiß, was ich will, Mira, und das bist nun einmal – Gott steh mir bei – du.»

Er merkte, wie Mira erzitterte. Eine Träne löste sich und rann ihr über die Wange. Langsam näherte er sein Gesicht dem ihren, bis sie nur noch ein paar Zoll voneinander entfernt waren.

«Wenn ich also schon nicht dein erster Mann sein kann ...» Er hielt inne und tastete mit seinen Blicken ihr Gesicht ab, von ihren Augen zu den Lippen und zurück zu ihren Augen. «Wäre ich doch gern dein letzter.»

Sein Herz pochte mittlerweile wie wild in seiner Brust, das Blut rauschte in seinen Ohren. Er spürte ihren unruhigen Atem auf seinem Gesicht, der davon zeugte, wie aufgewühlt auch sie war. Dennoch verharrte er in dieser Stellung und hielt ihren Blick gefangen.

«Deshalb frage ich dich hier und jetzt, Mira von Raderberg: Willst du meine Frau werden?»

Eine weitere Träne löste sich. Tilmann merkte, wie Mira der Atem stockte. Ihre Stimme schien ihr nicht zu gehorchen, denn ihre Antwort war kaum mehr als ein Hauch.

«Ja, Tilmann, ja, das will ich.»

Kaum hatte sie die Worte ausgesprochen, als er seine Lippen auch schon auf ihre senkte. Ohne das geringste Zögern kam sie ihm entgegen. Sie legte ihre Arme um seinen Nacken und drängte sich an ihn, sodass er beinahe taumelte. Er umschlang ihren schlanken Körper fest mit beiden Armen, ließ seinen Mund hungrig über ihre Lippen wandern, bis er merkte, wie sie sich teilten und ihn damit aufforderten, den Kuss zu vertiefen. Im hintersten Winkel seines Kopfes nahm er wahr, dass sie nicht mehr allein in der Apotheke waren, doch es kümmerte ihn nicht.

Adelina war, gefolgt von Neklas, durch die Tür zum Hinterzimmer in die Apotheke getreten und blickte lächelnd auf ihren Bruder und Mira, die in ihrer leidenschaftlichen Umarmung offenbar nicht bemerkt hatten, dass sie sich nicht mehr allein im Raum befanden. Den letzten Teil des Gesprächs hatte sie mitbekommen und spürte nun eine unbändige Freude in sich aufsteigen. Sie wandte sich Neklas zu, der den beiden Liebenden interessiert zusah.

«Siehst du?», flüsterte sie. «Alles halb so wild. Ludmilla hatte recht.»

Neklas riss sich von dem Anblick los und blickte amüsiert auf Adelina herab.

«Nicht wild?», erwiderte er. «Für meinen Geschmack ist das aber genau das Wort, das ich dafür verwenden würde.» Er räusperte sich. «Sollten wir nicht ...»

«Nein, lass sie.» Adelina schüttelte den Kopf. «Ich glaube, die beiden haben eine Menge nachzuholen.»

«Wäre es nicht besser, sie zuvor zu verheiraten?»

Adelina kicherte. «Das tun wir, keine Sorge. Wie lange können sie warten, was meinst du?»

Neklas grinste. «Sechs Wochen wären schicklich und angemessen, würde ich sagen.»

Adelina blickte von ihm zu Tilmann und Mira, dann schüttelte sie den Kopf. «Vergiss die Schicklichkeit. Ich würde sagen, in drei Wochen ist ein guter Zeitpunkt. Das liegt noch vor der vorweihnachtlichen Fastenzeit.»

«Ein wunderbarer Plan.» Noch immer grinsend legte er ihr einen Arm um die Schultern und zog sie näher zu sich heran. «Was meinst du, wird danach endlich Ruhe in unseren Haushalt einkehren?»

Adelina wandte sich ihm zu und schlang beide Arme um seine Mitte. Prompt zog er sie noch enger an sich.

Sie schmunzelte. «Ich würde keine Wette darauf eingehen.»

Neklas runzelte die Stirn, lächelte dann aber wieder. «Zumindest sind unsere Kinder alle weniger schwierig im Umgang.»

«Beschrei es nicht!»

Irgendwo im Haus klapperte etwas, dann hörte man ein Scheppern und das empörte Bellen von Moses. Vitus' und Franziskas aufgeregte Stimmen mischten sich in den Aufruhr, gefolgt von Colins Lachen.

Adelina stellte sich auf die Zehenspitzen und küsste ihren Mann zärtlich auf die Lippen, woraufhin er den Kuss sogleich vertiefen wollte. Lachend lehnte sie den Kopf ein wenig zurück.

«Eines ist jedenfalls sicher», befand sie und zwinkerte Neklas zu. «Langweilig wird es uns nicht werden.»

Nachwort der Autorin

Liebe Leserin, lieber Leser,

der vorliegende Roman basiert nicht auf einer konkreten historischen Begebenheit, wurde jedoch von einer solchen inspiriert. In den Jahren 1400 bis etwa 1406 schweigen sich die Quellen zu größeren Ereignissen in Köln weitgehend aus. Lediglich in der Kölner Stadtchronik finden sich ein paar wenige Hinweise auf Begebenheiten und Ratsbeschlüsse.

Ein Eintrag zu den Jahren 1405–1406 fiel mir ins Auge: Dem Herzog Adolf von Jülich-Berg-Ravensberg, der 1403 Edelbürger Kölns wurde und der Stadt im Zuge dessen Zollfreiheit auf seinen Ländereien gewährte, wurde von ebendieser 1405 der Krieg erklärt. Der Herzog hatte sich nicht mehr an die Abmachungen mit dem Kölner Rat gehalten, weshalb Rat und Vierundvierziger sich zum Schutz ihrer und der Kölner Bürger Rechte zur Kriegserklärung gezwungen sahen. Der Krieg endete ein Jahr später mit einem Vergleich.

Da mir für «Verschwörung im Zeughaus» eine Geschichte mit Tilmann Greverode, dem Hauptmann der Stadtsoldaten, vor Augen stand, fand ich diese Begebenheit mehr als passend für meine Handlung. Denn wer sonst als ein Hauptmann der Stadt wäre besser dazu geeignet, in solche Machenschaften verwickelt zu werden?

Natürlich hätte ich diese sogenannte «Ravensberger Fehde» zur Grundlage meiner Geschichte wählen können, doch da mir noch einige weitere Verstrickungen vorschwebten und mir darüber hinaus die Zeitschiene der historischen Ereignisse nicht ganz ins Konzept passte, beschloss ich, den Grafen Ailff van Wesel zu erfinden, der sich, ähnlich wie Herzog Adolf, unlauterer Machenschaften hinter dem Rücken (und gleichzeitig mit der Hilfe) des Rates schuldig macht. Auf diese Weise konnte ich meine Geschichte erzählen, ohne einer historischen Person Handlungen anzudichten, die sie gar nicht begangen hat.

Gleichzeitig konnte ich einmal mehr ein Bild des «Kölschen Klüngels», aber auch der Hilflosigkeit der Gerichtsbarkeit in undurchsichtigen Kriminalfällen zeichnen. Ohne die heutigen ausgeklügelten und hochentwickelten Ermittlungsmethoden war die Obrigkeit auf direkt sichtbare Beweise und Augenzeugenberichte angewiesen, wenn es darum ging, einen Mordfall aufzuklären. Hinzu kam, dass es oft gar nicht erst zu einer Ermittlung kam, wenn diese nicht durch Familie oder Freunde des Opfers angestoßen und zum Teil auch durchgeführt wurde. Ausnahmen waren natürlich Fälle wie der vorliegende, in denen es um wichtige Amtsträger Kölns ging. Hier schaltete sich die städtische, aber auch die Hohe Gerichtsbarkeit ein, was dann nicht selten zu Kompetenzgerangel führte.

Unter den gegebenen Umständen und oft auch durch das Fehlen kompetenter Ermittler und Richter war es vergleichsweise einfach, die wahren Umstände einer Tat zu vertuschen. Die Gerichtsbarkeit konnte sich nur auf eindeutige, sichtbare und durch Zeugen beschworene Beweise und Aussagen stützen.

Für mich bot diese Ausgangssituation eine Menge Spielraum, den ich mit einer Geschichte gefüllt habe, die Sie, liebe Leserin, lieber Leser, hoffentlich gut unterhalten und vielleicht auch an der einen oder anderen Stelle überrascht hat.

Petra Schier im Februar 2013

PERSONEN IN DIESER GESCHICHTE

Familie

Adelina Burka	Apothekerin mit eigenem Geschäft am Alter Markt
Neklas Burka	ihr Gemahl, städtischer Medicus
Colin	Sohn von Adelina und Neklas, 6 Jahre
Katharina	Tochter von Adelina und Neklas, 3 Jahre
Griet	uneheliche Tochter von Neklas und somit Adelinas Stieftochter, 15 Jahre
Vitus	Adelinas jüngerer (geistig zurückgebliebener) Bruder, 19 Jahre
Tilmann Greverode	Hauptmann der Stadtsoldaten, Adelinas um zwei Jahre älterer Halbbruder
Lucardis	Tochter von Tilmann Greverode, 7 Jahre

Freunde

Jupp Kornbläser	Chirurg und alter Freund von Neklas
Marie Kornbläser	Jupps Ehefrau und Adelinas gute Freundin, Tochter eines ehemaligen Ratsherrn und Schöffen
Binah und Malka	Jupps halbjüdische Zwillingstöchter, 9 Jahre alt

Mira von Raderberg	Gesellin in Adelinas Apotheke, von adeliger Abstammung, 19 Jahre alt
Georg Reese	Tuchhändler, ehemaliger Ratsherr, Gewaltrichter
Ludmilla	alte Hebamme und weise Frau, lebt vor den Toren der Stadt in einer Waldhütte

Gesinde

Franziska	eine junge Magd im Hause Burka
Ludowig	Knecht im Hause Burka und Gefährte von Franziska
Magda	ältliche Magd im Hause Burka

Weitere Personen

Clais van Dalen	Hauptmann der Stadtsoldaten
Christine	seine Gemahlin
Dora	Magd im Hause van Dalen
Gerlach Haich	Vogt
Harro	Knecht in Clais van Dalens Haushalt
Hein	Harros Bruder, Söldner in Bonn
Veit Liesborn	Kölner Bürger, Berittener in Clais van Dalens Gleve sowie dessen Schwager
Clara van Oeche	entflohene Hübschlerin aus Aachen, 15 Jahre
Thönnes Overstolz	Rentmeister
Dietmar	sein Sohn
Beede Palm	Gemahlin von Evert Palm
Evert Palm	Ratsherr

Rigo	Knecht in Tilmann Greverodes Haushalt
Wolfram Stache	Stadtsoldat
Hartmann vom Winkel	Kölner Bürger, Berittener aus Clais van Dalens Gleve

Und nicht zu vergessen

Fine	schwarz-weiße Katze von Vitus
Moses	sandfarbener, struppiger Hund, der Adelina einst in einer stürmischen Gewitternacht zugelaufen ist

... sowie die vielen, vielen Bewohner und Besucher Kölns, für deren Aufzählung hier leider der Platz fehlt.